Uwe Otto wurde 1943 in Leba/Pommern geboren und wuchs in Holstein auf. Er studierte Theaterwissenschaft, Romanistik und Publizistik an der Freien Universität Berlin. Nach verschiedenen Praktika an Theatern und beim Fernsehen wurde er freiberuflicher Lektor.
Uwe Otto ist Autor zahlreicher Fernsehspiele sowie Herausgeber einer bibliophilen Buchreihe seltener historischer Texte zur Berliner und preußischen Geschichte.

D1926554

Originalausgabe
© Droemersche Verlagsanstalt Th. Knaur Nachf.
München/Zürich 1981
Umschlaggestaltung Wolfgang Lauter, München
Umschlagfoto Winfried Esch, Berlin
Satz acomp Lichtsatz Appl KG, Wemding
Druck und Bindung Hanseatische Druckanstalt GmbH, Hamburg
Printed in Germany · 1 · 20 · 1181
ISBN 3-426-00787-8

1. Auflage

# Uwe Otto:
# Die Laurents

Der Roman einer
Berliner Hugenottenfamilie

Knaur

# Inhalt


Flucht . . . . . . . . . . 7

Ankunft . . . . . . . . . . 33

Geschäfte mit dem Hof . . . . . . . . . . 69

Streit ums Erbe . . . . . . . . . . 101

Die ungleichen Brüder . . . . . . . . . . 133

Kriegswirren . . . . . . . . . . 155

Zeit der Liederlichkeit . . . . . . . . . . 185

Franzosenzeit . . . . . . . . . . 217

Freiheit, die ich meine . . . . . . . . . . 251

# Flucht

*»Errette mich von den Übeltätern und hilf mir von den Blutgierigen. Denn siehe, Herr, sie lauern auf meine Seele; die Starken sammeln sich wider mich ohne meine Schuld und Missetat . . .«*

*1685*
*Nach der Aufhebung des Edikts von Nantes durch Ludwig XIV. verspricht der brandenburgische Kurfürst Friedrich Wilhelm den französischen Protestanten Zuflucht und Hilfe in seinen Landen.*

Der von spätherbstlichen Regenfällen aufgeweichte Waldboden dämpfte die Geräusche und Erschütterungen des zügig zwischen den fast schon entlaubten Bäumen dahinrollenden Pferdewagens. Neben dem alten Mann, der seinem Ackergaul die Zügel locker ließ, hockte auf dem Kutschbock der Strumpfwirker Charles Baillot, gegen das naßkalte Wetter in eine Decke gehüllt. Nach mehreren vergeblichen Versuchen, seinen ihm nur flüchtig vom gemeinsamen Marktbesuch her bekannten Begleiter mit vorsichtigen Andeutungen in ein allgemeines Gespräch über die unruhigen Zeiten zu ziehen, hing er seinen eigenen Gedanken nach.
Als der Pferdewagen mit plötzlichem Ruck bremste, fuhr Baillot erschrocken hoch und starrte ängstlich auf den Alten an seiner Seite. Der aber deutete nur stumm mit der Peitsche nach hinten. Eine Kiepe aus Weidengeflecht war vom zweirädrigen, an den Pferdewagen gebundenen Handkarren gerutscht. Baillot kletterte vom Kutschbock und sammelte die herausgefallenen Strumpfbündel auf.
»Früher hatte ich immer so gut wie alles verkauft, wenn ich vom Markt kam. Jetzt lohnt kaum noch die Fahrt!« Mißmutig klopfte Baillot feuchtes Laub und Erdbröckchen von den Strümpfen und hob die Kiepe zurück auf den Karren. »Ihr mit Eurem Obst und Gemüse seid besser dran; essen muß der Mensch auch in dieser Zeit der Not. Aber Strümpfe . . .«
Wieder blieb eine erhoffte Antwort des Alten aus.
Baillot kletterte zurück auf den Bock, wickelte sich wieder in seine Decke und sprach endlich seinen Begleiter direkt an: »Ich kann nicht glauben, daß alles vom König selbst ausgehen soll. Aufrührer sind die Protestanten doch gewiß nicht! Nein, nein – wüßte er von den Grausamkeiten in seinem Land, er würde sicherlich sofort Einhalt gebieten

und die Toleranz in den Belangen der Religion wiederherstellen. Meint Ihr nicht auch?«

Der Alte zog wortlos am Zügel, schweigend schaukelten sie weiter dem Waldrand entgegen. Für einen Augenblick glaubte Baillot, ein verächtliches Lächeln im Gesicht des Alten zu bemerken, und erschrak bei dem Verdacht, sich verraten zu haben.

Die Erlebnisse des Tages hatten zu sehr an seinen Nerven gezerrt. Immer schmerzlicher wurde ihm bewußt, daß die Entscheidung über die eigene Zukunft und die seiner Familie wohl endgültig nicht länger hinauszuzögern war. Zu deutlich hatte der Bericht seines Freundes, mit dem er wie üblich nach dem Wochenmarkt in der Barbierstube zusammengetroffen war, seinen vagen Hoffnungen widersprochen, mit Zurückhaltung und Geschick den zu erwartenden Nachstellungen entgehen zu können. Baillot hatte im Gegenteil die schlimmsten Befürchtungen, die seit der Aufhebung des Religionsfriedens durch den König von Frankreich auch in seiner kleinen elsässischen Heimatgemeinde laut geworden waren, weit übertroffen gefunden: An der Atlantikküste ebenso wie an der Grenze zur Schweiz und in den Cevennen hatten die königlichen Dragoner gemeinsam mit der durch Kopfgelder geköderten und von Priestern zur Ketzerverfolgung aufgehetzten katholischen Bevölkerung bereits die grausame Jagd auf alle Protestanten begonnen, den Besitz ins Ausland entkommener Flüchtlinge konfisziert und Gotteshäuser zerstört.

Als hätte es einer nachdrücklichen Bestätigung dieser Schreckensnachrichten noch bedurft, war gerade in dem Augenblick, als sein Freund ihm verstohlen einen auf winziges Format zusammengefalteten Zettel zugesteckt hatte, ein grobschlächtiger Fremder in die Barbierstube gepoltert, um sich eine Stichwunde am Arm säubern und verbinden zu lassen. Ganz offen und mit sichtlichem Spaß am Ausmalen blutrünstiger Einzelheiten hatte er von seiner Beteiligung an der Verfolgung der Hugenotten geprahlt und den übrigen Kunden sogar ein Beutestück, eine kostbare herrschaftliche Perücke, zum Verkauf angeboten. Vielleicht war sein Blick dabei wirklich nur zufällig immer wieder spöttisch auf Baillot gefallen; der Strumpfwirker selbst jedenfalls hatte sich mißtrauisch gemustert gefühlt und einen Moment der Ablenkung genutzt, um unbemerkt die Stube zu verlassen. Das auffällige Bild dieses Mannes vor Augen, das sich seit diesem kurzen Zwischenfall seinem Gedächtnis als Symbol der Bedrohung eingeprägt hatte, war er zurück zum Markt gehetzt, hatte seinen Karren zur Abfahrt zurechtgemacht und war zusammen mit dem Alten aufgebrochen.

Durch das befremdliche Verhalten seines Begleiters zunehmend beunruhigt, war Baillot nun erleichtert, als sie die Stelle erreichten, wo sich noch im Waldstück, kurz bevor der Weg hinaus ins Freie führte, an einer Gabelung ihre beiden Fahrtrichtungen trennten. Gemeinsam koppelten sie Baillots Handkarren vom Pferdewagen ab.
»Wenn Ihr wollt, treffen wir uns zum nächsten Markttag wieder hier. Mein Pferd ist zwar nicht mehr besonders kräftig, aber Euren Karren schafft es ja noch.«
Ehe sich Baillot bedanken konnte, trat der Alte dicht an ihn heran und tippte ihm spöttisch mit der Peitschenspitze gegen die Brust. »Ich an Eurer Stelle würde mir allerdings sehr genau überlegen, ob es für Euch einen nächsten Markttag überhaupt noch geben wird, Herr ... Protestant!«
Entsetzt sprang Baillot zurück, bereit, sich und seine Habe zu verteidigen.
»Laß den Unfug! Ich bin es auch – ein Protestant, ein Hugenott' wie du! Und ich sage dir, wäre ich nur jünger, längst hätte ich dieses Frankreich verlassen wie meine Kinder!« Der alte Mann ließ den verdutzten Baillot stehen und stieg auf seinen Wagen. »Hat Gott, der Herr, uns nicht die ganze Welt geschenkt, sie mit Fleiß und Mühsal zu seinem Ruhme zu bestellen? Was also hindert dich, ihm anderswo in Frieden zu dienen! Die falsche Hoffnung auf König Ludwig?«
Gelassen griff der Alte in einen der hinter ihm stehenden Körbe und zog eine Weintraube hervor, die er langsam zwischen Daumen und Zeigefinger zerquetschte. Über seinen Handrücken lief wie Blut der dunkelrote Saft. »Da, sieh genau hin, so macht er es mit uns! Und er weiß es, und er will es!«
Er warf die ausgepreßte Traube Baillot vor die Füße und trieb sein Pferd an. Laut den Psalm um Gottes Beistand gegen Nachstellungen singend, lenkte er, ohne noch einmal zurückzublicken, in die Wegabzweigung ein. Beschämt sah Baillot dem alten Mann nach; unwillkürlich begann er, leise die Melodie mitzusummen, bis das Gespann zwischen den letzten Bäumen am Waldrand verschwand. Dann erst entlud sich die während der Fahrt aus angstvoller Ratlosigkeit vor der Zukunft in ihm aufgestaute Anspannung in nervöser Betriebsamkeit. Hektisch durchwühlte er eine der mit den unverkauften Strümpfen gefüllten Kiepen und holte das darin versteckte Papier hervor, das ihm der Freund zugesteckt hatte. Sofort erwachte wieder seine Vorsicht, und er sah sich mißtrauisch um, bevor er das zerlesene Schriftstück, dessen Besitz mit drastischer Strafe belegt war, umständlich auseinanderfaltete. Allein mit seinen Ängsten, aber auch mit allmäh-

lich aufkeimender neuer Hoffnung vertiefte er sich in den handschriftlich kopierten Text des Edikts von Potsdam, in dem der Kurfürst des fernen Brandenburg den französischen Protestanten Aufnahme und großzügige Unterstützung bei der Ansiedlung in seinen Landen versprach.
Flüchtig bemerkte Baillot, während er sich beim Lesen alle Einzelheiten des Papiers einzuprägen bemühte, den ihm vom Waldrand her entgegentreibenden Brandgeruch und sah wohl auch die vom Wind zerfetzten Rauchwölkchen über die Baumwipfel ziehen, maß ihnen aber zu dieser Herbstzeit keine besondere Bedeutung zu.

Die kleine, hinter mit Gestrüpp bewachsenen Bodenwellen versteckte Wiesenmulde war übersät von Krähen. Sie zerrten die überall im Gras aufgerissen und geplündert verstreuten Gepäckbündel auf der Suche nach Futter auseinander und näherten sich dabei furchtlos den schwelenden Trümmern einer umgestürzten Kutsche. Daniel Laurent, ein halbwüchsiger Junge, stocherte, das Gesicht von Ruß verschmiert und das Haar sowie den zarten Bartflaum angesengt, in ihnen mit einem Zweig. Neben ihm lagen mehrere angekohlte Brote. Vorsichtig angelte er, von den aus zerborstenen Kutschenfenstern hervorquellenden Rauchschwaden zum Husten gereizt, nach einem verrußten Lederbeutel. Er entkorkte ihn, roch an der Öffnung und leerte enttäuscht seinen Inhalt in die glimmenden Reste einer ausgebrannten Truhe.
Laut krächzend stritten sich dicht neben ihm einige Krähen um ein mit glitzernden Pailletten besticktes, angesengtes Tuch; Daniel entriß es ihnen und wickelte die Brote und den Lederbeutel darin ein. Dann richtete er sich auf und schwenkte das Bündel mehrmals zum nahen Waldrand hinüber hoch über seinem Kopf; plötzlich ließ er sich ins Gras fallen, stieß einen kurzen warnenden Pfiff aus und drückte sich flach an den Boden.
Mit müden Schritten schob Charles Baillot seinen Karren einen der Hügel hinauf und blieb bei dem Anblick, der sich ihm bot, entsetzt neben der großen Kastanie stehen. Seine Hände umkrampften den Griff der Deichsel. Unfähig, sich zu rühren, lehnte er am Karren und starrte aus weit aufgerissenen Augen auf die Spuren der Verwüstung in der Wiesenmulde vor ihm, in der er am frühen Morgen auf dem Weg zum Markt noch eine kurze Verschnaufpause eingelegt hatte.
Lautes Krähengeschrei in den Zweigen über seinem Kopf ließ ihn zusammenzucken; er drehte sich um.
An einem der Äste der Kastanie schaukelte, an den Füßen aufgehängt,

der Körper eines Mannes in schwarzer Predigertracht leblos im Wind. Ganz langsam lösten sich Baillots verkrampfte Finger, zögernd tasteten sich seine zitternden Beine auf den Toten zu.
Hinter den Resten der Truhe hervor beobachtete Daniel, wie der Strumpfwirker den Leichnam des Predigers losschnitt und den ihm offenbar zu schweren Körper mühsam ins Gras gleiten ließ. Das Verhalten des Mannes nahm ihm die Angst; erleichtert kroch Daniel aus seinem Versteck vor und näherte sich mit zur Bettelgeste geformten Händen dem Fremden.
»Monsieur, bitte, ich habe Hunger!«
Erschrocken schnellte Baillot herum, das Messer, mit dem er den Strick durchtrennt hatte, abwehrbereit in der erhobenen Faust. Als er den Jungen sah, ließ er es langsam sinken.
»Wer bist du? Was ist hier geschehen?« In plötzlich aufkeimender Angst um die eigene Familie packte Baillot den Jungen und schüttelte ihn heftig. »Waren es Leute hier aus der Gegend? Wo kommt ihr her? Rede doch! Sag was!«
»Ganz aus dem Süden, aus dem Languedoc, Monsieur . . . Wir sind die einzigen, die ihnen entkommen und sich im Wald verstecken konnten. Wir haben Hunger, Monsieur, Hunger!«
Sofort erwachte in Baillot, sich an die zahlreichen Gerüchte über Hinterhalte erinnernd, in die ahnungslose Opfer gelockt worden waren, neues Mißtrauen. »Du bist nicht allein?« Er stieß den Jungen beiseite und spähte prüfend hinüber zum Waldrand.
»Es ist besser, Monsieur, Ihr wißt von nichts; denn sie haben Mittel, jeden zum Reden zu zwingen.«
Zum zweiten Mal an diesem Nachmittag fühlte sich Baillot beschämt, unwillkürlich strich er Daniel übers Haar.
Während sie gemeinsam am Fuße der Kastanie Grassoden mit dem Messer ausstachen, erzählte Daniel von dem vollkommen unerwarteten Überfall einer Abteilung königlicher Dragoner auf die Gruppe von Flüchtlingen, die sich nach der strapazenreichen und gefahrvollen Wanderung das Rhonetal herauf hier, dicht an der Grenze zur Pfalz, auf der Wiese zu einem letzten gemeinsamen Gottesdienst auf Frankreichs Boden versammelt hatte. Mit den zuerst nur stockend vorgebrachten Sätzen löste sich bei Daniel allmählich der Schock, Tränen liefen über sein Gesicht und färbten sich schwarz vom Ruß.
Er berichtete von der Folterung und Ermordung des Predigers, der sich geweigert hatte, auf Verlangen des die Soldaten begleitenden katholischen Geistlichen Calvin einen Gesandten des Satans zu schimpfen; und er schilderte, wie die Kinder von ihren Eltern getrennt und

in zwei verschiedenen Gefangenengruppen abtransportiert worden waren.
Immer noch schluchzend half er Baillot, den Körper des Toten in das flache Erdloch zu heben und mit Grassoden und Steinen zu bedecken. Dann knieten beide nieder und beteten stumm.
Baillot erhob sich als erster, kramte auf seinem Karren einen Teil der Nahrungsmittel zusammen, die er auf dem Markt eingetauscht hatte, und legte sie neben Daniels Bündel. Nach kurzem Zögern ging er zum Karren zurück. Daniel hatte den Eindruck, der Strumpfwirker wollte damit das Ende ihrer Begegnung anzeigen; er nahm sein Bündel auf und lief nach einem Blick auf Baillot, der sich abgewandt hatte und die Ladung auf seinem Karren zu ordnen schien, auf den Waldrand zu.
Aber nach wenigen Schritten rief Baillot ihn zurück und reichte ihm die Abschrift des Edikts von Potsdam. »Diese Schrift wird dir weiterhelfen, dir und allen, die mit dir sind. Sie gibt die Namen und Adressen von Männern an, die sich im Namen Brandenburgs um euch kümmern werden, sobald es euch gelungen ist, den Rhein zu überqueren.«
Daniel hatte von der Existenz eines solchen Hilfsangebots gehört, dennoch war er überrascht. »Und Ihr? Ihr seid doch auch einer von uns! Wollt Ihr hier in Frankreich bleiben?«
Baillot ließ sich mit seiner Antwort viel Zeit; mit fahrigen Gesten vertrieb er die Krähen, die ohne Scheu auf der frischen Grabstelle stolzierten und die Grassoden auseinanderzuzerren versuchten. Dann drehte er sich zu Daniel hin und zuckte die Schultern.
»Ich weiß es nicht, Junge – ich weiß es wirklich nicht. Gott, unser aller Herr, hat mir und meiner Familie dieses Land zur Heimat gegeben. Auf ihn hoffe ich. So er aber will, daß wir fortziehen, werde auch ich mich fügen müssen. Der Herr beschütze dich, mein Junge.« Baillot drehte sich abrupt um und griff nach der Karrendeichsel.
Daniel spürte, daß es sinnlos war, den in tiefe Zweifel geratenen Mann noch einmal anzusprechen. Wortlos wandte er sich dem Waldrand zu. Hinter seinem Rücken hörte er das sich entfernende Rumpeln des Karrens; träge flatterten die Krähen vor ihm zur Seite.

Susanne hatte die Begegnung ihres Bruders aus dem dichten, dem Wald vorgelagerten Gebüsch beobachtet. Sie winkte ihn zu sich und führte ihn eilig tiefer in den Wald hinein zu einem umgestürzten Baum mit mächtiger Krone. Unter dem Gewirr des ineinander verhakten Astwerks hatten Marie Anne Laurent, Daniels Mutter, und seine zweite Schwester Judith während seiner Abwesenheit ein neues Versteck gefunden. Erleichtert kroch ihm die Mutter entgegen; Judith aber schien seine Ankunft überhaupt nicht wahrzunehmen. Aus weit aufgerissenen Augen mit leerem Blick auf den Waldboden starrend, schaukelte sie ihren Oberkörper ohne Unterbrechung hin und her, hin und her. Blut aus zahlreichen Kratzspuren in ihrem Gesicht, am Hals und auf den Schultern unter dem zerrissenen Kleid war zu dunklen Krusten getrocknet. Das ihr von Daniel schüchtern hingehaltene Nahrungsbündel übersah sie. Als er ihr sanft das wirr verklebte Haar aus dem Gesicht streichen wollte, begann sie leise zu wimmern.

Marie Anne Laurent zog ihren Sohn an der Schulter zurück und schüttelte den Kopf. »Sie träumt.«

»Träumt? Das ist kein Traum! Judith hat . . .«

Die Mutter legte ihrem in plötzlich ausbrechender Verzweiflung aufschreienden Sohn die Hand auf den Mund. Judiths angstvoll verzerrte Miene hatte sich übergangslos zu einem fast glücklich wirkenden Lächeln verändert; leise summte sie die Melodie eines Liedes, das Daniel von der Weinlese in der Heimat kannte. Es war der Wechselgesang zwischen einem jungen Mädchen und seinem Freund; und Daniel erinnerte sich auch an den Tag, an dem er und Judith zusammen mit anderen Kindern des Dorfes dieses Lied in einer Arbeitspause im Schatten der Olivenbäume zum letzten Male gesungen hatten: Gerade während mit Judith als Vorsängerin die Strophe der Mädchen angestimmt worden war, hatte ihnen einer der Dorfnachbarn atemlos und mit trotz der mittäglichen Hitze bleichem Gesicht die Nachricht vom Unfall des Vaters überbracht. Die eisernen Räder eines schwer beladenen Fuhrwerks, dessen durchgehende Pferde er hatte bändigen wollen, waren über seine Brust gerollt. Wenige Tage später war der Vater, ohne das Bewußtsein wiederzuerlangen, den Folgen des Unfalls erlegen.

Susanne hatte inzwischen die Nahrung ausgewickelt und eingeteilt. Sie schob ihrem Bruder und der Mutter Portionen zu und wollte den Rest wieder im Tuch verstauen, als Judith näherrückte und vorsichtig die auf den Stoff genähten, von Ruß und Dreck verschmierten Pailletten blank zu reiben begann.

Während sie aßen, beschlossen sie auf Daniels Rat, erst bei Einbruch der Dunkelheit das Versteck zu verlassen.

Dicht aneinandergedrängt standen die Bewohner von Baillots Heimatgemeinde am Ortsausgang auf dem freien Feld hinter der Schmiede und hörten dem uniformierten Ausrufer zu, der nach einem kurzen Trommelwirbel von seinem Pferd gestiegen war und sich breitbeinig vor der Schar der gefangenen und mit Stricken aneinandergebundenen Hugenotten aufgebaut hatte. Deutlich war ihm das Gefühl von Macht, das ihm der die Gefangenen bewachende Trupp Dragoner gab, anzumerken.

»Dieweil ausländische Agenten und ihnen gefügige Verräter aus den inneren Angelegenheiten Frankreichs Profit zu ziehen trachten, sei jetzo jedermann kund und zu wissen!« Ein neuerlicher Trommelwirbel unterstrich die Aufforderung zu besonderer Aufmerksamkeit der Ortsansässigen.

Frédéric Baillot hatte sich mit Absicht nicht unter die Zuhörer gemischt. In Abwesenheit seines Vaters fühlte er sich für seine Familie verantwortlich und achtete deshalb darauf, daß ihm für den Fall einer bedrohlichen Entwicklung des Geschehens ein ungehinderter Rückweg zur Warnung seiner Angehörigen blieb.

»So sind alle wahrhaft getreuen Untertanen seiner hochlöblichen Majestät, unseres allergnädigsten Königs von Frankreich, unbedingt angehalten, jedwede Landesflucht besagter protestiererischer Ketzer zu verhindern und anzuzeigen, was in Sonderheit die Bewohner der hiesigen Grenzländereien tangieret . . . .«

Der Ausrufer sah von seinem Dokument auf und musterte die Schar der Zuhörer.

Frédéric war über diese Worte kaum überrascht. Im Gegensatz zu seinem Vater hatte er schon lange erwartet, daß die Verfolgungen der Glaubensbrüder sich sehr rasch vom Süden und den der Schweiz benachbarten Provinzen sowie von der Atlantik- und Kanalküste her auf das gesamte Land ausbreiten würden. Wie oft war es wegen des unentschlossenen Zögerns des Vaters in den letzten Wochen schon zu heftigen Auseinandersetzungen zwischen ihnen gekommen! Frédéric erinnerte sich an die Nacht, in der der Vater übermüdet und in gereizter Stimmung von der Beratung im erweiterten Consistorium der Gemeinde nach Hause gekommen war. Ausgerechnet zu diesem Zeitpunkt hatte ihn Onkel Paul ungeduldig erwartet, um ihm seinen unwiderruflichen Entschluß mitzuteilen, nach Amsterdam zu reisen. Er wollte beizeiten für seine Familie ein sicheres Quartier in der Fremde vorbereiten und hatte alle Hoffnung, in kurzer Frist dort als geschickter Apotheker eine neue Existenz zu finden. Die Nachricht hatte den Vater noch verbitterter gemacht, er hatte sich benommen, als hätte es sich bei Onkel Pauls Plänen um die getarnten Launen eines leichtfertigen Glücksritters gehandelt. Nun stellte sich heraus, daß nicht einmal der Onkel die Zeichen der Gefahr früh genug erkannt hatte.

Unwillkürlich suchte Frédéric in der Menge der Zuhörer nach seiner

Tante Hélène. Er entdeckte sie und ihren Schwiegervater, den Apotheker Guillaume Gaillard, dicht vor dem Ausrufer.
»Und weshalb auch allen aufrechten Bürgern des allein rechtmäßigen Glaubens zugestanden ist, sich am stehenden wie beweglichen Besitz besagter protestiererischer Individui ungestraft schadlos zu halten, wann immer sie selbige zur Anzeige bringen . . .«
Während der letzten Worte hatte sich der katholische Ortsgeistliche unbemerkt zu den Soldaten vorgedrängt. Frédéric sah, wie er leise und mit anscheinend großem Eifer auf den Anführer einredete und dabei mehrfach verstohlen auf verschiedene Häuser am Ortsrand zeigte. Ebenso unauffällig schickte der Anführer mehrere Soldaten seiner unmittelbaren Begleitung zu Fuß in die bezeichnete Richtung.
Inzwischen unterstrich der Ausrufer das Ende seiner Nachrichtenverlesung wiederum durch einen Trommelwirbel und zitierte das Datum der Verfügung sowie noch einmal die zahlreichen förmlichen Titel des Königs. Kaum jemand aus der Menge der Zuhörer aber beachtete ihn noch, fast alle richteten ihre Aufmerksamkeit auf die zu bestimmten Häusern am Ortsrand laufenden Soldaten.
Vereinzelte Schreie und Kommandorufe ertönten. Frauen drängten sich aus der Menge vor und hasteten hinter den Soldaten her. Sofort verfolgten sie einige der den Zug der gefangenen Hugenotten bewachenden Dragoner, verstellten ihnen den Weg zu den Häusern und versuchten, sie mit Hilfe ihrer Pferde gewaltsam zurückzutreiben.
Frédéric rannte im Schutz des wild hinter der Schmiede wuchernden Gestrüpps zu einem geeigneteren Beobachtungsposten, von dem aus er sehen konnte, wie die ersten der ausgeschickten Soldaten in eins der Häuser eindrangen. Kurz darauf erschienen sie mit mehreren kleinen Kindern, die sie zurück zum Trupp schleppten.
Frédéric wußte sofort, was das zu bedeuten hatte; oft genug war in letzter Zeit von ähnlichen Taten erzählt worden.
Die Unruhe unter den auf dem freien Feld versammelten Ortsbewohnern hatte sich gesteigert. Frauen wehrten sich verzweifelt gegen ihre Bewacher, andere warfen sich den mit den Kindern zurückkehrenden Soldaten in den Weg.
Inmitten des Durcheinanders forderte der Geistliche den Ausrufer zum Trommelschlagen auf. Aber erst nach mehreren vergeblichen Versuchen gelang es den beiden, sich wenigstens einigermaßen Gehör zu verschaffen.
»Im Namen des einen, einzigen, des wahren Herrn! Brüder, Schwestern! Seht ihr denn alle nicht, daß es unsere heilige Pflicht ist, diese

Kinder, diese unschuldigen kindlichen Seelen zu entreißen – zu entreißen der Verderbnis ihrer Ketzereltern . . .«
Weinen, Schreie der Wut und der Verzweiflung, laut gebrüllte Befehle ließen die sich überschlagende Stimme des Priesters unverständlich werden. In seiner Hilflosigkeit gab er wieder das Zeichen zu einem Trommelwirbel.
Erstaunt beobachtete Frédéric, daß jetzt auch Bewohner des Ortes, von denen er genau wußte, daß sie weder offen noch heimlich Mitglieder der protestantischen Gemeinde waren, den Soldaten Widerstand leisteten. Einige umringten das Pferd eines Dragoners und scheuchten es durch Geschrei und wilde Armbewegungen, bis es seinem Reiter nicht mehr gehorchte, so daß es der von ihm bewachten Frau gelang, zusammen mit ihren befreiten Kindern zurück zu den Häusern zu fliehen.
Dicht an die Mauer gepreßt, die Werkstatt und Wohnhaus der Schmiede miteinander verband, schlich sich Frédéric davon. Vom Feld her hörte er über dem allgemeinen Lärmen wieder die vor Empörung, aber auch Angst schrille Stimme des Geistlichen.
»Wer sich da stellet wider mich, Brüder, der stellet sich wider die heilige Kirche Roms! Der macht sich schuldig im Namen des Herrn!«
Jede Deckung ausnutzend, huschte Frédéric durch die Gärten zum Haus seiner Eltern. Er war erst wenige Schritte entfernt, als die ersten, noch vereinzelten Schüsse fielen. Als wären sie ein erwartetes Signal, setzte unmittelbar danach unter der Leitung eines Vorsängers, wie Frédéric es aus dem Gottesdienst kannte, der Gesang der gefangenen Hugenotten ein.
Durch die Warnschüsse nachdrücklich an die Gefahr jeglichen Widerstands gemahnt, zog sich die aufgebrachte Menschenmenge widerwillig zum Ortsrand zurück. Offenbar war aber den Dragonern im Moment nicht an einer Eskalation des Aufruhrs gelegen; sie nutzten die Situation vielmehr zu eiligem Aufbruch. Während die aus dem Ort geraubten Kinder auf einen requirierten Heuwagen gestoßen wurden, hatte sich der Zug der singenden Gefangenen in Bewegung zu setzen. Zurück blieb allein der Geistliche. Wortreich sein eigenes Verhalten und das der im Auftrage des Königs handelnden Soldaten gegen die vorsichtig aus der Deckung von Hecken und Hauswänden wieder hervorkommenden Bewohner verteidigend, war ihm entgangen, daß er den Schutz der abziehenden Dragoner kaum noch besaß. Erst als Knüppel und Steine vom Ortsrand her gegen ihn geschleudert wurden, erkannte er seine Lage und machte die Nachhut des sich zügig entfernenden Dragonertrupps durch ängstliches Geschrei auf sich

aufmerksam. Man holte ihn und hob ihn zu den Kindern auf den Heuwagen.

Die Dämmerung war bereits in Dunkelheit übergegangen, als Charles Baillot müde und durchnäßt von einem kurzen, aber heftigen Herbstregen seinen Heimatort erreichte. Die Gassen waren menschenleer, nur hinter ungewohnt wenigen Fensterläden blinkte spärliches Licht hervor. In seiner Nähe bellte ein Hund auf, verstummte aber gleich wieder. Es klang, als hätte man ihn schnell zum Schweigen gebracht.
Der Strumpfwirker fühlte sich plötzlich fremd zwischen den ihm seit seiner Kindheit vertrauten Häusern. Er blieb stehen und sah sich zögernd um, als erwarte er im Dunkel irgendwelche Anzeichen einer gegen ihn gerichteten Feindseligkeit. Aber da war nichts. Verärgert über sein eigenes Benehmen, stemmte er sich gegen die Deichsel, schob seinen Karren mit besonders lautem Poltern über den Hausstein vor der Bäckerei und bog in die Auffahrt zu seiner Werkstatt ein. Auch dort war alles dunkel. Baillot blieb auf dem Hof stehen und wollte gerade zum Wohnhaus hinüberrufen, daß man ihm die Laterne bringen solle, die sonst bei seiner Rückkehr vom Markt immer brennend neben dem Tor hing, als er die Stimme seines Sohnes leise nach ihm rufen hörte. Noch bevor er ihn in der Dunkelheit erspäht hatte, kletterte Frédéric aus der Luke des Wollspeichers im Dachboden der Werkstatt, von dem aus man eine bis weit über die Grenzen des Ortes hinausreichende Aussicht hatte.

Mit spitzen Fingern hielt der königliche Regionalverwalter das zerknitterte und verschmutzte Schreiben in den Schein des Kerzenleuchters, wendete es wie achtlos und ließ es geringschätzig auf den Schreibtisch fallen. Als er sich mit entschlossener Haltung aus dem Sessel erheben wollte, den man ihm in die zu seinem Hauptquartier verwandelte Gaststube gestellt hatte, spürte er, wie die Gicht in seinen Beinen hochkroch; seit Monaten hatte er es vermieden, schwere Stiefel zu tragen. Dennoch um würdige Bewegungen bemüht, schritt er langsam zum Fenster und blickte in den Hof des in ruhigen Zeiten als Station für den Pferdewechsel der Überlandkutschen dienenden Gasthauses hinunter. Dort führten seine Schreiber im flackernden Licht zahlreicher Pechfackeln, die an den Wänden des Wirtschaftstraktes und des Stallgebäudes befestigt waren, noch immer mit der Unterstützung einiger Dragoner die Durchsuchung und Vernehmung der kurz nach Sonnenuntergang eingetroffenen gefangenen

Hugenotten durch. Wenigstens den Mönchen schien es nach den Anweisungen des Ortsgeistlichen inzwischen gelungen zu sein, die Ketzerkinder vom Wagen in zwei, nach Jungen und Mädchen getrennte Gruppen für den Abmarsch zum Kloster St. Vincent zu ordnen, wo ihre Umerziehung zum rechtmäßigen Glauben erfolgen sollte. Zum Glück dämpften die dicken Stoffstreifen, die der Wirt bereits vor der Einquartierung zum Schutz gegen die erwartete Winterkälte an die Fensterrahmen hatte nageln lassen, den Lärm aus Kommandorufen, Kindergeschrei und dem Gröhlen der angetrunken im Stroh von ihrem Einsatz ausruhenden Soldaten. Der Verwalter zupfte mißmutig an den Stoffwülsten, ihn ekelte die Banalität des Treibens da unten auf dem Hof; er hatte sich nicht nach der ihm übertragenen Aufsicht über die Maßnahmen zur Bekämpfung der Reformierten in seiner Grenzprovinz gedrängt und hoffte, sie noch vor Beginn der winterlichen Ball- und Redoutensaison in Paris zum Abschluß gebracht zu haben. Entschlossen wandte er sich vom Fenster zurück in den trotz der brennenden Kerzen nur dämmrig beleuchteten Raum.
An der Tür standen, immer noch stumm auf seine Anordnungen wartend, die beiden Soldaten mit dem gefesselten Hugenotten, bei dem man die Abschrift des berüchtigten Potsdamer Edikts gefunden hatte. Der Verwalter musterte den jungen Mann, bis sich seine Wut über die Halsstarrigkeit dieser Verschwörer, die sich wegen ein paar religiöser Besonderheiten um Haus und Hof, Familie und Leben bringen ließen, in einem plötzlichen Ausbruch gegen seinen ihn vom Schreibpult aus beobachtenden Sekretär entlud.
»Was steht Er stocksteif da?! Ich will wissen, woher die Kanaille das Geschmiere hat! Wer verteilt so was?«
Der Sekretär sprang hinter seinem Pult vor, deutete eine Verbeugung an und nickte den Soldaten zu. Sofort zog einer von ihnen mit heftigem Ruck die Seilschlinge fest an, die dem Gefangenen wie ein Halsband umgelegt war. Langsam, widerwillig öffneten sich die krampfhaft aufeinandergepreßten Lippen des jungen Mannes. Auf ein Zeichen des Verwalters, das vom Sekretär weitergegeben wurde, lockerte der Soldat die Schlinge. Der Gefolterte strauchelte, schnappte nach Luft und brach bewußtlos zusammen.
Angewidert ließ sich der Verwalter in seinen Sessel fallen und griff nach dem konfiszierten Papier.
»Da glaubt sich dieses Gesindel klüger als andere und nimmt in seiner Sturheit doch diese Schmiererei für Wahrheit . . . Brandenburg soll Zuflucht bieten; Land, Geld, das Paradies für eine Bande von Verschwörern gegen die gottgewollte Obrigkeit – und das glauben die!

Ausgerechnet jenes bettelarme, zu jeglicher Contenance so gänzlich unfähige Brandenburg!«
Er beobachtete, wie der Hugenotte mühsam wieder die Augen aufschlug und wehrlos von seinen Bewachern hochgezerrt wurde. Betont langsam zerknüllte er mit spöttischer Miene das Schreiben. »Da – das ist dieser Unsinn *in veritate* wert! Eine plumpe Fälschung ist es, ein Nichts!« Er ließ das Papierknäuel nachlässig zu Boden fallen und stieß es mit der Stiefelspitze in Richtung des Gefangenen. »Ein Narr, wer für solche falschen Versprechungen peinliche Strafe riskiert!«
Der Sekretär scheuchte mit herablassender Handbewegung die Soldaten davon, um den Gefangenen anderenorts weiteren Verhören unterziehen zu lassen.
Kaum waren sie wieder allein in der Gaststube, ließ der Verwalter den Sekretär das Schreiben wieder aufheben und sorgfältig glätten; denn es sollte als Beweismittel umgehend an den Hof zu Versailles geschickt werden. Natürlich war es keine Fälschung, und deshalb mußte endlich auf diplomatischem Wege jenem Parvenu in Brandenburg, der sich in die Entscheidungen des französischen Königs dreist einmischte, gehörig Raison oktroyiert werden.

In der offenen Tür zur Werkstatt stand Baillots Handkarren. Die Kiepen mit den unverkauft vom Markt zurückgebrachten Strümpfen stapelten sich an der Mauer. An ihrer Stelle war der Karren nun mit den Teilen zerlegter Wirkrahmen, mit Werkzeugen, Wollbündeln und Hausrat beladen; die neue Fracht türmte sich hoch auf. Frédéric hatte Mühe, alles so zu verstauen, daß es transportsicher war.
Als seine kleinen Geschwister George und Sophie noch mehr zu Bündeln zusammengefaßte Stränge roher Wolle heranschleppten, kam es daher zum Streit. Frédéric weigerte sich, auch sie noch auf den schon überladenen Karren zu packen. Schließlich wurde die Flucht und nicht ein beliebiger Umzug vorbereitet. Heulend rannte George zurück in die Werkstatt und kam, immer noch schniefend, jetzt aber siegessicher, mit dem Vater zurück.
»Was mitgenommen wird, bestimme ich! Wenn wir in der Fremde Zuflucht suchen müssen, dann will ich nicht, daß wir als Bettelpack kommen!« Auch Charles Baillot sah, daß sein Karren schon längst überladen war, aber er konnte sich gerade von seinem Arbeitsmaterial auch in dieser Situation nicht trennen. Eine übertriebene Wut über Frédérics Ungehorsam vortäuschend, versuchte er durch heftige Schläge auf die verschiedenen Gepäckstücke die eigene Angst und Unsicherheit vor der ungewissen Zukunft zu überdecken, die die viel zu lange

hinausgezögerte und nun überhastete Flucht bei ihm ausgelöst hatte. »Das alles hier! Das, das und das war unser Leben hier in Frankreich und wird es nun auch anderswo werden! Wir verlassen das Land, aber nicht unser Leben, hast du mich verstanden?«

Wortlos hob Frédéric die zusätzlichen Wollstränge auf und stopfte sie unter das Tau, mit dem er die Ladung schon verschnürt und gesichert hatte.

Charles Baillot ging zurück in die Werkstatt. Am Rande einer in den Lehmboden gegrabenen Vertiefung kniete seine Frau und breitete Fetzen einer alten Decke über die Wäschetruhe und die Tongefäße mit den schon für den Winter vorbereiteten Nahrungsmitteln. Baillot half ihr, die Erde wieder so über das Versteck mit den Habseligkeiten, die zurückgelassen werden mußten, zu verteilen und festzustampfen, daß kaum noch Spuren der Grube zu erkennen waren. Während er pedantisch auch winzige Erdrisse und unscheinbare Unebenheiten im Boden mit zusammengescharrter Lehmerde ausglich, schielte er verstohlen, einen unmittelbaren Blickkontakt vermeidend, hinüber zu seiner Schwester Hélène Gaillard und ihrem Schwiegervater. Hélène rieb ihre verweinten Augen, der Alte blätterte in dem Psalter, den er immer bei sich trug. Es schien, als habe er sich nach der heftigen Auseinandersetzung wieder beruhigt.

Baillot hatte die beiden gleich nach seinem Entschluß zur Flucht benachrichtigt und ihnen angeboten, sie mitzunehmen. Er hatte ihnen seine Entscheidung, sich an die Angaben des Potsdamer Edikts zu halten und deshalb den kürzesten Weg zum Rhein zu nehmen, genau erklärt. Aber der Alte hatte starrsinnig darauf bestanden, in die Niederlande zu fliehen. Obwohl er von den besonders strengen Grenzsicherungen im Norden wissen mußte und obwohl immer noch keine Nachricht aus Amsterdam eingetroffen war, wollte er zu seinem vorausgereisten Sohn.

Baillot erhob sich und trat zur Tür der Werkstatt, um im blakenden Schein der Laterne den Lehmboden genau zu prüfen; zufrieden nickte er seiner Frau zu.

»Und wäre jedes Wort in diesem Papier, von dem du uns erzählt hast, tatsächlich von der Hand des Brandenburger Souveräns, Charles . . .«

Guillaume Gaillard hatte seinen Psalter zugeklappt und steckte ihn zurück in die Geheimtasche, die er sich schon vor langer Zeit in seine Joppe hatte einnähen lassen. »War nicht auch das Edikt von Nantes, das uns Reformierten endlich Frieden versprach, von der eigenen Hand eines Souveräns? Eines königlichen sogar? Und hat nicht ein König dieses Edikt wieder aufgehoben, ohne Grund? Wer also versi-

chert uns denn, daß dein Papier nicht auch eine kurzlebige Fürstenlaune ist, vielleicht sogar eine Fälschung, eine höfische Intrige?«
Baillot nahm sich vor, nicht noch einmal in aller Ausführlichkeit auf alle Bedenken und Befürchtungen einzugehen. Zu gut war ihm selbst bewußt, wie vage und gefährlich seine Entscheidung sein konnte.
»Brandenburgs Fürst ist allerdings Protestant wie wir!« Baillot wandte sich um, nahm seine beiden kleinen Kinder, die übermüdet den Wortwechsel verfolgt hatten, an die Hand und führte sie zur Werkstatt hinaus. Aber der Alte stellte sich ihm in den Weg.
»Brandenburg – wer kennt denn diesen Zipfel Land, der irgendwo da oben am Rande Europas liegen soll?«
»Und die Niederlande? Kennst du Amsterdam?«
»Ich nicht, nein – aber da ist mein Sohn und bereitet für uns ein Quartier vor!«
»Ich hoffe es, aber haben wir Nachricht von ihm? Nein, nichts haben wir. Sie bewachen die Grenze da so lückenlos, daß nicht einmal ein Brief passieren kann!«
Baillot sah, wie sich der Kopf seiner Schwester senkte, ihre Schultern zu zucken begannen; er verlor den Rest Geduld mit dem alten Guillaume Gaillard. »Hélène, bitte, glaub wenigstens du mir, daß uns keine Wahl bleibt! Wollt ihr mit uns, dann entscheidet euch schnell, wir werden auf jeden Fall vor der Morgendämmerung aufbrechen!«
Baillot hob die kleine Sophie auf seinen Arm und zwängte sich mit George am Alten vorbei auf den Hof. Er forderte auch Frédéric, der dem Gespräch zugehört hatte, auf, ihn ins Wohnhaus zu begleiten.
Als sie gemeinsam die Stufen zum Zimmer der Eltern hinaufgingen, begann George, von den verzerrt über die Wand huschenden Schatten der Kerzenflamme erschreckt, leise zu wimmern, und Sophie klammerte sich fest an Baillots Schulter.
Vor dem kahlen, nur noch mit dem Strohsack bedeckten Bett blieb er stehen, setzte seine Tochter ab und hockte sich zwischen seine beiden kleinen Kinder. »Seht es euch an, ganz genau – in diesem Bett seid ihr zur Welt gekommen, erst Frédéric, dann du und auch du, George. Vergeßt es nicht, hört ihr, nie!« Baillots Stimme war fast unhörbar. Er richtete sich wieder auf, räusperte sich und strich den Kindern übers Haar. Dann nahm er Frédéric die Kerze ab und beleuchtete die Verbindungsstelle zweier Balken. Er zog einen der Verbindungszapfen heraus und öffnete das Geheimfach, in dem das Gesangbuch und die Geldschatulle versteckt waren. Sanft schob er die Kinder aus dem Raum und verriegelte ihn sorgfältig, den Schlüssel zog er ab und steckte ihn ein.

Als sie zurück auf den Hof kamen, hatten die Schwester und ihr Schwiegervater die Werkstatt verlassen; Anne Baillot teilte ihrem Mann mit, daß es Hélène gelungen war, den Alten doch noch zur gemeinsamen Flucht zu überreden. Sie wollten am Wald mit ihnen zusammentreffen. Anne Baillot hob George und Sophie auf den Karren und zeigte ihnen die zwischen den Wollbündeln freigelassenen Hohlräume, in denen sie sich verstecken sollten, während Baillot mit derselben Gewissenhaftigkeit, mit der er zuvor das Wohnhaus verschlossen hatte, nun auch die Tür der Werkstatt verriegelte. Wenn sie kamen, um seinen Besitz zu konfiszieren, so sollten sie wenigstens spüren, daß es Unrecht war!
Die Familie Baillot war endgültig bereit, ihre Heimat zu verlassen.

Daniel erwachte von einem Geräusch, das er im Schlaf ungenau vernommen hatte, und kroch leise zur Öffnung des Heuschobers, den sie nach der nächtlichen Wanderung gefunden und zu ihrem Tagesquartier gewählt hatten. Von den Mühen der wochenlangen Flucht und den Schrecken des Überfalls durch die Dragoner erschöpft, schliefen seine Mutter und seine beiden Schwestern fest. Vorsichtig breitete Daniel Heubüschel über die Schlafenden, so daß sie kaum noch zu sehen waren, bevor er den Schober verließ.
In einiger Entfernung von ihm stand auf der Wiese ein Pferdefuhrwerk mit einem großen hölzernen Tank. Kühe umdrängten es ungeduldig blökend und warteten darauf, daß der Knecht das Wasser aus dem Tank in die Tränke fließen ließ.
Susanne war aufgewacht und schlich zu Daniel. Gemeinsam beobachteten sie, wie der Knecht die beiden Zugpferde vom Wagen spannte, eins frei ließ, sich auf das andere schwang und davonritt. Daniel richtete sich langsam im Gras auf und sah dem Reiter nach; dann wandte er sich übermütig lachend an seine Schwester.
»Schnell, weck die anderen auf!« Susanne sah ihn verständnislos an.
»Begreifst du denn nicht – es ist zwar keine bequeme Reisekutsche, aber immerhin müssen wir nicht zu Fuß weiter! Nun lauf schon, hol die anderen!« Daniel rannte auf den grasenden Ackergaul zu und fing ihn ein.

Zum ersten Mal seit langer Zeit wagten sie es, ihre Flucht bei Tage fortzusetzen. Neben Daniel, der die Zügel hielt, saßen die Mutter und Judith, hinter ihnen hockte auf dem leeren Tank Susanne. Während Daniel auf den Weg achtete, um mit dem klobigen Gefährt rechtzeitig Erschütterungen ausweichen zu können, warnte ihn Susanne, sobald in ihrer Richtung Kirchtürme oder aus Schornsteinen aufsteigender Rauch die Nähe einer Ortschaft verrieten. Trotz der Tarnung, die ihnen das Fuhrwerk verschaffte, wollten sie sich keiner unnötigen Gefahr aussetzen, und das spätherbstlich ungemütliche Wetter begünstigte ihre Absicht, möglichst Begegnungen zu vermeiden.

Nur einmal, um die Mittagszeit, war ihnen ein junger Mann mit einer Eierkiepe auf dem Rücken entgegengekommen und hatte mit Susanne anzubandeln versucht. Mit Mühe hatten sie ihn, ohne bei ihm Verdacht zu erregen, daran hindern können, zu ihr auf den Tank zu klettern. In dem kurzen, geschickt von ihr zu Auskünften genutzten Wortwechsel hatten sie erfahren, daß die Grenze gegen Abend zu erreichen sei.

Die Gewißheit, endlich dem Ziel sehr nahe zu sein, versetzte die Familie Laurent in eine euphorische Stimmung, an der allein Judith keinen Anteil nahm.

Wie im Fluge waren ihnen die Nachmittagsstunden vergangen. Susanne sang und schlug dazu mit den Füßen den Takt gegen die Daubenbretter des Tanks, Daniel summte mit. Das Pferd war ausgeruht und mußte nicht beständig angetrieben werden. So hatten sie ohne Zwischenfälle bei Tageslicht eine gute Strecke geschafft, als Daniel plötzlich beunruhigt verstummte, das Pferd anhielt und seiner Schwester ein Zeichen machte, sich ebenfalls still zu verhalten. Angestrengt in die schnell hereingebrochene Dunkelheit starrend, glaubte er, zwischen den Silhouetten einer Baumgruppe vor ihnen für einen Augenblick einen sofort wieder verlöschenden Feuerschein zu sehen. Susanne, die zu ihm vorkroch, hatte nichts bemerkt und griff ungeduldig dem immer noch zögernden Bruder in die Zügel. Im selben Moment wieherte ihr Zugpferd – und deutlich kam von den Bäumen her die Antwort eines anderen Pferdes

Daniel entriß seiner Schwester die Zügel, sprang vom Kutschbock und half der Mutter, Judith auf den Tank zu heben. Susanne hatte bereits den Deckel geöffnet. Sie schob Judith hinein und kletterte mit dem Gepäckbündel und dem Lederbeutel mit dem Trinkwasservorrat ihr nach. Die Mutter setzte sich neben den wieder auf den Kutschbock gestiegenen Daniel. Alles ging so schnell und wortlos, als hätten sie genau dieses Verhalten zuvor gründlich geübt.

Während Daniel das Pferd antrieb, wickelte seine Mutter sich in Judiths Decke, so daß kaum mehr als ihre Augen und die Nase zu sehen waren.

Als sie die Stelle erreichten, wo vorher der Feuerschein kurz aufgeflackert war, sprangen zwei Soldaten zu Pferd und mehrere mit Heu-

gabeln und Knüppeln bewaffnete Bauern auf den Weg und versperrten ihnen die Weiterfahrt.
»Im Namen seiner Majestät, des Königs aller Franzosen: haltet!«
Daniel war Zeit geblieben, sich auf den erwarteten Zwischenfall einigermaßen einzustellen; er tat verärgert über die Störung, fuchtelte dem Bauern, der dem Zugpferd in die Zügel gegriffen hatte, mit seiner Peitsche ins Gesicht und murrte die beiden Soldaten an. Es half ihnen nichts, Daniel und auch seine Mutter wurden vom Bock gezerrt und von den Bauern festgehalten. »Was wollt ihr von uns? Was soll das? Sind des Königs Soldaten zu Wegelagerern und Plünderern geworden? Ihr seht doch, daß ich Wasser rausbringe zu meinem Vieh!« Daniel klopfte demonstrativ heftig gegen den Tank.
»Um diese Zeit? Und die Alte da, was soll die dabei?«
»Die . . .« Als wollte er nur vertraulich eine Auskunft geben, die die Mutter nicht hören dürfte, beugte sich Daniel vor und flüsterte auf die ihn verhörenden Soldaten ein, gab dabei aber seiner Stimme einen so deutlichen und scharfen Klang, daß auch die anderen ihn verstehen mußten. »Sie heilt die Hartleibigkeit beim Vieh – wißt ihr, sie hat den Blick, nicht nur fürs Vieh . . .« Bedeutungsvoll sah Daniel die Bauern an, schaute dann hinauf zum Nachthimmel, an dem der Wind Wolkenfetzen dahintrieb, so daß für einen Augenblick hinter ihnen der Mond auftauchte. »Es wirkt besonders bei Mondlicht, deshalb sind wir auch so spät noch unterwegs.«
Die Bauern, die Frau Laurent gepackt und zu durchsuchen begonnen hatten, wichen ängstlich vor ihr zurück; auch auf die beiden Soldaten schien Daniels Erklärung zu wirken. Unentschlossen musterten sie die Mutter, die, in ihre Decke gehüllt, scheinbar unbeteiligt beim Wagen stand. Dann faßte einer der Soldaten Mut und ritt auf sie zu. »Ach was, dummes Bauerngeschwätz!« Dicht vor ihr jedoch zügelte er sein Pferd. Die Furcht vor der Frau mit dem nicht geheuren Blick überspielend, wandte er sich in betont forschem Kommandoton an seine Helfershelfer. »Was steht ihr da?! Inspizieren sagte ich – alles inspizieren!« Er zeigte auf den Tank.
Daniel riß sich los und versuchte, sich empört zu geben. »Nicht! Nicht den Tank, das Wasser läuft mir doch aus!« Der Klang seiner Stimme, die trotz der in ähnlich gefährlichen Situationen während der langen Flucht gelernten Kaltblütigkeit so dicht vor dem Ziel seiner Kontrolle nicht völlig gehorchte, und sein verzweifeltes Bemühen, an den Bewachern vorbei zum Fuhrwerk zu gelangen, erweckten das Mißtrauen des Soldaten. Ohne den Blick von Daniel zu wenden, wiederholte er seinen Befehl; sein Gesicht verzog sich zu einem Grinsen.

Aber erst, als er einem der Bauern, die sich offenbar immer noch nicht trauten, sich der alten Frau zu nähern, vom Pferd herunter derb in den Rücken trat, wurde seiner Anordnung Folge geleistet. Der Mann bückte sich hinunter zum Tankverschluß und zog langsam den Spunt heraus. Nichts passierte – kein Wasser ergoß sich aus der Öffnung des Tanks. Mutiger geworden, beugte sich der Bauer herunter. Im selben Moment schoß ein Wasserstrahl mitten in sein Gesicht. Unter dem Gelächter seiner Begleiter, denen nach der aufgestauten Spannung angesichts dieser harmlosen Auflösung die Erleichterung deutlich anzumerken war, sprang er fluchend zurück.
Daniel, der von allen wohl am meisten überrascht war, gewann die Beherrschung zurück; er nutzte die Gelegenheit, stürzte sich auf den Mann und entriß ihm den Spunt. »Wasser! Hab' ich es nicht gesagt! Es ist Wasser, nur Wasser! Der – der Wagen steht nur schief, deshalb ist es nicht gleich . . . zum Glück, sonst wäre durch euer falsches Mißtrauen noch mehr vergeudet worden!«
Im Gesicht des schon auf einen sicheren Fang hoffenden Anführers der Grenzkontrolle spiegelten sich Wut und Enttäuschung. »Verschwindet – los, macht euch davon!«
Daniel half seiner Mutter zurück auf den Kutschbock, kletterte selbst hinauf und trieb das Pferd an. Als er sich nach einigen Schritten zurückdrehte, waren die Männer schon wieder in der Dunkelheit zwischen den Bäumen am Weg verschwunden, nur der eine der Soldaten sah dem Wagen noch nach.
»He, hör zu: Wenn du irgend etwas Verdächtiges entdeckst – du weißt, auf Hugenotten steht eine Belohnung. Gerade hier dicht an der Grenze treiben sie sich überall herum, es soll unten am Fluß eine Stelle geben, wo sie von drüben übergeholt werden. Also denk an das Kopfgeld!«
Daniel winkte dem Soldaten zu. »Ich habe schon davon gehört, Herr!« Seine Antwort war nicht gelogen, Flüchtlinge, mit denen die Laurents unterwegs zusammengetroffen waren, hatten ihnen eben jene Stelle der heimlichen Überfahrt sogar so genau beschrieben, daß er hoffte, sie zu finden.

Hélène Gaillard lagerte mit ihren beiden Kindern Jules und Anne im Schutze dicht ineinander verwachsener Zweige eines Gebüschs an dem mit der Familie des Bruders vereinbarten Treffpunkt. Außer der am Leibe getragenen Kleidung und geringer Verpflegung besaßen sie kein Gepäck. Aus Furcht vor einem erneuten Meinungswechsel mit dem Schwiegervater hatte sie nicht gewagt, den Aufbruch hinauszu-

zögern, zumal ihr Mann alles, was für den Beginn eines neuen Lebens in der Fremde notwendig war, mit nach Holland genommen hatte. Mürrisch, unzufrieden und durch die Kälte der Herbstnacht noch zusätzlich in seiner starrsinnigen Laune bestärkt, wanderte der Alte vor dem Versteck auf und ab. »Genau das habe ich nicht gewollt – dein Mann in Amsterdam und seine Familie, für ihn unerreichbar, auf einer ganz und gar überstürzten Flucht! Dein Bruder ist ein Narr!«
Mit der zunehmenden Heftigkeit, in die er sich hineinredete, steigerte sich unwillkürlich auch die Lautstärke seiner Stimme. Untermalt vom Rascheln des Laubs und dem Knacken trockener Äste, die unter seinen aufstampfenden Füßen brachen, hallte sie weit in die Stille der Nacht hinaus. Die beschwichtigenden Worte seiner Schwiegertochter und ihre ängstlichen Ermahnungen, sich ruhig zu verhalten, trieben ihn nur dazu an, noch ungehaltener zu werden. Unbeherrscht brach sich die Verzweiflung des alten Mannes, dem der wahre Gegner für alle Anklage und Gegenwehr unerreichbar war, Bahn.

»Die Dunkelheit, das ist ihre Zeit! Wie die Ratten kriechen sie nachts aus ihren Unterschlüpfen. Aber verlaß dich auf mich, ich habe eine besondere Nase für die Hugenottenjagd. Ich spüre sogar von dem Pack auf, was den Grenzstreifen entwischt!« Nachlässig rückte der grobschlächtige Mann den verrutschten Verband an seinem Arm zurecht und nahm seinem jungen Begleiter ein Stück des auf einem kleinen Feuer gerösteten Kaninchens ab.
»Haßt du sie?«
»Hassen? Warum sollte ich sie hassen, was kümmert mich Religion? Dies hier, siehst du, das allein ist mein Glaubensartikel!« Kauend rieb er Daumen und Zeigefinger gegeneinander. »Junge, das Gesindel ist vogelfrei. Ungestraft leerst du ihre Taschen, und wenn du geschickt bist, kassierst du gleich doppelt: Du nimmst sie aus, dann hetzt du sie den Dragonern in die Fänge. Warte nur ab, Söhnchen, ich werde dir ein guter Lehrmeister sein.«
Der kräftig gebaute Junge trat sorgfältig das Feuer aus. Scheu und bewundernd zugleich beobachtete er dabei verstohlen jenen Mann, der ihn am Markttag in der Stadt vor einer Barbierstube beim Betteln angesprochen und ohne viel Gerede zu seinem Begleiter bestimmt hatte. Der Mann zog eine unter seinen Gürtel geklemmte kostbare Lockenperücke hervor, rieb seine fettigen Finger daran ab und ordnete die verfilzten Haare flüchtig. Dann stülpte er sie über seinen kahlen Schädel. »Na, wie gefall' ich dir? – Eigentlich wollte ich das Ding verkaufen, aber vielleicht behalte ich es nun doch. Es ist von bester Qualität.

Und weißt du auch warum? Weil es vor ein paar Tagen noch auf dem Kopf eines echten Freigrafen saß, eines vogelfreien Hugenottengrafen! Er verlor den Kopf und braucht es nun nicht mehr!« Er brach in ein dröhnendes Gelächter aus, verstummte aber plötzlich, um angespannt in die Dunkelheit zu lauschen. Auch der Junge vernahm es: Ganz leise und offenbar nicht sehr weit entfernt schien ein Kind zu weinen.
Der Hugenottenjäger saß bereits auf seinem Pferd.
»Was sagte ich? Meine Nase läßt mich nicht im Stich!«

Charles Baillot zog den überladenen Karren, auf dem die Kinder in den zwischen der Wolle verborgenen Höhlen schliefen, in den Schutz einer mächtigen Tanne und stellte ihn ab, um seine Schwester und ihre Familie allein aus dem Versteck abzuholen.
Je näher er kam, um so vernehmlicher hörte er die Stimme des Alten und ab und zu unterdrücktes Weinen von Hélènes Kindern. Wütend über die Unvernunft des alten Gaillard, legte er hastig und ohne Rücksicht auf den Krach, den er selbst dabei verursachte, das letzte Stück zurück.
Im selben Moment, in dem er hinaus auf die kleine Waldlichtung trat, sah er die beiden Schatten im Gebüsch gegenüber. Für einen Rückzug aber war es schon zu spät. Die beiden Schatten trennten sich voneinander. Während der eine ihm den Rückweg verstellte, kam ihm der andere, größere mit gezogener Pistole entgegen.
»Hoppla, Monsieur, ich glaube, wir beide hatten schon einmal miteinander zu tun – beim Barbier, erinnert Ihr Euch? Ihr wolltet mir meine Perücke nicht abkaufen . . .«
Der Mann riß sich seine Perücke vom Kopf, und nun erkannte auch Charles Baillot ihn wieder; der Schrecken machte ihn stumm, lähmte seine Glieder. Nur ganz nebenbei nahm er wahr, wie der alte Gaillard, gefolgt von Hélène und den Kindern, aus dem Gebüsch auf der anderen Seite der Lichtung hervorkroch und ratlos das Zusammentreffen mit dem Hugenottenjäger verfolgte.
»Keine Angst, Monsieur Strumpfwirker – so hat man Euch doch beim Barbier genannt, nicht wahr? – Mir war gleich, als gehörtet Ihr dazu – zu den Hugenotten.«
Ganz ruhig, fast freundlich klang die Stimme des Kerls. »Ich mache Euch ein Angebot: Ihr wollt über die Grenze. Mit mir gelangt Ihr sicher dorthin, gegen ein gewisses Entgelt natürlich – Ihr werdet ja selbst am besten wissen, daß derjenige gegen das Gesetz verstößt und sich in große Gefahr begibt, der euch Protestanten hilft.«

Baillot fand seine Sprache wieder, und er wurde sich auch bewußt, daß gegen die beiden bewaffneten Männer mit Gewalt nichts auszurichten war. Langsam schüttelte er den Kopf. »Wir brauchen keine fremde Hilfe. Ich weiß den Weg alleine.«
Die Antwort schien den Hugenottenjäger zu belustigen. Lachend wiederholte er sie seinem Begleiter, änderte dann aber abrupt seinen bisher angeschlagenen Plauderton und drohte: »Ich sage dir: Gar nichts weißt du! Haargenau in die Arme der Grenzstreifen wird er euch alle führen, dein Weg! Ich versprech's dir! – Also?« Er ging dicht auf Baillot zu und streckte ihm fordernd die Hand hin.
Der Strumpfwirker trat ausweichend zurück; dabei sah er, wie sich der alte Gaillard schützend zwischen seine Schwiegertochter, die Kinder und den jungen Burschen schob. Es war eine hilflose, lächerliche Geste; aber Baillot kannte die Neigung des Alten zu unbesonnenem Handeln zu gut und entschloß sich deshalb, einer sinnlosen Gewalttat zuvorzukommen.
Resigniert zog er den in seinem Gürtel verborgenen Geldbeutel vor und reichte ihn wortlos dem Hugenottenjäger, der ihn seinem Begleiter zuwarf. »Du siehst, man braucht uns und ist bereit, dafür zu zahlen – hol die Pferde!«
Unter der wachsamen Führung des Mannes, über dessen Angebot Baillot nicht im Zweifel war, holten sie die Familie des Strumpfwirkers und zogen gemeinsam weiter der Grenze entgegen. Alle Kinder waren wach; auch sie spürten, ohne das Geschehen in seiner ganzen Bedeutung zu verstehen, die Gefahr und verhielten sich ruhig. Schweigend verließen sie den Wald. Nur das Quietschen der Karrenräder durchdrang die scheinbar friedliche Stille der Nacht.
Baillot hatte seine anfänglichen Überlegungen, bei der geringsten sich bietenden Gelegenheit im Schutze der Dunkelheit die ungewollten Begleiter doch noch zu überrumpeln, endgültig als hoffnungslos aufgegeben. Aufmerksam beobachtete er die Handzeichen, mit denen sich die beiden ab und zu über die einzuschlagende Wegrichtung verständigten, und stellte fest, daß sich ihr Anführer wenigstens so gut in der Gegend auszukennen schien wie er selbst; jedenfalls näherten sie sich dem Fluß ebenso zielstrebig, wie auch er es nicht besser hätte bewerkstelligen können.
Als der an der Spitze der Gruppe reitende Hugenottenjäger die Kuppe einer Anhöhe erreicht hatte, wendete er sein Pferd und befahl den Flüchtlingen anzuhalten. Mit übertrieben theatralischer Geste wies er voraus auf die in der Entfernung als schwarzer Streifen im nächtlichen Dunkel zu erkennende Uferbewachsung des Grenzflusses.

»Wahrlich, ich sage euch, wer mir vertrauet, den will ich führen auf saftige Weide – oder wie heißt es? Ihr kennt euch doch sicherlich in solchen Texten besser aus, was?« Als würde ihn das Ausbleiben einer Erwiderung auf seine Anspielung von seiten der Flüchtlinge kränken, schlug sein spöttischer Tonfall ebenso unvermittelt wie schon zuvor auf der Lichtung um und wurde drohend scharf. »Vertrauen scheint nicht eure Art zu sein – kommen wir also zur Sache!« Mit energischem Kopfnicken winkte er seinen Begleiter heran.

»Kassier sie ab!« Er selbst hielt seine Pistole in der Hand, sprang vom Pferd und ging auf Baillot zu.

»Was wollt Ihr! Ihr habt doch schon unser Geld!«

»Aber Monsieur Strumpfwirker, den Preis überlaßt mir. Glaubt mir, ich besitze darin die größere Erfahrung!«

Wie zum Beweis griff er blitzschnell in das Jackenfutter des wehrlos vor ihm stehenden Baillot und riß es auf. Die eingenähten Louisdore fielen ins Gras.

»Seht Ihr? – Aufheben!«

Inzwischen ergriff der zweite Plünderer Baillots Frau Anne. Aber mit einem wütenden Aufschrei warf sich ihm Frédéric entgegen, bereit seine Mutter zu verteidigen. Seine Kraft reichte nicht aus, dem Gegner wirklich gefährlich zu werden; der Angriff war dem Burschen nur lästig und machte ihn in seiner Unerfahrenheit für einen Moment unentschlossen. Blitzschnell war der Hugenottenjäger hinzugesprungen, holte aus und schlug Frédéric mit dem Pistolengriff nieder. Als hätte es diesen kurzen, für alle bedrohlichen Augenblick gar nicht gegeben, packte er dann selbst Anne Baillot, die sich um ihren zu Boden gestürzten Sohn kümmern wollte, und begann, auch sie zu durchsuchen.

Nach wenigen Sekunden war die Plünderung vorüber, wortlos schwangen sich die beiden Männer auf ihre Pferde und verschwanden in der Dunkelheit.

Während Anne Baillot und Hélène Gaillard sich über Frédéric beugten, der sich langsam wieder von dem Schlag erholte, rannte der alte Gaillard den Reitern ein paar Schritte hinterher. Im Laufen zog er mehrere in seinem Mund hastig versteckte Geldstücke hervor, dann schüttelte er drohend die Faust. »Daß Gott, der Herr, euch zertrete wie Nattern, wie Ungeziefer im Weinberg, hört ihr!«

Charles Baillot lief zu ihm und hielt ihn zurück.

»Baillot, dir sage ich: Du führst uns einen dornigen Pfad in dein gelobtes Brandenburg!«

Der Wind hatte sich gelegt, die zerfetzten Wolken waren vom Nachthimmel vertrieben. Im Schein des Mondes glitzerte die Oberfläche des Flusses.
In einer der vom Frühjahrshochwasser in die Uferböschung hineingespülten Erdhöhlen hockte Frau Laurent. Sanft zog sie die Decke über der in ihrem Schoß eingeschlafenen Judith zurecht. Ununterbrochen bewegten sich dabei ihre Lippen in unhörbarem Gebet.
Obwohl Susanne unterwegs immer wieder von dem Geschehen im Tankversteck während der Kontrolle erzählt hatte, war Marie Anne Laurent fest davon überzeugt, daß Gott selbst für ihre Rettung gesorgt hatte. Zwar mußte sie sich damit abfinden, daß nicht er das Wasser im letzten Augenblick in den leeren Tank geschickt hatte, aber die Idee zur unerwarteten Rettung mußte von ihm selbst eingegeben worden sein – wie sonst ließ sich begreifen, daß Judith im alles entscheidenden letzten Moment zum Lederbeutel mit dem Trinkwasservorrat gegriffen und seinen Inhalt durch die Tanköffnung gepreßt hatte; ausgerechnet Judith, die seit dem Überfall auf der Wiese vor der Welt in einen tiefen Traum geflohen war! Die Gewißheit, ein Zeichen erfahren zu haben, erfüllte Frau Laurent mit unerschütterlicher Ruhe. Zuversichtlich wartete sie auf die Rückkehr von Daniel und Susanne, die sich aufgemacht hatten, am Flußufer nach den Markierungen zu suchen, an denen die Stelle zu erkennen sein sollte, die mit Schiffen vom anderen, ausländischen Ufer zur Rettung der protestantischen Flüchtlinge aus Frankreich angesteuert wurde.
Frau Laurent blieb gelassen, als ihre beiden Kinder mit der Überzeugung, sich am richtigen Ort zu befinden, zurückkehrten, wenn sie auch die Markierungen nicht gefunden hatten.
Das Verhalten der Mutter steigerte Susannes Nervosität, die nach der wochenlangen Flucht so dicht vor dem letzten Hindernis nicht untätig abwarten konnte. Gereizt wiederholte sie den Versuch, der Mutter die unerwartete, aber dennoch ohne Wundergläubigkeit zu erklärende Rettung vor der Grenzkontrolle zu schildern. Vergeblich bemühte sich Daniel, zwischen den beiden Frauen zu vermitteln. Als er spürte, daß auch ihn Ungeduld und Ungewißheit zu unbeherrschtem Verhalten zu verführen drohten, das endgültig in einen von niemandem gewollten Streit münden würde, verließ er stillschweigend und unbemerkt die Höhle und kletterte die Böschung hinunter zum Wasser.
Noch während er sich durch das dornige Gebüsch zwängte, sah er ein Stück stromaufwärts am jenseitigen Ufer mehrere Lichter aufblitzen und gleich wieder verlöschen. Ohne auf das Gestrüpp weiter zu achten, brach er sich aufgeregt seinen Weg, sprang hinunter auf die am

Rande des Flußbettes angeschwemmten Kiesel, und da erblickte er ein zweites Mal die Lichter; deutlich sichtbar flackerten sie mehrmals kurz auf. Befreit von allen Zweifeln, schrie Daniel nach seiner Mutter und den Schwestern, lief ihnen entgegen und zerrte sie außer sich vor Erleichterung am Wasser entlang auf die den Lichtsignalen gegenüberliegende Uferstelle zu.

Im stolpernden Lauf nahmen sie erstaunt wahr, wie sich plötzlich vor ihnen menschliche Gestalten aus den Büschen des Ufergehölzes, aus Erdhöhlen und hinter großen Steinen hervor lösten und einzeln oder in kleinen Gruppen, mit Kindern, Alten und Kranken, die getragen oder gestützt werden mußten, hinunter ans Wasser hetzten. Zugleich tauchten aus der Dunkelheit über dem Fluß die Silhouetten mehrerer Fährflöße auf. Zügig näherten sie sich dem diesseitigen Ufer, wo sich bereits die ersten Flüchtlinge eingefunden hatten und ihnen entgegenwateten.

Sehr schnell und in fast atemloser, nur vom Geräusch der plätschernd ins Wasser tauchenden Ruder unterbrochenen Stille wurden die ersten Flöße von den Flüchtlingen besetzt und sofort zurück ins tiefere Wasser getrieben – da ertönten aus der Richtung der Flußniederung entfernte, aber doch schon in ihrem Wortlaut verständliche Kommandorufe.

In wilder Flucht brachen aus dem Ufergehölz mehrere Personen hervor und hetzten auf das letzte der Flöße zu, das noch nicht abgelegt hatte. Es waren Charles Baillot und seine Leute. Verzweifelt bemühte sich der Strumpfwirker, den hochbepackten zweirädrigen Karren über die Unebenheiten der Böschung zu zerren.

Hinter den Fliehenden peitschten die ersten Schüsse der Verfolger auf. Daniel, der mit seinen Angehörigen im Heck des Floßes Platz gefunden hatte, wurde von einem der Fährschiffer rücksichtslos beiseitegestoßen. Hastig versuchte die Schiffsbesatzung, das Fahrzeug freizustaken und in die Strömung zu lenken. Aber einige entschlossene Männer, die so nahe vor der Rettung keinen ihrer Glaubensbrüder in der Gewalt der Grenzstreife zurücklassen wollten, fielen den Schiffern in die Arme. Im Handgemenge gelang es ihnen, das Floß so lange am Ablegen zu hindern, bis die Fliehenden es erreicht hatten und an Bord gezogen werden konnten.

Nur Charles Baillot, der mit seinem Karren im flachen Uferwasser kaum vorankam, zögerte noch, seine Habe aufzugeben. Hektisch warf er, was ihm von seinem Gepäck in die Hände geriet, auf das Floß und mußte, als die ersten Soldaten die Böschung schon überwunden hatten, gewaltsam von seinem Karren getrennt und auf das Floß gezogen

werden. Endlich setzte sich die Fähre zur Flußmitte hin in Bewegung.
Im Durcheinander des Kampfes um Baillot und sein Gepäck, unter den in Salven übergehenden Schüssen der Verfolger und im Gedränge der nach Deckung suchenden Menschen, sah allein Daniel das von allen anderen unbemerkt im aufgewühlten Wasser zurückgelassene Mädchen. Bei dem verzweifelten Versuch, dem Floß schwimmend zu folgen, wurde Sophie Baillot von der Strömung erfaßt. Daniel sprang ins Wasser, erreichte sie und konnte sich an den Tauen, die ihm von der inzwischen doch noch aufmerksam gewordenen Besatzung zugeworfen wurden, zusammen mit Sophie festhalten und zurück an Bord des Floßes ziehen lassen.
Unterstützt von den kräftigen Ruderschlägen auch einiger Flüchtlinge war das Fährfloß so weit auf den Fluß hinausgetrieben, daß die Schüsse der am zurückliegenden Ufer mit ihren Gewehren im Anschlag knieenden Soldaten niemanden mehr gefährden konnten.
Während Anne Baillot sich gemeinsam mit ihrer Schwägerin Hélène Gaillard um Sophie kümmerte, deren Finger sich noch immer in den Stoff der Jacke des erschöpft neben ihr hockenden Daniel Laurent verkrallt hatten, drängte sich Charles Baillot zu ihnen. Er erkannte den Jungen wieder, mit dem er auf dem Rückweg vom Markt den erhängten Prediger beerdigt hatte, aber seine gestammelten Dankesworte gingen unter im Gesang der geretteten Flüchtlinge, der sogleich auch von den anderen Flößen aufgenommen wurde.

# Ankunft

*»Wir, Friedrich Wilhelm, von Gottes Gnaden Markgraf zu Brandenburg, des heil. Römischen Reichs Erzkämmerer und Churfürst ... Thun kund und geben männiglichen hiermit zu wissen, nachdem die harten Verfolgungen und rigoureusen proceduren, womit man eine Zeithero in dem Königreich Frankreich wider Unsere der Evangelisch-Reformierten Religion zugethane Glaubens-Genossen verfahren, viel Familien veranlasset, ihren Stab zu versetzen, und aus selbigem Königreiche hinweg in andere Lande sich zu begeben, daß Wir dannenher aus gerechtem Mitleiden, welches Wir mit solchen Unsern, wegen des heiligen Evangelii und dessen reiner Lehre angefochtenen und bedrengten Glaubens-Genossen billig haben müssen, bewogen werden, mittels dieses von Uns eigenhändig unterschriebenen Edicts denenselben eine sichere und freye retraite in alle unsere Lande und Provincien in Gnaden offeriren, und ihnen daheneben Kund zu thun, was für Gerechtigkeiten, Freyheiten und Praerogativen Wir ihnen zu concediren gesonnen seyen ...«*

*1686–88*
*Die Réfugiés richten sich bis zum Tode des Großen Kurfürsten in seinen Residenzstädten Berlin und Cölln an der Spree als französische Bürger auf ein vorübergehendes Exil ein.*

Notdürftig gegen die winterliche Kälte in Decken, Felle und unförmige Kleidungsstücke gehüllt, zog der Treck der hugenottischen Flüchtlinge erschöpft und frierend durch die schneebedeckte märkische Landschaft hinter dem brandenburgischen Offizier her, der ihnen mit geringem Begleitkommando entgegengeschickt worden war. Immer wieder mußte er sein Pferd zu langsamster Gangart zügeln.

Die Mehrzahl der ungefähr vierzig Flüchtlinge war seit über drei Monaten unterwegs; der kurze Aufenthalt beim kurfürstlich brandenburgischen Residenten Mérian in Frankfurt am Main und die Ruhepause während der von diesem im Auftrage seines Dienstherrn organisierten Bootspassage den Rhein hinauf bis Cleve hatten nicht ausgereicht, mit der Zuversicht auf ein von Verfolgungen freies Leben im brandenburgischen Staat zugleich auch die Kräfte der geplagten Körper noch einmal zu steigern.

Lethargisch setzte der Zug der Frauen und Männer, der zahlreichen kleineren und halbwüchsigen Kinder, der Alten und Kranken, von denen einige, zum Gehen zu schwach, auf notdürftig aus Zweigen und Decken zurechtgebauten Behelfsschlitten geschleift wurden, seinen beschwerlichen Weg fort, als im hinteren Teil der weit auseinandergezogenen Gruppe ein alter Mann zusammenbrach. Es war der alte Apotheker Guillaume Gaillard. Nur seine Angehörigen in seiner nächsten Umgebung blieben bei ihm stehen und versuchten, ihn aus dem Schnee zu heben.

Einer der den Treck begleitenden Soldaten ritt hinzu und stieg vom Pferd. Während der zurückliegenden Tage des Marsches waren ähnliche Zwischenfälle passiert. Die lange und an Gefahren reiche Flucht hatte die Menschen besonders anfällig gegen die Anstrengungen und gegen die für viele von ihnen ungewohnte Witterung gemacht.

Der Soldat sah hinunter auf den von einem langandauernden und röhrenden Hustenanfall geschüttelten Alten und winkte einem seiner vorausreitenden Kameraden, den Fouragewagen anzuhalten. Dann wandte er sich an Charles Baillot, der bei dem Zusammengebrochenen stand und machte sich ihm durch Gesten und Wortbrocken verständlich. »Zum Wagen – *malade,* Transport, he – Transport!«

Der Strumpfwirker verstand ihn. Gemeinsam mit seinem Sohn Frédéric und mit Daniel Laurent trug er den alten Mann, von den Frauen und übrigen Kindern der Baillots, Gaillards und Laurents gefolgt, zum Fouragewagen vor. Apathisch nutzten die anderen Flüchtlinge die Unterbrechung zu einer kurzen Ruhepause. Kaum einer von ihnen blickte auf, als die Gruppe den Kranken an ihnen vorbeischleppte und auf den Wagen hob.

Sein Pferd am Zügel führend, begleitete der Soldat die Gruppe bis zum Wagen. Der abwesend melancholische Ausdruck des ihm fremdartig schön erscheinenden Gesichts von Judith Laurent hatte sein Mitleid geweckt; er hielt ihn für ein Zeichen tiefer Betroffenheit über den Zusammenbruch eines Angehörigen und wollte dem Mädchen Mut zusprechen. »Der rappelt sich wieder auf, es ist ja nicht mehr weit, Mamsellchen – *courage,* das versteht Ihr doch, hm? – *cou-ra-ge-*!«

Als er ihr tröstend seine Hand auf die Schulter legte, wich Judith mit schrillem, unartikuliertem Schrei zurück. Susanne trat zwischen die beiden und zog ihre Schwester schützend an sich. Resigniert zuckte der Soldat mit den Schultern und schwang sich auf sein Pferd. Wie sollte einer diese Fremden verstehen, wenn sie noch nicht einmal die gleiche Sprache redeten!

Langsam schleppte sich der Treck der Flüchtlinge hinter dem Offizier und dem Fouragewagen her den Hang eines von einzelnen Kiefern bewachsenen Hügels hinauf und geriet ein zweites Mal ins Stocken. Verschreckt riefen Mütter ihre Kinder zu sich, Nachzügler versuchten, ihre Schritte zu beschleunigen, um den Grund des Entsetzens zu erfahren.

Dicht aneinandergedrängt blieben alle auf der Hügelkuppe stehen und starrten hinunter auf einen Galgenplatz. Am Holzgerüst hing die verschneite Leiche eines Hingerichteten.

Wieder wollte der Soldat, der sich in der Nähe der Laurents gehalten hatte, beruhigend eingreifen und das Entsetzen der Frauen ablenken. »Ach was, ein Dieb! Für euch ein gutes Zeichen – ich sagte doch, wir sind bald da!«

Er richtete sich im Sattel auf und wies mit der Hand voraus. »Berlin! – Spandow, Liezow, Berlin!« Hinter den Windungen eines Flusses waren in einiger Entfernung über den Baumwipfeln eines Waldes Türme und Hausdächer zu erkennen. Der scharfe, eisig kalte Wind wehte allen ins Gesicht.

»Na, weiter jetzt, *allez*!«

Während sich der Zug in weitem Bogen um die Hinrichtungsstätte herum wieder in Bewegung setzte, zwinkerte der Soldat Judith zu, ritt dann im Galopp zum Galgen. Er stellte sich in die Steigbügel und schnitt ein Stückchen vom Strick ab, das er Judith brachte. »Da – Glück, so was bringt Glück – *bonheur*, hm? Das werdet Ihr brauchen, das *bonheur* –!«

Ängstlich zog Madame Laurent ihre Tochter weiter. In seiner Ratlosigkeit beugte sich der Soldat zu Susanne herunter und steckte ihr das Stückchen Strick wortlos in ihre Manteltasche.

Beaufsichtigt vom Vertreter des Kommissariats für die französischen Angelegenheiten, das die Aufnahme der Refugiés in den kurfürstlichen Residenzstädten Berlin und Cölln zu organisieren hatte, luden mehrere Soldaten Brennholz und Stroh von einem Pferdewagen und trugen es zu einem ziemlich verwahrlosten, offensichtlich unbewohnten Haus. Anwohner der schmalen, ungepflasterten Straße hatten sich bei der Einfahrt zum Hof des Gebäudes nach und nach eingefunden; mit deutlich auf ihren Gesichtern ablesbarem Mißfallen verfolgten die meisten von ihnen das Geschehen.

Schließlich drängte sich ein älterer Mann aus der Menge der Neugierigen vor und stellte sich einem der Soldaten erregt in den Weg. »Unrecht! – Was ihr hier macht, ist Unrecht! Hat das Militär nicht schon genug Unterkünfte?«

Vereinzeltes, noch zaghaftes Murren aus der Gruppe ermutigte ihn.

Er entriß dem verdutzten Soldaten das Strohbündel. Aber bevor er es zurück auf den Wagen schleudern konnte, trat ihm der Agent des Kommissariats entgegen. Nach zahlreichen ähnlichen Vorfällen während der letzten Wochen wollte er es nicht zur Ausweitung der Unmutsäußerungen unter den Einheimischen kommen lassen. »Dies Haus ist nicht fürs Militär – es ist konfisziert für Refugiés! Im Namen seiner kurfürstlichen Majestät, macht also Platz!« Energisch stieß er den Mann beiseite und gab zugleich den Soldaten ein Zeichen, die Zuschauer zurückzudrängen.
Pfiffe wurden laut. »Franzosen wollen wir schon gar nicht! Dies Haus gehört der Witwe Dahlke!«
»Die seit Jahren tot ist! Wer dennoch ehrliche Rechte auf das Anwesen haben sollte, der melde sie dem Magistrat!«
Die vom Agenten beabsichtigte friedliche Quartierbereitung drohte endgültig zu mißlingen. Wild um sich schlagend und von Zwischenrufen aus der Menge unterstützt, schrie der Mann seine Empörung den Soldaten ins Gesicht: »Ehrliche Rechte? – Wir sehen doch, wie mit unseren Rechten umgesprungen wird! Das macht sich breit bei uns, wird hofiert und ist noch dazu von den Steuern befreit, das Franzosenpack!«
Eine Auseinandersetzung schien unvermeidlich, als die Aufmerksamkeit der Streitenden plötzlich abgelenkt wurde.
Von einem Offizier und einem Schreiber angeführt, zog die Straße herauf, auf das konfiszierte Haus zu, eine Gruppe hugenottischer Flüchtlinge.
Schweigend wichen die Anwohner wieder hinter die Hofeinfahrt zurück und beobachteten die Ankunft der Fremden.
Der Zug der Flüchtlinge hielt vor dem Haus. Kurz und für die Umstehenden unhörbar sprach der Offizier mit dem Agenten des Kommissariats. Dann trat der Schreiber vor. Umständlich klappte er das ihm wie ein Bauchladen vor der Brust hängende Schreibpult herunter und entrollte, sich seiner Bedeutung sehr bewußt, die nach den Überprüfungen auf der französischen Intendantur zusammengestellte Liste der als Glaubensverfolgte anerkannten Flüchtlinge.
»Der Refugié Baillot – Charles Abraham Baillot!«
Schüchtern ging Baillot ein paar Schritte auf den Schreiber zu, der ihn musterte, bevor er endlich in einem aus Amtswürde und inzwischen erlangter Routine gemischten Tonfall mit der förmlichen Quartierzuweisung begann: »Unter dem Vorsatz, daß er für die schleunige Installierung einer Manufaktur Sorge trage, wird nach erfolgter Examination auf Rechtmäßigkeit dem französisch reformierten Strumpf-

wirker Charles Abraham Baillot dieses Quartier gleichwie das zugehörige Nebengebäude nebst Grund und Boden zugewiesen.«
Baillot hörte seinen Namen nennen und nickte ernst dem vom Papier aufblickenden Schreiber zu. Einen Moment lang war nur der röchelnde Atem des in tiefer Bewußtlosigkeit auf einer Trage liegenden alten Gaillard zu vernehmen.
»Besagtem Baillot wird des weiteren Feuerholz und Stroh zur Anrichtung von Bettstellen zugeteilt. Zugleich ist ihm auferlegt, fürs nächste die um ihr Oberhaupt dezimierte Schwesterfamilie Gaillard zu beherbergen! So geschehen im Namen seiner Majestät, Kurfürst Friedrich Wilhelm!«
In den Gesichtern von Charles Baillot und seinen Angehörigen spiegelte sich das Gefühl für die Bedeutsamkeit der Zeremonie wider; ihren Wortlaut aber hatte keiner von ihnen verstanden. Niemand rührte sich daher, als der Schreiber die Verlesung beendet hatte. Er ließ sich mit dem Einrollen der Liste wieder reichlich Zeit, sah dann flüchtig und als wäre er überrascht auf Baillot. »Na, los doch! Was will er denn noch? Nimm er seine Leute und ab, *allez*!« Fast unwirsch deutete er auf das Haus und begab sich zurück an die Spitze der übriggebliebenen Flüchtlinge, die sich auf das Zeichen des Offiziers wieder in Bewegung setzten.
Während die Baillots und Gaillards mit ihren wenigen Habseligkeiten und den ihnen im Hof der Intendantur zugeteilten Verpflegungsrationen auf das Gebäude zugingen, das auf unabsehbare Zeit zu ihrer neuen Wohn- und auch Arbeitsstätte bestimmt worden war, blieben Frau Laurent und ihre Kinder unschlüssig auf der Straße stehen. Die während der Flucht entstandenen Pläne einer gemeinsamen Zukunft im brandenburgischen Exil, die insbesondere in Baillots Versprechen bestanden, Daniel das Handwerk der Strumpfwirkerei zu lehren, schienen durch die Trennung bedroht.
Charles Baillot setzte die Trage mit dem Alten vor der Haustür ab und lief dem Schreiber nach, um das scheinbare Mißverständnis zu klären.
Neugierig beobachteten die Einheimischen, wie der trotz ihrer Proteste zum Nachbarn gewordene Refugié auf den Schreiber einredete und dabei immer wieder auf die Laurents deutete, bis der Schreiber schließlich noch einmal in seine Liste sah. Dann schob er Baillot entschlossen zur Seite und rief lauter, als es die Entfernung zwischen ihnen erfordert hätte, die wartenden Laurents an: »Da ihr kein männliches Oberhaupt besitzt, welches einer erlernten, regulären Profession nachzugehen fähig ist, steht euch weder in jenem Anwesen noch ir-

gendwo sonst ein eigenes Haus zu!« Er unterstrich seine Erklärung mit eindeutigen Gesten, sich der weiterziehenden Flüchtlingsgruppe anzuschließen. Enttäuscht nahm Daniel sein Gepäckbündel auf und verabschiedete sich von Baillot.

Charles Baillot überließ es den Frauen, das Wohnhaus in Besitz zu nehmen und die Räume auf seine und die Familie der Schwester aufzuteilen. Er selbst besichtigte als erstes das für die Einrichtung der Werkstatt bestimmte Nebengebäude.
Als er mit Frédéric über den Hof ging, sah er auf der Straße bei der Einfahrt noch immer einige Einheimische stehen und erregt miteinander diskutieren. Sobald sie ihn und seinen Sohn entdeckten, verstummten sie und blickten herüber. Baillot nickte ihnen zu und betrat das Gebäude, das Stall und Lagerschuppen gewesen sein mußte. Es befand sich in einem noch schlechteren Zustand als das Wohnhaus; aber die herabgefallenen Ziegel, der Schmutz und die bei jeder Bewegung aufwirbelnden Staubwolken konnten Baillots Zuversicht nicht beeinträchtigen.
Inmitten des von den Vorbesitzern zurückgelassenen Gerümpels blieb er stehen und zeigte in die dämmrigen, mehr von den Löchern im Dach als den verdreckten Fensterluken her beleuchteten Winkel des Raumes. »Das wird unsere Werkstatt sein. Es ist genügend Platz für alles!«
»Zusammenbrechen wird dieser Stall!« Frédéric deutete auf die breiten Mauerrisse, die zerbrochenen Dachbalken. »Siehst du das alles denn überhaupt nicht? Sie haben uns gegeben, was von ihnen selbst keiner mehr haben will!« Wütend trat er gegen die schief in den Angeln hängende Tür und ging zurück auf den Hof.
Die Schar der Neugierigen an der Einfahrt war noch kleiner geworden; er achtete nicht auf sie. Von der Straße her drang das Geräusch des davonfahrenden Pferdewagens, der Holz und Stroh gebracht hatte, zu ihm herüber. In einem der angrenzenden Gärten kratzten ein paar Hühner die gefrorene Erde, ein Schwein wühlte in einem Abfallhaufen. Frédéric hatte von dem Leben in der Fremde anderes erwartet, anders hatte er sich die Residenzstadt des Kurfürsten von Brandenburg vorgestellt. Allgemeine Armut hatte seinen ersten Eindruck geprägt; während des Zugs durch die Straßen war ihm kaum jemand aufgefallen, der sich den Erwerb fein gewirkter Strümpfe überhaupt hätte leisten können.
Sorgfältig rückte Baillot die brüchige Tür wieder vor den Eingang des Gebäudes, in dem vor allem anderen die Strumpfwirkerei eingerichtet

werden sollte. Während er seinem Sohn folgte, entwarf er bereits einen groben ersten Plan aller notwendigen Vorarbeiten.
Die beiden hatten gerade die Hintertür des Hauses erreicht, als lautes Klirren von zerbrechendem Glas sie aus ihren unterschiedlichen Gedanken riß.

Aneinandergedrängt standen die beiden Frauen und die Kinder beim Strohlager, das sie für den kranken Gaillard hergerichtet hatten, und starrten voller Angst auf den von der Straße ins Zimmer geschleuderten Stein. Er hatte niemanden getroffen, in allen aber Erinnerungen an die vergangenen Monate zurückgerufen.
Als Frédéric und sein Vater hereinstürzten, schlug dicht vor ihnen ein zweiter Stein auf die Holzbohlen. Die Gesichter einiger Einheimischer tauchten vor der zertrümmerten Fensterscheibe auf. Frédéric bückte sich nach dem Stein und holte weit aus, um ihn zurückzuwerfen. Die Köpfe am Fenster verschwanden. Aber Charles Baillot trat dazwischen; er nahm seinem Sohn den Stein ab, kniete, als gäbe es die Bedrohung von draußen überhaupt nicht, nieder und begann mit fester, lauter Stimme zu beten. Zögernd folgten die anderen seinem Beispiel, nur Frédéric blieb stehen.
Er hörte, wie auf der Straße unter Anführung einer Männerstimme Parolen angestimmt wurden, deren Inhalt er nicht verstand, die aber offenbar gegen die neuen Hausbewohner gerichtet waren. Sehr schnell jedoch schien unter den Schreiern Uneinigkeit zu entstehen; die Rufe erschallten vereinzelter, wurden leiser und verstummten, vom Gebet im Raum übertönt, schließlich ganz.
Als nun auch Frédéric sich neben seinem Vater niederkniete, sah er vor dem Fenster vorsichtig wieder einige Gesichter erscheinen; aber sie wirkten nicht mehr bedrohlich, nur noch Neugierde auf die Fremden drückte sich in ihnen aus. Laut und betont an diese Zuschauer gerichtet sprach Frédéric das Gebet mit: »Und Er errettete sie aus ihren Ängsten und führte sie einen richtigen Weg, daß sie gingen zur Stadt, da sie wohnen konnten. Die sollen dem Herrn danken für seine Güte . . .«

Von der allgemeinen Begeisterung, mit der einer der ersten nach Verkündung des Potsdamer Edikts in Berlin eingetroffenen Flüchtlingstrecks am 10. Januar 1686 im Beisein des Kurfürsten empfangen worden war, hatten die Familien Baillot, Gaillard und Laurent nicht mehr sehr viel gespürt. Besonders innerhalb der einheimischen Bevölkerung war diese Begeisterung mit den immer zahlreicher werdenden Refugiés merklich abgekühlt. Die für die Aufnahme und Versorgung

der Flüchtlinge eingerichteten Instanzen der kurfürstlichen Verwaltung aber hatten inzwischen im Zusammenspiel mit der schon bestehenden französisch reformierten Gemeinde einen Teil der anfänglichen Schwierigkeiten überwunden. Mit ihrer Unterstützung gelang es dem Neuankömmling Baillot, im März desselben Jahres seine Strumpfwirkerei in Betrieb zu nehmen. Als ein tatkräftiger, zugleich auch vorsichtig und geschickt taktierender Manufakturist wurde er Mitglied des Consistoriums der Gemeinde und beteiligte sich an der Betreuung der nach ihm eingetroffenen Landsleute.
Daniels Befürchtungen, durch die getrennte Quartiervergabe die Verbindung zu Baillot zu verlieren, erwies sich als unbegründet. Zusammen mit seiner Mutter und den beiden Schwestern erhielt er Unterkunft in einem Haus ganz in der Nähe der Baillots und trat die ihm versprochene Lehre an. Frau Laurent und ihre Töchter richteten in ihrer Wohnung eine kleine Änderungsschneiderei ein.

Die Glocken der Schloßkapelle, die der Kurfürst der Gemeinde zur Verfügung gestellt hatte, läuteten den Donnerstagsgottesdienst aus. Susanne Laurent war auf dem Heimweg. Vor dem Posamentenladen in der Dorotheenstraße blieb sie stehen. Schon einige Male zuvor hatte sie sich vorgenommen, im Laden nach Garn, Nadeln und anderen Materialien für Schneideränderungen zu fragen, jedesmal unter dem Ladenschild vor der Tür aber nicht den Mut gefunden, hineinzugehen. Auch jetzt zögerte sie, als in einem der gegenüberliegenden Häuser ein Fenster geöffnet wurde und eine Frau mißtrauisch zu ihr herunterblickte. Susanne öffnete die Ladentür und trat ein.
Sie war allein. Schüchtern sah sie sich um. Auf Regalen stapelten sich Kästen mit Spangen, Schnallen; Seidenbänder, Litzen, Stränge von buntem Garn hingen über Holzstangen. Von der Vielfalt des Angebots beeindruckt, griff Susanne nach einem Gürtelband und paßte es sich selbstvergessen an.
»Wunderbar, Mamsellchen, wirklich exzellent!«
Erschrocken wachte Susanne aus ihrem Tagtraum auf und drehte sich um. In der offenen Tür zu einem Nebenraum hinter dem Ladenpult stand kauend der Kaufmann Gottlieb Rhode. Er lächelte sie an, wirkte überhaupt gutmütig und lebenslustig. »Entschuldigt«, er deutete auf seinen vollen Mund. Susanne hängte das Gürtelband zurück. »Nehmt es nur – doch, doch – es korreliert mit Eurer Haarfarbe.«
Als Susanne schüchtern den Kopf schüttelte, zeigte er auf ein anderes.
»Ihr erlaubt?« Er nahm es und legte es ihr um die Taille. Auch ihr gefiel

es, und Rhodes Art war ihr nicht unsympathisch, dennoch wehrte sie ab und entzog sich seinem Versuch, die Gürtelschnalle zu schließen.
»*Non, monsieur, merci . . .*«
»Ah, dacht' ich's mir doch schon – das Haar, die Kleidung; Ihr seid eine von den Refugiés . . . *française,* hm?«
Susanne nickte.
Rhode ging zurück zum Pult und winkte sie verschmitzt zu sich, während er eine Schublade aufzog und daraus verschiedene bestickte, kostbar wirkende Geldbörsen hervorholte. »*Voilà,* auch aus Frankreich . . . Seide, *soie de Lyon,* wie das bei Euch heißt!« Er breitete die Börsen vor Susanne aus, die neugierig nähergekommen war.
»Wunderschöne Arbeiten, aber auch teuer . . . *beaucoup,* hm?« Erklärend rieb er Daumen und Zeigefinger zur Geste des Geldzählens aneinander. Die paar französischen Worte, die er auf Märkten und Messen und im Umgang mit der einheimischen adligen, das Französische in der Mode wie auch in der Sprache bevorzugenden Kundschaft aufgeschnappt hatte, wendete er stolz an, aber sie reichten nicht aus, um sich verständlich zu machen.
Wieder nickte Susanne lächelnd, der unerwartet freundliche Verlauf ihres Besuches hatte sie mutiger gemacht. Vorsichtig nahm sie eine der Börsen in die Hand und untersuchte die Stickerei. Als sie dabei am Verschluß einen unbefestigten bunten Faden entdeckte, griff sie unwillkürlich nach einer der Nadeln in einem auf dem Pult stehenden Nadelkissen und begann, den Fehler zu beheben. Besorgt um seine kostbare Ware, wollte Rhode ihren Eifer bremsen, aber dann merkte er, daß das fremde Fräulein sich anscheinend sehr gut mit der Stickerei auskannte und verfolgte aufmerksam ihre Arbeit.
»Sie versteht sich ja auf die Stickerei . . . *vous* . . . *broderie,* hm?« Er prüfte die reparierte Börse sehr genau, bevor er anerkennend nickte. »Tatsächlich, Mamsellchen, ganz exzellent!« Wieder untersuchte er die Börse, drehte und wendete sie, ohne irgendeinen Makel an Susannes Arbeit zu finden. »Wißt Ihr, wenn jemand wie Ihr für mich arbeiten würde, könnte ich die teuren Importe sparen und die hohe Akzise noch dazu – und dennoch wäre es französische Ware, versteht Ihr? Französisch, aber eben nicht aus Frankreich!«
Die Begeisterung über die Entdeckung zukünftiger Geschäftsmöglichkeiten hatte den Posamentenkaufmann für einen Moment seine Gesprächspartnerin fast vergessen lassen. Erst als er nachdenklich die Börsen zurück in die Pultschublade legte, wurde ihm bewußt, daß Susanne sicherlich kaum etwas von seinem Vorschlag verstanden haben

konnte. Wieder nahm er die Zeichensprache zu Hilfe, zeigte auf sie, auf die Börsen und auf sich.
»Arbeiten ... *vous* ... *travailler*?« Dabei sah er sie erwartungsvoll an.
Susanne nickte, sie hatte verstanden, daß der Kaufmann die eigentliche Absicht ihres Besuches selbst angesprochen hatte. In einem aufgeregt hervorbrechenden französischen Wortschwall löste sich ihre Erleichterung, sie überforderte weit Rhodes Aufnahmefähigkeit, amüsierte ihn aber sichtlich.
Schließlich tätschelte er beruhigend ihren Arm und unterbrach sie. »Langsam, Mamsellchen, langsam – versteh' ich doch alles sowieso nicht – nur eins: Ihr sucht Arbeit, *travail,* hm ... Ar-beit.« Als wollte er sie zurückrufen aus ihm unzugänglichen Höhen, betonte er das Wort überdeutlich. Längst hatte auch ihn eine Begeisterung ergriffen, die über die übliche Verkaufsplauderei mit Kunden hinausreichte.
Langsam sprach Susanne ihm das Wort »Ar-beit« nach.
»*Voilà,* richtig – *travail* ist Arbeit! Seht Ihr, wir verstehen uns schon!« Mit dem Stolz eines Lehrers auf eine besonders gelehrige Schülerin nahm er sie am Arm und zog sie mit sich vor das Regal mit den vielen Kästen und Schachteln. »Da – sucht Euch aus, was Ihr für den Anfang braucht!« Ohne auf ihr Zögern zu achten, begann er selbst, Material auszuwählen, das er für die Heimarbeit seiner neu gewonnenen Geschäftspartnerin für geeignet hielt.
Der Eifer und die Großzügigkeit, mit denen er Garne, Pailletten, Borten und anderes mehr vor ihr ausbreitete, riefen in Susanne, der die vorangegangenen Augenblicke wie ein Traum erschienen waren, das Bewußtsein für ihre tatsächliche Lage zurück. Auch wenn Rhode ihr durch sein Verhalten alle Bittstellerei erspart und ihr Selbstvertrauen gegeben hatte, ging es schließlich um den Abschluß eines Handels, in dem sie außer Geschick, Fleiß und Ehrlichkeit nichts anzubieten hatte.
Susanne zeigte auf die Ware und machte jetzt selbst die Geldzählbewegung. Aber Rhode hatte sich entschieden, sein Wille stand fest.
»Ach was, Mamsellchen, vom Geld reden wir später, wenn Ihr was vorzuweisen habt. Ihr seht mir gar nicht so aus, als würdet Ihr mit der Ware durchbrennen.«
An ihrem fragenden Blick merkte er, daß sie ihn gewiß wieder nicht verstanden hatte. »Durchbrennen ... ja, wie sagt man das bei euch ... durch-bren-nen ...?«
Ernsthaft bemühte sich Susanne, ihm auch dieses Wort nachzusprechen, verhaspelte sich aber schon bei der ersten Silbe. Verdutzt hörte Rhode ihren vergeblichen Versuchen zu, bevor er das Mißverständnis

begriff. Er begann zu lachen, stieß Susanne vertraulich an, wiederholte dabei mit ihrer verqueren Betonung und Aussprache »durchbrennen«, als wäre es die Pointe eines besonders gelungenen Witzes, bis sich Susanne endlich von seinem herzhaften, prustenden Gelächter anstecken ließ.
Beide sahen die Kundin, die unbemerkt in den Laden gekommen war, erst, als sie schon dicht bei ihnen am Pult stand. Es war die Frau, die Susanne vor der Ladentür beobachtet hatte. Sofort verstummte Susanne und wich verschämt dem mißtrauischen Blick der Frau aus. Sie sammelte die Ware hastig in ihren Korb und wollte sich mit einem förmlichen Knicks verabschieden. Aber Rhode schien überhaupt nichts daran zu liegen, das zwischen ihnen entstandene freundschaftliche Verhältnis vor anderen zu verbergen; immer noch lachend legte er ihr seine Hand auf die Schulter und führte sie zur Ladentür. Sie wehrte sich nicht dagegen, brachte aber unter den forschenden Blikken der Kundin nicht denselben Gleichmut auf; sie gab Rhode die Hand und huschte aus dem Laden.
»Eine von den Franzosen, was?«
Rhode stand in der offenen Tür und sah Susanne nach, dann drehte er sich langsam der Kundin zu. »Eine sehr charmante Person . . . Sie wird für mich arbeiten.«
»Ja, ja – das Rumscharwenzeln, das versteht dieses Pack!«
Der abfällige Ton brachte ihn endgültig zurück aus seinen Träumen und Hoffnungen, einen Moment lang lag ihm eine ebenso grobe Erwiderung auf der Zunge, dann entschied er sich für eine zurückhaltendere, verständnisvolle Antwort. »Ihr seid ungerecht, Frau Wulkow, ungerecht und unklug! Vom Geschick und vom Fleiß der Refugiés werden wir alle bald Nutzen haben, wir sollten deshalb vernünftig miteinander umgehen.«
Frau Wulkow zuckte verächtlich die Schultern.

Aus dem instandgesetzten und gesäuberten Werkstattgebäude klang das gleichmäßige Klappern von Webstühlen. Auf dem Hof an der Mauer hockte Daniel neben einem Stapel leerer Tragekiepen, aus denen er die Wollreste herausklopfte und sorgfältig zusammensammelte; Baillots Tochter Sophie half ihm dabei. Zwei Bauarbeiter besserten das Dach der Werkstatt aus, das helle Rot der neu eingepaßten Ziegel leuchtete in der Sonne. Baillot stand auf der anderen Seite des Hofes und rief den beiden Arbeitern zu, an welchen Stellen er noch weitere Dachpfannen ausgewechselt haben wollte. Obwohl er inzwischen recht gut Deutsch gelernt hatte, sprach er wie alle anderen aus der französischen Gemeinde, wann immer es möglich war, bewußt weiter in seiner Muttersprache auch im Umgang mit den Einheimischen: *Là – et là!*«

Sophie, die die Arbeit der beiden auf dem Dach verfolgt hatte, machte für Daniel belustigt in übertrieben breitem Berliner Tonfall die Erklärungen des einen Arbeiters nach, der seinem Kollegen Baillots Anweisungen übersetzte. »Haste jehört? Sachta *là,* meenta da – janz eenfach, det Französische! Denn also *là,* vastanden?«

Frédéric kam mit einem Handwagen hinter der Werkstatt vor. Eines der Räder war blockiert und quietschte laut und schrill. Mißmutig hielt er vor den beiden und riß Daniel das aus den Resten zusammengepreßte Wollknäuel aus der Hand. Betont achtlos warf er es auf die Erde. »Laß das – wir sind Manufakturisten und keine Bettler!«

Ohne auf Sophies Proteste einzugehen, warf er eine Balkenwaage vom Wagen und begann, das defekte Rad zu untersuchen.

Der leichte Wind wehte das Wollknäuel über den Hof bis vor die Füße von Baillot. Er hob es auf, ging damit hinüber zu den Jungen und gab es vorwurfsvoll Daniel zurück; dann wandte er sich an Frédéric. »Ihr solltet schon lange unterwegs sein. Du weißt, wir brauchen dringend Wolle. Aber nehmt keine scheckige und keine, die vom Waschen stokkig ist. Hier, seht ihr, so muß sie sein!« Er griff noch einmal nach dem Wollknäuel und zerrupfte es. Dann zog er einen Brustbeutel mit Geld für den Wollaufkauf vor und reichte ihn Frédéric. »Bezahlt den Bauern erst, wenn ihr die Ware wirklich habt. Und beeilt euch jetzt!«

»Ja doch!« Frédéric hatte die Belehrungen ungeduldig über sich ergehen lassen, wütend trat er gegen das Wagenrad. »Sag mir lieber, wie ich mit dem Ding hier über Land ziehen soll. Es ist genau wie bei der Werkstatt: ein paar Ziegel hier, ein paar da! Was bringt denn das? Warum nehmen wir nicht endlich mehr von dem Geld, das der Kurfürst uns in der Manufaktur tätigen Refugiés als Kredit bietet?« Baillot antwortete nicht sofort; er bückte sich und hantierte am Karrenrad.

»Weil ich nicht will! Ich bin dankbar für alle Hilfe, die uns hier gewährt wird; aber, mein Sohn, wer Geld gibt, der will auch kontrollieren! Der will, daß . . .« Die Zurechtweisung wurde unterbrochen. Baillots Frau kam aus dem Haus und winkte ihnen aufgeregt zu. »Charles! Der alte Gaillard . . . der Doktor will, daß er sofort ins Hospital kommt; schnell, Charles!«

Baillot faßte seine Instruktionen für Frédéric noch einmal zusammen, wies seine Tochter Sophie an, den Jungen Proviant für die Fahrt über Land zu holen und lief ins Haus.

Gottlieb Rhode, bereits schnieke frisiert, saß in der Barbierstube. Entspannt und sichtlich sehr zufrieden mit sich streckte er dem Barbier seinen entblößten Arm für eine Schröpfung hin. Rhode war beileibe nicht krank, er hatte sich vielmehr der allgemeinen Kräftigung und Erfrischung wegen zu dieser Prozedur entschieden und ermunterte den umständlich nach einer geeigneten Zapfstelle suchenden Barbier. »Na, los doch! Ein kleiner Aderlaß war für meinen Corpus noch stets belebend um diese Jahreszeit.«

Die beiden Kunden, die neugierig mit ihren Bierkrügen neben den Behandlungsstuhl getreten waren, zwinkerten einander belustigt zu. »Um diese Jahreszeit, Gottlieb, und dann wohl auch aus gewissen anderen Gründen, was?«

Der eine der beiden, Rhodes Freund Kügler, trippelte mit übertriebenem Hüftschwung um den Stuhl herum. »Man hört in letzter Zeit ja so einiges über dich . . .«

Inzwischen hatte der Barbier Rhodes Arm angeritzt, und ein dünner Blutstrom floß in die bereitstehende Messingschale. Der Posamentenkaufmann lehnte sich genießerisch zurück und spielte gutmütig die Frotzelei seiner Freunde, die ihm schmeichelte, mit. Er zupfte dem Barbier an der Schürze. »Fritze, schaff mir die Herren vom Gemüte!«

»Was denn, Gottlieb«, fragte Kügler, »stimmt's etwa nicht, daß da eine gewisse Demoiselle ständig in deinem Laden gesehen wird?«

Während die beiden Freunde wieder in ihr anzügliches, aber nicht hämisches Gelächter ausbrachen, wurde Rhode plötzlich ernst. »Kügler, laß die Witzeleien über Mademoiselle Laurent. Sie ist eine ehrliche Person!«

»Nu nu, Gottlieb, man wird doch unter guten Freunden noch einen kleinen Spaß machen dürfen?«

Rhodes Tonfall bekam einen noch schärferen, bestimmteren Klang. »Nein, nicht in dieser Art, Kügler. Ich will nicht, daß die Demoiselle ins Gerede gezogen wird!« Seine Entschiedenheit setzte der Unterhaltung ein plötzliches Ende, der Barbier widmete sich konzentriert seiner Arbeit, Kügler und der andere Freund tranken schweigend ihr Bier.

In die Stille hinein sah ein dritter Kunde, der während des vorangegangenen Wortwechsels scheinbar unbeteiligt und in irgendeinen Traktat vertieft dagesessen hatte, von dem Papier auf und empörte sich lauthals. »Eine Schande! Schämen solltet Ihr Euch!«

Kügler sah ihn verwundert an, wurde aber von dem Kunden, der wütend aufgestanden war und auf Rhode zeigte, gar nicht beachtet. Er ließ sich auch vom Barbier nicht beruhigen.

»Mit der Franzosenbrut fraternisieren: Wenn das keine Schande für jeden wahren lutherischen Brandenburger ist!«
Rhode schob energisch den Barbier, der dem Kunden in den Weg getreten war, beiseite, so daß er seinem Kontrahenten ins Gesicht sehen konnte. »Ich bin Brandenburger so gut wie Er! Ich stand für meinen Fürsten bei Fehrbellin gegen die Schweden! Ich wohl!«
Der Kunde setzte zu einer Antwort an, verstummte dann aber und ging zum Ausgang der Barbierstube, bevor er sich noch einmal zu Rhode zurückwandte. »Pfui, Herr Gottlieb Rhode, pfui! Man wird Ihn sich merken!« Die Tür schlug hinter ihm zu.
Die Stimmung unter den Freunden war endgültig verdorben; vom peinlichen Zwischenfall betroffen, vermieden sie es, einander anzusehen, bis Rhode selbst sich mit seinem Stuhl zu ihnen umdrehte. Unbeachtet floß der dünne Blutstrahl seinen Arm hinunter und tropfte auf den Boden. Ernst schüttelte Rhode den Kopf. »Was geht nur in diesen Menschen vor? Sehen nicht einmal, daß die Refugiés in unser armes Land Rendite bringen mit ihrem Fleiß und ihrem Geschick – und das für uns alle!«
Er streckte dem Barbier seinen Arm hin und forderte ihn auf, die Schröpfung zu beenden. »Manufakturieren, Kommerzium und Peuplieren hat unser Kurfürst weise gesagt, und recht hat er damit!«
Kügler hörte erleichtert, daß die erste, aus der Situation heraus entstandene Empörung seines Freundes abgeklungen und in eine sachlichere Betrachtung übergegangen war und wollte, um den Zwischenfall ganz und gar vergessen zu machen, an die zurückliegenden Witzeleien wieder anknüpfen. »Genau – Peuplieren, hm, Gottlieb?« Er unterstrich seine Bemerkung mit einer unmißverständlich anzüglichen Handbewegung und begann, wieder zu grinsen.
»Halt jetzt endlich dein böses Maul, Kügler! Merkst du immer noch nicht, daß du mit solchem Gerede nur diesen Kerlen, diesen Ignoranten das Feld bereitest?«
Wütend stand Rhode aus dem Behandlungsstuhl auf, warf eine Münze auf die Sitzfläche und wollte die Barbierstube verlassen. Aber Kügler hatte endlich begriffen, er reichte ihm seinen Bierkrug. Gottlieb Rhode zögerte, dann nahm er das Zeichen der Versöhnung an.

Das Gesicht der Mauer zugewandt, standt dicht an der Hauswand Judith Laurent und hielt ihrer Mutter einen Farbtopf hin. Madame Laurent balancierte auf der Bodenfläche eines umgekehrt aufgestellten Holzeimers. In schwarzer Farbe malte sie mit einem Pinsel neben der Tür an die Hauswand einen Schriftzug. *Chez Mme Laurent – Couturière*

hatte sie bereits geschrieben; sie war dabei, Buchstabe für Buchstabe von einem Zettel ablesend, darunter das Wort *Schneideränderungen* zu setzen.
Zwei junge Männer beobachteten aus einiger Entfernung ihre unbeholfene Pinselei und versuchten, durch leise Zurufe und Handzeichen Judiths Aufmerksamkeit zu erlangen. Madame Laurent war so sehr auf ihre Arbeit konzentriert, daß sie weder davon noch von der Ankunft ihrer zweiten Tochter, Susanne, etwas bemerkte. Judith aber spürte die Blicke der Männer, sie drängte sich noch dichter an die Mauer, ihre Hand mit dem Farbtopf zitterte.
Susanne ging, den Gruß der beiden Männer mit einem freundlichen Kopfnicken erwidernd, die Gasse herauf und blieb bei der Mutter und der Schwester stehen; sie kam aus dem Laden von Rhode, dem sie einige gestickte Börsen gebracht hatte. Die Erinnerung an seine Begeisterung über ihre Arbeit ließ sie lächeln. Wieder hatte er ihr den Gürtel, der ihr beim ersten Besuch in seinem Laden so gefallen hatte, angeboten; hatte sie noch einmal dazu überredet, ihn anzuprobieren. Kaum aber hatte sie ihm erlaubt, die Schnalle zu schließen, war er durch nichts mehr zu bewegen gewesen, den Gürtel zurückzunehmen.
Erschrocken wachte Susanne aus ihren Erinnerungen auf, griff an ihre Taille und nahm das Gürtelband, bevor die Mutter es entdeckte, ab. Als sie es hastig in ihren Korb stopfte, drehte sich Frau Laurent um, spürte die Verlegenheit ihrer Tochter und sah sie fragend an.
»Die Punkte – du hast sie vergessen –, die Punkte über dem ›a‹!« Susanne zeigte auf das noch nicht fertig ausgeschriebene Wort an der Wand, mit der anderen Hand verdeckte sie das über den Korbrand hinaushängende Ende des Gürtels.
Frau Laurent verglich die Buchstaben an der Mauer mit denen auf ihrem Zettel und schüttelte den Kopf. »Eine komische Sprache, dieses Deutsch . . .«
Susanne nahm ihr den Pinsel ab, kletterte auf den Eimer und tupfte schwungvoll die beiden Punkte. Ein anerkennender Pfiff aus der Richtung der beiden Männer kommentierte ihr Tun. Als sie sich zu ihnen umdrehte, verbeugte sich der eine der beiden übertrieben galant, ebenso geziert dankte Susanne ihm lächelnd.
»Laß das – die wollen doch nur ihren schamlosen Spaß!«
»Warum nicht – immerhin ist mir das lieber als Feindschaft und Steine, die uns ins Fenster geworfen werden!«
Judith hatte sich ängstlich in den Hauseingang geflüchtet; Susanne nahm ihr den Farbtopf ab und schickte sie und die Mutter ins Haus.

Als sie allein die letzten Buchstaben auf die Wand malte, näherten sich die beiden jungen Männer.
»Kiek ma', jut macht se det – richtich mit'n Schißlameng, wie die det nennen.«
Susanne hatte inzwischen, besonders durch ihren Umgang mit Rhode, genug gelernt, um die Bemerkung zu verstehen. Sie drehte sich zu den beiden um und korrigierte lächelnd die verballhornte französische Redewendung: *»Fait avec la main, Monsieur!«*
Das laute Rumpeln einer näherkommenden Kutsche beendete den Anbändelungsversuch; die Männer schlenderten weiter. Susanne hörte noch, daß ihre Belehrung wenig Erfolg gehabt hatte; denn stolz wiederholte der eine der beiden im Gehen seine Version: »Siehste: Schißlameng – hab' ick's nich' jesacht? Genau so nennen die det!«
Die Kutsche hielt neben Susanne. Der Kutscher beugte sich zu ihr herunter. »Madame Laurent, die Schneiderin, wohnt die hier?«
Susanne nickte und zeigte mit dem Farbpinsel auf die gerade fertig gewordene Wandbeschriftung. Aber der Kutscher winkte ab; er konnte nicht lesen. Er kletterte vom Kutschbock und öffnete den Wagenschlag. Ein Dienstmädchen sprang heraus. Gemeinsam halfen die beiden einer älteren Dame, offensichtlich vom einheimischen Adel, die stöhnend und ächzend die Kutsche verließ.
Auf den Kutscher gestützt, stakste sie mit gerümpfter Nase durch den Straßendreck auf Susanne zu, die sie mit ihren Malutensilien in der Hand erwartete, und musterte sie abschätzend. »Sie ist *la couturière?«*
Susanne deutete einen Knicks an. »Ja, Madame – zusammen mit meiner Mutter.«
»Sprich sie nur französisch, wir kennen uns damit aus. *Mon dieu* – welch ein Gestank hier!« Die korpulente Dame zog ein Taschentuch aus dem Ärmel ihres Umhangs und preßte es an die Nase.
Von Susanne und dem Dienstmädchen geführt, betrat sie das Haus; der Kutscher folgte ihnen mit einem Wäschekorb, den er aus der Kutsche gehoben hatte.

Auf einem niedrigen Holzbänkchen stand im zum Schneideratelier hergerichteten Teil des Wohnraums der Familie Laurent die adlige Dame in einem fast fertigen Hofkleid und zupfte das Dekolleté über ihrem Matronenbusen größer. »Tiefer doch noch! Ganz so, wie's in Frankreich jetzt Mode ist, will ich es. Dehalb komm' ich ja zu euch Réfugiés!«
Während Susanne mit Nadel und Faden die von der Dame gewünsch-

ten Änderungen am Kleid absteckte, versuchte ihre Mutter, die Kundin behutsam von ihrem lächerlich und geschmacklos wirkenden Einfall abzubringen. »Nur wenn Ihr darauf besteht, Madame. Eine Dame von Rang wie Ihr zieht jedoch das Dezentere vor, gerade in Paris, Madame . . .«

»Ah ja, das ist wahr. Ihr Franzosen versteht euer Handwerk; ich sage euch, noch ein paar Jahre, und wir werden unser ärmliches Berlin nicht wiedererkennen. – Natürlich will ich es auch dezent!« Sie ließ sich von ihrem Mädchen von der Bank helfen und schritt, gefolgt von Susanne, die durch Nadel und Änderungsfaden an das Kleid gefesselt war, zum Spiegel.

Während sie sich ausgiebig betrachtete, den Sitz des Kleides hier und da zurechtzog, entdeckte sie im Spiegelbild Judith. Das Mädchen saß apathisch bei der offenen Feuerstelle für das Bügeleisen. Als das Feuer zu qualmen begann, blieb es erst starr hocken, stocherte dann hilflos mit einem Eisen in der Glut herum.

»Eine traurige Schwester hat Sie, sitzt immer nur da und sinniert. Kann denn das Mensch nicht reden?«

»Die Flucht, Madame . . . Es sind ihre Nerven.«

Judith schien etwas verstanden zu haben, sie ließ das Eisen fallen und schlug die Hände vor ihr Gesicht.

»O ja, man hat viel davon gehört.« Die adlige Dame ging hinüber zu Judith und fuhr ihr mitfühlend, im Vergleich zu ihrer sonst resoluten, dragonerhaften Art fast sanft übers Haar, und Judith ließ es sich gefallen; langsam zog sie ihre Hände vom Gesicht zurück und begann, leise zu summen. Ratlos, gerührt und zugleich irritiert durch das Schicksal des Mädchens stand die Kundin einen Moment da und lauschte, dann fand sie ihre Fassung wieder und wendete sich im gewohnten, zwar freundlich gemeinten, aber wie ein Befehl klingenden Ton an Frau Laurent. »Richtet mir das Kleid ganz so wie besprochen. Ich verlasse mich auf Euer französisches Geschick. Aber eilt Euch; ich will es zum Empfang unserer aus dem Türkenkrieg zurückkehrenden Soldaten tragen. Ich werde Euch dafür entsprechend zu rekommandieren wissen.«

Marie verbeugte sich dankend und half ihr, sich aus dem Kleid zu schälen.

Susanne zwinkerte ihrer Mutter unbemerkt zu; endlich war es ihnen gelungen, Kunden zu gewinnen, die nicht nur irgendwelche geringfügigen Ausbesserungen verlangten, sondern lohnende Aufträge zu vergeben bereit waren.

Frédéric und Daniel zogen übermüdet, verdreckt und enttäuscht vom sehr kläglichen Ergebnis ihrer tagelangen Suche nach Wolle mit ihrem Handwagen zurück auf den Hof. Mochten einige der Bauern, bei denen sie angefragt hatten, tatsächlich keine Wolle besessen haben, so hatten andere die beiden Jungen rücksichtslos vom Hof gejagt, sobald sie als Franzosen erkannt worden waren; wieder andere hatten ihnen klargemacht, daß sie ihre Wolle aus Furcht vor Boykottmaßnahmen nur an die Aufkäufer der einheimischen Zünfte abgeben würden. Die Körbe auf dem Handwagen waren daher so gut wie leer.
Aus der Werkstatt, deren Mauerputz während ihrer Abwesenheit neu gestrichen worden war, klang wie gewöhnlich das regelmäßige Klappern der Webstühle. Frédéric überließ Daniel die Wagendeichsel und rannte auf den Eingang zu, als hinter einer Gebäudeecke einer der Arbeiter auftauchte und ihn zu sich winkte. Auf ausdrückliche Anordnung von Charles Baillot hatte er dafür zu sorgen, daß niemand die Werkstatt betrat, solange sie vom Fabrik-Inspektor besichtigt wurde. Der Kurfürst selbst hatte diese Beamten ernannt und ihnen die Aufgabe zugewiesen, Aufbau und Arbeit der von Refugiés gegründeten Manufakturen zu überwachen, bei regelmäßigen Inspektionen die Entwicklung festzustellen, Vorschläge zur Verbesserung des Manufaktur- und Kommerzienwesens einzuholen und bei auftretenden Schwierigkeiten den Unternehmern Hilfe anzubieten.
Die Erklärungen des Arbeiters brachten Frédérics Gemüt in Wallung; die Anwesenheit eines solchen Inspektors kam ihm gerade recht, er konnte ihm aus der unmittelbaren Erfahrung von Schwierigkeiten und Mißständen erzählen, konnte sie ihm handgreiflich vor Augen führen. Entschlossen griff Frédéric nach einigen der leeren Körbe und wollte mit ihnen am Arbeiter vorbei in die Werkstatt gehen. Aber der Arbeiter nahm seine Aufpasserpflicht ernst und drängte Frédéric zurück. Es gelang ihm, ihn zu beruhigen.
Als er gemeinsam mit den Jungen die Körbe im Hof aufstapelte, öffnete sich die Tür der Werkstatt. Charles Baillot, der Fabrik-Inspektor und sein Schreiber traten hinaus ins Freie; ihnen folgten Sophie, die in ihren vorgestreckten Händen wie auf einem Tablett ein Paar Strümpfe trug, und Frau Baillot mit einem Korb, in dem die Reste eines Imbisses lagen, der dem Besucher offenbar in der Werkstatt gereicht worden war. Alle machten einen sehr zufriedenen Eindruck.
Der Inspektor blieb vor der Tür stehen und klopfte Baillot auf die Schulter. »Respekt, Monsieur Baillot, Ihr habt die Zeit und die Euch gewährten Privilegien gut genutzt.« Er griff nach den Strümpfen, die Sophie ihm mit tiefem Knicks reichte und hielt sie zur genauen Begut-

achtung ins Sonnenlicht. »Eine wirklich ausgezeichnete Ware, die Ihr da produziert; diese Kostprobe Eurer Arbeit ist ohne Zweifel die ausgesetzte Belohnung wert.«
Charles Baillot verbeugte sich. »Es sind die ersten Strümpfe, *Monsieur l'inspecteur,* die auf unserem neuen mechanisierten Webstuhl verfertigt wurden. Ihr saht ja selbst, mit ihm läßt sich alle Arbeit von einem Platze aus bewerkstelligen. Das spart uns Zeit. Mir scheint allerdings, daß sich da noch weitere Verbesserungen anbringen lassen . . .«
Der Inspektor übergab die Strümpfe seinem Schreiber, der sie vorsichtig wie einen Gegenstand von großem Wert zur Verwahrung entgegennahm. »Baillot, Ihr solltet Eure Manufaktur erweitern. Ich bin überzeugt, Ihr seid dazu der rechte Mann!« Während der Inspektor sich in eine ausführliche Darstellung seiner Sicht der zukünftigen Entwicklung des Baillotschen Unternehmens hineinredete, entdeckte Charles Baillot die beiden Jungen, die sich bisher als Zuschauer im Hintergrund gehalten hatten. Jetzt aber war Frédéric aufgestanden, wies immer wieder auf die leeren Körbe und deutete mit Gesten die Ergebnislosigkeit der Überlandfahrt zu den Bauern an.
»Im Vertrauen, Baillot, seiner Kurfürstlichen Gnaden liegt sehr daran, gerade in Textilien von allen Importanda unabhängig zu werden. Denkt nur an die Bekleidung der Armee, die Uniformen der Offiziere!«
Baillot hatte die Zeichen seines Sohnes verstanden und faßte den Mut, die Gelegenheit zu nutzen. »Ich würde gerne – sofort würde ich Euren Plänen zu entsprechen versuchen, *Monsieur l'inspecteur* – nur: Schon jetzt gibt es Schwierigkeiten, ausreichend Wolle zu beschaffen. Wenn Ihr selbst Euch überzeugen wollt . . .« Baillot wies auf die Körbe, die ineinandergestellt an der Mauer der Werkstatt lehnten. »Das ist das Ergebnis von mehreren Tagen Suche bei den Bauern draußen vor Berlin – nichts, so gut wie nichts, *Monsieur*!«
Der Inspektor seufzte. »Auf allen Inspektionen dasselbe!« Er wendete sich an seinen Schreiber. »Merk es an! Es muß dem Widerstand der einheimischen Zünfte ein Ende gemacht werden.«
Die Reaktion des Beamten machte Baillot mutiger, als es sonst seine Art war. »Unbedingt! Und wenn Ihr erlaubt, es muß recht bald geschehen!« Im selben Moment spürte er, das die engagierte Heftigkeit, mit der er gesprochen hatte, den Inspektor kränkte. Er machte seiner Frau deshalb heimlich Zeichen, mit den Resten des Imbisses näher zu kommen.
Im Tonfall des Inspektors lag tatsächlich eine größere Distanz als zuvor. »Gewiß, Baillot, gewiß – allerdings solltet ihr Refugiés auch ein-

sehen, daß so etwas nicht im Handumdrehen und schon gar nicht allein zu euren Gunsten geschehen kann!«
Anne Baillot kam mit der Weinflasche aus dem Korb und dem Glas des Gastes zu den Männern; die Spannung, in die das Gespräch geraten war, löste sich zu Baillots Erleichterung. Der Inspektor ließ sich einschenken und zeigte auf Frédéric, der sich ihnen neugierig genähert hatte. »Euer Sohn?«
Anne nickte. »Und der andere auch?«
»Nein, *Monsieur*, er arbeitet für uns. Ihm fehlt der Vater, und so kümmert sich mein Mann besonders um ihn.« Sie wollte hinzufügen, daß die väterliche Fürsorge ihres Mannes für Daniel wohl auch mit dem Tode des eigenen Sohnes, des kleinen, an den Folgen einer heftigen Lungenentzündung verstorbenen George, zusammenhänge, unterdrückte dann aber doch diese Erklärung.
Der Inspektor merkte nichts von Anne Baillots kurzem Zögern. Wieder versöhnlicher, nickte er den beiden Jungen wohlwollend zu und hob sein Glas. »Also: Auf daß unser aller Brandenburg florieren möge!« Er trank, gab das Glas zurück und wandte sich zum Gehen. »Baillot, Ihr werdet von mir hören!«
Frédéric nutzte den Moment und trat entschlossen vor. »*Monsieur, pardon* – aber ist es wahr, daß seine Kurfürstlichen Gnaden unentgeltlich Land zur Errichtung von Werkstätten und Verkaufsbuden zur Verfügung stellen will?«
Baillot, der eine neuerliche Verstimmung des Besuchers befürchtete, machte seinem Sohn vorsichtige Zeichen, sich nicht einzumischen; aber Frédéric beachtete sie nicht. Und es zeigte sich, daß er richtig handelte. Seine Frage weckte sofort im Inspektor wieder die Euphorie, mit der er zuvor Baillot die Zukunft des Manufakturwesens ausgemalt hatte. »Sieh da, Baillot, Euer Sohn weiß Bescheid – und er hat recht, Baillot! Bewerbt Euch um ein Stück Land drüben am Weidendamm, und Ihr werdet sehen, daß man Euch in allen wirtschaftlichen Belangen Unterstützung nicht verweigern wird.«
Der Inspektor verabschiedete sich endgültig und ging, begleitet von Charles Baillot und dem Schreiber, vom Hof.

Gottlieb Rhode schüttete aus jedem der Töpfe mit den Farbpulvern, die er vor sich auf dem Ladenpult aufgebaut hatte, eine kleine Probe auf ein Papier und schob es der Kundin hin. »Wenn Ihr eine Bluse färben wollt, liebe Madame Wulkow, dann nehmt dieses zarte Grün. Die dunklen Farben, das ist doch eher etwas für ältere Frauenzimmer. Jedenfalls, wenn ich Euer Mann wäre . . .«

Geschmeichelt schüttelte die gar nicht mehr so jugendliche Kundin ihren Kopf. »Was Ihr so redet, Musjeh Rhode!«
»Nur die Wahrheit – und vielleicht dazu eine Borte . . . Ihr erlaubt?« Rhode zog von einem der Ständer eine Borte und drapierte damit Kragen und Verschluß ihrer Bluse probeweise. »So trägt man es nämlich jetzt in Frankreich.«
Frau Wulkow schmolz sichtlich, gab ihren gezierten Widerstand auf und begann, Handspanne für Handspanne die benötigte Länge der Borte abzumessen, als Susanne Laurent in den Laden kam, Rhode vertraut zulächelte, dann aber wegen der Anwesenheit der einheimischen Kundin zurückhaltend und förmlich grüßte.
Augenzwinkernd spielte Gottlieb Rhode mit. »*Bonjour, Mademoiselle* – einen Augenblick noch.« Er lud sie ein, auf dem Stuhl neben dem Pult Platz zu nehmen.
»*Merci, Monsieur.*«
Frau Wulkow hatte die beiden beobachtet und sehr genau aus dem Geplänkel ihre wahre Vertrautheit herausgehört. »Musjeh hier, Musjeh da! Ganz Berlin palavert nur noch auswärts – jedenfalls muß man das annehmen, wenn man in letzter Zeit in Euren Laden kommt!« Unwirsch schob sie die vermessene Borte von sich und kramte aus ihrem Geldbeutel ein paar Münzen vor. »Ich nehme nur die Farbe, das dunkle Blau!«
»Aber Madame – wo Ihr doch eben selbst noch mich mit ›Musjeh‹ angeredet habt . . .«
»Ich? Ich hätte so etwas gesagt? Ganz gewiß habe ich es nicht gesagt! – Leb' er wohl, Herr Kaufmann Rhode!« Mit verächtlichem Seitenblick auf Susanne verließ Frau Wulkow den Laden.
In lautes Gelächter ausbrechend, kam Rhode auf Susanne zu, um eine herzlichere Begrüßung nachzuholen. Aber sie wich zurück, das Benehmen der Kundin hatte sie betroffen gemacht. »Ich war schuld. Ich vertreibe dir deine Kunden.«
»Ach was, die kommen wieder – da, guck doch!«
Rhode zog die Pultschublade auf und zeigte ihr, daß bis auf wenige Stücke alle Börsen verkauft waren. »Fast alles von deiner letzten Stikkerei ist schon wieder abgesetzt, und denk nur nicht, sie wüßten nicht, wessen Arbeit sie da kaufen.«
Schweigend sortierten sie, dicht nebeneinanderstehend, die neue Lieferung, die Susanne mitgebracht hatte.
In den vergangenen Monaten war aus ihrer anfänglichen geschäftlichen Verbindung allmählich und fast unbemerkt eine von beiden geschätzte Freundschaft geworden; trotzdem ahnte Susanne, daß Rhode

die Leichtfertigkeit, mit der er die Feindseligkeiten seiner einheimischen Stammkunden und Nachbarn ihr gegenüber behandelte, nur zu ihrer Beruhigung vorspielte. In Wahrheit waren sie ihm längst nicht so gleichgültig, wie er tat. So war sie nicht einmal sicher, ob tatsächlich die Börsen verkauft worden waren; vielleicht hatte Rhode sie ihr zu Gefallen auch einfach nur vor ihrem Besuch aus der Lade genommen und irgendwo versteckt.
Sie fühlte, wie Rhode sie verstohlen musterte.
»Ja ja, wir beide, ein schönes Paar würden wir abgeben, was?«
Als sie nicht antwortete, drehte er sich ihr zu und nahm ihre Hand. »Geschäftlich und ... und, ich meine, nicht bloß so geschäftlich, Susanne ... überhaupt meine ich ...«
Plötzlich zog er sie zu sich und umarmte sie. Die Bewegung kam so überraschend, daß Susanne ihm nachgab.
Erst nach einem Moment machte sie sich sanft los. »Wenn jemand in den Laden kommt!«
»Soll doch! Ich habe nichts zu verbergen, kann jeder auf der Stelle sehen! Mir ist es ernst mit uns beiden, Susanne, ganz ernst.« Wieder zog er sie an sich und küßte sie.
Sie befreite sich, war ihm nicht böse, wurde aber sehr ernst. »Bitte – ich – ich gehöre zur französischen Colonie; ihr und wir, wir passen nicht zusammen, man sieht es doch überall: hier in deinem Laden, auf der Straße. Unsere und eure Bäcker stehen in Streit miteinander; mein Bruder hat von Prügeleien zwischen den einheimischen und unseren Arbeitern in Baillots Manufaktur erzählt. Und bei all dem sollen wir, ich ... ach, ich weiß selbst nicht ...«
Susanne fand keine passenden Worte, ratlos drückte sie ihren Kopf gegen seine Schulter. Gottlieb Rhode strich ihr beruhigend übers Haar. »Wir leben in *einer* Stadt, Susanne, sie ist meine Heimat und nun auch eure. Warum soll es, wenn es schon Streit gibt, nicht auch Eintracht zwischen uns und euch Refugiés geben?«
Susanne hob den Kopf und sah ihn bittend an. »Laß uns noch etwas warten, ein bißchen. Meine Leute müssen sich ja auch erst an euch gewöhnen, genau wie ihr euch an uns.«
Gottlieb Rhode trat zurück, und plötzlich verzog sich sein Gesicht wieder zu einem lustigen Lächeln; er räusperte sich und fand den gespielt distanzierten Tonfall ihrer ersten Begrüßung wieder. »Mademoiselle Laurent, Eure hugenottische Gottesfurcht, was bescheidene Kleidung angeht, in allen Ehren, aber so ein kleines bißchen Delikatesse dürfte, wenn Ihr verzeiht, doch wohl erlaubt sein. Und da Ihr, wie mir scheint, aus Furcht vor Entdeckung, jenes Gürtelband nicht

öffentlich tragen mögt, habe ich mich inzwischen nach etwas anderem umgesehen.«
Bevor Susanne sich erleichtert auf den Wechsel seiner Laune eingestellt hatte, griff er nach ihrer Hand und steckte einen Ring mit einem kleinen roten Stein an ihren Finger.

Charles Baillot hatte es eilig. Er kam vom Spreeufer, wo er auf Drängen von Frédéric das vom Kurfürsten zur Bebauung angebotene Gelände am Weidendamm zusammen mit den beiden Jungen besichtigt hatte. Ohne auf die zahlreichen Frauen besondere Rücksicht zu nehmen, die auf der Uferwiese ihre Wäsche zum Trocknen und Bleichen ausgebreitet hatten, war Frédéric nach kurzer Inspektion sofort mit raumgreifenden Schritten über das Gras stolziert und hatte ein Stück Land vermessen und provisorisch abgesteckt.
Natürlich war Baillot froh über den Eifer und den Ehrgeiz seines Sohnes in allen Belangen des Familienunternehmens, andererseits machte ihn gerade dieses Bestreben um schnelles Wachstum und Vermehrung der wirtschaftlichen Bedeutung der Strumpfmanufaktur besorgt. Die unbedenkliche Bereitschaft zu unbedachtem und risikoreichem Handeln entsprach nicht seinem eigenen, auf Vorsicht und sorgfältiger Abwägung beruhendem Vorgehen. Darin aber war Daniel ihm viel ähnlicher als sein Sohn Frédéric; und Charles Baillot hatte sich vielleicht auch deshalb angewöhnt, Daniel nicht nur das Handwerk des Strumpfwirkers zu lehren, sondern ihn auch in alle Überlegungen der Geschäftsführung einzuweihen und ihn um seine Meinung zu fragen. So war ihm Daniel im Falle des Geländes am Weidendamm, wie er erwartet hatte, zu Hilfe gekommen; sie beide hatten sich gegen Frédéric entschieden und alle Pläne einer Erweiterung oder gar Verlagerung der Werkstatt an die Spree zurückgewiesen. Baillot war, nachdem er im Gehen noch einmal alle Vor- und Nachteile durchdacht hatte, mit diesem Beschluß sehr zufrieden.
Als er zur Schloßkapelle kam, sah er, daß er sich trotz seiner Eile verspätet hatte. Die Sitzung des Consistoriums hatte bereits begonnen. Leise öffnete er die Tür der Sakristei, die der Gemeinde als vorläufiger Beratungsraum zur Verfügung gestellt worden war, und hastete an dem Cassier vorbei, der die Gottesdienstkollekte und das Geld der ihm zur Leerung gebrachten Sammelbüchsen aus den Haushalten der Gemeindemitglieder zählte und die Summen in ein Kontobuch eintrug. Eilig setzte sich Baillot auf seinen Platz am Beratungstisch. Es war ihm peinlich, ausgerechnet zu einer Sitzung unpünktlich zu erscheinen, auf deren Einberufung er selbst sehr energisch bestanden

hatte. Schließlich war er einer derjenigen, die anläßlich der Einweisung des alten Gaillard Zeugen des in höchstem Maße verwerflichen und für das Ansehen der gesamten Gemeinde der Refugiés beschämenden Benehmens des Hospitalverwalters geworden waren. Er hatte auf der Suche nach einem Verantwortlichen diesen Verwalter endlich in einem Vorratsraum des Hospitals, der anscheinend heimlich zu einer Schnapsboutique umgeräumt worden war, bei einem Gelage mit ein paar gemeindefremden und überhaupt recht zwielichtigen Personen überrascht und sofort die Mitglieder des Consistoriums verständigt; zumal sich herausgestellt hatte, daß mit dem für die Krankenbehandlung vorgesehenen Branntwein sowie anderen Vorräten aus dem Besitz der Gemeinde gebechert worden war.

Während Baillot nach der Hast vom Weidendamm zur Kapelle langsam wieder zu Atem kam, hörte er den Ausführungen seines Freundes, des Weinhändlers Perrault zu, der gerade den Fall mit vor Empörung zitternder Stimme ganz in Baillots Sinne schilderte und zum Abschluß unter beifälligem Gemurmel der Mehrzahl der Anwesenden eine besonders harte Bestrafung forderte. Dem Beifall für diese Forderung allerdings schloß sich Baillot nicht an; er hatte einen völlig anderen Vorschlag zu machen, wollte dafür aber einen geeigneteren Moment der Diskussion abwarten, weil ihm klar war, daß sein Vorschlag auf den ersten Blick so überraschend wirken mußte, daß es einer geschickten Vorbereitung bedurfte, um ihn durchzusetzen. Eigentlich, aber das brauchte er ja nicht zu erwähnen, stammte der Vorschlag gar nicht von ihm – Daniel Laurent, der bei irgendeinem Gespräch während der Arbeit von der Hospitalaffäre gehört hatte, war der tatsächliche Urheber. Charles Baillot mußte unwillkürlich lächeln: Wie so oft hatte der Junge auch mit dieser Idee seinen eigenen Absichten nicht nur entsprochen, sondern ihnen in besonderer Weise das Tüpfelchen aufgesetzt.

Als Perrault seine Anklagerede beendet und sich gesetzt hatte, stand der Prediger Lejeune auf. »Eure Betroffenheit, Perrault, teile ich. Ein Hospitalverwalter, der durch Unterschlagungen ermöglichte Saufgelage abhält und Betrügereien wer weiß welcher Art sonst noch auf dem Kerbholz hat, ist eine Schande für unsere Gemeinde. Aber Euer Strafantrag, der dieses Verhalten auch noch in die Öffentlichkeit tragen würde, zu dem sage ich: nein!«

Erregt sprang Perrault auf. »Soll denn dieses verbrecherische Individuum weiter das Hospital zur Boutique verwirtschaften? Und das nur, weil wir zu feige sind, vor aller Welt mit Fingern auf ihn zu deuten?«

Im Nu entstand aus den Zwischenrufen der Anhänger und der Gegner von Perraults Meinung ein lautes Stimmendurcheinander, so daß der Moderateur eingreifen und die Streitenden zur Ruhe bringen mußte, bevor ein dem Consistorium nicht angehörender, nach seiner Kleidung und dem umhängenden Degen zu urteilen wohl adliger Hugenotte das Wort erhalten konnte. »*Messieurs,* Brüder – wenn ihr einem Nichtmitglied in eurem Rat das Wort erlaubt ... Es sind mir nämlich bei Hofe Gerüchte zu Ohren gekommen, die von euch vor einer Entscheidung zu bedenken wären ...«
Der Moderateur sah in die Runde und erteilte dann, da kein Widerspruch erhoben wurde, dem Mann die Redeerlaubnis. »Diese Gerüchte sprechen dafür, den Fall, genau wie der Herr Prediger Lejeune auch meint, nicht gerade jetzt publik werden zu lassen, weil ...«
Wieder sprang Perrault auf und wollte empört dazwischenrufen, wurde aber von seinem Sitznachbarn zurückgezogen. »Weil, so heißt es, am kurfürstlichen Hofe, die Kurfürstin das Anwesen des Hospitals, das in ihrem Besitz und euch ja nur geliehen ist, in Kürze zu veräußern beabsichtigt.«
Die Nachricht versetzte auch die hartnäckigsten Befürworter einer exemplarischen Bestrafung des Verwalters vor aller Öffentlichkeit in betroffenes Schweigen. Nur Charles Baillot war mit diesem unvorhergesehenen Verlauf der Beratung sehr zufrieden; er spürte, daß der Augenblick für seine Wortmeldung gekommen war. Langsam erhob er sich. »Da ich etwas zu spät kam, wofür ich euch um Entschuldigung bitte, weiß ich nicht, ob Perrault euch auch gesagt hat, daß jenes Subjekt sogar eine Weibsperson im Hospital bei seinem gottlosen Treiben aushielt ...«
»Natürlich habe ich das gesagt! Ein Hurenstück ist sie! Eine Einheimische –!«
»Eben, Brüder, genau darauf will ich euch aufmerksam machen: Der Verwalter stand in Verbindung mit einer Einheimischen!« Baillot machte eine wirkungsvolle Pause; er lächelte Perrault, der ihn entgeistert anstarrte, beruhigend zu. »Nehmen wir an, das Consistorium sieht in dieser Verbindung einen der Ehe ähnlichen Zustand ...«
Weiter kam Baillot nicht; lautstark machten seine verwirrten Zuhörer ihrem Unmut Luft, verstanden den Sinn seiner Worte nicht. Selbst der Prediger war aufgesprungen, um Baillot zurechtzuweisen. Als durch sein Eingreifen die allgemeine Unruhe abflachte, setzte Charles Baillot unbeirrt seine Rede fort. »Hat nun aber nicht derjenige, der die Ehe mit einem Einheimischen eingeht, seine Zugehörigkeit zu unserer Gemeinde nach dem Reglement verloren?«

Die noch eben größte Empörung ausdrückenden Mienen der Mitglieder des Consistoriums begannen sich zu entspannen; verschmitztes Grinsen machte sich auf den Gesichtern breit.
»Wollt Ihr damit sagen, Charles Baillot, daß der Hospitalverwalter kein Refugié mehr ist?« Der Prediger Lejeune schien als einer der ersten Baillots Überlegungen durchschaut und in ihrer ganzen Bedeutung für die Rettung des Ansehens der Gemeinde begriffen zu haben.
Charles Baillot war kein geübter Redner, bisher hatte er bei den Beratungen eher als ein Schweiger gegolten, der sich kaum an den Debatten beteiligte und seine Meinung erst in den Abstimmungen äußerte; diesmal allerdings genoß er sichtlich seinen Erfolg. »Der Hospitalverwalter hat sich, soviel ich sehe, selbst gefangen. Mir liegt allein daran, unsere Gesetze zu befolgen, und in ihnen steht, daß die eheliche Verbindung mit Einheimischen zum Ausschluß aus unserer Colonie führen muß.«
Gelächter und beifälliges Klopfen auf die Tischplatte begleiteten seine gespielt bescheidene Abwehr des allgemeinen Lobes für seinen verblüffenden Vorschlag; Perrault kam zu ihm und schüttelte erleichtert seine Hand. Und diesem alten Freund gegenüber fühlte sich Charles Baillot nun doch verpflichtet, Daniel Laurent wenigstens als Miturheber der vorgetragenen Überlegungen zu erwähnen.
Als der Moderateur die Versammlung wieder zur Ruhe rief, um die Beratung fortzusetzen, wehte der Wind durch die geöffneten Fenster unregelmäßig Fetzen entfernter Musik in den Raum: Der Triumphzug der dem Kaiser in Wien gegen die Türken zu Hilfe geschickten und nun endlich siegreich nach Hause gekehrten brandenburgischen Soldaten hatte begonnen.

Die Männer der Bürgerwehr bemühten sich, die zur Schloßfreiheit führenden Straßen freizuhalten, aber je näher der Klang der Trommeln und Schalmeien kam, desto heftiger drängte die in ausgelassener und neugieriger Laune versammelte Menschenmenge im Gerangel um gute Aussichtsplätze immer wieder vom Rand zur Mitte der Straße vor. Als die ersten Böllerschüsse vor dem Schloß gezündet wurden, verließ auch Gottlieb Rhode im Kreis seiner Freunde und Bekannten den Schankraum der Wirtschaft, in der er mit ihnen gesessen hatte, und sicherte sich draußen auf der Straße, wo wie zu einem Volksfest ein dicht umlagerter Ausschank für Bier und Branntwein aufgebaut war, einen Platz; er kam gerade noch rechtzeitig. Ein berittener Offizier, den linken Arm bandagiert, in der rechten Hand den

blanken Säbel, kündigte die Ankunft des Zuges an. Vor seinem unnahbar entschlossenen Auftritt wichen nun auch die vorwitzigsten Zuschauer an den Straßenrand zurück und machten den Weg frei für eine von gefangenen Türken getragene, unter einem Baldachin offene Sänfte. In ihr saß, mit martialisch aussehendem Verband über dem im Kampf verlorenen Auge, General von Schöning.
Rhode fiel begeistert in die Vivat-Rufe der Menge ein und ließ sich von der Bewegung, in die seine Umgebung aufs Neue geriet, mittreiben bis dicht an den Rüstwagen,der der Sänfte folgte. Auf seiner Ladefläche war ein Zelt aufgeschlagen, vor dem in ihre fremdländischen, kostbaren Gewänder gekleidete türkische Feldherren, von Haremsdamen und Negersklaven umstanden, starr und wie zu einem Tableau komponiert, saßen. Mit schweren Ketten waren diese erbeuteten feindlichen Feldherren und ihr Gefolge an den Wagen gekettet. Staunend erinnerte sich Rhode an die weit weniger prunkvolle Rückkehr aus der Schlacht gegen die Schweden, an der er selbst teilgenommen hatte. Der Zug geriet ins Stocken; vergeblich versuchte die Bürgerwehr, die einander von allen Seiten gegen den Wagen schiebenden und stoßenden Zuschauer daran zu hindern, die Gefangenen neugierig zu berühren.
Rhode stand inmitten des Durcheinanders und suchte sich zu befreien, als er im Gedränge auf der gegenüberliegenden Straßenseite eine Gestalt in dunklem, hochgeschlossenem Kleid und mit einer Haube entdeckte, wie sie die unverheirateten jungen Frauen der Refugiés trugen. Wild mit den Armen rudernd, bahnte er sich einen Weg zu ihr. Aber er hatte sich geirrt, es war nicht Susanne.
Als dann auch noch die über sein rücksichtsloses Drängeln empörten Nachbarn ihn beschimpften und sogar handgreiflich zu werden begannen, verlor er die Lust am Zuschauen. Während sich der Prunkwagen langsam wieder in Bewegung setzte und die Mehrzahl der Zuschauer mitlockte, entfernte er sich.

Durch menschenleere Seitengassen gelangte er rasch in die Dorotheenstraße. Auch hier war kaum das sonst um diese Tageszeit übliche Leben vor den Häusern im Freien. Je mehr Zeit Rhode unterwegs zum Nachdenken hatte, desto unzufriedener wurde er über seinen unvermittelten Entschluß, dem Volksfest vor der Schloßfreiheit den Rükken gekehrt zu haben. Hatte er sich schon bei dem Anblick der ihm fremden jungen Hugenottin inmitten der jubelnden Menge plötzlich allein gefühlt, so spürte er jetzt, im Gehen nüchterner geworden, auf der Straße eine noch größere Einsamkeit.

Als er ein Stückchen voraus die Tochter der Waschfrau Helmke beim Wäschespülen vor dem Waschhaus entdeckte, lenkte er unwillkürlich seine Schritte auf sie zu. »Na na, Jungfer Helmke, rackert Euch heute nur nicht so ab!«
In ihre Arbeit vertieft, blickte sie nicht einmal zu ihm auf. Rhode blieb vor ihr stehen. »He, denkt an den Abend; wenn Ihr so weitermacht, wird Euch beim Tanz mit den Soldaten die Puste fehlen!«
Ohne Rhode zu beachten, nahm sie ihren Bottich auf und schüttete das Spülwasser in die Gosse, so daß Rhode von den Spritzern getroffen wurde. Während er beiseitesprang, verschwand sie wortlos im Haus. Kopfschüttelnd ging Rhode weiter.
In der Nähe seines Ladens standen zwei Männer, die Rhode flüchtig bekannt waren, in scheinbar angeregter Plauderei. Als er sie im Vorbeigehen grüßte, verstummten die beiden, grüßten aber nicht zurück. Sie sahen ihn nur einen Augenblick lang an, drehten sich dann weg und schlenderten weiter.
Irritiert blickte Rhode ihnen nach, bevor er hinüber zu seinem Laden ging und überrascht stehenblieb. In die Nische vor der Ladentür gepreßt, das Gesicht fast ganz von einem Schal verborgen, wartete Susanne auf ihn.
»Susanne! Die ganze Zeit habe ich schon an dich gedacht: Wie schön es wäre, wenn wir beide heute abend zum Tanz auf die Schloßfreiheit gingen!«
Er hatte die Tür aufgeschlossen und wollte sie mit in den Laden ziehen. Aber Susanne wehrte sich, und erst jetzt nahm Gottlieb Rhode den traurigen, ratlosen Ausdruck ihres Gesichtes wahr. »Susanne, was ist denn? Was ziehst du für eine Miene?«
»Ich – ich kann nicht. Ich bin nur gekommen, um dir . . . da!« Susanne hielt ihm den Ring hin, den er ihr geschenkt hatte.
»Aber er gehört doch dir!«
»Ich möchte ihn zurückgeben.«
Endlich verstand Rhode. »Du hast mit deiner Mutter über uns gesprochen?«
Susanne schüttelte den Kopf. »Mein Bruder Daniel hat ihn gefunden, er hat alles erraten. Und nicht einmal er wollte es dulden!« Susanne schaffte es nicht, ihre Beherrschung noch länger zu wahren. Sie brach in Schluchzen aus, das immer ungehemmter, hilfloser wurde.
Die beiden Männer waren auf der Straße stehengeblieben und hatten sich zurückgewendet. Offenbar belustigt beobachteten sie Rhode und Susanne und imitierten, als Rhode sie bemerkte, mit theatralisch übertriebenen Gesten das Verhalten der beiden.

Rhode zog Susanne in den Laden und schlug hinter ihr die Tür zu. Sanft tupfte er ihre Tränen ab.
»Angst – ich habe Angst, Gottlieb. Du hast ja nicht gehört, was sie mir zuriefen, als ich draußen auf dich wartete – böse Worte . . .«
»Mit denen werde ich schon fertig. Hinterm Rücken, da zerreißen solche sich ihre Schandmäuler, aber sonst: ein feiges Gesindel!« Rhode wollte zur Tür zurückgehen. »Du wirst sehen!«
Aber Susanne hielt ihn fest, resigniert schüttelte sie den Kopf. »Nicht! Wir würden trotzdem keinen Frieden finden. Hier nicht – und bei mir nicht; auch die wollen keine Vermischung. Im Consistorium heißt es: Brandenburgs Bürger französischer Nation – verstehst du: französischer Nation!«
»Dann führ mich zum Consistorium. Ich werde mit ihnen reden!«
Wieder schüttelte Susanne den Kopf, ihre Tränen begannen, wieder heftiger zu fließen. Rhode drückte sie auf einen Stuhl, kniete neben ihr nieder und bemühte sich, sie zu beruhigen. Draußen setzten die Kanonenböller wieder ein; die Schüsse erklangen in regelmäßigem Abstand. Der Triumphzug mußte den Schloßvorplatz erreicht und sich für den Kurfürsten aufgestellt haben.
Rhode erhob sich entschlossen. »Susanne, sieh mich an!«
Sie gehorchte seinem energischen Tonfall.
»Magst du mich so, wie ich dich mag – von ganzem Herzen?«
Sie blickte auf, sah ihn mit ihren verweinten Augen an und nickte.
»Dann, Susanne, werde ich vor dummem Starrsinn nicht zu Kreuze kriechen! So wahr ich Gottlieb Rhode bin: Alle Welt soll sehen, wie es mit uns beiden steht!«
In der Ferne hatte, von den Böllerschüssen übertönt, Musik eingesetzt.
»Hörst du, sie sind vor dem Schloß – und wir werden dabei sein! Wir werden tanzen und feiern genau wie alle andern!«
Susanne sprang erschrocken von ihrem Stuhl auf. »Nein! Ich kann nicht – ich . . .«
»Nur dies eine Mal noch, Susanne – ich bitte dich, vertrau mir!«
Er stand vor ihr, und Susanne wußte, daß er diesmal nicht nachgeben und in den ihr aus ähnlichen Gesprächen vertrauten Plauderton fallen würde, mit dem er sonst seine Bereitschaft zum Einlenken ankündigte. Langsam griff sie nach seiner Hand. Rhode nahm den ihm zurückgegebenen Ring und steckte ihn auf ihren Finger. Susanne ließ es geschehen, dann streckte sie plötzlich ihre Arme aus, umklammerte seinen Hals und küßte ihn.

In der Straße, die im spätabendlichen Dunkel wie verlassen dalag, war das Haus von Baillot das einzige, in dem fast alle Fenster hell erleuchtet waren. Die erste Nachricht von Paul Gaillard seit der Flucht aus Frankreich – ja eigentlich sogar seit seiner Emigration nach Amsterdam – hatte alle Mitglieder der Familien Baillot und Gaillard, besonders natürlich Paul Gaillards Frau Hélène, nach der ersten sprachlosen Dankbarkeit in eine geradezu hektische Betriebsamkeit versetzt. Während alle, als wäre es tatsächlich so eilig und als stände seine Ankunft unmittelbar bevor, seinen Empfang vorbereiteten, zog Hélène immer wieder den Brief hervor. Er war an das hiesige Consistorium adressiert, das sich – endlich mit Erfolg – an die nach der Flucht über das protestantische Europa verstreut existierenden Gemeinden der Refugiés mit der Bitte gewandt hatte, bei der Suche nach vermißten Angehörigen zu helfen. Der Brief war aus Hamburg eingetroffen, wohin Paul Gaillard gereist war, weil er in seinem Beruf als Apotheker in Amsterdam offenbar nicht hatte Fuß fassen können; und in dem Schreiben wurde angekündigt, daß Paul sich umgehend nach einer Kutsche der Überlandpost umsehen wollte, die ihn nach Berlin bringen würde.

Charles Baillot, Frédéric, Daniel – der trotz des Festtages nach der Mittagspause zurück in die Werkstatt gekommen war –, überhaupt jeder, der in Hélènes Nähe kam, mußte ihr helfen, anhand des Briefdatums und der geschätzten Dauer der Reise von Hamburg nach Berlin die Ankunftszeit ihres Mannes zu errechnen.

An der allgemeinen Freude schien allein Daniel Laurent kaum teilzuhaben. Schon als Charles Baillot ihm nach der Rückkehr von der Consitoriumsberatung vom großen Erfolg seines Vorschlags erzählt hatte, der ja eigentlich Daniels Idee gewesen war, hatte Daniel nur einsilbig reagiert und sich mit verschlossenem Gesichtsausdruck gleich wieder in seine Arbeit vertieft. Mit der gleichen Verschlossenheit schlich Daniel auch jetzt noch durchs Haus und packte nur, wenn es sich nicht vermeiden ließ, beim Einräumen und Herrichten des zusätzlichen Zimmers für die Gaillards mit an. Charles Baillot hatte den Eindruck, Daniel versuche, allen möglichst aus dem Wege zu gehen, traue sich aber dennoch nicht nach Hause. Er hatte den Jungen noch nie so erlebt. Nachdem Baillot unbemerkt beobachtet hatte, wie Daniel tief in Gedanken an einem Fenster stand und auf die leise vom Schloß herüberklingende Musik zu hören schien, schickte er seine Tochter Sophie zu ihm, weil er wußte, daß die beiden nahezu Gleichaltrigen einander sehr gut verstanden.

Nur vom Mondlicht und spärlichem Licht aus wenigen Häusern an einigen Ecken dämmrig beleuchtet, lag der größere Teil der Dorotheenstraße in nächtlichem Dunkel. Für einen Augenblick schien auf der kleinen Glasscheibe in der Tür zu Rhodes Laden ein Licht, vielleicht nur eine Spiegelung, aufzuflackern und gleich wieder zu verlöschen, als sich die Straße herauf die Geräusche von Schritten näherten.
Susanne hatte sich bei Gottlieb Rhode eingehakt und trippelte zur Melodie eines Tanzliedes, das sie summte, neben ihm her. »Was hältst du von meinem Freund Kügler? – Du wirst es kaum glauben, aber es ist noch gar nicht so lange her, daß sogar er dumme Bemerkungen über uns gerissen hat. Und vorhin? Fast wäre ich eifersüchtig geworden, so galant ist er um dich herumgestrichen!«
Susanne blieb stehen. »Die Musik, das Tanzen – es war schön, Gottlieb – und vielleicht, vielleicht hast du recht, und es wird doch noch alles gut mit uns.«
Rhode nahm sie in seinen Arm und strich ihr über das vom Tanz zerzauste Haar. Wieder tauchte in der Türscheibe kurz flackernder Lichtschein auf. Diesmal hatte Rhode ihn gesehen. Er schob Susanne beiseite und ging auf die Tür zu. Plötzlich wurde die Ladentür krachend aufgerissen und zwei Gestalten huschten hinaus auf die Straße. Als Rhode sich ihnen in den Weg stellte, wurde er grob umgerempelt. Bevor Susanne begriff, was geschah, schlug einer der beiden ihr im Vorbeirennen ins Gesicht; sie strauchelte und stürzte in den Straßendreck. Im selben Augenblick sah sie, wie hinter den wenigen beleuchteten Fenstern der Häuser in der Nähe des Ladens die Lichter gelöscht wurden. Die beiden Gestalten waren in der Dunkelheit verschwunden, von irgendwoher hörte Susanne ihre höhnisch drohenden Rufe: »Franzosenhexe! Franzosenhexe!« Dann verstummten sie, die Straße war wieder dunkel und ruhig.
Rhode hatte sich aufgerappelt, kam zu ihr und half ihr wortlos beim Aufstehen. Während er ihr Gesicht nach Verletzungen abtastete, sah sie, wie hinter der eingeschlagenen Tür kleine Flämmchen aufzuckten. Ihr entsetzter Aufschrei alarmierte Rhode. Er rannte zur Tür.
Das Feuer im Laden hatte noch nicht ausreichend Nahrung gefunden. Offenbar vom unerwarteten Erscheinen des Ladenbesitzers aufgestört, hatten die beiden Täter nur ein paar Stoffbänder auf dem Boden in Brand stecken können. Rhode stürzte in den Laden, riß sich seine Jacke herunter und erstickte damit die Flammen. Susanne war ihm gefolgt, stand in der Türöffnung des nach dem Löschen der Flammen wieder stockdunklen Ladens, bis Rhode eine Tragelaterne gefunden und entzündet hatte. Sie beleuchtete den Ort einer Verwüstung: Die

gesamte Ladeneinrichtung war demoliert worden, die aus den Regalen und Kästen herausgerissenen Posamentenwaren lagen verstreut herum.
Außer sich vor Wut schob Rhode, während er sich zu Susanne einen Weg bahnte, mit den Füßen die Trümmer seiner Kaufmannsexistenz beiseite.
»Dieses Pack! Diese verfluchten Halunken! – Ich hätte nicht löschen sollen. Minuten später, und das Haus wäre in Flammen aufgegangen, und die Flammen wären übergesprungen und . . .« Rhode trat an Susanne vorbei auf die Straße und schrie hinaus in die Dunkelheit: »Hört ihr, ihr alle! Die ganze Straße hätte abbrennen können. Auch eure Häuser!«
Nichts rührte sich in der Nachbarschaft, alles blieb still. Dann wurden irgendwo in der Nähe laut Fenster zugeschlagen.
»Feiges Gesindel!« Rhode wollte weiter hinaus auf die Straße in Richtung des Geräusches laufen, aber Susanne hielt ihn zurück und zog ihn in den Laden.
»Ich will weg hier – bitte, Gottlieb, bring mich weg!«
»Du hast recht, ich habe verloren, endgültig verloren. Komm, ich bringe dich zu deiner Mutter.«
Susanne nahm seinen Arm, hielt ihn fest. »Nein, nicht zu ihr – nicht jetzt!« Rhode starrte sie irritiert an.
»Jetzt will ich bei dir bleiben. Wir müssen weg von hier, aber wohin du auch gehst, ich gehe mit dir!«
Gottlieb Rhode faßte ihre Worte noch immer nicht. »Weißt du, was du da sagst, Susanne?«
»Ja – ganz gewiß weiß ich es! Meine Mutter und meinen Bruder werden wir später benachrichtigen.«
Inmitten der Glasscherben, der zerfetzten und versengten Stoffstreifen, zertretener Knöpfe und zerschlagener Möbel standen die beiden einander gegenüber; es dauerte lange, bis Gottlieb Rhode wie aus einem Traum erwachte. »Bei Spandau, da kenne ich einen Fischer, gleich unten an der Havel. Kügler könnte uns mit seinem Bierkarren zu ihm fahren . . .«
»Dann komm, was überlegst du noch, komm!«
Susanne zog Rhode hinaus auf die dunkle Straße.

Hélène Gaillard hatte sehr viel länger auf das Wiedersehen mit ihrem Mann warten müssen, als von ihr und allen anderen, die sie um Rat gefragt hatte, geschätzt worden war; Paul Gaillard hatte seine Abreise aus Hamburg mehrmals verschieben müssen. Und so hatte sich die

Hoffnung seines Vaters, ihn noch einmal zu sehen, nicht erfüllt. Der alte Gaillard war im Hospital gestorben, ehe sein Sohn endlich in Berlin eintraf.

Charles Baillot hatte die Wartezeit genutzt, um die Ankunft seines Schwagers der Gemeinde und besonders dem Kommissariat für die französischen Angelegenheiten anzukündigen. Wohlwollend war seine Bitte um Unterstützung aufgenommen worden; unter der Voraussetzung, daß Paul Gaillard eine Apotheke einrichte, war ihm ein eigenes Haus in der vom Kurfürsten neu angelegten Dorotheenstadt versprochen worden.

Paul Gaillard selbst hatte gleich nach seinem Eintreffen in Berlin die Bestätigung dieses Angebotes erhalten und für sich und seine Familie den Umzug beschlossen.

Auf dem Hof hinter Baillots Haus stand ein Pferdefuhrwerk; es war schon beladen mit dem wenigen Gepäck, das Paul Gaillard aus Hamburg mitgebracht hatte. Hélène und ihre Kinder Jules und Anne schleppten die Habseligkeiten, die sich in ihrem Berliner Hausstand inzwischen angesammelt hatten, zum Wagen und luden sie auf. Vom Kutschbock herunter winkte Paul Gaillard seinem Schwager Baillot, der mit seiner Frau in der Haustür stand, fröhlich zu und gab dann, während Hélène mit den Kindern auf den Wagen kletterte, dem Fuhrknecht das Zeichen zum Aufbruch. »Ein großes Schild werde ich an unserem neuen Haus anschlagen: *Pharmacie Gaillard* – damit ihr uns auch findet!«

Unter lauten, ausgelassenen Abschiedsrufen, von denen auch die Arbeiter aus der Werkstatt hinaus auf den Hof gelockt wurden, trieb der Knecht das Pferd an, und der Umzugswagen zuckelte auf die Ausfahrt zur Straße zu. Das Bild dieses fröhlichen Flüchtlingstransports rief in Charles Baillot die Erinnerung an seine eigene Ankunft in Berlin wach; vieles hatte sich in der Zwischenzeit zum Besseren gewendet. Er war deshalb jedoch nicht neidisch auf seinen Schwager, dem im Gegensatz zu ihm viele der Anfangsschwierigkeiten erleichtert und manche Demütigungen erspart worden waren.

Niemand auf dem Hof sah die ältere Frau, die sich schüchtern und mit abgewandtem Gesicht an die Hauswand drückte, als der Pferdewagen an ihr vorbei auf die Straße einbog. Frau Laurent wartete noch, bis der Hof wieder leerer wurde; dann ging sie auf Charles Baillot zu, der als letzter in der Werkstatt verschwinden wollte, und sprach ihn an.

Verwundert kam er auf sie zu. »Madame Laurent? Was kann ich für Euch tun?«

Frau Laurent winkte ihn vom Eingang weg zur Werkstatt, in der das

gleichmäßige Rattern der Webstühle wieder einsetzte. »Ich möchte nicht, daß mein Sohn Daniel mich hier sieht. Er wollte nicht, daß ich zu Euch komme. Es ist wegen Susanne.«
Obwohl Daniel auf alle Fragen, die Baillot ihm in der letzten Zeit im Zusammenhang mit seiner Schwester gestellt hatte, nur ausweichend und einsilbig geantwortet hatte, war Baillot über den Fall der Laurent-Tochter ziemlich genau unterrichtet; denn er war ausführlich im Consistorium besprochen worden.
»Monsieur«, sagte Frau Laurent, »dieser Kaufmann Rhode ist ein rechtschaffener Mann. Er ist reformierten Glaubens wie wir.«
»Aber ein Lutheraner, kein französischer Refugié . . .« Baillot zuckte hilflos mit den Schultern. »Es tut mir leid für Euch, aber ich bin nicht befugt, das Reglement unserer Gemeinde in Eurer Sache eigenmächtig ändern zu lassen. Und selbst gesetzt den Fall: Ich würde mit Gewißheit niemanden finden, der einen solchen Antrag unterstützt.«
»Es ist doch aber meine Tochter!«
Die Verzweiflung der alten Frau über den Ausschluß ihrer Tochter weckte in Baillot Mitleid, zugleich aber fühlte er sich unfähig, sich für sie im Consistorium einzusetzen; denn gerade er war es ja gewesen, der in der Angelegenheit um den Hospitalverwalter auf diesen Punkt des Reglements hingewiesen hatte. Er verschwieg ihr jedoch Daniels Anteil an jener Entscheidung.
»Immer wäre es irgendeine Tochter oder irgendein Sohn, Madame Laurent. Aber der Ausschluß aus unserer Gemeinde bedeutet ja nicht, daß Eltern ihre Kinder nicht mehr sehen und nicht mehr mit ihnen sprechen dürfen.«
Marie Anne Laurent antwortete nicht, an Baillot vorbei sah sie in eins der Werkstattfenster auf ihren Sohn Daniel, der, in seine Arbeit vertieft, an einem Webstuhl saß.
Baillot folgte ihrem Blick und verstand.
»Ich werde mit Daniel reden, Madame. Übrigens habe auch ich mich erkundigt. Dieser Rhode ist wirklich ein tüchtiger Kerl. Er läßt seinen Laden wieder aufbauen. So etwas imponiert den Leuten; sie sollen ihm sogar eine Abordnung nach Spandau geschickt haben, um sich zu entschuldigen. Ja, ich werde mit Daniel reden, und ich glaube, er wird dann die Entscheidung seiner Schwester nicht mehr ganz so streng beurteilen und Euch erlauben, Eure Tochter zu besuchen.«
Frau Laurent schien mit Baillots Versprechen nicht vollkommen zufrieden zu sein. Aber sie reichte ihm die Hand und verabschiedete sich.

Fast alle Bänke in der kleinen Dorfkirche waren unbesetzt; kahl und nüchtern wirkte das Kirchenschiff ohne die Anwesenheit von Gläubigen. Nur ganz vorne, dem Altar gegenüber, saßen Kügler und der Spandauer Fischer.
Vor dem Pfarrer am Altar standen Susanne Laurent und Gottlieb Rhode und hörten dem Wortlaut der Trau-Agenda zu, die ihnen vorgelesen wurde. Der Pfarrer beendete die Belehrung, sah vom Papier auf und stellte ihnen, zuerst an Rhode gewandt, die Einverständnisfragen: »Ist es also Euer wohlbedachter, fester Wille und Zusage, so antwortet: Ja!«
Rhode blickte vom Pfarrer auf Susanne, sah sie einen Moment lang an, drehte dann das Gesicht wieder dem Pfarrer zu. »Ja!«
»Und Ihr, Susanne, bekennet, daß Ihr Eurem ehelichen Manne eine getreue Hausfrau sein wollet, nach dem Wort Gottes und seinem heiligen Evangelio. Ist das auch Euer wohlbedachter, fester Wille und Zusage, so antwortet gleichfalls: Ja!«
»Ja!«
Der Pfarrer nahm die beiden auf den Altar gelegten Eheringe und hielt sie dem Brautpaar zum Aufstecken hin.
Während der Zeremonie begannen Kirchenglocken zu läuten. Aber es waren nicht die Glocken der Dorfkirche, das Läuten kam aus der Richtung von Berlin oder von Cölln an der Spree. »Gebt euch eure rechte Hand! – Demnach ihr dann so eure Herzen und Hände verbunden habt, so spreche ich euch, als ein ordentlicher Diener Jesu Christi, im Namen Gottes zusammen.« Der Pfarrer unterbrach die Eheformel und horchte verwundert auf. In das Läuten der entfernten Glocken war zusätzliches Geläut, jetzt in unmittelbarer Nähe, eingefallen. »Der Vater der Barmherzigkeit, der euch durch seine Gnade zu diesem heiligen Stand berufen hat, verbinde euch mit rechter Liebe und Treue, und er gebe euch seinen Segen. Amen.«
Während der letzten Worte war der Küster aus der Sakristei gekommen; er wartete das »Amen« ab, dann eilte er auf den Pfarrer zu. Erschrocken beobachtete Susanne, wie er aufgeregt mit dem Pfarrer flüsterte.
Gottlieb Rhode spürte ihre Angst und zog sie fest an seine Schulter. Was auch immer die Unterbrechung zu bedeuten haben mochte, für ihn wie für Susanne hatte die Ehe ihre Gültigkeit.
Die Flüsterei der beiden war beendet, der Küster ging hastig zurück in die Sakristei.
Der Pfarrer sah das Brautpaar und die beiden Trauzeugen an.
»Gott, der Allmächtige, hat unseren allergnädigsten Landesherren,

Kurfürst Friedrich Wilhelm, Markgraf zu Brandenburg und Herzog von Preußen, zur ewigen Ruhe gerufen!«
Kügler und der Fischer sprangen überrascht von ihrer Bank auf.
»Kniet nieder und laßt uns beten!«
In das Läuten der entfernteren Glocken, deren Anzahl sich inzwischen weiter vermehrt hatte, mischten sich nun auch die Klänge der Glocken der Dorfkirche; sie übertönten die Worte des Pfarrers, der mit dem Gebet für den toten Kurfürsten begonnen hatte.
Beim Altar knieten Susanne und Gottlieb Rhode, stumm bewegten sich ihre Lippen.

## Geschäfte mit dem Hof

*»Sonsten wurden die Franzosen bey denen Teutschen nicht ästimiret, heute zu Tage können wir nicht ohne sie leben, und alles muß Französisch seyn. Französische Sprache, französische Kleider, französische Speisen, französischer Hausrat, französisches Tanzen, französische Musik, französische Krankheiten ... Wer nicht französisch kann, der kömmt zu Hof nicht an ...«*

*1700*
*Kurfürst Friedrich III. – ab 1701 als Friedrich I. erster König in Preußen – bestätigt die Privilegien der französischen Einwanderer.*

Die Auktion verschiedener Waren- und Geräteposten im *Bureau d'Adresse,* das im Laufe der Jahre unter seinem neuen Besitzer, dem Réfugié de Persey über eine Pfandleihe hinaus auch zu einer Arbeitskräfte- und Kreditvermittlung ausgeweitet worden war, hatte nur wenige kaufwillige Besucher angelockt. So konnte Charles Baillot in kurzer Zeit und zu einem sehr günstigen Preis ein Kontingent Wolle aus dem Nachlaß eines Färbers ersteigern, der mit seiner Familie Brandenburg wieder verlassen wollte.
Während Baillot zum Pult des Auktionators vorging, entfernte sich Frédéric aus dem Saal, ohne seinem Vater Bescheid zu geben. Das Verhalten des Vaters, sich vor den anderen anwesenden Manufakturisten und Kaufleuten der Colonie um ein paar lumpige Wollstränge zu echauffieren, war ihm peinlich, er sah darin ein unwürdiges Feilschen um Pfennige, das er nicht nur für unnötig, sondern im Hinblick auf den Ruf des Unternehmens geradezu für falsch hielt. Die Zeiten der Pfennigfuchserei waren für Frédéric endgültig vorbei; nur die Bereitschaft zum Wagnis konnte nach Frédérics Überzeugung ihren Geschäften eine Zukunft bringen – und eben diese Bereitschaft vermißte er an seinem Vater. Die zahlreichen Auseinandersetzungen zwischen Frédéric und Charles Baillot wegen ihrer sehr unterschiedlichen Vorstellungen hatten seit Frédérics Volljährigkeit und insbesondere seit seiner Heirat mit Marthe, der Tochter des Hutmachers Piquot, an Schärfe zugenommen.
Als Frédéric auf den Hof der Werkstatt kam, hatte er neuen Anlaß, sich über den Vater zu ärgern. Vor dem Eingang zur Werkstatt stand Daniel Laurent und prüfte Strümpfe, die ihm zwei zerlumpte Männer

aus Körben reichten, die sich auf einem klapprigen Handwagen stapelten. Neben ihnen stand der bewaffnete Stadtbüttel.
Frédéric hörte, daß es zwischen ihm und Daniel eine Auseinandersetzung um die Qualität der Strümpfe gab, mischte sich aber auch dann nicht ein, als der Büttel frech wurde. »Jesindel is' eben Jesindel, junger Musjeh. Da is' für unsereins auch mit'n Knüppel nicht viel auszurichten. Und wem's nicht paßt, der soll'n paar mehr anständige Arbeiter einstellen, denn braucht er auch nicht mehr im Arbeitshaus arbeiten zu lassen!«
Erst als Daniel sich energisch die Kritik an seinem Fabrikherrn verbat und mit einer Beschwerde bei der Manufakturen-Inspektion drohte, gab der Büttel verängstigt nach, brüllte dafür aber gleich darauf die beiden Gefangenen aus dem Arbeitshaus an, sich beim Abladen zu beeilen und kettete sie danach für den Rückweg durch die Stadt wieder an die Wagendeichsel.
Frédéric wartete, bis der Wagen vom Hof fuhr, dann ging er auf Daniel zu. »Der Kerl ist nicht besser als seine beiden Galgenvögel, aber er hat recht. Vater sollte tatsächlich auf die Zuarbeit der Insassen aus dem Arbeitshaus endlich verzichten!«
»Warum denn? Die vom Arbeitshaus produzieren doch sehr billig für uns. Man muß ihnen nur auf die Finger sehen.«
Wie gewöhnlich verteidigte Daniel auch diesmal, obwohl er wenige Augenblicke zuvor im Streit dem Büttel noch die unsaubere, liederliche Arbeit vorgeworfen hatte, die Entscheidung von Charles Baillot, der ihm schon seit einiger Zeit stillschweigend in seiner Abwesenheit die Aufsicht in der Firma überlassen hatte. Frédéric hatte sich damit abgefunden; wenn er schon seine eigenen Pläne in der Manufaktur des Vaters nicht verwirklichen konnte, so wollte er wenigstens nicht auch noch in die vermeintliche Kleinkrämerei verwickelt werden. Nur ließ sich diese Haltung nicht immer durchhalten. Frédérics Tonfall wurde scharf und verächtlich. »Vater spart am falschen Fleck! Und du, Daniel – du bist genau wie er!«
Bevor die aufgestaute Wut sich weiter Luft machen konnte, hatte Frédéric sich jedoch schon wieder in der Gewalt. Halb entschuldigend, halb die Hoffnungslosigkeit, die ihn erfüllte, andeutend, zuckte er die Schultern und wendete sich um zur Hofausfahrt. Von der Straße her klang das rhythmische Hämmern der Arbeiter zu ihnen herüber, die mit dem Pflastern begonnen hatten.
Frédéric nickte in die Richtung des Geräusches. »Hörst du das, Daniel? – Das ist die neue Zeit. Aber ihr beide, du und mein Vater, ihr verschlaft sie!«

Daniel sah ihm nach, bis er den Hof verlassen hatte. Es tat ihm leid, daß sich in letzter Zeit Frédérics Unzufriedenheit mit der Leitung der Strumpfwirkerei zunehmend auch gegen ihn selbst richtete. Er hätte diese Auseinandersetzungen gerne vermieden, war aber dennoch nicht bereit, gegen Charles Baillot Partei zu ergreifen; denn auch ihm erschienen Frédérics Vorstellungen viel zu riskant und zu ehrgeizig.

Frédérics Frau Marthe saß in der Hutmacherei ihres Vaters an einem Arbeitstisch und säumte frisch in ihre Form gepreßte Filzhüte – das junge Paar war nach der Hochzeit zum alten Piquot in die Dorotheenstadt gezogen. Aufgeregt ging Frédéric vor ihr in der kleinen, durch Regale und einen Vorhang vom eigentlichen Verkaufsraum abgetrennten Nebenkammer auf und ab. Dabei richtete er sich verbittert mit allen Vorwürfen und Erklärungen, die er zuvor Daniel gegenüber verschwiegen hatte, an sie, die ebenso wie sein Schwiegervater Piquot zu ihm hielt.

»Gerade jetzt, wo alle dem Kurfürsten in seiner Vorliebe für Prunk und Eleganz nach Art des französischen Hofes zu Versailles nacheifern – wie könnte die Manufaktur dastehen! Aber mein Herr Vater setzt weiter auf Bauernstrümpfe und billige Wollsocken fürs Militär!«

Marthe hatte diese Ausbrüche schon oft angehört; schweigend ließ sie Frédéric reden, nahm die fertigen Hüte vom Tisch und trug sie zum Regal. Es fiel ihr schwer, sie in eines der oberen Regalfächer zu schieben; denn sie war schwanger. Auf dem Weg zurück zum Arbeitstisch blieb sie bei ihrem Mann stehen und lehnte sich an seine Schulter.

»Frédéric, mir ist so – so heiß . . .«

»Mir auch! Die Wut, es ist die Wut, daß er in seiner Sturheit auf keinen Rat hört! Er nicht und auch Daniel nicht.« Erst an Marthes Gesichtsausdruck merkte er, wie wenig rücksichtsvoll er sich ihr gegenüber benommen hatte. »Entschuldige bitte, ich war noch so in Gedanken.«

Er legte ihr sanft seinen Arm um die Hüfte und führte sie zurück auf ihren Arbeitsschemel. Als sie sich gesetzt hatte, um ihre Arbeit wieder aufzunehmen, beugte er sich über sie und küßte sie.

Erst jetzt hörte er an den undeutlich aus dem Verkaufsraum zu ihnen in die Kammer dringenden Stimmen, daß der Hutmacher Piquot einen Kunden bediente und fragte Marthe leise nach ihm. Kaum hatte Marthe ihm den Namen genannt, eilte er auf den Vorhang zu und verschwand, ohne auf seine Frau, die ihn zurückhalten wollte, weiter zu achten, im Verkaufsraum.

In einer farbenfrohen, mit allerlei Spitzen und Borten verzierten Kleidung, die zu Zeiten des Großen Kurfürsten nur allgemeines Kopfschütteln und Mißbilligung wegen des verschwenderischen Prunks hervorgerufen hätte, drehte sich vor dem Spiegel im Laden Graf von Grotow und erprobte dabei einen möglichst galanten Sitz des neuen Hutes, der ihm von Piquot angefertigt worden war. Frédéric hielt sich im Hintergrund und hörte der Plauderei des Grafen zu.
»Eine Festivität, sage ich Euch, werden wir begehen, wie sie unser Berlin noch nicht gesehen hat. Die Zeiten der Bescheidung sind endgültig auch für Brandenburg vorbei!« Er nahm den Hut ab und reichte ihn Piquot, der jedesmal, wenn er sich vom Grafen angesprochen fühlte, mit tiefer Verbeugung seine Aufmerksamkeit für den höfischen Kunden zu erkennen gab.
»Nehmt für das Band doch lieber eine Silberschnur!« meinte der Graf.
Piquot wies auf einen Sessel und wollte mit dem Hut hinüber in die Nebenkammer eilen, um die Änderung sofort durchführen zu lassen. Aber von Grotow hielt ihn zurück. »Wo denkt Ihr hin, Piquot! Meine Zeit ist bemessen. Der Herr Oberbaumeister van Tighem will noch heute mit mir die Ausstattung des Prunkballetts besprechen!«
Der Graf zog mit einer Bewegung, die vollkommen der neuen Etikette, die bei Hofe eingeführt worden war, entsprach, seine Taschenuhr vor, tat erschrocken und schnippte in übertriebener plötzlicher Hast mit den Fingern, damit ihm sein abgelegter Umhang gereicht würde. Frédéric, der den Andeutungen des Kunden immer neugieriger gelauscht hatte, sprang hinzu und war dem Grafen behilflich; er hatte nur auf die günstige Gelegenheit gewartet, mit ihm ins Gespräch zu kommen, und ließ sich von seinem Schwiegervater vorstellen.
»Ich habe gehört, Euch untersteht die Ausstattung eines Balletts? Die Bühne, die Kostüme – sozusagen alles bis hinunter zu den Strümpfen, *Monsieur le Comte*?«
Durch Frédérics Aufdringlichkeit in seinem Dünkel leicht verletzt, nickte von Grotow nur und schritt ohne weitere Erläuterungen, auf die Frédéric gehofft hatte, zur Ladentür. »Setzt den Hut wie üblich auf den Schuldschein, Piquot!«
Auch dem Hutmacher war von Grotows Stimmungswechsel im Anschluß an Frédérics ungebührliche Frage aufgefallen, entschuldigend wies er deshalb auf seinen Schwiegersohn, der trotz der deutlich ablehnenden Haltung des Grafen schon zur Tür geeilt war, um sie ihm zu öffnen.
»Frédéric Baillot, müßt Ihr wissen, ist nämlich Strumpfwirker von

Profession. Deshalb auch sein Interesse für das von Euch vorzubereitende Ballett, *Monsieur le Comte.*«

Dieser Hinweis schien von Grotow zu interessieren; er blieb in der offenen Ladentür doch noch einmal stehen und musterte Frédéric. »So? – Wäre Er denn überhaupt imstande, nach kunstvollen Entwürfen zu produzieren?«

»Wir sind auf alle Extras spezialisiert, *Monsieur.*«

»Er wird dann von mir hören.« Mit kaum merklichem Kopfnicken verließ Graf von Grotow den Hutmacherladen.

Aber der Bescheid machte Frédéric neuen Mut, er blieb dem Grafen auf den Fersen, um eine genauere Auskunft zu erbitten. »*Merci, Monsieur* – aber, wenn Ihr mir erlaubt, es wäre gut, wenn Ihr bald eine Entscheidung . . . nur, damit Eurem Auftrag dann auch sogleich jede Priorität eingeräumt werden kann, *Monsieur le Comte.*«

»Also dann räum Er schon immer! Man wird Ihm Nachricht geben. – Baillot war der Name?«

Frédéric verbeugte sich. »*Oui Monsieur* – Frédéric Baillot!«

Frédéric wartete, bis Graf von Grotow in die vor dem Laden stehende Kutsche gestiegen war; dann rannte er, seiner Freude freien Lauf lassend, zurück zu seiner Frau, die hinter dem Vorhang in der Nebenkammer stand und seine Verhandlung belauscht hatte. Er umarmte sie und wirbelte sie, ohne an ihre Schwangerschaft zu denken, ausgelassen herum.

»Marthe! – ›Dann räum Er!‹ hat der Herr Graf gesagt! Weißt du, was das für mich bedeutet, Marthe?«

Marie Anne Laurent hatte sich angewöhnt, wenigstens einmal im Monat bei ihrem Einkaufsbummel einen Umweg durch die Dorotheenstraße zu machen, um ihre Tochter Susanne in Rhodes Posamentenladen zu besuchen. Seit deren Hochzeit mit einem Einheimischen hatte zu Madame Laurents Kummer ihr Sohn Daniel jede Beziehung zu seiner Schwester abgebrochen, war aber im Laufe der vergangenen Jahre stillschweigend damit einverstanden gewesen, daß sie sich ab und zu mit Susanne traf. Madame Laurent war mit dieser Regelung nicht zufrieden, aber ihre anfänglichen Versuche, eine Versöhnung der Geschwister herbeizuführen, hatten bei Daniel keinen Erfolg gehabt. Nachdem sie wegen ihres Alters, aber natürlich auch wegen der fehlenden Unterstützung durch Susanne die Änderungsschneiderei hatte aufgeben müssen, sorgte Daniel zwar für seine Mutter, fühlte sich aber offensichtlich seit Susannes Weggang und seit dem Tod von Judith mehr bei den Baillots als bei Marie Anne Laurent zu Hause.

Als Madame Laurent sich dem Posamentengeschäft näherte, sah sie eine Frau mit einem Kind an der Hand in den Laden gehen und zögerte, weil sie für die seltenen Besuche bei der Tochter ohne Zeugen sein wollte.

Resolut kramte die nicht mehr ganz junge Witwe Wilhelmine Klamke in einer Kollektion von Spitzenkragen, die Susanne vor ihr auf dem Verkaufspult ausgebreitet hatte, bis sie schließlich etwas Passendes gefunden zu haben meinte. Sie legte den ausgewählten Kragen um und stieß den gelangweilt neben ihr stehenden kleinen Jungen an. »Na, was ist, Ewald, gefällt dir deine Mama so?« Ihr Sohn nickte und zerrte an ihrem Kleid, aber Frau Klamke beschäftigte sich schon wieder mit dem Kragen. »Und Sie kann mir garantieren, daß es französische Arbeit ist?«
»Gewiß, Madame – *dentelles de Brest.* Mein Mann hat sie von der Messe.«
»Sie spricht ja Französisch ohne Beigeschmack, gehört Sie etwa zur hiesigen Colonie der Refugiés?«
Susanne antwortete nicht gleich, nach einem Moment schüttelte sie langsam den Kopf. »Nein – nicht mehr, Madame . . .«
»Ah, aber Sie gehörte . . .?« Mit plötzlicher erwachender Vertraulichkeit beugte sich die Kundin zu Susanne vor. »Hat Sie denn noch Verbindungen dahin? Wenn Sie mich einführen würde . . .«
Wieder schüttelte Susanne den Kopf, bemühte sich, vor der fremden Frau ihre Traurigkeit zu verbergen. »Es tut mir leid, Madame. Die Gemeinde der Refugiés will keine Vermischung mit Einheimischen, glaubt mir.«
Erleichtert, keine weiteren Erklärungen abgeben zu müssen, hörte Susanne die Ladenglocke anschlagen und sah an der enttäuschten Witwe Klamke vorbei ihre Mutter den Laden betreten. Madame Laurent erwiderte die Begrüßung ihrer Tochter zurückhaltend und blieb schüchtern an der Tür stehen, um die Bedienung der Kundin abzuwarten.
Frau Klamke hatte es nach ihrem vergeblichen Versuch, bei Susanne Unterstützung für ihre Vorliebe allem Französischen gegenüber zu finden, eilig. Sie zahlte den ausgewählten Kragen und rauschte an Madame Laurent vorbei mit ihrem Sohn Ewald aus dem Laden.
Kaum waren Mutter und Tochter allein, lief Susanne zur Tür, die in die hinter dem Laden liegende Wohnung führte, und kam mit ihrem kleinen Sohn Moritz zurück. Marie beugte sich zu ihrem Enkel herunter.

»Maurice! – Er wird immer mehr ein kleiner Rhode, euer Sohn. Nur das Haar, das hat er von uns.«
Sie wühlte aus ihrem gefüllten Einkaufskorb eine Schrippe vor und bot sie dem Jungen an. Moritz sah auf das Gebäck, traute sich aber erst nach einem Blick auf seine Mutter, es von seiner Großmutter, die ihm fast fremd zu sein schien, anzunehmen. »Iß nur, es ist von unserem Bäcker Delongue – ganz Berlin reißt sich darum, besonders die Einheimischen sind ganz wild nach seinen kleinen Weißbroten, sogar einen eigenen Namen haben sie ihnen schon gegeben.«
Susanne hatte ihrer Mutter nicht zugehört, nervös räumte sie das für die Klamke vorgeholte Sortiment von Spitzenkragen weg.
»Mama? – Werdet ihr in Berlin bleiben, du und Daniel?«
Erstaunt blickte Madame Laurent von ihrem Enkel auf zu Susanne, die sie sehr ernst und fast ängstlich ansah. »Wieso? Wo sollten wir denn sonst hin?«
»Ich denke, in der Gemeinde wird schon wieder wie in den letzten Jahren, über eine bevorstehende Rückkehr nach Frankreich gesprochen . . .?«
»Ach das, ja ja – da sind welche, die machen sich auch nach den gescheiterten Verhandlungen des Kurfürsten mit Ludwig XIV. in Ryswick noch immer Hoffnungen, unbehelligt in der Heimat wieder aufgenommen zu werden – ich allerdings nicht. Und Daniel hält davon auch nichts. Was würde ihn dort auch erwarten?«
Madame Laurents betont gleichgültiges Abtun der Gerüchte über eine Rückkehr nach Frankreich erfüllte seine Wirkung. Beruhigt ließ auch Susanne das Thema sofort auf sich beruhen.
»Ich möchte Moritz in die neue französische Schule schicken; sie ist gewiß viel besser als die hiesigen deutschen. Meinst du, sie nehmen ihn, Mama?«
»Ich weiß es nicht, er ist nun einmal keiner von uns, Susanne . . . und . . .«, sie stockte, weil sie nicht von Susannes Ausschluß aus der Gemeinde sprechen mochte; schließlich fiel ihr ein unverfänglicheres Argument ein, »und da wird ja auch französisch gesprochen, nur französisch.«
»Ich übe mit ihm. – *Maurice, quelle âge as-tu?* – Nun sag schon, wie alt bist du Moritz? Aber französisch!« *»J'ai sept ans, Madame.«*
Obwohl der Kleine den Satz nur stockend und mit einer Betonung aufsagte, die deutlich machte, wie fremd ihm diese Sprache war, zog Marie Anne ihren Enkel an sich und umarmte ihn gerührt. »*Bien, mon petit* . . . aber, weißt du, ich bin doch für dich keine Madame! Ich bin *ta mémé,* deine Großmutter, Maurice!«

Während sie ihrer Tochter Susanne scheinbar über den ungeschickten Eifer des Jungen belustigt zulächelte, wurde Marie Anne Laurent schmerzhaft bewußt, wie tief und sicherlich kaum noch zu überbrükken die Trennung zwischen ihr und der Familie Rhode tatsächlich war. Marie Anne Laurent ahnte, daß sie nach dem Tode von Judith, die wenige Tage vor der Jahrhundertwende eines Morgens wie in friedlichem Schlafe lächelnd tot in ihrem Bett gelegen hatte, ohne daß der herbeigerufene Arzt eine Todesursache herauszufinden in der Lage gewesen war, nun auch ihre ältere Tochter verloren hatte.

Von Körben und Kisten mit Strümpfen verschiedenster Qualität umgeben, bereiteten Charles Baillot und Daniel Laurent im Baillotschen Kontor die Fahrt zur Messe nach Braunschweig vor, zu der Baillot vor Ostern aufbrechen wollte.
Charles Baillot diktierte Menge und Machart weiterer Bündel von Strümpfen, die er aus den Regalfächern nahm und in die Körbe sortierte. Daniel stand am Pult und trug Baillots Angaben in das große Rechnungsbuch ein. »Zwei Schock Leinerne! Schreib dazu: von der Steuer befreit. Nicht, daß mir der Zollposten am Spandauer Tor bei der Ausreise Schwierigkeiten macht!«
Wortkarg und in ihre Beschäftigung vertieft waren die beiden, obwohl der Klang von Kirchenglocken, die den Feierabend einläuteten, in das Kontor drang.
Als das Läuten verklungen war, unterbrach Baillot zum ersten Mal seine Arbeit. »Hat er gesagt, wann er zurückkommt?«
»Nichts. – Nur, daß wir mal wieder alles falsch machen, die neue Zeit verschlafen. Dann ist er zu seiner Frau gegangen. Was hätte ich denn tun sollen, um ihn zurückzuhalten?«
Charles Baillot warf mit wütendem Schwung den letzten Packen Socken in eine der bereitstehenden Kisten.
»Dazwischenfahren! Ihm seine Flausen endlich austreiben!« Er schlug den Kistendeckel zu und setzte sich mit einem tiefen Seufzer drauf.
»Entschuldige, ich bringe das ja selbst nicht zustande . . .«
Baillot stand auf und entnahm dem kleinen Wandschrank, in dem alle Geschäftsunterlagen aufbewahrt wurden, eine Schatulle mit dem baren Geld, das für die laufenden Verpflichtungen des Unternehmens bestimmt war. Er schüttete die Münzen vor Daniel aufs Pult und berechnete in flüchtigem Überschlag die ungefähre Summe.
»Wenn unsere Zulieferer ihre Forderungen stellen sollten, während ich in Braunschweig auf der Messe bin . . . Ich will, daß du, Daniel, dich dann darum kümmerst. Aber laß dir alles quittieren!«

So überraschend kam diese Anweisung, daß Daniel, der gerade damit beschäftigt war, Löschsand auf die Tinte der in das Rechnungsbuch eingetragenen Zahlenreihen zu streuen, nur nicken konnte. Auch als Baillot die Münzen wieder eingesammelt und die Schatulle in den Schrank zurückgestellt hatte, war Daniel noch nicht in der Lage, die ihm so plötzlich übertragene Verantwortung in ihrer ganzen Bedeutung einzuschätzen.

Baillot aber fuhr unbeirrt fort: »Überhaupt, Daniel, du bist zwar nicht mein Sohn, und du bist auch noch der jüngere von euch beiden, trotzdem verlange ich von dir, daß du in meiner Abwesenheit auf Frédéric achtest, hörst du?«

Erst jetzt wurde ihm bewußt, was Baillot von ihm verlangte; und die Kraft und Entschlossenheit, Baillot, der offensichtlich im Augenblick aus der Angst um das Wohl seiner Manufaktur sprach, auf die Schwierigkeiten dieses Auftrags hinzuweisen, fehlten Daniel.

Baillot schien von dem Zwiespalt, in den er Daniel brachte, nichts zu spüren; wie in Gedanken redete er weiter. »Ich hätte Frédéric nicht zum Schwiegervater ziehen lassen sollen. Das hat ihn nur noch anfälliger für alles Hochfliegende gemacht. Aber unsere Adresse war ihm wohl nicht mehr fein genug, die noble Dorotheenstadt mußte es sein!«

Baillots zornige Worte waren ungerecht; und im ersten Moment wollte Daniel ihn daran erinnern, daß er selbst zugestimmt hatte, das Brautpaar zum Hutmacher Piquot ziehen zu lassen, damit Frédérics junge Frau auch weiter für ihren verwitweten Vater sorgen könne. Um Baillots unbeherrschten Zorn nicht noch mehr anzustacheln, verzichtete Daniel auf eine Erwiderung.

Er blies den Sand von den Buchseiten und stellte das Rechnungsbuch zurück in den Schrank. Schweigend half er Charles Baillot, die für den Transport bereitstehenden Körbe und Kisten zu verschließen, als Frédéric voller Schwung und in euphorischer Stimmung endlich erschien. Ohne sich von den verkniffenen Mienen der beiden beirren zu lassen, schnüffelte Frédéric gespielt übertrieben in der Luft.

»Hier riecht es, als wäre gerade von mir gesprochen worden – und gar nichts Gutes noch dazu, denke ich?«

Baillot sah nur kurz von seiner Arbeit auf. »Du scheinst ja sehr zufrieden mit dir zu sein!«

»Bin ich auch, Vater. Ich . . .«

Kühl und sehr förmlich schnitt ihm Baillot das Wort ab: »Aber ich nicht! Du wußtest genau, wieviel hier zu tun ist!«

»Das ist jetzt alles nicht mehr so wichtig . . .«

»Nein, natürlich nicht. Für dich jedenfalls anscheinend wirklich nicht!«
»Bitte, Vater, hör mir doch erst einmal zu! Ich habe einen Auftrag.«
Auch diese Mitteilung besänftigte Baillot nicht, sie ließ ihn im Gegenteil nur noch sarkastischer werden. »Wie ich meinen Sohn kenne, handelt es sich selbstverständlich um etwas ganz Großartiges.«
»Ja, Vater, es ist großartig! Wir werden nämlich für die Festlichkeiten arbeiten, die der Kurfürst zur Vermählung seiner Tochter befohlen hat.«
Endlich hatte Frédéric erreicht, daß sein Vater wenigstens seinen verächtlichen Tonfall änderte und sich ein erster, vager Klang von Neugier in seine Stimme mischte. »Ein Auftrag für den Hof? – Und du hast einen Kontrakt?«
»Einen Kontrakt, ja – das heißt, nein, einen Kontrakt, wie du es meinst, nicht . . . Ich habe aber das Wort, das Wort des Kammerherrn Graf von Grotow!«
Sofort war Baillots vorübergehend erwachtes Interesse wieder erloschen; mit demonstrativem Mitleid gab er Frédéric zu verstehen, daß für ihn also doch alles wieder nur Luftschloßbauerei wäre: »›Das Wort‹! Ach, Frédéric . . .«
»Ja, begreift ihr das denn nicht! Hoflieferanten sind wir jetzt! Ein ganz neuer Kreis von Kunden wird uns offenstehen – da wird nicht so was verlangt – lumpige Bauernstrümpfe für ein paar Pfennige, mit denen man auch noch tagelang über Land ziehen muß!«
Mit aus der Enttäuschung über das Verhalten des Vaters ausbrechender Wut hatte Frédéric aus einem der letzten, noch nicht verschlossenen Körbe ein paar Strümpfe gegriffen und sie verächtlich auf das Pult geworfen. »Daniel, sag du doch etwas! Wenigstens du müßtest das doch verstehen, einmal nur!«
Was er mit seiner Begeisterung nicht erreicht hatte, gelang Frédéric durch seinen Zornausbruch. Die beiden schienen von seiner Entschlossenheit beeindruckt und bereit, über seine Nachricht nachzudenken.
Daniel war der erste, der nach einem Moment des Schweigens zu reden begann. »Vielleicht . . . ich meine, wenn Frédéric den Auftrag wirklich bekommen sollte, vielleicht könnte er ihn dann nebenbei ausführen, ohne unsere normale Produktion zu stören, Monsieur Baillot.«
Baillot antwortete nicht, er bückte sich, um die vom Pult gerutschten Strümpfe aufzuheben und legte sie betont sorgfältig zurück in den Korb.

»Warum sagst du nichts zu Daniels Vorschlag, Vater? Wie war es denn mit Piquots Hüten, erinnerst du dich? Vor kurzem galten sie hier in Berlin noch als ganz und gar undeutsch – und heute? Der gesamte Hof kauft sie!«
»Ja, auf Schuldschein, soviel ich gehört habe!«
Charles Baillot ging zum noch offenstehenden Wandschrank, verschloß ihn und steckte den Schlüssel ein.

Im Beratungsraum des Consistoriums hatten sich weitaus mehr Mitglieder der Gemeinde als sonst üblich eingefunden; sie hatten ihre Plätze noch nicht eingenommen, sondern standen in mehreren, erregt miteinander debattierenden Grüppchen zusammen. Am Tisch saß allein der Moderateur; ab und zu sah er von dem Brief auf, in den er vertieft schien, um abzuschätzen, ob es endlich Aussicht auf Erfolg haben würde, die Anwesenden um Ruhe zu bitten, damit die Sitzung beginnen könnte. Aber besonders die Gesprächsgruppe um den Weinhändler Perrault, der für sein Temperament und seine Verhandlungserfahrungen im Consistorium, dem er nun bereits fast fünfzehn Jahre angehörte, bekannt und mitunter auch gefürchtet war, hatte sich offenbar noch immer nicht über ihr Verhalten in der bevorstehenden Beratung einigen können. Und der Moderateur hätte sicherlich noch eine ganze Weile darauf warten müssen, wenn Perrault nicht den Apotheker Paul Gaillard entdeckt und seine Gesprächspartner verlassen hätte, um den Neuankömmling zu begrüßen. Der Moderateur nutzte die Gelegenheit und eröffnete die Sitzung.
»*Messieurs,* wie wir alle wissen, kursieren unter den Mitgliedern unserer Gemeinde schon wieder – oder sollte ich besser sagen: immer noch? – bestimmte Vermutungen . . .«
Weiter kam er in seiner Einleitung nicht. Während die Mehrzahl der Anwesenden sich an den Sitzungstisch setzte, hatte Perrault seine Unterredung mit dem Apotheker beendet und unterbrach in seiner gewohnt aggressiven, mit Ironie vermischten Art den Moderateur.
»Ach – und wer sorgt dafür, daß diese Vermutungen nicht verstummen? Wer, frage ich, bringt sie vielleicht in Umlauf?«
Als der Prediger Lejeune zwischen den beiden Kontrahenten vermitteln wollte, winkte Perrault aufgebracht ab, wendete sich dann aber gleich wieder flüsternd Paul Gaillard zu. Für den Moment jedenfalls flaute die gereizte Stimmung ab.
Der Moderateur ging dennoch auf die in Perraults Fragen enthaltene Verdächtigung ein. »Wir haben immer nur gesagt, daß möglicherweise auch nach dem Ryswicker Frieden noch einmal – und dann viel-

leicht glücklicher – über unsere Rückkehr in unsere französische Heimat verhandelt werden könnte – möglicherweise, Perrault, mehr nicht!«
»Wenn Ihr selbst nicht daran glaubt, warum tretet Ihr dann nicht diesen Gerüchten entschiedener entgegen? Warum habt Ihr dann immer wieder den Bau eines Gotteshauses für unsere Gemeinde abgelehnt? Seit bald fünfzehn Jahren lebt die Gemeinde zu Berlin ohne eigene Kirche!«
Wieder einmal hatte Perrault in seiner Hartnäckigkeit gleich zu Beginn der Beratungen auf ein Hauptthema aller Besprechungen der letzten Zeit hingewiesen und so von Anfang an für eine augenfällige Trennung der beiden, in ihren Meinungen auseinandergehenden Parteien innerhalb des Consistoriums gesorgt. Beifall, aber auch mißfällige Zwischenrufe wurden laut und ließen sich nur mühsam vom Prediger schlichten, der dem Moderateur bei der Leitung der Beratung zu Hilfe zu kommen suchte. »Ihr stellt da völlig falsche Zusammenhänge her, Perrault! Wir alle wissen, daß das eine mit dem anderen nichts zu tun hat!«
»O doch, es gibt da Zusammenhänge. Wer nämlich an eine Rückwanderung denkt, dem erscheinen die Kosten für den Bau einer Kirche hier in Berlin natürlich überflüssig. Der begnügt sich lieber mit einem ihm nur leihweise und nach einem genau festgelegten Zeitplan von den hiesigen protestantischen Gemeinden zur Verfügung gestellten Gotteshaus!«
Vergeblich hatte Paul Gaillard versucht, seinen Sitznachbarn Perrault zu besänftigen und zurück auf seinen Platz zu ziehen.
Im allgemeinen Durcheinander, das nach Perraults Sätzen entstand, betrat von allen unbeachtet Paul Gaillards Sohn Jules den Sitzungsraum, zwängte sich an den aufgesprungenen und heftig miteinander diskutierenden Consistoriumsmitgliedern vorbei und erreichte seinen Vater. Während die beiden sich flüsternd vom Tisch in eine ruhigere Ecke zurückzogen, gelang es dem Moderateur allmählich, die Ruhe wieder herzustellen. Nachdem sich alle, auch Perrault, gesetzt hatten, hob er den vor ihm liegenden Brief für alle sichtbar hoch.
»*Messieurs,* uns wurde dieses Schreiben vom Prediger Coty aus Amsterdam zugesandt. Coty fordert uns darin auf, den französischen König um Gerechtigkeit für unsere in Frankreich gebliebenen Glaubensbrüder zu bitten und weist darauf hin, daß Briefe mit gleichem Inhalt auch an zahlreiche andere exilierte Gemeinden gerichtet worden sind.«
In dem Schweigen, das sich während des Verlesens des Brieftextes

endgültig doch wieder einstellte, kam Paul Gaillard mit seinem Sohn zum Tisch zurück und meldete sich zu Wort, um die Vertagung einer so wichtigen Entscheidung zu beantragen. Dabei wies er besonders darauf hin, daß einige Mitglieder des Consistoriums wegen der Vorbereitung von Messefahrten an der Teilnahme der Beratung verhindert wären und nannte seinen Schwager, den Strumpfwirker Charles Baillot, als Beispiel.

Sofort ergriff wieder Perrault das Wort.

»Jawohl, auch mich betrifft dieser Antrag; denn auch ich werde zur Messe nach Braunschweig ziehen. Und gerade deshalb verlange ich, daß zuvor der Kurfürst von dieser Bittschrift in Kenntnis gesetzt wird. Eigenmächtiges Handeln in dieser Angelegenheit würde ihn uns gegenüber nur verbittern!«

Statt unmittelbar zu antworten, wandte sich der Moderateur dem neben ihm sitzenden Prediger zu und redete leise auf ihn ein; Perrault sprach daher die mit seinem Vorschlag unzufriedenen Mitglieder des Consistoriums an. »Schließlich gewährt Berlin vielen von uns ein neues Leben in Sicherheit; die Einheimischen tolerieren uns nach der ersten Zeit der nicht immer ganz leichten Gewöhnung, und der Kurfürst hat uns die von seinem seligen Vater garantierten Privilegien sogar verlängert – sollen wir das alles für einen Brief aufs Spiel setzen? Ich sage euch: nein!«

Der Apotheker Gaillard verlor, bevor es wieder zu einer lautstarken Auseinandersetzung kommen konnte, die Geduld mit Perrault, veranlaßte ihn energisch, endlich den Mund zu halten und die Beratung, wie beantragt, zu gegebener Zeit fortzusetzen, dann stand er auf und entschuldigte sich beim Moderateur. Sein Sohn Jules sei gekommen, um ihn zu einem dringenden Krankenfall zu rufen.

Der Vorschlag, die Beratung auf ein Datum nach den anstehenden Ostermessen zu verschieben, wurde ohne längere Diskussion unverzüglich von der Mehrheit des Consistoriums gebilligt.

Irritiert stand Frédéric vor dem Seiteneingang einer großen Kutschenremise in der Nähe des Schlosses und zog das Billett, das der Graf von Grotow ihm hatte zukommen lassen, aus seiner Jackentasche, um sich noch einmal von der Richtigkeit der Adresse zu überzeugen. Aber er hatte sich nicht geirrt, alle Vorbereitungen für das Ballett schienen tatsächlich in dieser gar nicht glanzvollen Kutschenremise stattzufinden. Entschlossen öffnete Frédéric die rohe Brettertür und stand in einem Raum, der ursprünglich wohl in Schlafkammern für die Pferdeburschen aufgeteilt gewesen war, jetzt aber als Ausstattungsatelier diente. An langen Arbeitstischen vor der Fensterwand hockten mehrere Zeichner und waren damit beschäftigt, Entwurfskizzen für Kostüme auf große Papierbögen zu übertragen. Niemand beachtete Frédéric, der zuerst abwartend bei der Tür stehenblieb, dann aber mit steigender Neugierde und Unbefangenheit an schon aufgehängten Zeichenblättern, hölzernen Gliederpuppen und Schneiderbüsten mit aufgehefteten Stoffproben entlangwanderte. Er stand gerade hinter einem der Zeichner und beobachtete, wie mit einem Gerät, das man ihm als Storchenschnabel bezeichnet hatte, eine kleine Skizze vergrößert wurde, als er hinter sich das Schlagen einer Tür und energisch sich nähernde Schritte hörte.

Bevor Frédéric sich umgedreht hatte, war schon der von ihm beobachtete Zeichner aufgesprungen und verbeugte sich devot; dabei zupfte er verstohlen Frédéric am Ärmel, bis der begriffen hatte und sich ebenfalls tief verneigte. Als er vorsichtig aufblickte, sah Frédéric einen mit einem kostbaren Umhang bekleideten Herrn das Atelier betreten, dem zwei Diener mit Zeichengerät und einer Mappe für Entwürfe folgten – der für die Ballettausstattung verantwortliche Baumeister van Tighem war zur Audienz erschienen, übersah aber vorerst Frédéric völlig.

Er ließ sich den Umhang abnehmen, schritt hinüber zu einem einzeln stehenden Arbeitstisch und vertiefte sich in die Mappe mit den Entwürfen, die diensteifrig vor ihm aufgeschlagen wurde. Unerwartet für Frédéric drehte er sich dann plötzlich doch zu ihm um.

»Der Strumpfwirker Baillot?«

Frédéric verbeugte sich erneut.

»Wir haben erfahren, daß gar nicht Er, sondern Sein Vater der Manufakturist ist!«

»Ja, aber . . . aber mein Vater hat mir diese Aufgabe übertragen, und er dankt untertänigst für die ihm gewährte besondere Ehre.«

Frédéric spürte den prüfenden Blick des Baumeisters und hatte für einen Moment den Verdacht, van Tighem wisse mehr über das gespannte Verhältnis zwischen ihm und seinem Vater, als ihm recht sein könne. Auf jeden Fall aber erkannte er, daß Dünkel und Posenhaftigkeit van Tighem zu einem schwierigen Verhandlungspartner machten, und fühlte sich erleichtert, als ihm befohlen wurde, die Mappe mit den Entwürfen zu studieren.

Während einer der Diener Frédéric die kolorierten Zeichnungen antiker Götter- und Heldenfigurinen erläuterte, beobachtete der Baumeister ihn noch immer abschätzend. Erst als ihm die Skizze einer Venus in einem fleischfarbenen Trikot, das sie unbekleidet wirken ließ,

vorgelegt wurde, trat van Tighem auf ihn zu und umfuhr mit gezierten Handbewegungen die Figurine, auf die er besonders stolz zu sein schien.
»An diesem Trikot kann Er sein Talent beweisen! Es muß die Grazie göttlicher Proportionen ganz präsent machen; aber doch so, daß es unserer Geistlichkeit zugleich die Moralisiererei benimmt!«
»Sehr wohl, Monsieur van Tighem, es wird gehörig dezent . . .«
»Unsinn! ›Dezent‹ – auf der Stelle packen soll es sie: Ihnen den moralinsauren Atem verschlagen! Will Er tatsächlich für mich arbeiten, dann vergiß Er gefälligst Seine hugenottische Prüderie! Das galante Frankreich, Paris, Versailles, das wollen wir von Ihm!«
Bevor Frédéric zu einer Antwort ansetzte, bemerkte er, daß einer der Diener ihm unauffällig ein Zeichen machte, den Mund zu halten. Van Tighem schlug die Mappe zu. »Drüben wird Er den Kammerherrn von Grotow finden – laß Er sich von ihm die Materialmuster zeigen!«
Frédéric begriff, daß damit seine Audienz beendet war, verbeugte sich, obwohl van Tighem sich abgewandt hatte und mit anderem beschäftigt schien, und blickte sich suchend um. Der Diener deutete durchs Fenster auf das Hauptgebäude der ehemaligen Remise und nickte ihm kaum merklich aufmunternd zu.

An der Stirnseite der ausgeräumten und notdürftig in einen Probenraum umgewandelten großen Halle war aus Brettern ein rohes Holzpodest als Bühne errichtet, daneben standen mehrere Trommler und Pfeifer, zum Teil in Armeeuniform, und spielten eine marschähnliche Melodie. Graf von Grotow stampfte mit einem Zeremonienstab den Takt dazu auf das Podest. Nach einer Weile teilte sich auf sein Kommando im Bühnenhintergrund ein provisorischer Vorhang, und ein merkwürdiges Fahrzeug rollte auf das Podest; es hatte die Gestalt einer großen Muschel, an der Räder befestigt waren und wurde von einer Schar jüngerer Schauspielerinnen, die Nixen darstellten, gezogen. In der Muschel thronte Neptun; er wie auch die Schauspielerinnen probten bis auf wenige, für die Rollen bezeichnende Requisiten in ihrer Straßenkleidung.
Während der Muschelwagen langsam auf den vorderen Bühnenrand zurollte, klatschte von Grotow mehrmals in die Hände, und ein großes Knäuel aus weißen, wie vergessen vorne auf der Bühne liegenden Gazeschleiern begann sich sanft, das Rollen von Meereswellen vortäuschend, zu bewegen. Gefesselt von diesem Bühnengeschehen, war Frédéric gleich nach dem Betreten der Remise stehengeblieben und starrte selbstvergessen auf die Ballettprobe. Erst das Splittergeräusch

von zerbrechendem Holz und das Kreischen der Nixen riß ihn aus seinem verträumten Zuschauen zurück in die Wirklichkeit des für ihn bedeutungsvollen Tages. Bei Neptuns Versuch, sich von seinem Muschelthron zu erheben, war eins der Räder gebrochen, der Wagen kippte zur Seite, die Nixen sprangen in Sicherheit.
Frédéric benutzte das Mißgeschick, um ans Podest zum Grafen von Grotow zu kommen und ihn, wie vom Baumeister van Tighem befohlen, um die Beschreibung der Materialien für die Anfertigung der Ballettstrümpfe zu bitten.
Von Grotow brüllte die Schauspieler und die Musikanten an, für eine zügige Reparatur des Schadens zu sorgen, fiel danach abrupt in einen äußerst liebenswürdigen Tonfall, mit dem er ein Fräulein Schuch bat, zu ihm und Frédéric zu kommen.
Der während des Durcheinanders auf der Bühne immer heftiger zuckende und wackelnde Haufen der Gazeschleier zerteilte sich endlich, und aus ihm tauchte, bisher unsichtbar, eine Tänzerin auf, die offensichtlich die Rolle der schaumgeborenen Venus zu spielen hatte; sie als einzige trug ein phantasievolles Theaterkostüm, jedoch noch nicht das ihr zugedachte Trikot. Galant war von Grotow ihr behilflich, sich vollständig aus den Schleiern zu befreien und führte sie, gefolgt von Frédéric, über die Bühne zu einem Vorhang im Hintergrund, hinter dem eine Ecke notdürftig als Garderobe für Fräulein Schuch abgetrennt worden war. Unterwegs erklärte von Grotow Frédéric, daß man keine Materialproben zur Hand habe, die Schuch aber Kostüme besitze, unter denen sich einige befänden, die ganz den Vorstellungen van Tighems entsprechen würden. Das Fräulein hätte in ihnen sogar schon mit sehr großem Beifall am sächsischen Hof getanzt.
Die Tänzerin öffnete ihre Wäschetruhe und zog aus ihrem persönlichen Fundus einige Kostproben hervor, die als Vorbild für den an Frédéric zu vergebenden Auftrag dienen konnten; es waren in der Mehrzahl seidene, von Gold- und Silberfäden durchwirkte Strümpfe, deren Prunk Frédérics Erwartungen weit überstieg.
»Es – es ist sehr kostbares Material, *Monsieur le Comte.* Die Beschaffung wird teuer werden, sehr teuer . . .«
Von Grotow zuckte uninteressiert die Schultern; vom Bühnenpodest hinter dem Vorhang klangen die Hammerschläge der Wagenreparatur zu ihnen herüber.
»Das ist Seine Sache. Er hat doch wohl nicht geglaubt, wir wollen grobes Lumpenzeug von Ihm!«
Der Graf bot der Schuch seinen Arm, um sie zurück zur Bühne zu führen.

Frédéric starrte ihn entsetzt an. »Aber Monsieur, heißt das, ich selbst muß das Material beschaffen, auf eigene Kosten?«
»Leiste Er gute Arbeit, dann wird Er auch gut belohnt. Aber eins merk Er sich besonders: Vorfinanziert wird von uns nichts!«
Obwohl er sich zusammennahm, gelang es Frédéric nicht, seinen Schrecken zu verbergen.
Amüsiert machte von Grotow seine Begleiterin darauf aufmerksam. »Gott, seht nur, wie er jetzt dasteht, unser Hugenott'! – Na was, Baillot, Er hat doch mein Wort, und denk Er an die Ehre, die Ihm der Auftrag bringt!«
Im Vorbeigehen klopfte von Grotow ihm herablassend zur Aufmunterung auf die Schulter, dann verließ er mit der Schuch die Garderobe und ließ Frédéric allein zurück. Frédéric griff noch einmal nach den Musterstrümpfen und begutachtete sie; dabei hellte sich seine Miene allmählich wieder auf – hatte er nun tatsächlich diesen Auftrag erhalten, so würde er auch für alles andere sorgen. Hinter dem Vorhang setzte die Musik der Trommler und Pfeifer wieder ein.

Obwohl Frédéric wußte, daß am gleichen Tag sein Vater zur Messefahrt aufbrach, hatte er seinen Rückweg von der Verhandlung mit den beiden für die Ausstattung des Balletts verantwortlichen Höflingen so gewählt, daß er an der Apotheke von Gaillard vorbeikam und war hineingegangen, um im Schwunge der unterwegs längst wiedergefundenen Begeisterung jemandem von seinem Erfolg zu erzählen, der nicht voreingenommen war wie der Vater oder Daniel.
Im Kellerlabor unter der Apotheke traf er Jules Gaillard; sein Onkel Paul allerdings war nicht da.
Während Jules mit verschiedenen Flüssigkeiten experimentierte, hörte er Frédérics Bericht zu.
»Und dann diese Tänzerin, Mademoiselle Schuch – eine Person, sage ich dir!« Schwärmerisch verzog Frédéric sein Gesicht, um Jules den Eindruck, den sie auf ihn gemacht hatte, zu umschreiben: »Ich glaube fast, die steht bei von Grotow auf meiner Seite. Wie sie mir zugelächelt hat . . .«
»Deiner Frau hast du noch nicht von dieser Person erzählt, was?«
Frédéric winkte ab und sah neugierig Jules zu, der bei seinem Experimentieren ein Resultat erzielt hatte, das Frédéric faszinierte. Im Glaskolben wurde nach dem Abzug des Dampfes eine zähe gelbe Flüssigkeit sichtbar.
»Das sieht ja – wie Gold sieht das ja aus!« Frédéric riß Jules das Glas aus der Hand und schwenkte es aufgeregt über der Flamme.

»Schade, es bleibt flüssig. Wäre es fest geworden, vielleicht hätten wir dann Gold gehabt . . .«
Jules nahm ihm den Glaskolben wieder ab. »Wie dieser Italiener Ruggiero, der überall herumgezogen ist und auch behauptete, er könnte Gold herstellen, meinst du?«
»Und? Was ist aus ihm geworden?«
»Aufgehängt haben sie ihn – er war ein Betrüger! Nein, nein, da halte ich mich lieber an meine Duftessenzen für die eleganten Frauenzimmer, das ist bei weitem nicht so gefährlich!«
Jules zeigte auf ein Amulett, das er aus einer Lade vorgekramt hatte, tröpfelte etwas von der Flüssigkeit aus dem Glas in das geöffnete Amulett und reichte es Frédéric an der dazugehörenden Kette. »Da, für deine Marthe! Sag mir nur, ob du es ihr vor dem Bericht über diese Person gibst oder lieber danach!«
»Esel!« Frédéric steckte das Geschenk lachend ein und wandte sich zum Gehen, blieb aber wie nebenbei vor der Treppe stehen.
»Ach, Jules – ich sagte dir doch – diese Materialkosten für das Ballett, wie teuer die sind. Wenn ich das Geld dafür nicht so schnell beschaffen kann . . . Ich dachte, vielleicht würde mir dein Vater solange einen Kredit geben?«
»Geld? Da mußt du ihn schon selbst fragen. Aber ich sage dir, damit ist er sehr eigen. Mach dir keine Hoffnungen.«
»Könntest du nicht schon mal mit ihm reden, ihn vorsichtig darauf vorbereiten?« Seine Fragen klangen eindringlicher. Der gelassene, wie nebensächlich vorgebrachte Ton verschwand aus Frédérics Stimme, als er spürte, daß der eigentliche Anlaß seines Besuches in der Apotheke keine Gegenliebe fand. Zur Antwort schüttelte Jules nur skeptisch den Kopf.
»Außerdem hat das Obercollegium Medicum meinen Vater auf eine Inspektionsreise nach Frankfurt an der Oder geschickt, die er nutzen will, um dort meine Schwester Anne und meinen Schwager zu besuchen. Es wird also noch eine ganze Weile dauern, bis er wieder in Berlin eintrifft.«
»Na ja, war auch nur für den Notfall, natürlich schaffe ich es auch allein!« Frédéric stieg die Treppe hinauf.

Auf dem Hof vor der Werkstatt stand fertig beladen Charles Baillots Messewagen. Baillot saß auf dem Kutschbock und wies die Arbeiter, die um den Wagen herumstanden, an, die Plane über die hoch aufgetürmten Kisten und Körbe zu schlagen und sie zu befestigen. In der Ausfahrt zur Straße stand noch ein weiterer, mit zwei Pferden be-

spannter Karren. Er gehörte dem Weinhändler Perrault, der seinem Freund Baillot angeboten hatte, dessen Wagen in Schlepp zu nehmen, weil der Strumpfwirker keine eigenen Pferde besaß.
Perrault nahm seinen Pferden die umgehängten Futtersäcke ab und ging entschlossen zu Baillot hinüber. Seine Geduld war durch die lange Warterei endgültig erschöpft. »Was wird denn nun, Charles? Wir hätten schon längst hinter Liezow sein können! Wo bleibt dein Sohn so lange?« Baillot zuckte resigniert und hilflos die Schultern. »Mon dieu! Entweder er taucht jetzt gleich auf, oder ich fahre allein los. Dann mußt du eben sehen, wie du ohne Pferde zurechtkommst.«
Baillot bettelte um einen kurzen Aufschub, gab den Arbeitern das Kommando, seinen Wagen an das Pferdefuhrwerk anzukoppeln und lief hinüber zum Haus, wo Daniel mit Baillots Frau Anne und seiner Tochter Sophie stand.
Zu längerem Warten nicht mehr bereit, beobachtete Perrault, wie der Strumpfwirker aufgeregt auf Daniel einredete, den er beiseite genommen hatte und mehrmals während des Gesprächs an den Schultern packte und wie krampfhaft schüttelte.
Auch Sophie beobachtete die beiden und hörte mit, wie ihr Vater – wie schon wiederholt in den vergangenen Stunden – Daniel einschärfte, in seiner Abwesenheit auf den Fortgang der Arbeit in der Werkstatt zu achten. »Und ich sage dir noch einmal, paß auf Frédéric auf, laß ihn nicht mit seinen hochfliegenden Ideen inzwischen die Manufaktur ruinieren!«
»Ja, Monsieur – nur: Was soll ich denn tun? Er ist Ihr Sohn, und ich bin doch nur . . . Frédéric hört doch nicht auf mich!«
»Er muß, Daniel, verstehst du? Er muß!«
Als Charles Baillot Daniel wieder bei den Schultern ergriff und in hilfloser Erregung schüttelte, trat Sophie zwischen die beiden. »Papa, du weißt genau – Daniel hat recht!«
Nachdem Sophie ihn aus den Händen des Vaters befreit hatte, rückte sie liebevoll Daniels verrutschten Jackenkragen zurecht und strich ihm das in die Stirn gefallene Haar zurück.
Charles Baillot sah ihnen nachdenklich zu, dann griff er sie beide am Arm und zog sie entschlossen mit sich in die Mitte des Hofes, wo die Arbeiter unter Perraults Anleitung das Zusammenkoppeln der beiden Messewagen inzwischen beendet hatten.
Baillot stieg auf einen herumliegenden Holzklotz und schob Sophie und Daniel vor sich dicht zusammen.
»Hersehen! Seid ruhig und hört mir alle zu!« Er wartete, bis die Arbeiter näherkamen und neugierig auf ihn blickten. »Bei Gott, unser aller

Herr, verspreche ich meine Tochter Sophie Baillot dem Daniel Laurent zur Frau!«
Es trat tatsächlich völlige Stille ein, alle waren von diesem unvorhergesehenen Ereignis überrascht – am meisten allerdings wohl Daniel und Sophie selbst – wie auch ihre Mutter. Zwar war es schon seit einiger Zeit so gut wie beschlossene Sache, daß die beiden einmal die Ehe eingehen würden, von einer so schnellen und überstürzten Verlobung jedoch war nicht die Rede gewesen.
Baillot ergriff feierlich die Hände der beiden und legte sie ineinander. Dabei musterte er sehr ernst die rund um ihn und das Paar versammelten Arbeiter.
»Ich will, daß in meiner Abwesenheit den Anordnungen meines zukünftigen Schwiegersohnes so Folge geleistet wird als wären es meine eigenen! – So – und nun seid ihr beide an der Reihe. Na, los doch!«
Baillot legte ihnen die Hände auf den Kopf und dirigierte die immer noch vollkommen überraschten jungen Leute zum Verlobungskuß. Jetzt endlich löste sich auch die Verblüffung unter den Zuschauern. Pfiffe, Hochrufe und Händeklatschen kamen auf, und sogar Perrault vergaß seine Ungeduld. Als erster gratulierte er dem Paar.
Charles Baillot lief zu seiner Frau, die bewegungslos und wortlos das Geschehen verfolgt hatte, sprach mit ihr und verabschiedete sich. Mit einem Gesichtsausdruck überdeutlicher Erleichterung kletterte er danach auf den Kutschbock vom Pferdefuhrwerk und rief übermütig nach Perrault, damit die Reise nun endlich beginnen konnte.
Langsam setzte sich die Wagenkolonne an den winkenden und mit ihren Mützen wedelnden Arbeitern vorbei auf die Straße zu in Bewegung; fast ausgelassen winkte Baillot allen zurück und bückte sich hinunter zu seiner Frau, die länger als alle anderen gebraucht hatte, um den vorangegangenen, ihr wie eine Mischung aus Wirklichkeit und Traum erschienenen Vorfall zu verkraften. So merkte Baillot nicht rechtzeitig, daß Perrault neben ihm die Pferde plötzlich zügelte, und hätte durch das ruckhafte Bremsen des Wagens fast sein Gleichgewicht verloren. Als er vorwurfsvoll auf Perrault blickte, zeigte der nur mit dem Peitschenstiel nach vorne auf die Straße – Frédéric bog in hastigem Lauf von der Straße in die Ausfahrt ein und blieb atemlos vor dem Wagen stehen.
»Vater, entschuldige – aber ich . . .«.
Er redete nicht weiter, blickte von Baillots eisiger Miene in die Gesichter seiner Mutter, seiner Schwester und auf Daniel. »Was ist denn? Ihr seid ja alle so – so . . .«
»Daniel wird dir alles erklären! – Hüho, Perrault, hüho!!«

An Frédéric vorbei zogen die beiden Wagen endgültig hinaus auf die Straße. Frédéric rannte noch ein Stückchen neben ihnen her, rief dabei immer wieder seinen Vater an; der aber drehte sich nicht mehr um. Kopfschüttelnd blieb Frédéric schließlich stehen, sah den beiden Messewagen nach, die auf der noch nicht fertig gepflasterten Gasse von Schlagloch zu Schlagloch schaukelnd dahinfuhren; dann kehrte er zurück zu Daniel und Sophie.
»Was hat er? – Gut, ich bin etwas zu spät gekommen, aber . . .«
»Das ist es nicht allein, Frédéric.«
Frédéric merkte nicht den halb verlegenen, halb aus neu gewonnener Autorität zurechtweisenden Ton in Daniels Antwort, schien das Geschehene bereits zu vergessen und sich seinen Zukunftsplänen zuzuwenden. »Jedenfalls ist erst einmal für die nächste Zeit freiere Luft! Daniel, ich brauche ab sofort ein paar von unseren Webern. Die Werkstatt muß umgeräumt werden – ich habe den Auftrag für das Fest seiner Kurfürstlichen Majestät bestätigt erhalten!«
Daniel spürte den Augenblick gekommen, sich im Sinne von Charles Baillot durchzusetzen, fand aber die Kraft nicht, diese erste und vielleicht schon entscheidende Konfrontation anzunehmen; unsicher in seiner neuen Aufgabe, begann er zu stottern. »Ich – ich weiß nicht – ich glaube . . .«
Sophie kam ihm zu Hilfe: »Vater hat Daniel die Aufsicht über die Arbeit in seiner Manufaktur übertragen, ihm allein, Frédéric!«
Frédérics Verblüffung dauerte nur kurz, dann hatte er sich wieder ganz in der Gewalt und schlug Daniel freundschaftlich auf die Schulter. »Eigentlich ist es so um so besser. Ich kann mich jetzt sowieso nicht mehr um die Alltagsgeschäfte kümmern. Teilen wir uns die Arbeit!«
Frédéric reichte ihm die Hand. Als Daniel zögerte, packte er zu und nötigte dem unentschlossenen Freund den Handschlag ab, der ihre Einigung besiegeln sollte.
»Ich sage dir, es sind Entwürfe, wie du sie noch nie gesehen hast! Silber, Gold, Seide – ein Vermögen werden wir machen! Komm, ich zeige dir, wie ich mir die Aufteilung der Werkstatt denke! Und ich verspreche dir, es wird genügend Platz für uns beide sein!«
Frédéric hatte Daniels Hand nicht losgelassen, er zog ihn voller Tatendrang und ehrlicher Begeisterung über die ihm bevorstehende Arbeit mit sich zum Eingang der Werkstatt.

In den folgenden Tagen nahm Frédéric mit einem Teil der väterlichen Arbeiter die eigene Produktion auf. Es gelang ihm, mit Unterstützung seines Schwiegervaters Piquot und auf Kredit einen für den Anfang zureichenden Teil des für die Trikotherstellung nötigen Rohmaterials zu beschaffen. Sein Versuch, nach der fehlgeschlagenen Bitte bei seinem Onkel, dem Apotheker Gaillard, ohne Daniels Wissen dessen Schwester Susanne für seine Absichten zu gewinnen, war allerdings gescheitert.

Als er bei einem Besuch in ihrem Laden vorschlug, bei ihrem Mann ein gutes Wort für ihn einzulegen, blieb sie reserviert. Seine Erklärungen, daß der Posamentenkaufmann Rhode doch genau jene guten Beziehungen zu den Materialimporteuren besitze, die auch er jetzt brauche und ihre Zusammenarbeit bei Bestellungen und Einkäufen doch nur für beide von Vorteil sein könne, lehnte Susanne endgültig ab. Mit ihrem Mann Gottlieb auch nur über diesen Vorschlag zu reden, hielt sie für eine Zumutung. Sie blieb auch dann bei ihrer Weigerung, als Frédéric ihr ausdrücklich versicherte, daß es ihm nur um Partnerschaft, keinesfalls aber etwa um Bürgschaft gehe.

Beim Verlassen des Posamentenladens kam es zu einem kleinen Zwischenfall. Tief in Gedanken stieß Frédéric in der Tür heftig mit einer gerade eintretenden Kundin zusammen und strauchelte. Resolut half ihm die Frau beim Aufstehen. Verwirrt und flüchtig bedankte er sich bei ihr mit französischen Worten. Dies weckte die Aufmerksamkeit der Kundin, die von Susanne als Witwe Klamke angesprochen wurde. Sie versuchte Frédéric auszufragen und bot ihm sogar einen Besuch in ihrem Hause an, um – wie sie lächelnd zu verstehen gab – das kleine Mißgeschick aus der Welt zu schaffen. Dankend und Ausflüchte stammelnd, machte Frédéric sich davon, ohne auf ihre Einladung einzugehen. Noch auf der Straße spürte er die neugierigen und wohlgefälligen Blicke der ihm nachsehenden Frau.

Wenige Tage vor der erwarteten Rückkehr seines Vaters konnte Frédéric die erste Lieferung fertiger Balletttrikots beim Graf von Grotow vorführen, der mit der Arbeit sehr zufrieden war. Frédéric verschwieg ihm dabei, daß er nicht mehr ausreichend Material zur Fortsetzung seiner Produktion besaß und Schwierigkeiten mit den Zulieferern hatte, die sich weigerten, ihm weiter Kredite zu bewilligen. Auf seine vorsichtig geäußerte Bitte, wenigstens einen Teil des nun ja schon gelieferten Auftragskontingents zu bezahlen, ging der Graf überhaupt nicht ein; er überhörte sie einfach und lud sich sogar noch zu einer Besichtigung der Baillotschen Manufaktur ein. Mit Mühe gelang es Frédéric, den Termin für diesen Besuch vor die Ankunft des Vaters zu legen.

Mit Zähigkeit und geschickter, jede Überrumpelung oder offene

Konfrontation vermeidender Überredung erreichte er bei Daniel, daß Kontor und Werkstatt auf eine Weise für die Besichtigung vorbereitet wurden, die von Grotow das Gefühl eines zuverlässigen Geschäftspartners vermitteln und ihn zugleich von den tatsächlich bedrohlichen Schwierigkeiten, in denen Frédéric steckte, nichts ahnen lassen sollte.

Der Besuch des Grafen verlief dann auch ganz nach Wunsch, und, nachdem von Grotow die Werkstatt verlassen hatte, ging Frédéric beschwingt hoch ins Kontor, um nach seiner Frau Marthe zu sehen, die während der Besichtigung einen Schwächeanfall erlitten hatte und deshalb ins Haus geführt worden war.

Marthe lag, das für ihre Schwangerschaft viel zu eng geschnittene Kleid gelockert, erschöpft im Sessel. Frédéric tupfte ihr den Schweiß von der Stirn und flößte ihr zur Stärkung Wein ein; dabei redete er ununterbrochen vom Erfolg, den die Inspektion bei seinem Auftraggeber gehabt hatte. »Wunderbar hast du das gemacht! Weißt du, der sollte sehen, daß du zu mir gehörst, daß ich nicht irgend so ein ... ein – du weißt schon – bin, sondern ein seriöses Familienoberhaupt.« Vorsichtig streichelte er Marthes Bauch. »Bald jedenfalls, hm? – Ach Marthe, dann wirst du auch Kleider haben, soviel du nur willst, und in einer Kutsche werden wir durch Berlin fahren, Marthe, und wir werden Zugang haben zu Kreisen, die von einem schlichten Strumpfwirker und seiner Frau nichts wissen wollen ...«

Als er sah, daß Marthe die Augen geschlossen hatte und tief und gleichmäßig atmete, verstummte er, zog die Decke über ihr zurecht und ging leise zum Wandschrank, in dem sich die Geschäftsunterlagen seines Vaters befanden. Er nahm die Geldschatulle heraus, öffnete sie und leerte ihren Inhalt auf dem Pult aus. Die kleinen Münzen sortierte er und legte sie in die Schatulle zurück, die großen aber zählte er ab und steckte sie ein.

»Frédéric, was tust du da?« Marthe war aufgewacht und starrte ihn erschrocken an. Einen Augenblick lang spiegelte sich auf seinem Gesicht sein schlechtes Gewissen, dann aber hatte er sich wieder gefaßt und gab sich unbefangen. »Du verziehst deine Miene, als wäre dein Mann ein Dieb.«

»Aber du hast doch das Geld genommen!«

»Dummchen – ich leihe es! Hier in dieser Kiste liegt es ja nur tot herum, ist zu gar nichts nütze. Bei mir aber, bei uns beiden, da wird es sich vermehren.«

Er ging zu ihr, legte seinen Arm beruhigend um sie und küßte sie sanft, bevor er ihr half aufzustehen.

In das rhythmische Hämmern der Pflasterer draußen auf der Straße mischte sich das Geräusch vom Rattern näherkommender Pferdewagen.
»Ich werde mit diesem Geld dem Händler Boyer eine neue Anzahlung machen – und du wirst sehen, wie der dann wieder liefert, angekrochen wird er kommen. Ich kenne sie doch diese Pfennigfuchser! – Komm, halt dich fest an mir, du gehst ja noch ganz wackelig!«
Auf ihren Mann gestützt, ihn verstohlen immer wieder musternd, ließ Marthe sich von Frédéric hinaus zur Werkstatt führen.

Auf der Straße vor Baillots Haus zügelte Perrault die Pferde und bremste die beiden Messewagen. Glücklich über die wohlbehalten und vorzeitig beendete Reise sprang Baillot vom Kutschbock auf das neue Pflaster. »Guck dir das an, Perrault, Katzenkopp an Katzenkopp! Berlin wird ja, es sieht fast schon wie in Braunschweig aus!«
Während Perrault die Karren auseinanderkoppelte, lud Charles Baillot eine Standuhr ab, die er auf der Messe für sein Kontor günstig gekauft hatte, und untersuchte, ob sie den Transport unbeschädigt überstanden hatte. Perrault kletterte zurück auf den Bock seines Wagens und griff zur Peitsche. »Denk an die Sondersitzung im Consistorium, Baillot, es ist wichtig, daß du kommst und mich unterstützt!« Mit lautem, übermütigem Peitschenknallen trieb er seine Pferde an.
Verdreckt und von der unbequemen Fahrt steif in den Beinen, stakste Baillot mit seiner Uhr ins Haus.

Da er niemanden aus seiner Familie im Haus antraf, ging er zuerst ins Kontor, um die Uhr abzustellen. Überrascht blieb er in der Tür stehen.
An den Wänden hingen die Skizzen von Entwürfen für Ballettkostüme, die Frédéric für den Besuch des Grafen von Grotow aufgehängt hatte, im Regal lagen die verschiedenen Garne und Dekorationen für den Ballett-Auftrag, aus Kisten und Körben hingen fast fertige Strümpfe und Trikots heraus. Nur in einer Ecke häuften sich noch einfache Garnstränge und Strumpfbündel aus Baillots üblicher Produktion. Aber auch sie wirkten, als wären sie bereits für eine Auslagerung zusammengetragen worden.
Zögernd ging Charles Baillot weiter ins Kontor hinein, nahm Proben von den ihm fremden Garnen und Spitzenborten und verglich sie mit den Angaben auf den Regalen. In einem der Körbe fand er das für die Kostümierung der Venus bestimmte Trikot; konsterniert und entsetzt über das fleischfarbene Gewebe, das seiner hugenottischen Moral so

gänzlich widersprach, knäulte er es zusammen und warf es zurück in den Korb. Mit entschlossener Armbewegung wischte er die Papiere, Materialproben und Stoffstreifen vom Pult, stellte seine Uhr darauf und trat ans Fenster. Vor dem Eingang zur Werkstatt stand im Gespräch mit einem der Weber sein Sohn Frédéric.
Baillot riß das Fenster auf und brüllte nach ihm.
Während Frédéric, über die vorzeitige Rückkehr seines Vaters überrascht, zum Haus ging, holte der Weber aus der Werkstatt Verstärkung, um Baillots Karren von der Straße auf den Hof zu schieben und zu entladen. Zufrieden stellten die Arbeiter fest, daß unter der Plane kaum etwas von der Messeware übriggeblieben war. Baillots Geschäfte in Braunschweig mußten sehr gut gegangen sein.

Frédéric nahm die Skizzen von der Wand im Kontor, sein Vater sah ihm ruhig zu; offensichtlich war es Frédéric gelungen, die erste Wut in Baillot zu besänftigen. »Natürlich mache ich dir hier wieder Platz; es war ja nur für den Besuch des Herrn Grafen. Außerdem ist alles, was du auf den Entwürfen siehst, sowieso schon produziert und zu einem Teil sogar schon abgeliefert!«
»Was? Das alles in der kurzen Zeit? Und dann auch noch das da?« Beeindruckt vom Fleiß seines Sohnes, zeigte Baillot auf die Kisten und Körbe. »Und du hast das alles neben unserer eigentlichen Arbeit erledigt?«
Baillot ging zum Wandschrank und zog das Rechnungsbuch vor.
»Eigentlich ja, nur – weißt du – ein paar Arbeiter von dir mußte ich ab und zu bei mir beschäftigen; aber nur, wenn sonst für sie nicht genug zu tun war.«
Sofort erwachte in Baillot wieder das Mißtrauen. Er blätterte das Buch durch und kontrollierte flüchtig die Eintragungen, stellte es dann zurück und nahm die Schatulle. »Wo ist Daniel?«
»Ach, der wird bald zurück sein; er ist bei einem von euren Händlern . . .«
»Gibt es Schwierigkeiten mit ihm?«
Frédéric kam mit den abgehängten Skizzenblättern zum Pult und sah erst jetzt, daß sein Vater die Schatulle in der Hand hielt. Erschrocken redete er drauflos, um ihn abzulenken.
»Es ist nichts von Gewicht, bestimmt nicht – irgendeine Lappalie. Auf all diese Kleinigkeiten werden wir ja bald überhaupt verzichten können. Der Hof, Vater – beim kurfürstlichen Hof, da liegt unsere Zukunft!«
»So so! Ich glaube, davon habe ich schon mal von dir gehört . . .«

»Aber jetzt ist es erwiesen, Vater! Ich sehe es doch auch bei vielen anderen Manufakturisten aus unserer Colonie der Refugiés, die haben die Entwicklung der Lage nämlich inzwischen auch verstanden. – Wir kamen nach Brandenburg als die besseren Handwerker; wir brachten Erfahrungen mit, von denen die Deutschen hier in Berlin noch gar nichts wußten. Und du, Vater, du bist dabei, diesen Vorsprung zu verschenken!« Frédéric klopfte auf die Körbe mit der Ballettausstattung und näherte sich dabei unverfänglich dem Vater, der die Schatulle auf dem Pult abgestellt hatte. »Aber jetzt sind wir wieder vorne – hiermit, Vater! Hiermit beweisen wir unsere besonderen Fertigkeiten. Ich werde dir etwas verraten, Vater!«
Frédéric legte dem Vater den Arm um die Schulter und zog ihn, wie zu einem besonders vertraulichen Gespräch, weg vom Pult. »Kurfürst Friedrich will König in Preußen werden! Berlin soll werden wie Versailles – strahlend – die glänzende Residenz eines Königs! Ich hab's von meinen Auftraggebern am Hofe selbst gehört, ganz im Vertrauen. Verstehst du nun, was das für unsere Geschäfte bedeutet, wenn alle Welt in Brandenburg und Preußen nach dem Vorbild des Königs bald nur noch den französischen Geschmack verlangen wird?«
Beeindruckt ließ sich Baillot in den Sessel fallen, unbewußt griffen seine Finger nach einem der Trikots aus dem Korb neben ihm und strichen wie prüfend über diese Vorboten einer neuen Zeit, die ihm sein Sohn angekündigt hatte.
Frédéric nutzte die Ablenkung, um neben anderen, noch von ihm auf dem Pult herumliegenden Gegenständen auch die Schatulle wegzuräumen. Baillot merkte in seiner Nachdenklichkeit nichts davon.
»Angenommen, du hättest diesmal wirklich recht, Frédéric: Mach also weiter mit diesem . . . diesem Ballett, aber stell alles übrige wieder so her, daß auch meine Arbeit nicht gestört wird.«
Frédéric hatte es geschafft! Freudestrahlend ging er auf seinen Vater zu. »Du wirst sehen, dies hier ist nur der Anfang! Der Name Baillot, Vater – jetzt werden wir ihn erst richtig kreieren, wir beide zusammen, ganz groß soll er werden!«

Im Anschluß an den ersten Sonnabend-Gottesdienst, an dem Charles Baillot nach seiner Rückkehr von der Braunschweiger Messe teilnahm, fand im Consistorium die vertagte Beratung über den Bittbrief an den französischen König statt. Baillot, der mit der Wiederaufnahme der gewohnten Manufakturgeschäfte eine Menge zusätzlicher Arbeit gehabt hatte, trotzdem aber Frédéric gegenüber zu seinem gegebenen Wort stand, dessen Produktion künftig zu dulden, erschien

verspätet im Consistorium. Der Prediger hatte bereits mit der Verlesung eines vorformulierten Brieftextes begonnen. »Und so verlangen wir nichts für uns und bezeugen: Wir fühlen und bekennen unser Glück, Untertanen des so großen und frommen Fürsten von Brandenburg zu sein. Wir erbitten allein für unsere Brüder in Frankreich . . .«
Der empörte Zwischenruf eines Mannes, der hinter Baillot saß, unterbrach den Prediger. »Wieso bitten wir allein für unsere Brüder in Frankreich? Wo bleibt die Forderung an Louis XIV. nach Rückgabe des uns in Frankreich nach unserer Flucht geraubten Vermögens? Ich verlange, daß auch davon in diesem Brief die Rede sein muß!«
Wie Perrault in der vorangegangenen, abgebrochenen Beratung, so sprengte diesmal Baillots Hintermann mit seiner Forderung den sachlichen, bisher ruhigen Verlauf der Sitzung. Sofort brach wieder der alte Gegensatz zwischen den Anhängern der verschiedenen Meinungen aus und verwandelte die Schar der Anwesenden in Minutenschnelle in einen ungeordneten Haufen verbissen und gereizt miteinander streitender Männer.
Baillot hielt den Zwischenrufer auf, der sich an ihm vorbei zum Prediger drängte, um ihn zur Vernunft zu bringen. »Würdest du denn wirklich auf deinen Besitz in Frankreich zurückgehen? Du hast dich doch hier in Berlin gut arrangiert, besser als damals in der Heimat sogar! Was also soll dein Antrag?«
Aber Baillots Appell war vergeblich, der Mann starrte ihn nur wütend an und stieß ihn wortlos beiseite. Enttäuscht stand Baillot auf und zog sich in eine stillere Ecke des Raumes zurück, als ihn eine ihm bekannte Stimme anrief. Aus der Traube der wild debattierenden Consistoriumsmitglieder kämpfte sich der Händler Boyer frei und kam zu Charles Baillot.
»Es hat keinen Sinn, mit Vernunft richtest du jetzt nichts aus. Die müssen sich erst wieder beruhigen. – Komm, ich habe sowieso mit dir zu reden!«
Als die beiden sich am Rand des Durcheinanders den Weg zum Ausgang verschafften, setzte irgendwo, unbeirrt vom allgemeinen Lärm, mit festem Ton der Gesang eines Psalms ein. Andere Stimmen fielen nach und nach mit ein, die Diskussionen verebbten allmählich, und die Gemeinsamkeit siegte über den Streit. Da aber hatten Boyer und Baillot den Saal bereits verlassen.

Noch als sie das Baillotsche Haus betraten, begriff Baillot die Nachricht nicht, die Boyer ihm unterwegs immer wieder verständlich zu machen versucht hatte: Während Baillots Abwesenheit war dem

Händler Boyer keine der sonst stets pünktlich und genauestens beglichenen Lieferrechnungen für Wolle und andere Rohstoffe bezahlt worden! Boyer wurde nicht grob, und er bedrängte Baillot nicht, er verschwieg auch die mehrfachen Unterredungen in dieser Angelegenheit mit Daniel, der auf ihn überfordert gewirkt hatte und sich in vage Erklärungen, offensichtliche Ausflüchte und Versprechungen geflüchtet hatte. Der Händler wollte nur endlich Baillot gegenüber seine Verwunderung über die ungewohnte Säumnis zum Ausdruck bringen und erfahren, ob die Strumpfmanufaktur etwa in irgendwelchen unvermuteten Schwierigkeiten steckte. Allmählich entstand mit seinen Worten in Baillot ein schlimmer Verdacht.

Die beiden fanden im Kontor Frédéric, der im Licht einer Kerze am Pult saß und Eintragungen in das Rechnungsbuch vornahm. Sofort sprang Charles Baillot auf ihn zu und riß ihm das Buch weg. »Laß deine Finger davon! Die Kasse – ich will die Kasse sehen!«

Langsam stand Frédéric auf; sein Vater schob ihn aus dem Weg und nahm selbst aus dem geöffneten Wandschrank die Schatulle.

»Ich – bitte, Vater, laß mich erklären . . .«

Baillot reagierte nicht, wortlos schüttelte er die wenigen kleinen Münzen, die Frédéric zurückgelassen hatte, auf seine Handfläche und hielt sie Frédéric hin. »Wie hoch sind deine Forderungen, Boyer?«

Bevor Boyer, der die Hintergründe zu ahnen begann und nach Worten zur Überbrückung der peinlichen Situation suchte, antworten konnte, redete Frédéric. »Es war doch totes Kapital, Geld, das nur herumlag, Vater! Du erhältst es ja zurück, mit gutem Zins . . .«

»Zins! – Unterschlagung ist das! Diebstahl am eigenen Vater – und vergeudet für das hier, für dieses Sündenzeug!«

In seiner Wut griff Baillot in den letzten der noch nicht weggeschafften Körbe und zerrte demonstrativ vor Boyer eines der Ballett-Trikots auseinander.

»Nicht!« Aus Angst um seine Arbeit stürzte Frédéric auf seinen Vater zu und entwendete ihm das Trikot. »Und ich dachte wirklich, ich hätte dich von der neuen Zeit für uns Manufakturisten überzeugen können. Aber Vater, nun sehe ich, dir ist nicht zu helfen . . .«

Betont sorgfältig legte Frédéric das Trikot zurück in den Korb; die Enttäuschung über seinen Vater hatte das Bewußtsein der eigenen Schuld verdrängt. Kühl und beherrscht wirkte Frédéric, als er seine Worte wiederholte. »Nein, Vater, dir ist nicht zu helfen.«

Charles Baillots Wutausbruch traf Frédéric unerwartet; sein Vater packte ihn und schlug ihm ins Gesicht, bis Boyer dazwischentrat und ihn mit Gewalt zurückriß.

Frédéric stand benommen vor den beiden Männern, unwillkürlich wischte er, ohne das aus der Platzwunde rinnende Blut zu bemerken, über seine Lippen. Dann nahm er den Korb auf und ging zur Tür.
»Ab jetzt steht dir die Werkstatt ganz allein zur Verfügung. – Adieu, Vater.«
Ganz leise schloß er hinter sich die Tür des Kontors.

Noch am gleichen Abend ließ Frédéric sich bei dem Grafen von Grotow zu einem dringenden Gespräch melden und erklärte, ohne genauer auf die Umstände einzugehen, daß er seinen Platz in der väterlichen Werkstatt verloren hätte.
Der Graf war ungehalten und drängte ihn, diese Entscheidung rückgängig zu machen, aber Frédéric lehnte zum ersten Male, seit er mit von Grotow zu tun hatte, eine Forderung mit solcher Entschlossenheit ab, daß dieser sie fallenließ.
»Und? – Will Er jetzt etwa auf der Gosse weiterarbeiten? Kerl, in welche Bredouille bringt Er mich! Soll ich den Kurfürsten um eine Verschiebung der Hochzeit seiner Tochter bitten? Mensch, Hugenott' – ist Er verrückt?«
»*Monsieur le Comte,* ich weiß, es steht schlecht – um uns beide!«
Unwirsch winkte von Grotow ab; er hatte gespürt, daß durch Drohungen bei Frédéric nichts zu erreichen war; ebenso deutlich war ihm bewußt, daß Frédéric recht hatte. Sie beide hatten die Konsequenzen zu verantworten.
»Baillot, Er wird Seine Werkzeuge und Materialien in meinen Pferdestall schaffen, der Platz muß Ihm reichen. Und ich gebe Ihm noch vier ganze Tage, dann hat Er den Rest der Ausstattung zu liefern! Kapiert Er? Vier Tage und nicht mehr!«
Frédéric schwieg; fieberhaft kalkulierte er die ihm gesetzte Frist und überlegte sich, welchen von den Zulieferern er für das noch nötige Material und einen erneuten Zahlungsaufschub gewinnen könnte. Ungeduldig wartete derweil von Grotow auf seine Reaktion. Als Frédéric endlich den Kopf hob und zögernd nickte, klopfte er ihm fast jovial auf die Schulter.
»Immer noch desolat? – Ach was, Er ist doch ein tatkräftiges Mannsbild! Übrigens will Seine Frau doch sicherlich zum Feuerwerk über der Spree zur Begrüßung des Erbprinzen Friedrich von Hessen-Kassel. Ich werde ihr ein Extrabillett für einen vortrefflichen Platz zukommen lassen. – Na was denn, vier Tage hat Er ja noch, und Er hat uns doch bewiesen, wie schnell und dabei noch akkurat er zu arbeiten versteht!«

Frédéric faßte noch einmal Mut. Am Abend des Feuerwerks brachte er zunächst Marthe hinunter ans Spreeufer. Dann traf er sich mit dem Posamentengroßhändler Brant, den er von allen am umgänglichsten hielt, in einer Weinboutique in der Nähe des Flusses. Sobald das Feuerwerk beendet war, wollte er Marthe abholen, bis dahin hoffte er auf eine Einigung mit Brant. Der Händler traf ein, als draußen das Feuerwerk bereits begonnen hatte und die meisten der Kneipengäste sich vor der Tür versammelt hatten, um die Lichter über der nächtlichen Stadt zu bewundern. Brant blieb nicht lange bei Frédéric; strikt verweigerte er weitere Kredite und bestand unerbittlich auf der unverzüglichen Bezahlung der noch offenen Rechnungen. Für den Fall der Zahlungsunfähigkeit innerhalb der nächsten Tage drohte er Frédéric sogar mit dem Schuldgefängnis; dann ging er und ließ einen verzweifelten Schuldner zurück.
Sein lauter und drohender Verhandlungston hatte einen Herrn an Frédérics Nachbartisch aufmerksam werden lassen. Er kam zu Frédéric herüber und begann vorsichtig ein Gespräch mit ihm, bei dem er deutliches Interesse an Frédérics Herkunft und an seiner handwerklichen Ausbildung zu erkennen gab. Frédéric selbst war viel zu sehr mit anderen Gedanken beschäftigt, um sich über die Neugier des ihm unbekannten Mannes, der mit sächsischem Akzent redete, zu wundern. Außerdem wurde ihr Gespräch sehr schnell unterbrochen, weil unter den vor der Tür das Feuerwerk beobachtenden Boutiquengästen große Aufregung entstanden war.
Auch der sächsische Mann war aufgesprungen und mit seinen Begleitern hinaus auf die Straße gelaufen. Immer noch wie betäubt vom Verhandlungsergebnis mit Brant nahm Frédéric die Vorgänge um ihn herum kaum wahr. Er merkte nicht, daß er als einziger im Raum sitzen geblieben war, daß draußen die Musik, die das Feuerwerk begleitet hatte, plötzlich aussetzte.
Erst als sich durch die aufgeregt durcheinanderredenden Kneipengäste an der Tür ein Gendarm schob und auf ihn zukam, wachte Frédéric auf.
»Et soll sich hier ein jewisser Baillot oder so wat befinden, 'n Hugenott', is' Er derjenige?«
Langsam erhob sich Frédéric und ging, in sein Schicksal ergeben, auf den Gendarm zu, der anscheinend nicht wußte, wie er sich zu verhalten hatte und ins Stottern geriet. »Musjeh, ick . . . et . . . et is' vonwejen Eure Jemahlin . . . 'n Unjlick, Musjeh . . . der Steg, wo se stand, mit alle Zuschauer drauf is' er in' ne Spree vasunken . . . aber se haben se rausjefischt, Eure Jemahlin, Musjeh, se haben se ja rausjefischt . . .«

Frédéric öffnete die Lippen, wollte anscheinend etwas sagen, wollte vielleicht auch nur einfach schreien – aber er blieb stumm; wortlos starrte er auf den Gendarm, dann brach er bewußtlos zusammen.

In den folgenden Tagen blieb Frédéric verschwunden, niemand aus seiner Familie wußte etwas von ihm, bis er spät abends unverhofft bei Jules Gaillard im Laborkeller auftauchte. Marthe, seine Frau, hatte das Unglück nicht überlebt – aber das Kind konnte geboren werden; es sollte auf den Namen Pierre-Ernest getauft werden. Eindringlich prägte Frédéric seinem Vetter Jules diesen Namen ein; denn er selbst wollte zur Taufe nicht mehr in Berlin sein. Er hatte alles, alles verloren und in seiner Verzweiflung das Angebot jenes sächsischen Herrn angenommen, der ihn am Tage des Feuerwerks in der Weinboutique angesprochen hatte. Der Mann gehörte zum Gefolge des sächsischen Gesandten zur Hochzeit der Prinzessin und hatte Frédéric dazu überredet, gegen ein Handgeld heimlich mit ihm Berlin zu verlassen und nach Sachsen zu gehen.
Jules erkannte, in welch verzweifelter Lage sich Frédéric befand, vermochte jedoch nicht, ihn von seinem Plan abzubringen. Frédéric verabschiedete sich und machte sich auf den Weg zu dem mit dem Sachsen vereinbarten Treffpunkt. Aber auch dieses Vorhaben mißlang; er wurde unterwegs von Brandenburger Agenten, die von der verbotenen Abwerbung einheimischer Handwerker erfahren hatten, gefangengenommen und in das Stadtgefängnis Kalandshof eingeliefert.

Vor dem vergitterten Zellenfenster war heller Tag; Frédéric lag schlafend auf einem zusammengescharrten Haufen von stockig faulem Stroh; er war unrasiert, und seine Kleidung wirkte verwahrlost.
Das Schließgeräusch an der Zellentür weckte ihn, er blickte zum eintretenden Büttel auf.
»Nu steh ma' uff, aber plötzlich! Und mach dir mal 'n bißken schnieke. Du hast nämlich Besuch, wa'!«
Der Büttel zupfte ihm Stroh von der Kleidung und schob ihn hinaus auf den Gang. Überrascht starrte Frédéric auf seinen Besuch: Jules Gaillard war gekommen, er wurde begleitet von einer herausgeputzten Frau, der Frédéric schon einmal flüchtig begegnet war – der Witwe Wilhelmine Klamke; neben ihr stand ein blasser, kleiner Mann, der Frédéric unbekannt war.
Die Klamke trat sofort resolut auf ihn zu und musterte ihn. »Ja, ich erkenne ihn wieder, das ist er! Ganz passabel, der Musjeh! – Advokat Scheffler!«

Noch immer vollkommen überrumpelt vom Geschehen um ihn her, sah Frédéric den kleinen Mann vortreten und umständlich ein anscheinend vorbereitetes Aktenstück aus seiner Tasche vorkramen.
»Es haben sich den 22. Juni Anno Domini 1700 eingefunden die Kaufmannswitwe Wilhelmine Klamke –«, Advokat Scheffler blickte auf die Klamke, die aber lächelte Frédéric zu, »und der Strumpfwirker Frédéric Baillot, der auf seinen heiligen Eid versichert, französischer Herkunft zu sein . . .«
Hilfesuchend wendete sich Frédéric an Jules Gaillard; sein Vetter aber schüttelte den Kopf. »Bitte, Frédéric, frag jetzt nichts, wenn du hier schnell raus willst, bitte!«
»Jenau – so jemütlich is' es hier doch jar nich', wa'? Draußen is' viel besser, luftijer!« Der Büttel grinste ihm zu.
»Und wer bringt ihn nach draußen? – Ich! Er muß nur hier den Ehekontrakt unterschreiben. Scheffler, das Schreibzeug!« Die Klamke nahm dem Advokaten das Schriftstück und das bereitgehaltene Schreibzeug aus der Hand und reichte es Frédéric. »Ich . . . ich soll Sie . . . Sie soll ich heiraten?«
»Na was – bin ich Ihm nicht Seine Freiheit wert?« Entgeistert sah Frédéric auf das Papier.
»Nu mal Beeilung, junger Mann – det hier is' jewissermaßen inoffiziell!« Der Büttel streckte der Witwe Klamke fordernd die Hand hin. Sie zog aus ihrem Handbeutel eine prall gefüllte Geldbörse und warf ihm ein paar Münzen zu. »Da! – Und Ihr, Musjeh, habt man bloß keine Bange, wo das her ist, da ist auch noch mehr – viel mehr. Das wird für uns beide dicke reichen, Musjeh!«
Unschlüssig musterte Frédéric die Gesichter der ihn abwartend beobachtenden Besucher; Jules Gaillard zuckte verstohlen die Schultern. »Eine andere Möglichkeit wird es so bald nicht für dich geben, Frédéric.«
Frédéric wendete sich ab, sein Blick fiel in die Zelle mit ihrem verschmutzten Lehmboden, dem fauligen Stroh. Er drehte sich zurück, nahm die Schreibfeder und unterzeichnete den Vertrag.
»Na also, wußt' ich doch – das wird schon mit uns beiden!« Wilhelmine Klamke tätschelte Frédérics Arm, zog ihn mit sich fort den Gang hinauf.
Hinter ihnen verschloß der Büttel die leere Zelle.

# Streit um das Erbe

*»Sechs Monate blieb der Hof noch auf dem alten Fuße, dann ward er völlig umgeändert. Wer des (neuen) Königs Gunst erlangen wollte, mußte Sturmhaube und Küraß anlegen, alles war Offizier und Soldat . . .«*

*1717*
*Die französischen Réfugiés sind naturalisierte Bürger Brandenburgs geworden; ihre Hoffnung und auch der Wille, jemals wieder nach Frankreich zurückzukehren, verblassen endgültig.*

Unter dem Kommando eines Korporals trieben Soldaten die Arbeiter aus der Werkstatt auf den Hof und stießen sie mit groben Gewehrkolbenstößen in eine Reihe, aus der der Korporal selbst, begleitet vom Trommelwirbel des ihm folgenden Trommlers, die älteren und schwächlich wirkenden Männer ausmusterte und zurück in die Strumpfwirkerwerkstatt schickte.
Widerwillig ließen sich die übriggebliebenen jüngeren Arbeiter, diesmal der Größe nach, von den zur Eile angehaltenen Soldaten aufstellen, als sich die Frau des Manufakturisten, Sophie Laurent, an den beiden vor dem Eingang der Werkstatt postierten Wachen, die die Frauen und Mädchen am Verlassen des Gebäudes hindern sollten, vorbeidrängte. Mit empörter Entschlossenheit stellte sie sich vor den Korporal. »Aufhören! Ich will, daß Ihr sofort unsere Arbeiter freilaßt! Mein Mann braucht sie.« Sophies kleine Söhne Jacques und Charles waren den Wachen ebenfalls entschlüpft, rannten zu ihrer Mutter auf den Hof und klammerten sich ängstlich an ihr Kleid. Amüsiert blickte der Korporal sie an.
»So so – unser aller gnädigster König braucht sie aber auch. Und da muß ich sie allerdings fragen: Wer ist Ihr Mann gegen König Friedrich Wilhelm in Preußen?«
»Mein Mann ist der Refugié und Strumpfwirker Daniel Laurent, Schwiegersohn des eingewanderten Manufakturisten Charles Abraham Baillot, der . . .«
Die in naivem Ernst vorgebrachte Antwort schien wie ein gelungener Witz auf den Korporal zu wirken, er unterbrach Sophie durch schallendes Gelächter. Ein vor der Werkstatt entstehendes Handgemenge zwischen einem ungefähr siebzehnjährigen Jungen und mehreren Soldaten, die ihn gewaltsam in die Musterungsreihe zerren wollten,

ließ den Korporal abrupt verstummen. Derb schob er Sophie beiseite. »Schluß jetzt! – Stellt mir die Vögel endlich auf und treibt das Weibervolk zurück in die Werkstatt!«
Aber Sophie folgte ihm, ganz und gar nicht eingeschüchtert. »Den dürft Ihr nicht holen. Es ist mein Neffe!«
Ohne sie zu beachten, ging der Korporal auf die rekrutierten Arbeiter zu und blieb vor dem Jungen stehen. »Ein Hugenott'?«
Pierre-Ernest Baillot antwortete nicht. Während er sein Gegenüber wütend anstarrte, versuchte er hartnäckig, sich aus dem Griff der ihn noch immer festhaltenden Soldaten zu winden. Der Korporal drehte sich mit gespielt bedauerndem Schulterzucken Sophie zu.
»Ihr seht selbst, er will nicht reden – dann also nicht!« Auf ein Zeichen des Korporals setzte der Trommelwirbel wieder ein; untermalt von seinem dumpfen Klang sowie dem Weinen, den flehenden Rufen und verzweifelten Beschimpfungen der Frauen, die vergeblich an den Wachposten vorbei die Werkstatt zu verlassen suchten, stellten sich die Soldaten abmarschbereit bei den Rekrutierten auf.
»He, ihr da! Was soll das?«
Im Lärm und in der allgemeinen Aufregung war Daniel Laurent mit einem zweirädrigen Marktkarren unbemerkt auf den Hof gekommen. Er stellte den Karren ab und lief auf den Korporal zu. »Wie könnt Ihr ohne mein Wissen in meiner Manufaktur so vorgehen?«
»Der Musjeh will sich den Befehlen seiner hochlöblichen Majestät widersetzen?«
Der drohende Tonfall des Korporals mäßigte Daniels erste Erregung. »Nein – nein, gewiß nicht, aber wie soll ich produzieren, wenn mir die besten Arbeiter wegrekrutiert werden?« Erst jetzt entdeckte Daniel, daß sich unter den zur Abführung zusammengetriebenen Arbeitern auch sein Neffe Pierre-Ernest befand; erschrocken zeigte er auf den Jungen. »Wißt Ihr nicht, daß alle Refugiés nach dem Gesetz freigestellt sind. Der da ist der Sohn meines Schwagers!«
»Das Bürschchen wollte sich partout nicht ausweisen, aber wenn Ihr es beschwört. . .« Der Korporal befahl mit scheinheiliger Nachgiebigkeit den Soldaten, Pierre-Ernest loszulassen und gab das Kommando zum Aufbruch. Während die Soldaten die rekrutierten Männer in die Mitte nahmen und sich zum Marschrhythmus der Trommel in Bewegung setzten, stürmten aus der jetzt unbewachten Werkstatt die Frauen und Mädchen und versuchten, an den Soldaten vorbei zu den Männern zu gelangen. In ihrer Verzweiflung schreckten sie auch vor der groben Abwehr der Bewacher nicht zurück. Der Zug geriet ins Stocken; es gelang einigen Männern, sich loszureißen.

»Zurück! Schert Euch weg!« Das Brüllen des Korporals vermochte den lärmenden Aufruhr nicht zu durchdringen; erst als er einem der Soldaten befahl, sein Gewehr in Anschlag zu bringen und mit gezogenem Hahn auf die Menge zu richten, entstand entsetztes Schweigen.

In die Stille hinein ertönte ein sich rhythmisch wiederholendes Quietschen: Vom Wohnhaus her schob der kleine Jacques Laurent, der sich im Durcheinander offenbar unbemerkt hatte entfernen können, einen hölzernen Rollstuhl. Im Stuhl saß, dick in Wolldecken gehüllt, der gichtkranke, alte Charles Baillot. Er ließ seinen Enkel den Rollstuhl vor dem Korporal anhalten.

»Um des Himmels willen – wartet, nehmt das Gewehr zurück! Ich bin Charles Baillot – wir arbeiten auch für die Armee des Königs!« Baillot reichte dem Korporal ein Schriftstück. »Hier – überzeugt Euch von dem Kontrakt!«

Der Korporal bekundete an dem Papier kein Interesse, wortlos schob er Baillots Hand beiseite.

»Wie sollen wir Euch beliefern, wenn Ihr uns die Arbeiter nehmt?«

»Ach, ihr Hugenotten seid doch sonst in allem so fix. Platz da jetzt!«

Erneut gab der Korporal das Zeichen zum Abmarsch.

Da richtete sich Charles Baillot, auf einen Stock gestützt, mühsam auf und schleppte sich ein paar Schritte vor, dem Korporal in den Weg, der ihn derb zurückstieß. Unbeholfen stolperte Charles Baillot und fiel gegen den Soldaten mit dem schußbereit gespannten Gewehr. Die Kugel löste sich. Getroffen stürzte Baillot in seinen Rollstuhl, der von seinem Gewicht umkippte und ihn unter sich begrub.

Sophie, Daniel und Pierre-Ernest beugten sich, umringt vom in Unordnung geratenen Zug der Soldaten und Arbeiter und von den Frauen und Mädchen, um den leblos am Boden liegenden alten Mann. Der Schock hatte sie ratlos und stumm gemacht. Schweigend wichen alle zurück vor der alten Frau, die, herbeigerufen vom Geräusch des Schusses, das Wohnhaus verlassen hatte, auf steifen Beinen über den Hof hastete und sich mit einem unartikulierten Schrei über ihren Mann warf. Sanft versuchte Pierre-Ernest, seine Großmutter Anne Baillot zu beruhigen.

Der Korporal drängte sich zu ihr vor. »Einen Doktor, warum holt niemand von euch einen Doktor?«

Pierre-Ernest richtete sich langsam auf und schüttelte nur den Kopf; der Korporal wich seinem Blick aus und wendete sich dann an die übrigen Anwesenden, seine Stimme hatte Festigkeit und Befehlsgebaren verloren.

»Es war ein Unglück! Alle hier haben gesehen, daß es ein Unglück war – und es ist entstanden durch die Obstruktionen dieses starrsinnigen alten Mannes selbst. Ein jeder wird das bezeugen können!«
Auf seinen Wink setzte die Trommel wieder ein, und die Soldaten führten die rekrutierten Arbeiter der ehemals Baillotschen, jetzt endgültig Daniel Laurent überantworteten Strumpfmanufaktur vom Hof.

Von den zugezogenen Vorhängen abgeschattet, drang nur wenig Tageslicht in die enge, finstere Wohnung und milderte die überall deutlichen Anzeichen von Verwahrlosung. Nur ein paar Möbel erinnerten an offenbar bessere, vergangene Zeiten; besonders eindrucksvoll, zugleich aber auch unpassend, wirkte das klobige Prunkbett mit seinem früher wohl hellblauen, jetzt verblichenen und mit Staub und Ruß versetzten Stoffhimmel. Zwischen einem Berg zurechtgerückter Federkissen thronte auf ihm in einem Nachthemd Wilhelmine Baillot, die sich schon längst wieder Klamke nannte, und frisierte sich. Sie war über die Jahre hinaus gealtert und in ihrem Äußeren vernachlässigt.
Am noch mit Essensresten bedeckten Tisch saß ihr erwachsener Sohn Ewald und probierte – anscheinend getürkte – Würfel aus. Beide kümmerten sich nicht um die Zimmerwirtin, die damit beschäftigt war, flüchtig und oberflächlich das Zimmer zu säubern. Bevor sie den Raum verließ, warf sie der Klamke ein Kuvert, das bei ihr abgegeben worden war, aufs Bett und wartete auf Trinkgeld dafür.
Ewald räumte seine Würfel zusammen. »Wieder einer, der Schulden bei uns eintreiben will – oder was? – Wenn Sie jemals ihre Miete pünktlich von uns haben will, dann halt Sie uns gefälligst solche Schreiben vom Hals!« Er ging hinüber in die Nebenkammer und schlug die Tür laut hinter sich zu.
Frau Klamke ließ den Brief, in den sie sich vertieft hatte, sinken, sprang vom Bett auf und faßte aufgeregt die Zimmerwirtin am Arm.
»Wann kam das?«
»Ick sagte doch, eben jerade. Madame schlief noch!«
Mit einer Hektik, die ihrer phlegmatischen Gestalt zu widersprechen schien, schob sie die Wirtin aus dem Zimmer, dann – allein im Raum – kniete sie vor ihrem Bett nieder und zog mit fahriger Hast eine verstaubte Schachtel hervor, in der sie neben Hüten, Strümpfen, Bändern und anderen Erinnerungen an vergangene Jahre ein kleines, in ein Tuch eingeschlagenes Päckchen fand. Vorsichtig wickelte sie es auf; zum Vorschein kam eines jener Duftamulette aus dem Labor von Jules Gaillard, wie es Frédéric seiner Frau Marthe vor langer Zeit mitgebracht hatte.

Die Klamke öffnete den Deckel des kleinen Schmuckstückes und roch selbstvergessen an dem mit einem Duftstoff getränkten Mullbausch; langsam band sie die Kette des Amuletts um und betrachtete sich in dem auf dem Bett liegenden Frisierspiegel. So vertieft war sie in den verträumten Anblick, daß sie das Klopfen an der Tür erst nach mehrmaliger Wiederholung wahrnahm.

Zögernd betrat Anne Baillot die Wohnung und blieb dicht an der Tür stehen; es fiel ihr sichtlich schwer, die sie überrascht anstarrende Klamke zu grüßen, und sie brauchte einen Moment, um passende Worte zu finden.

»Entschuldigt – ich weiß, wir mochten uns nicht und hatten uns nie viel zu sagen, aber jetzt . . . Ich möchte, daß mein Sohn Frédéric an das Totenbett seines Vaters kommt . . .«

»Was? Er ist tot, der alte Baillot ist tot?«

Anne Baillot nickte. »Bitte, Madame, wo ist mein Sohn? Wissen Sie es?«

Die Klamke hatte sich auf ihr Bett gesetzt und drehte den gerade überbrachten Brief in ihren Händen; nach einem Augenblick sah sie Madame Baillot mit Verachtung an. »Wenn ich es wüßte – Ihr würde ich es nicht sagen – Ihr nicht! Hat sich damals auch nur einer von eurer Sippschaft darum gekümmert, wie er mein Vermögen verspekuliert, wie er mich in diese Armut hier gebracht hat und dann stillschweigend ab ist über die Grenze?«

»Wo? Bitte, Madame, über welche Grenze ist mein Sohn gegangen?«

»Oh, über die ganz große, die endgültige von mir aus; da, wo ihn jetzt sein Vater wiedertrifft!«

Entsetzt wich Anne Baillot vor dem Wutausbruch der Klamke zurück.

»Madame, Ihr versündigt Euch vor unserem Herrn! Frédéric ist mein Sohn, und er ist Euer Gatte!«

»Der? – Wo denn? O ja, solange noch etwas zu holen war bei mir, da war ich ihm gut genug, aber dann – ach, ihr seid doch alle das gleiche Pack! Hugenottenpack!«

Die Witwe Klamke sprang auf, stürzte an Anne Baillot vorbei und riß die Tür auf. »Raus hier, raus! Ich will Sie nie mehr sehen!«

Nachdem Anne Baillot gegangen war, brach die Klamke in trockenes Schluchzen aus; ihre Wut schlug in Erschöpfung um, und Selbstmitleid, entstanden aus der wachgerufenen Erinnerung an ihren verschwundenen Mann, packte sie. Schwerfällig tastete sie sich von der zugeschlagenen Tür zum Tisch und von dort zum Bett, wo sie sich kraftlos auf die Kissen fallen ließ.

Aber ihre Verzweiflung dauerte nicht lange; erst Trotz und dann zunächst noch vage, in den Einzelheiten undurchdachte Vorstellungen von Rache verdrängten sie. Sie griff nach dem Brief und ging zu ihrem Sohn Ewald in die Nebenkammer.

Ewald hatte, durch die Zwischenwand zur Unverständlichkeit gedämpft, die Auseinandersetzung zwischen seiner Mutter und einer Frau, deren Stimme er nicht erkannte, gehört, zeigte aber dennoch keine Lust, sie über die Umstände auszufragen. Solche Zwischenfälle hatten in letzter Zeit fast immer mit Geldforderungen an die Klamke zu tun, aus denen er sich heraushielt.

Uninteressiert überflog er das Handschreiben, das ihm seine Mutter hinhielt, ohne es aus der Hand zu geben. Erst als er die Unterschrift sah, stutzte er. »Von Frédéric Baillot? Was will der Kerl von dir?«

»Hast du denn nicht gelesen? Versöhnung bietet er an! Wenn ich jemals etwas für ihn gefühlt hätte, dann soll ich ihm noch einmal helfen. Er will zurück nach Berlin kommen!«

»Sehr gut! Dann bring den Brief schleunigst der Justiz. An Bankrotteure und Landesflüchtlinge erinnern die sich sehr genau!«

Die Klamke schüttelte überlegen den Kopf; mit einer Stimme, die sie wieder völlig in der Gewalt hatte, las sie aus dem Brief vor: »›. . . hat mir das Schicksal endlich Mittel an die Hand gegeben, alles Gewesene vergessen zu machen . . .‹ Er wartet an der sächsischen Grenze auf Nachricht und Hilfe von mir, verstehst du, Ewald? Als ob er das gerochen hätte!«

Ewald sah nun doch seine Mutter prüfend an, ihre vom Heulen noch immer geröteten Augen und der andeutungsvolle Tonfall machten ihn mißtrauisch.

»Der alte Baillot ist tot!«

Ewald zuckte geringschätzig und erleichtert zugleich die Schultern; im ersten Moment hatte er befürchtet, der Bettelbrief von Frédéric könnte seine Mutter zu neuerlicher Sympathie ihrem davongelaufenen Gatten gegenüber verführt haben. Ihre Antwort bewies ihm, daß ein solcher Sinneswandel nicht eingetreten sein konnte. Was interessierte ihn der alte Baillot?

»Begreifst du denn nicht, Ewald! Das Erbe! Frédéric ist sein Sohn! Ja, wir werden helfen, dem ganzen Gesindel werden wir helfen – und wie wir helfen werden!«

Aufgeregt klammerte sich die Klamke an ihren Sohn und rüttelte ihn an den Schultern.

»Es geht um Geld, um viel Geld! Wir müssen nur raffinierter sein als die anderen, nur dies eine Mal, Ewald!«

Der Leichnam des Refugiés und Strumpfwirkers Charles Abraham Baillot war im Hausflur aufgebahrt worden, damit alle Arbeiter und Arbeiterinnen der Manufaktur von ihrem Herrn Abschied nehmen konnten. Während die Männer und Frauen an dem offenen Sarg vorbeizogen und sich stumm vor Anne Baillot verbeugten, die neben ihrem toten Mann saß und in dem noch aus Frankreich mitgebrachten Psalter las, zog Daniel seinen Neffen Pierre-Ernest mit sich ins Kontor. Er nahm das Rechnungsbuch aus dem Wandschrank und legte es aufgeschlagen vor Pierre-Ernest auf das Pult. »Glaub mir, auch mir ist jetzt nicht die Stimmung nach – nach so was hier. Aber ich weiß, dein Großvater hat es so gewollt.« Daniel trat neben den Jungen, der geistesabwesend vor sich hinstarrte, und legte ihm sanft den Arm um die Schulter. »Er hat mir aufgetragen, seine Manufaktur nicht nach seinem Tode zu zerteilen. Siehst du hier: Diese Summe hat er deshalb zurückgelegt für den Ankauf eines zweiten Betriebes, den du später einmal besitzen sollst. Du könntest sie dir als dein Erbteil natürlich auch jetzt auszahlen lassen . . .«
Vom Flur her ertönten Hammerschläge; die Leichenträger bereiteten den Sarg mit dem Verstorbenen für die Fahrt zum Friedhof vor. Pierre-Ernest wachte aus seiner Benommenheit auf und schlug das vor ihm liegende Rechnungsbuch zu. »Mach, wie du denkst – und so, wie es Großvater gewollt hätte.« Er stand auf und ging langsam zur Tür. Daniel begleitete ihn.
»Du weißt, Pierre-Ernest, wir haben dich wie unseren eigenen Sohn großgezogen; und daran soll sich auch jetzt nichts ändern, hm?«
Pierre-Ernest nickte und verließ das Kontor. Daniel blieb allein zurück; er stellte das Buch wieder in den Schrank. Dann ging er zur Standuhr, die Charles Baillot von einer Messefahrt mitgebracht hatte, und brachte das angehaltene Pendel wieder zum Schwingen. Während er die Zeiger einstellte, erinnerte er sich an die Begleitumstände jener auch für seine persönliche Zukunft damals entscheidenden Fahrt.

Bei dem Marktkarren der Wirkerei, der mit Tüchern zum Leichenwagen drapiert worden war, standen mehrere Mitglieder des Consistoriums, um ihren verstorbenen Freund auf seiner letzten Fahrt zu begleiten. Während sie auf die Trauerfamilie und die Leichenträger mit dem Sarg warteten, hatte sich in ihrer Runde eine heftige Diskussion entwickelt, an der sich – wie könnte es anders sein – der alte, aber immer noch temperamentvolle Weinhändler Perrault besonders entschieden beteiligte. Beharrlich versuchte er, die anderen davon zu überzeugen, daß an dem Unfall – sofern es sich überhaupt um einen bloßen Unfall gehandelt hatte – auch eine neue Gesinnung des Staates gegenüber der Gemeinde der Refugiés deutlich geworden sei. Unter dem Großen Kurfürsten hätte kein Korporal es gewagt, ein ehrwürdiges Mitglied der Colonie wie einen dahergelaufenen Hund zu kujonieren. Genau das aber sei geschehen und mache den Tod seines Freundes Baillot zu einem Fall, der die Gemeinde insgesamt berühre. Diesmal sei es nur ein namenloser kleiner Korporal gewesen, aber schließlich sei es ja wohl allen bekannt, daß König Friedrich Wilhelm von aller Welt auch Korporal genannt werde – der Korporal auf dem Throne!

Ängstlich blickte sich der Prediger Dargot bei Perraults Ausführungen, die einer offenen Beleidigung seiner königlichen Majestät mindestens sehr nahe kamen, nach ungewollten Mithörern um und wies den Weinhändler zurecht.

»Schluß mit dieser Rederei, Perrault! Ihr vergeßt Euch und laßt es an der dem Toten schuldigen Würde fehlen! Seit nun beinahe zehn Jahren sind wir naturalisierte Bürger dieses Staates, Berlin ist auch nach dem Recht unsere neue Heimat. Und dennoch erkennt der König weiter unsere alten Sonderrechte an!«

»Noch, Prediger Dargot, noch! – Ich jedenfalls sehe sie bedroht, und deshalb verlange ich, daß der Tod meines Freundes Charles Baillot im Consistorium genau untersucht wird!«

Unbemerkt von den aufs neue in laute und erregte Wortwechsel fallenden Männern näherte sich die Straße herauf Ewald Klamke; es gelang ihm, sich ungesehen hinter einer Hausecke zu verstecken, von wo aus er sowohl die Männer als auch den Eingang des Baillotschen Hauses beobachten konnte.

Der Wortwechsel verstummte trotz der Schlichtungsversuche des Predigers erst, als Pierre-Ernest aus der Tür trat und die Männer ins Haus winkte. Nachdem die Consistoriumsmitglieder an ihm vorbei im Eingang verschwunden waren, sprang Ewald, der auf diese Gelegenheit geduldig gewartet hatte, aus seinem Versteck vor und rief Pierre-Ernest zu sich.

»Liegt mir gar nicht, dir hier wie ein Strauchdieb aufzulauern, aber du weißt ja, deine Familie . . .«

Bevor Pierre-Ernest abwehrend reagieren konnte, hatte Ewald seine Hand ergriffen, drückte sie beileidsbezeugend und zog ihn zugleich mit sich von der Straße weg hinter eine Hausecke, weil er sah, daß die Leichenträger den Sarg aus dem Gebäude hinaus zum Karren trugen.

»Ein schreckliches Unglück, besonders auch für dich. Ich wollte dir nur sagen, daß ich von diesen Gerüchten, die man verbreitet, kein Wort glaube.«
»Welche Gerüchte?«
Ewald blickte den Jungen scheinheilig an. »Du weißt nichts? Dein Onkel Daniel soll doch drauf und dran sein, das gesamte Erbe auf seinen Namen zu überschreiben . . .«
Pierre-Ernest riß seine Hand, die Ewald noch immer festhielt, los und packte ihn erregt am Kragen. »Wer sagt so was? Wer?«
Mühelos löste sich der viel kräftigere, ältere Ewald Klamke und tat, als wäre er über die Empörung von Pierre-Ernest erstaunt, weil er selbst jenem Gerede keinerlei Bedeutung beimesse. »Irgendwelche Schandmäuler . . . Sie sagen, dein Onkel habe schon alles in die Wege geleitet. Als ob das so einfach wäre, wo doch du nach deinem Vater Frédéric Baillot der einzige rechtmäßige Erbe bist!« Ewald zog Pierre-Ernest wieder dicht zu sich heran; denn aus dem Haus traten die Familienangehörigen und die Männer des Consistoriums, die sich um Daniel versammelt hatten und auf dem Weg zum Leichenkarren auf ihn einredeten. Ewald senkte seine Stimme zu einem Flüstern, das seinen Worten nebenbei auch einen noch überredenderen, vertraulicheren Tonfall gab. »Vielleicht wäre es trotzdem besser, man würde deinen Vater benachrichtigen, bevor diese dummen Gerüchte doch irgend etwas bewirken. Wir haben nämlich von deinem Vater Nachricht erhalten . . .«
Pierre-Ernest stieß Ewald zurück, blaß und zitternd wich er vor ihm bis an die Hauswand zurück. »Das ist gelogen! Intrigant! Du schmieriger Intrigant!«
Pierre-Ernest starrte Ewald fassungslos an, drehte sich dann wortlos um und ging, sich mit der Hand an der Mauer stützend, zum Karren, hinter dem sich die Trauergesellschaft aufgestellt hatte. Verschwommen nahm er wahr, daß sich auch der Apotheker Jules Gaillard noch eingefunden hatte. Als Pierre-Ernest sich von der Hauswand löste und vorsichtig die Straße zum Trauerzug hin überquerte, rief Ewald ihn noch einmal leise an. »Pierre, überleg dir alles, und denk daran: Ich kann dir helfen!«
Obwohl Pierre-Ernest nicht zu reagieren schien, war Ewald sicher, daß er ihn gehört hatte.

Bald nach der Beerdigung nahm Daniel seinen Neffen Pierre-Ernest, der ihm seine Begegnung mit Ewald Klamke verschwiegen hatte, zu Verhandlungen mit dem deutschen Tuchmanufakturisten Bölke mit.

Er hatte erfahren, daß dieser Bölke vom Hofe einen großen Auftrag über die Herstellung von Uniformtuch für das Militär erhalten hatte und nun vor Schwierigkeiten stand, diese über seine Leistungsfähigkeit hinausgehende Arbeit termingerecht auszuführen. Auf der Suche nach Möglichkeiten, dem Willen des verstorbenen Schwiegervaters entsprechend einen zweiten Betrieb neben der Strumpfwirkerei aufzubauen, um ihn Pierre-Ernest nach dessen Volljährigkeit zu übergeben, war er in Verbindung zu Bölke getreten.
Daniels Überlegungen stellten sich im Verlaufe der Verhandlungen als richtig heraus. Natürlich hatte Bölke nicht offen seine Arbeitsüberlastung zugegeben, zeigte sich den Vorschlägen Daniels gegenüber, eine eigene Tuchmanufaktur einzurichten und für Bölke zu arbeiten, aber aufgeschlossen, so daß es tatsächlich zwischen den beiden zu einer grundsätzlichen Einigung kam. Pierre-Ernest hatte der Verhandlung kaum zugehört; er stand am Fenster des Büros und sah hinunter auf den Fabrikhof, wo Arbeiter und Soldaten gemeinsam einen Pferdewagen mit Tuchballen beluden. Als Daniel zu ihm trat, wachte er aus seinen eigenen Gedanken auf; er hörte Daniel über sich sprechen, aber es kam ihm so vor, als wäre von jemand anderem die Rede.
»Da nehm' ich meinen zukünftigen Junior-Partner extra mit, daß er sich in die Geschäfte eingewöhnen kann – und was ist? Er steht da und träumt!« Daniel schüttelte lachend seinen Neffen wach. »Pierre, wir werden ab sofort weniger Strümpfe, dafür aber reichlich Uniformtuch produzieren! – Einverstanden, Bölke?« Daniel streckte seinem neuen Geschäftspartner die Hand zum Vertragsabschluß hin. Auch Bölke lachte nach der Anspannung der vorangegangenen Verhandlung Pierre-Ernest belustigt an. »Einen ganz gerissenen Lehrmeister hast du da, mein Junge! Der legt uns alle rein, ohne daß wir es richtig merken und auch noch denken, er meine es ja nur gut mit uns – also dann, Daniel Laurent, da hast du meine Hand!«
Bölke schlug ein und wollte danach auch Pierre-Ernest, in dem er seinen zwar noch minderjährigen, aber bald geschäftsfähigen zweiten Partner sah, aus der gelösten Stimmung heraus seine Hand reichen. Froh über die glatte Einigung, die den Beginn der Verzweigung und Erweiterung des vom Schwiegervater übernommenen Betriebes auf eine tragfähige Grundlage gebracht hatte, trat Daniel zwischen die beiden und unterbrach ohne jede böse Nebenabsicht den Handschlag zwischen Bölke und Pierre-Ernest. »Wir glauben dir auch so, ein Handschlag reicht uns, Bölke.«
Daniel bemerkte nicht den kritischen Blick, mit dem Pierre-Ernest ihn musterte, als er wieder zurück ans Fenster trat und die beiden Männer

ungestört über die Einzelheiten der Zusammenarbeit reden ließ. Erst als Pierre-Ernest mit seinem Onkel auf dem Heimweg war, sprach er ihn direkt an; sie standen noch bei der Einfahrt zu Bölkes Fabrikhof.
»Ist es wirklich wahr, daß du unsere Strumpfwirkerei aufgeben willst?«
Daniel hörte ihm nur unaufmerksam zu, er beobachtete, wie auf das schon hoch bepackte Pferdefuhrwerk immer noch neue Tuchballen geladen wurden und fühlte sich nun durch diesen Anblick auch direkt von den Vorteilen einer Partnerschaft mit Bölke, die ihm gesicherten Warenabsatz verschaffte, bestätigt.
»Aufgeben nicht, Pierre-Ernest, nur drosseln. Den besseren Profit macht man jetzt mit Uniformstoffen – sieh doch hin!« Daniel zeigte auf den Armeewagen und die über den Hof hastenden Arbeiter und Soldaten. »Weißt du, am besten wäre, du blickst dich ein bißchen um in der Welt und lernst die Geschäfte, die du einmal übernehmen wirst, gründlich auch bei anderen kennen. Wie wär's zum Beispiel für den Anfang mit Königsberg? Bölke hat mir von einem Bruder erzählt, der da ein Unternehmen besitzt, na?«
Wieder bemerkte Daniel in seinem Eifer nichts von Pierre-Ernests mißtrauischen Blicken; er hatte sich bereits umgedreht und war auf dem Weg zurück zu Bölke, um gleich über diesen Plan, seinen Neffen nach Königsberg zu vermitteln, mit ihm zu reden. »Komm, fragen wir ihn doch!«
Pierre-Ernest aber war stehengeblieben, er schüttelte den Kopf.
»Keine Lust, das jetzt zu besprechen? – Na, dann laß, denk erst einmal in Ruhe darüber nach. Ich werde schon mal allein mit Bölke sprechen.«
Daniel verschwand in der Einfahrt, auch Pierre-Ernests Weigerung, ihn zu begleiten, hatte in ihm keinen Dämpfer seiner euphorischen Erfolgsstimmung bewirkt.
Als sich Pierre-Ernest allein auf den Heimweg machte, löste sich ein Mann aus einer Mauernische, den er flüchtig vom Bürofenster bei Bölke aus gesehen hatte, und trat ihm entgegen. Der Mann überbrachte ihm eine Botschaft von Ewald Klamke und bot Pierre-Ernest an, ihn sofort zu den Klamkes zu führen.

Ewald lehnte am Fensterbrett vor den seit längerem zum ersten Mal zurückgezogenen Vorhängen. Das durch die kleinen Sprossenscheiben fallende Sonnenlicht warf helle Flecken auf den Brief, den er scheinbar nachdenklich in seinen Händen drehte; wie zufällig sorgte er dabei dafür, daß der gefaltete Teil mit Frédéric Baillots Unterschrift

zu erkennen war, während er Pierre-Ernest beobachtete. »Königsberg also – natürlich, da wärst du weit weg, und er hätte freie Hand . . .«
Wilhelmine Klamke nahm die Branntweinflasche, goß Pierre-Ernests noch halbvolles Glas bis zum Rand voll und schenkte dann die beiden Gläser für sich und ihren Sohn neu ein. Als sie Pierre-Ernest sein Glas brachte, wich der junge Mann unwillkürlich vor der ihm nahezu fremden Frau zurück, von der er bisher nur aus vagen Andeutungen seiner Familie gehört und die er bei seltenen, zufälligen Begegnungen auf der Straße flüchtig gesehen hatte. »Vielleicht ist alles nur ein Mißverständnis; vielleicht, wenn ich mit meinem Onkel Daniel rede, klärt sich alles auf . . .«
»Der wird dir sonst was erzählen! So geschickt, wie er alles eingefädelt hat. Du weißt, ich habe diesen Gerüchten zuerst auch nicht getraut, aber nach dem, was du uns jetzt berichtet hast, beginne ich, anders über diesen Daniel Laurent zu denken.«
Ewald kam zum Tisch, nahm sein Glas und prostete Pierre-Ernest zu. Niedergeschlagen nippte Pierre an dem Branntwein, trank dann aber entschlossen; hustend stellte er sein Glas ab, und die Klamke füllte es sofort von neuem.
Wohl nicht nur vom scharfen, ungewohnten Alkohol hatte Pierre-Ernests Stimme einen rauhen, unsicheren Ton angenommen, als er zögernd wieder zu sprechen begann.
»Wie war er – mein Vater? Ich habe ihn doch nie gesehen, aber Sie, Sie kannten ihn . . .«
Wilhelmine Klamke trank, und Pierre-Ernest hatte den Eindruck, als sei ihr Blick an ihm vorbei weit in die Ferne gerichtet.
»Gekannt? Bloß gekannt? Nein, geheiratet habe ich ihn! Direktemang aus dem Gefängnis heraus! Gleich nachdem deine Mutter gestorben war und sonst niemand aus eurer Sippe etwas mit ihm zu tun haben wollte, da bin ich hingegangen und habe ihn zurück in die Freiheit geholt. – Ein schöner Mann war er – groß – und so ganz französisch in seiner Art . . .«
In vom reichlich genossenen Branntwein geförderter Rührung griff die Klamke in Pierre-Ernests dunkles Haar und zog seinen Kopf näher zu sich. »Die Augen, das Haar – sieh in meine Augen wie in einen Spiegel, mein Junge, und du siehst deinen Vater; er war wie du . . .«
Sie zog ein Tuch aus ihrem Dekolleté und tupfte über ihr Gesicht.
Ewald trat zu ihr und schob sie, als sie seine verstohlenen Zeichen nicht gleich bemerkte, ziemlich derb beiseite und wies sie zurecht; denn er spürte, daß Pierre-Ernest bei der Zudringlichkeit sofort wieder mißtrauisch zu werden begann.

Er nötigte ihm deshalb rasch ein neu eingeschenktes Glas auf und stieß auf die bevorstehende gemeinsame Reise zum Treffen mit Frédéric Baillot an, als wäre sie schon längst beschlossen. Und Pierre gab wortlos nach, erleichtert, daß sich die Klamke mit der Flasche auf ihr Bett zurückgezogen hatte.
»Wenn wir ihm wirklich begegnen – ich meine, wird er mich überhaupt erkennen? Auch er weiß ja gar nicht, wer ich bin.«
Als hätte sie auf diese Bedenken wie auf ein Stichwort gewartet, sprang die Klamke auf, wühlte hastig in ihrem Bettzeug und zog das Duftamulett hervor. Sie kam damit, auf ihren nicht mehr ganz sicheren Beinen schwankend, zu Pierre zurück. »Beug mal deinen Kopf runter! – So, wenn er das sieht, dann wird er sicher Bescheid wissen; ich schwöre es dir! – Diese Ähnlichkeit – als stünde er selbst vor mir . . .«
Bevor Ewald wieder dazwischentreten konnte, strich sie Pierre-Ernest, während sie ihm die Kette mit dem Amulett umband, mit zitternden Fingern übers Gesicht.

Am späten Abend desselben Tages klopfte es in der Dunkelheit an die Tür der Gaillardschen Apotheke. Als Jules Gaillard die kleine Klappe öffnete, die sich zum Bedienen später Apothekenkunden in der Tür befand, erkannte er im Licht seiner Laterne Pierre-Ernest Baillot und spürte sofort, daß irgend etwas mit dem Jungen passiert sein mußte. Aber es gelang ihm nicht, ihn dazu zu überreden, ins Haus zu kommen. Mit unsicherem Ton, aber entschlossener Hartnäckigkeit teilte Pierre-Ernest ihm mit, daß er zu seinem Vater, seinem – wie er mehrmals betonte – richtigen Vater fahren und ihn dann nach Berlin holen werde.
Jules Gaillard war der einzige Verwandte, der Pierre-Ernest vor seiner Abreise sah und mit ihm zu sprechen versuchte. Als er die Apothekentür aufstieß, um den Jungen, der ihm einen verwirrten Eindruck machte, gegebenenfalls auch mit Gewalt festzuhalten, verschwand Pierre-Ernest in der Dunkelheit.

Betrunken torkelnd drehte sich vor der Theke zu den anfeuernden Rufen und dem rhythmischen Händeklatschen der ihn umringenden, ebenfalls nicht mehr nüchternen Kneipengäste ein älterer Mann. Seine verdreckte und zerschlissene Kleidung ließ in ihren heruntergekommenen Überresten eine Eleganz erkennen, die an die Mode erinnerte, wie sie der erste Preußenkönig von allen dem Hofe in irgendeiner Weise verbundenen Männern einmal erwartet hatte; seinem inzwischen herrschenden Nachfolger aber hätte sie gewiß nicht zugesagt.

»Rigorosum, Professor, Rigorosum! Wie macht der Bär, Herr Professor?« wurde ihm unter schallendem Gelächter immer wieder aus der Gruppe der Zuschauer zugerufen; und der Tänzer stakste plump umher und stieß dumpfes Brummen aus, bis das Schankmädchen vor ihn in den Kreis, der sich sofort wieder um die beiden schloß, gestoßen wurde. Sofort unterbrach der Professor seinen Bärentanz und forderte das Mädchen mit einer in seinen Bewegungen unsicheren, der Form nach aber galanten Höflingsverbeugung zu einem Tanz auf, in den es zum Spaß der Zuschauer ebenso übertrieben geziert einwilligte.

Inmitten der ausgelassen lachenden, den Takt mit den Füßen stampfenden und singenden Gesellschaft lehnte Ewald Klamke unbeteiligt an der Theke und beobachtete nervös die Eingangstür der Kneipe.

Gerade als der Professor, von dem sich schnell steigernden Tempo des Tanzes entkräftet, strauchelte, sich nach Halt tastend an der Kellnerin festklammerte und sie unter dem Gejohle und den anzüglichen Bemerkungen der Zuschauer mit zu Boden riß, betrat Pierre-Ernest den Schankraum. Wie benommen blieb er in der Tür stehen; das Treiben in der ihm fremden Umgebung schien ihn abzustoßen. Er zögerte und wich einem Betrunkenen in ärmlicher Arbeitskleidung aus, der ihn zu sich an einen Tisch zerren wollte.

Endlich entdeckte ihn Ewald, drängte sich zu ihm und holte ihn an die Theke.

Die Tanzrunde hatte sich aufgelöst, die Kellnerin nahm die Bestellungen der Männer auf; der Professor kroch über den dreckigen Bretterboden und tastete kurzsichtig nach seiner beim Tanz verlorenen, üppigen, aber ebenso wie seine Kleidung ungepflegten Lockenperücke. Als er sie gefunden hatte und sie zu sich heranziehen wollte, schnickte sie jemand mutwillig mit dem Fuß weg. Sie rutschte Pierre-Ernest vor die Füße. Er bückte sich und reichte sie dem Professor. Formvollendeter als nach seinem alkoholisierten Zustand zu erwarten gewesen war, verbeugte er sich und stellte sich neben Pierre-Ernest an die Theke.

*»Excusez-moi, Monsieur!«*

Pierre blickte den verkommenen älteren Mann überrascht an; hatte er in ihm den Refugié erkannt oder aber nur aus der Gewohnheit gesprochen, höfliche Konversation in französischer Sprache zu führen? Der Professor beachtete seinen fragenden Blick nicht, er rief nach der Kellnerin. »Käthchen, bring dem jungen Herrn und mir etwas Französisches! Mein Gast ist nämlich Franzose.« Dabei legte er Pierre-Ernest die Hand auf die Schulter und beugte sich, als wäre ihm der Kopf

schwer geworden, zu ihm vor. »Ihr solltet hier nicht lange verweilen, Monsieur. Dieser Ort paßt nicht zu Euch!«
Obwohl der Mann so leise geflüstert hatte, daß Pierre-Ernest ihn kaum verstand, schien Ewald Klamke genau zugehört zu haben. Unwirsch schob er den Professor beiseite und zog Pierre-Ernest dichter neben sich.
»Es ist schon alles vorbereitet: Gleich in der Frühe holt uns der Bierkutscher ab; da schaffen wir ein schönes Stück Weg wie nichts.«
Käthchen brachte die Gläser und blinzelte Pierre-Ernest dabei zu. »So, und nu man ›sankté‹, wie das bei euch heißt, Musjeh Franzos'!« Der Professor erhob sein Glas und prostete Pierre-Ernest zu. »Ich höre, Ihr wollt verreisen? – Ja, ja, dies Berlin jetzt ist sehr unwirtlich geworden, der Contenance und den Wissenschaften so absolut abhold, überall nur Küraß – Militär, Militär . . .«
Bevor Pierre-Ernest antworten konnte, wurde von der Kneipentür her etwas geschrieen, was er im sofort einsetzenden Durcheinander nicht verstand. Einige Männer, besonders aber die zahlreich anwesenden Frauen sprangen auf, versteckten sich unter den Tischen, rannten zur Tür – die im selben Augenblick von außen aufgerissen wurde. Gendarmen mit Knüppeln in den Händen nahmen die Fliehenden in Empfang, trieben sie ohne Zimperlichkeit in den Schankraum zurück und begannen mit der Überprüfung der übrigen Anwesenden.
Pierre-Ernest sah nur noch, daß auch der Professor ergriffen und trotz wilder Gegenwehr in eine Ecke des Schankraums geschleppt wurde, in die bereits mehrere andere protestierende Kneipenbesucher gescheucht worden waren, dann hatte Ewald ihn geistesgegenwärtig hinter die Theke gezogen, die Klappe zum Bierkeller geöffnet und sein Gepäckbündel hinuntergeworfen. Er stieß Pierre-Ernest auf die Leiter und folgte ihm. Der Krach über ihnen hielt an; Tische und Stühle wurden umgeworfen, Frauenstimmen kreischten, und dazwischen erklangen die Kommandorufe der Gendarmen. Ewald Klamke kroch im schwachen Dämmerlicht, das durch eine Kellerluke von der Straße her in das Verlies fiel, zu Pierre-Ernest; er war ruhig und überlegen trotz der Ereignisse über ihren Köpfen. »Die Boutiquenvisitation! Aber die verschwinden bald wieder; sie suchen hauptsächlich . . . Na, du verstehst schon, gewisse Frauenzimmer.«
Er verstummte, weil von oben jemand versuchte, die Kellerklappe aufzuziehen. Käthchen zwängte sich zu ihnen in den Bierkeller. Im für einen kurzen Moment wieder anschwellenden Lärm vernahm Pierre-Ernest deutlich die Stimme des Professors. »Nicht tangieren, mein Herr – *noli me tangere!* Ich war Professor, Professor der Historia . . .«

Seine Worte gingen in einen schrillen Schmerzensschrei über. Unwillkürlich preßte Pierre-Ernest die Hände auf seine Ohren und kauerte sich zusammengekrümmt gegen die feuchte Mauer.
Käthchen hatte die Klappe verriegelt, auch sie zeigte keine Spur von Aufregung; sie schien an solche Zwischenfälle gewöhnt zu sein. Sie setzte sich neben Pierre-Ernest und löste seine Hand sanft von seinem ihr zugewandten Ohr. »Du hast doch wohl keene Angst . . . Och, der zittert ja wie Espenlaub, der kleene Franzoserich . . .«

Daniel Laurent steckte in den Vorbereitungen, die übernommene Strumpfwirkerei so aufzuteilen, daß ein Teil seiner Arbeiter in einem vorerst behelfsmäßigen Anbau der Werkstatt an den ersten neuen Maschinen mit der Tuchweberei beginnen konnten, als sich in seinem Kontor ein ihm unbekannter Mann, ein gewisser Advokat Scheffler, meldete.
Er stellte sich als der Beauftragte der Witwe Wilhelmine Klamke vor, der immer noch rechtmäßigen Gattin von Frédéric Baillot, die alle Erbansprüche ihres Mannes vertrete. Daniel nahm diese Erklärung nicht ernst, unwillig über die Unterbrechung seiner Arbeit wies er den Advokaten darauf hin, daß sein Schwiegervater Frédéric wegen gewisser Vorfälle vor Jahren schon vom Erbe ausgeschlossen habe. Scheffler aber ließ sich nicht abweisen, lächelnd überhörte er die Aufforderung, sich zu entfernen, benahm sich im Gegenteil ganz so, als sei es sein selbstverständliches Recht, Einsicht in alle Geschäftspapiere zu verlangen. Insbesondere warnte er Daniel vor jeder Veränderung der übernommenen Manufaktur; denn seine Mandantin würde auf keinen Fall zulassen, daß mit dem Erbe ihres Mannes spekuliert werde – und im übrigen wisse er genau, daß der alte Charles Baillot kein schriftliches Testament hinterlassen habe. Schefflers kühl und herausfordernd vorgebrachte Drohungen vermochten Daniel zwar nicht einzuschüchtern, aber sie reizten ihn zu unbeherrschtem Verhalten. Er wies den Advokaten aus seinem Kontor und wurde dabei handgreiflich.
Advokat Scheffler schien auf einen solchen Ausgang seiner Visite nur gewartet zu haben. In der Tür zog er ein vorbereitetes Schriftstück vor, in dem die Klamke in Vertretung ihres vorübergehend abwesenden Gatten sowie seines noch nicht volljährigen Sohnes Pierre-Ernest einen förmlichen Anspruch auf das Erbe von Charles Abraham Baillot erhob, sofern Daniel Laurent sich nicht zu einer außergerichtlichen finanziellen Einigung bereit erklärte. Wütend zerriß Daniel das Papier und gab die Fetzen dem Advokaten zurück.

Vom leichten Windstoß entfacht, der den Sonnenaufgang begleitete, glühten die Reste eines heruntergebrannten Lagerfeuers noch einmal auf, kleine Flämmchen flackerten und erloschen gleich wieder. Pierre-Ernest hatte während der Nacht kaum geschlafen, in eine Decke gewickelt hockte er beim Feuer und spielte, in Gedanken versunken, mit dem Amulett, das die Klamke ihm als Erkennungszeichen mitgegeben hatte. Leises Knacken zerbrechender Äste schreckte ihn auf. Käthchen kam verschlafen von ihrem Schlafplatz und setzte sich dicht neben ihn, reckte und streckte sich und gähnte übertrieben herzhaft. Pierre-Ernest rückte ein Stückchen beiseite.
»Na na, ick beiß' nich', wenn's auch so aussehn tut.« Pierre-Ernest antwortete nicht. »Weeßte, raus aus unser Berlin wollte ick eijentlich jar nich'. Aber denn stand da unten in'n Keller mit einmal so 'n kleena Franzose . . . Jottchen, richtich jezittert hat er, wa'?« Grinsend stieß sie Pierre-Ernest mit ihrem Ellenbogen an. Aus der Ferne läuteten irgendwo Kirchenglocken die volle Stunde ein.
Pierre blickte auf in die Richtung des Glockengeläuts. »Ob das schon hinter der Grenze ist?«
»Glaub' ick nich'. Aber wenn wir wieda 'n Karren erwischen, denn sind wir bald da – denkste an'n Vata, wa'?«
Pierre-Ernest sah sie an, dann nickte er langsam und rückte unwillkürlich näher zu ihr. »Ich kenne ihn ja nicht . . .«
Käthchen streckte sich im Gras aus und zog eine Ecke seiner Decke über ihre Füße. »Is' er man ooch nur halb so adrett wie sein Sohn, uff'e Stelle würd' ick'n jern haben . . .« Sie pflückte einen Grashalm ab und kitzelte Pierre damit. »Jott nee, wat is' er stur, meen kleena Franzoserich!« Sie richtete sich wieder auf und strich ihm übers Haar.
Ein Stück von ihnen entfernt wachte Ewald Klamke auf, rollte sich aus seiner Decke und sah zu ihnen herüber.

Gemächlich zuckelte der Planwagen eines Markthändlers auf eine Abzweigung der Landstraße zu. Ewald, der neben dem Händler auf dem Bock saß, ließ anhalten, sprang herunter und lief zur Rückseite des Wagens. Zwischen der Ladung von Reisigbesen und Tongefäßen tauchten die Köpfe von Käthchen und Pierre-Ernest auf. Für beide schien das Ende der Fahrt unverhofft zu kommen.
Während Pierre-Ernest vom Wagen stieg, kletterte Käthchen nach vorne neben den Händler, der dem Pferd sofort die Peitsche gab.
Pierre-Ernest stand auf der sandigen Landstraße und winkte dem sich langsam entfernenden Fuhrwerk nach. »Hätten wir sie nicht doch weiter mitnehmen können?«

»Ach was! So eine wie die schlägt sich auch alleine durch. Was meinst du, was dein Vater sagen würde, wenn du mit der zu ihm kommen würdest?« Ungeduldig zog Ewald ihn von der Straße fort auf einen Waldrand zu.
Als Pierre-Ernest sich bei den ersten Bäumen noch einmal umdrehte, sah er, daß Käthchen sich auf dem Kutschbock aufgerichtet hatte und ihm zuwinkte, und er hörte sie rufen.
»Wir seh'n uns wieda, kleena Franzos' – irjenswann uff diese Welt, irjenswann und irjenswo!«
Bevor Pierre-Ernest ihr antworten konnte, stieß Ewald ihn weiter und schlug ein zügiges Tempo ein.

Schweigend durchquerten sie den Wald und stiegen die Kuppel eines Hügels hinauf, als Ewald sich plötzlich ins Gras fallen ließ und Pierre-Ernest zu sich hinunterzog; vorsichtig hob er den Kopf und deutete voraus.
Am Fuße des Hügels führte ein Weg auf einen Schlagbaum zu. Vor einer kleinen Kate neben der Straßensperre saßen zwei Grenzposten in preußischer Uniform und dösten in der Sonne. Dann hob einer von ihnen einen Stein vom Weg auf und schleuderte ihn über den Schlagbaum in ein Gebüsch. Es dauerte nicht lange, und es erschienen auf der anderen Seite der Grenze zwei sächsische Posten mit ihren Gewehren im Anschlag. Das amüsierte Gelächter der Preußen klang bis hinauf zur Hügelkuppe.
Ewald wartete, bis die Grenzposten von hüben und drüben sich zu einer Plauderei am Schlagbaum getroffen hatten. Als er sicher war, daß die Männer für längere Zeit abgelenkt sein würden, richtete er sich auf, zeigte Pierre-Ernest mit einer Handbewegung, wie sie in einem Bogen die Station umgehen wollten und rannte gebückt den Hügel hinunter.
Unbemerkt erreichten sie den Wald auf der sächsischen Seite der Grenze. Auf einer kleinen Lichtung blieb Ewald, der sich genau auszukennen schien, stehen und deutete über die Bäume in dem fast wolkenlos-blauen Himmel. »Da ist es, da wartet dein Vater auf uns!«
Pierre-Ernest entdeckte über den Wipfeln eine dünne, blasse Rauchsäule aufsteigen und wollte ohne Besinnung losrennen, aber seine Beine waren ihm plötzlich so schwer, daß er sich kaum bewegen konnte. Schweratmend stützte er sich gegen einen Ast und starrte auf den Rauch. Erst als Ewald zielstrebig auf der anderen Seite der Lichtung zwischen den Bäumen verschwand, hatte Pierre seine Kraft wiedergefunden und folgte ihm.

Auf einer abgeholzten Fläche mitten im Wald stand eine halb verfallene, aufgegebene Köhlerhütte aus ungeschälten Baumstämmen und einer Dachabdeckung aus geflochtenem Astwerk und aufgelegten Grassoden; sie war umgeben von ein paar aufgebrochenen und ausgeräumten Holzkohlenmeilern. Aus der in der Asche verbliebenen Glut stieg schwacher Rauch auf.
Ewald schlich auf die Hütte zu und spähte vorsichtig durch eine schmale Luke ins Innere, bevor er Pierre-Ernest heranwinkte und vor die Öffnung schob.
Auf einer Pritsche aus trockenem Laub und Tannenzweigen lag ein älterer Mann und döste mit offenen Augen.
Pierre-Ernest erschrak; nach allem, was er gehört hatte, stellte er sich seinen Vater völlig anders vor. Irritiert trat er von der Luke zurück und sah Ewald fragend an.
Ewald legte den Finger auf die Lippen, führte ihn zur Öffnung zurück und wies in eine andere Ecke der Hütte – und da sah Pierre-Ernest, zum ersten Mal in seinem Leben, seinen Vater, und er war sich sofort unerschütterlich sicher, daß der Mann, der dicht vor ihm an einem roh zurechtgehauenen Tisch saß und schrieb, niemand anderes als sein Vater sein konnte.
Frédéric Baillot stand auf und ging zum Berühren nahe an Pierre-Ernests Gesicht vorbei zur Pritsche.
Ewald Klamke zog Pierre-Ernest von der Luke weg. »Nun los! Worauf wartest du – geh zu ihm!«
»Du – du kommst nicht mit?«
Ewald schüttelte den Kopf. »Bei so einem Wiedersehen würde ich nur stören. Ich werde mich solange umsehen, ob die Luft auch wirklich rein ist.« Er schubste Pierre-Ernest auf die niedrige Tür zu und rannte dann zurück zu den Bäumen.
Pierre-Ernest zögerte, nervös nestelte er das Duftamulett unter seinem Hemdkragen vor.
»Mach schon! Soviel Zeit haben wir nicht!« Ewald war an einem der Meiler stehengeblieben und winkte Pierre-Ernest ermutigend und ungeduldig zugleich zu. Pierre-Ernest Baillot öffnete langsam die Tür und verschwand in der Hütte. Als sich hinter ihm die Tür schloß, huschte Ewald zur Hütte zurück und spähte durch die Luke hinein; sein Gesicht verzog sich zu einem zufriedenen Lächeln. Er schlich davon. Als er den Rand der Köhlerlichtung erreicht hatte, sah er sich noch einmal um, dann rannte er hastig und zielstrebig in den Wald hinein.

Frédéric hielt seinen Sohn an beiden Schultern gepackt und betrachtete das Amulett an seinem Hals. »Sieh dir das an, Runge – mein Sohn! Bald größer als der Vater ist er, und als ich ihn zuletzt sah, weißt du, wie groß er da war? So – ich schwör' es dir!« Er zeigte dem älteren Mann, der bei ihm war, wie er damals seinen Sohn Pierre-Ernest als Säugling in den Armen gehalten hatte.
»Wissen die in Berlin, wo du bist?«
Pierre-Ernest schüttelte den Kopf; seitdem er die Hütte betreten hatte, war ihm seine Kehle wie zugeschnürt, kaum einen Ton hatte er hervorbringen können; um so mehr redete sein Vater. »Ach, diese Kleinkrämersippe! – Und was macht dein Großvater?«
Pierre räusperte sich. »Großvater ist tot.«
Frédérics Hände glitten kraftlos von den Schultern seines Sohnes, seine Lippen bewegten sich tonlos. Er begann, vor Pierre auf und ab zu gehen. »Tot – und ich hätte ihm so gerne bewiesen, daß sein verstoßener Sohn nicht als Bettler nach Berlin zurückkehrt . . .« Frédéric fuhr sich mit der Hand über die Augen, und ein gezwungenes Lächeln verzog seinen Mund. »Was Runge, als Bettler gehen wir wahrhaftig nicht – sag du, was wir mitbringen!«
Aber Runge winkte ungeduldig ab, er war aufgestanden und suchte in der Hütte die wenigen Habseligkeiten der beiden eilig zusammen. Pierre-Ernest konnte nichts entdecken, was von einigem Wert gewesen wäre.
»Runge hat bei dem berühmten Alchimisten Böttcher in Meißen gearbeitet; er kennt das Geheimnis des weißen Goldes, Pierre-Ernest!«, Runge hatte das Gepäck zusammengeschnürt und schulterte es. »Musjeh, ich bitte! Wären wir doch bloß schon drüben im Brandenburgischen, wenn mich die Sachsen hier doch noch erwischen – hängen würden sie mich auf der Stelle für den Verrat!«
»Ach was, Runge, wir haben sie überlistet! – Begreifst du, Pierre-Ernest, die erste Porzellanmanufaktur in Berlin werden wir gründen – du und ich, mit Runges Hilfe! Könige werden zu uns kommen, hofieren werden sie uns, und wir . . .« Endgültig zum Aufbruch entschlossen, unterbrach Runge Frédérics Träume, er öffnete die Tür und spähte vorsichtig nach draußen. Frédéric gab ihm nach, er nahm das Papier, an dem er geschrieben hatte, vom Tisch und zeigte es Pierre-Ernest, während sie die Hütte verließen.
»Hier, siehst du, die Petition an den König um das alleinige königlich-preußische Porzellanprivileg ist schon aufgesetzt, und jetzt wartet in Berlin auch noch das Erbe meines Vaters!«
Vor der Hütte blieb Pierre-Ernest stehen und sah sich suchend nach

Ewald um; aber sein Vater zog ihn sorglos mit sich hinter Runge her, der mit dem Gepäck auf dem Rücken eilig zwischen den ersten Bäumen im Wald verschwand.
»Der Sohn der Klamke wird uns schon finden, der weiß Bescheid hier. – All die Jahre in der Fremde habe ich es gewußt, Pierre-Ernest, wir beide, wir gehören zusammen. Und jetzt werden wir es ihnen zeigen, allen, ganz Berlin!«

Als sie die Lichtung erreicht hatten, die Pierre-Ernest vom Hinweg her wiedererkannte, blieb Runge stehen und beobachtete lange aus dem Schutz des dichten Gebüschs die freie Fläche. Schließlich stieß ihn Frédéric lachend weiter. »Unbelehrbar, unser Hexenmeister – ich rieche sie doch schon, die preußische Luft. Wie habe ich sie früher verflucht, aber jetzt – jetzt sehne ich mich nach ihr!«
Sie kamen bis ungefähr zur Mitte der Lichtung, als der erste Schuß die Stille des Waldes zerstörte. Soldaten in sächsischen Uniformen sprangen hinter den Bäumen vor und liefen auf sie zu. Geistesgegenwärtig packte Frédéric seinen Sohn und rannte hinter Runge her, der sein Gepäck weggeworfen hatte und im Bogen an den Soldaten vorbei in den Wald hetzte.
Aus allen Richtungen ertönten die Aufforderungen der Soldaten, stehenzubleiben, und eine Reihe weiterer Schüsse, deren Echo sich vielfach an den Baumstämmen brach, verstärkte den Eindruck der völligen Umzingelung noch.
Plötzlich spürte Frédéric seinen Sohn Pierre-Ernest wie eine schwere Last an seinem Arm hängen, blieb stehen und drehte sich nach ihm um. Von einer Kugel getroffen war Pierre-Ernest zusammengebrochen. Frédéric fiel neben ihm auf die Knie und versuchte, seinen Sohn wieder aufzurichten, aber Pierre-Ernest lag bewegungslos im Laub des Waldbodens, das sich unter ihm rot zu verfärben begann.
Frédéric strich ihm das Haar aus dem Gesicht und nahm ihm das Duftamulett ab. Er sah nicht, daß Runge neben ihm auftauchte und ihn hochriß. Frédéric fühlte nur, wie er gegen seinen Willen von Runge weiter in den Wald hinein getrieben wurde.
Wenige Augenblicke nach den beiden erreichte einer der Soldaten die Leiche; bei ihm war Ewald Klamke. Er stieß Pierre-Ernest mit dem Fuß in die Seite und drehte ihn auf den Rücken. »Den haben wir. Jetzt noch den anderen, das ist sein Vater. Der darf uns auf keinen Fall entkommen!«
Als Frédéric und Runge die Schritte und das Keuchen der Verfolger immer näher kommen hörten, gab Runge auf; Frédéric aber rannte

blindlings weiter, obwohl er hinter sich deutlich Ewald Klamkes Stimme vernahm, die die Soldaten zum Schießen aufforderte.
Die Besatzung der preußischen Grenzstation hatte sich beim Schlagbaum versammelt und versuchte, die Ursache des Aufruhrs, der auf der anderen Seite der Grenze herrschte, zu erkennen.
Als Frédéric aus dem Grenzwald auftauchte und orientierungslos durch das hohe Gras den schon auf preußischem Gebiet liegenden Hügel hinaufstolperte, hatten die Posten wenig Mühe, ihn einzufangen. Nach kurzer Gegenwehr schleppten sie den von der Flucht Erschöpften in die Grenzkate. Erst da wurde Frédéric bewußt, daß er den Sachsen entkommen war, lediglich eine Wunde am Bein hatte er davongetragen. Ein Schuß mußte ihn, ohne daß er es gespürt hatte, am Oberschenkel gestreift haben.

Jules Gaillard hatte den Besuch von Daniel Laurent nicht erwartet; seit Frédéric Berlin verlassen hatte, war ihr Verhältnis zueinander reserviert und beschränkte sich während der zurückliegenden Jahre fast ausschließlich auf gelegentliche Begegnungen im Rahmen familiärer Zusammenkünfte. Nun aber war Daniel zu ihm als Bittsteller in die Apotheke gekommen, und Jules ließ ihn fühlen, daß er Daniel dessen Verhalten in der Auseinandersetzung zwischen Frédéric und seinem Vater nie verziehen hatte.
»Was du mir da über deine Manufaktur erzählst, klingt in meinen Ohren fast wie ein Witz – ein schlechter allerdings! Da habt ihr alle damals Frédéric verstoßen, weil euch seine Pläne zu riskant erschienen – und was machst du mit deiner neuen Tuchweberei? Genau dasselbe!«
Die distanzierte Ironie, mit der er Daniel behandelte und nebenbei Medizinfläschchen und Dosen aus dem Regal zusammensuchte und in seine Taschenapotheke packte, tat ihre beabsichtigte Wirkung; Daniel versuchte, sich zaghaft zu rechtfertigen. »Konnte ich denn die Entwicklung ahnen? Erst dieses Weibsbild von Klamke, das in seiner frechen Unverfrorenheit tatsächlich einen Prozeß anstrengt, und nun auch noch das mit Bölke: Geht ohne mich als seinen Partner zu warnen bankrott – das ist doch . . .«
»Du meinst: nur unvorhersehbares Pech?«
Wieder lag in Jules' Tonfall deutliche Ironie. Daniel verlor einen Moment lang seine bisher mühsam gewahrte Beherrschung. »Was willst du damit sagen?«
Jules blieb ruhig, zuckte nur mehrdeutig die Schultern und griff an Daniel vorbei nach weiteren Fläschchen aus dem Regal. Langsam ge-

wann Daniel seine Fassung zurück, kleinlaut wandte er sich noch einmal an Jules.
»Du willst mir also nicht helfen?«
»Geh zum Consistorium!«
»Da war ich schon. Unsere Colonie-Richter sind nicht zuständig, weil die Klamke nicht zu den Refugiés gehört – mein Gott, Jules, bei Bölke habe ich doch gesehen, was das Recht heute wert ist – so viel!« Daniel schnippte verzweifelt mit den Fingern.
Die Taschenapotheke war inzwischen offenbar fertig gepackt, Jules setzte seinen Hut auf und ging zur Tür. »Pardon, aber ich wußte ja nichts von deinem Besuch. Die Frau Regierungsrätin von Bittorp erwartet mich, sie schwört auf meine Furunkelsalbe.«
In die Enge getrieben, gab Daniel die letzte Zurückhaltung auf und stellte sich ihm in den Weg. »Bitte, Jules, ich will doch nur, daß du ein Wort für mich einlegst. Du kennst doch Personen von Einfluß.«
Endlich gab Jules nach. »Gut, ich werde mit Herrn von Bittorp reden.« Er übersah Daniels dankend hingestreckte Hand, öffnete die Tür endgültig und ließ Daniel auf die Straße hinaustreten. »Ich will ehrlich mit dir sein: Wenn ich dir helfe, so tue ich es nicht so sehr deinetwegen! – Habt ihr Nachricht von Pierre-Ernest?«
Daniel schüttelte den Kopf; er hatte die Anspielung verstanden, konnte sich allerdings nicht gegen sie wehren, ohne das Hilfsversprechen wieder aufs Spiel zu setzen. »Nein – weißt du etwas von ihm?«
Jules schloß die Apotheke ab, er ließ sich sehr viel Zeit dabei, dann blickte er Daniel fest ins Gesicht. »Pierre-Ernest sucht seinen Vater!«

Von den Grenzposten war Frédéric in die Arrestzelle einer unbedeutenden Provinzkaserne gebracht worden; sie lag weitab von der nächsten Ortschaft und bestand aus ein paar niedrigen Baracken und einem Exerzierplatz, auf dem der Schlamm auch bei längerem Sonnenschein nicht austrocknen wollte. Nach einer kurzen Vernehmung, bei der Frédéric seine Identität nicht preisgegeben, sondern sich als Hugenotte aus Dresden bezeichnet hatte, der von ihm unbekannten Schmugglern zu illegalem Grenzübertritt nach Preußen überredet worden war, hatte man ihn ohne weitere Erklärungen festgenommen. Erst nach Tagen, in denen er sich bereits vergessen wähnte, führte man ihn in die Stube des kommandierenden Offiziers, wo er einem gründlicheren Verhör unterzogen wurde.
Frédéric hatte im Verlaufe seiner Unterredung mit dem Offizier gerade die Hoffnung geschöpft, man werde seine Geschichte glauben und ihn in die Freiheit entlassen, als drei Soldaten, die Gesichter mit Tü-

chern maskiert, die Stube stürmten, den Offizier überwältigten und von ihm wegen des seit Wochen ausgebliebenen Solds die Herausgabe der Militärkasse verlangten. Frédéric, der zur Vorführung bei dem Offizier gefesselt worden war, wurde von den Meuterern nicht beachtet und hütete sich, in das Geschehen einzugreifen.
Vor einem drohend an seine Kehle gehaltenen Messer gab der Offizier seinen Widerstand auf und verriet das Versteck der Kasse, um sich im nächsten Moment von den aus Geldgier unaufmerksam gewordenen Soldaten loszureißen und mit einem Sprung aus dem Fenster in Sicherheit zu bringen. Ebenso schnell, wie sie gekommen waren, verließen daraufhin die Soldaten ohne Beute wieder die Stube. Frédéric hatte sich während des Überfalls nicht von der Stelle gerührt; nur mit den Augen hatte er gebannt verfolgt, was beim kurzen Handgemenge zwischen dem Offizier und den Soldaten mit dem Messer passiert war: Es war einem der Meuterer aus der Hand geschlagen worden und lag jetzt vergessen auf dem Fußboden in der Nähe des Fensters.
Frédéric ließ sich auf die Knie fallen und versuchte, seine Fesseln an der Messerklinge aufzuscheuern. Aber ehe er sich befreien konnte, hörte er vom Exerzierplatz das Hornsignal, das die Kasernenbesatzung in Alarm versetzte, und dazwischen laut gebrüllte Kommandos. Kurz darauf erschien der Offizier in Begleitung der Wache. Seine Wut auf die Meuterer übertrug sich sofort auf Frédéric; seine Fesseln wurden neu gebunden, dann trieb ihn die Wache mit Fußtritten hinaus auf den Platz. Die unverhoffte Gelegenheit zur Flucht war vertan.

Vor dem Barackengebäude traten, vom Hornsignal zusammengerufen, alle Soldaten der Kaserne an; Frédéric wurde von den Wachen dazugestellt.
Mit dem Einsetzen eines Trommelwirbels verließ der Offizier das Kasernengebäude und schritt mit gezogenem Degen die Front der Soldaten ab, dabei musterte er wortlos jeden einzelnen von ihnen sehr genau. Zwei Soldaten, in denen er die Meuterer wiedererkannt hatte, tippte er mit dem Degen gegen die Brust. Sofort wurden sie von ihren Nebenmännern gepackt und abgeführt. Den dritten Aufrührer allerdings schien er nicht identifizieren zu können. Als er die Front abgeschritten hatte, drehte er sich Frédéric zu, hob wieder seinen Degen – machte aber im letzten Augenblick kehrt und zeigte wahllos auf einen der noch angetretenen Soldaten. »Den nehmt als dritten!« Verzweifelt wehrte sich das Opfer gegen den Zugriff seiner Kameraden; seine Unschuldsbeteuerungen, seine Proteste und sein Bitten halfen nichts.

Nachdem auch er überwältigt worden war, wandte sich der Offizier an alle Soldaten.
»Drei Kanaillen haben gemeutert, und drei Kanaillen werden dafür exekutiert, sobald ein Geistlicher herbeigeschafft ist – führt sie in die Zellen! Den da auch!« Er zeigte auf Frédéric.

Den ganzen folgenden Tag hindurch hörte Frédéric in seiner Zelle, wie draußen auf dem Exerzierplatz gehämmert und gesägt wurde, und wenn er sich an den Stäben des vergitterten Zellenfensters hochzog, konnte er auch sehen, wie zügig die Errichtung des Gerüstes für die Hinrichtungen voranging.
Gegen Abend erschien der Offizier in seiner Zelle.
»Du willst doch Hugenott' sein? – Ich lasse dich frei, wenn du mit den Meuterern das letzte Gebet sprichst! Ihr Hugenotten sollt doch so bibelkundig sein, da – nimm das Buch zur Vorbereitung!« Er hielt Frédéric eine Bibel hin.
Entsetzt wich Frédéric zurück. »Das kann ich nicht, das – Gotteslästerung wäre das! – Monsieur, Euer Angebot macht Euch schuldig vor dem Herrn!«
Der Offizier lachte ihn aus; aber dieses Lachen wirkte verkrampft, offensichtlich sollte es die Betroffenheit über Frédérics Worte verdekken. Der Offizier blätterte in der Bibel, dann wandte er sich in betont forschem Kommandoton an den Wachposten. »Was steht Er da! Führ Er den Kerl hinaus zum Arbeiten! Und sorg Er dafür, daß ein Geistlicher kommt – ein echter!«

Genüßlich auf ihr Kanapee gestreckt, ließ Frau Rechnungsrat von Bittorp die Furunkel an ihrem Hals von Jules behandeln und hörte dabei dem Gespräch, das ihr Mann mit Daniel Laurent in einer anderen Ecke des Salons führte, neugierig zu.
Herr von Bittorp gab Daniel das Schriftstück zurück, in dem der Advokat Scheffler die Eröffnung des Erbschaftsprozesses mitteilte. »Nein, gänzlich kassieren läßt sich dieser Prozeß der Klamke natürlich nicht . . .«
Seine Frau mischte sich ein. »Aber Arnold, wozu bist du denn Rechnungsrat? Dieses Weib ist doch eine Betrügerin, eine ganz üble Person!«
»Gewiß, meine Liebe, laß mich nur ausreden . . . Herr Laurent, ich werde an entscheidender Stelle auf Euer kommerzielles Geschick hinweisen. Das überzeugt heutzutage mehr als alle Paragraphen.« Er wehrte Daniel, der aufgestanden war und sich devot verbeugte, nach-

lässig ab. »Allerdings erbitte ich mir von Euch, daß Ihr den nach dem Vorfall mit Bölke aufgekündigten Liefervertrag für Uniformtuche erneuert.«
Daniel war überrascht; er hatte schon immer vermutet, daß irgend etwas an Bölkes plötzlichem Bankrott nicht mit rechten Dingen zugegangen sein konnte. »Bölke wird wieder produzieren?«
»Nein, nein – das wird er nicht...« Ein kaum merkbares Zögern lag in von Bittorps Erwiderung. »Der König selbst hat dafür gesorgt, daß ihm seine Tuchmanufaktur entzogen wurde. Der neue Vertrag wird zwischen uns beiden gelten. Herr Laurent, Ihr habt das große Glück, daß ich persönlich im Rahmen des Kommerzienwesens auch für die Tuchproduktion zuständig bin.«
»Monsieur, Ihr garantiert mir also die Existenz meines Unternehmens?« Daniel war aufgeregt und zugleich erleichtert aufgesprungen und sah hinüber zu Jules Gaillard. Frau von Bittorp lächelte ihm gnädig zu, während Jules sie aus den ihr verpaßten medizinischen Umschlägen schälte und so tat, als gehe ihn Daniels Verhandlung nichts an.
»Ich garantiere allein, soweit es die Tuchmanufaktur betrifft, für Strümpfe bin ich nicht zuständig – nur eins noch, Laurent, betont anderweitig nicht unnötig Eure Hugenottenherkunft!« Von Bittorp erstickte mit unwirscher Handbewegung die Erwiderung, zu der Daniel schon angesetzt hatte. »Unser König wünscht die endgültige Verschmelzung der Réfugiés mit seinen übrigen Untertanen. Es geht ja wohl auch nicht an, daß allein hier in Berlin und Cölln an der Spree, in der Dorotheen- und der Friedrichstadt bei zusammen 30000 Seelen gut 8000 ihre französische Extrawurst braten.«
Obwohl von Bittorp wie nebenbei geredet hatte, war Daniel ernüchtert. Ihm fielen die Warnungen ein, die der Weinhändler Perrault beim Begräbnis seines Schwiegervaters ausgesprochen hatte. Damals hatte ihm niemand glauben wollen, daß der königliche Hof die Sonderrechte der Gemeinde einzuschränken beabsichtigte. Betroffen starrte Daniel von Bittorp an.
»Was ist denn, Laurent, nur keine Angst, unsere kommerziellen Verbindungen werden dadurch nicht betroffen.« Der Rechnungsrat von Bittorp erhob sich und entließ Daniel mit einer flüchtigen Handbewegung. »Ihr werdet Nachricht erhalten.«

Beaufsichtigt von den Wachposten, führte Frédéric gemeinsam mit einigen Soldaten letzte Arbeiten am Galgengerüst aus; es war kaum noch mehr zu tun, als übriggebliebenes Material und das Werkzeug abzuräumen. Dennoch waren Frédérics Bewegungen langsam; die Strapazen der Haft und die Ungewißheit über sein Schicksal hatten ihre Spuren hinterlassen. Der Verband an seinem Oberschenkel war von getrocknetem Schlamm verkrustet, seine Kleidung verdreckt und zerschlissen; um so mehr fiel das Amulett seines erschossenen Sohnes Pierre-Ernest auf, das Frédéric nach dem Besuch des Offiziers in seiner Zelle umgehängt hatte. Stürmisches Läuten einer Ausruferglocke ließ die Männer auf dem Gerüst ihre Arbeit unterbrechen. Hinter der Kasernenbaracke vor rollte ein von zwei Frauen gezogener Marketenderkarren.

Der Frédéric zugeteilte Wachposten zog ihn an dem langen Tau, das wie eine Leine um seinen Fuß geknüpft war, vom Galgengerüst und eilte mit ihm auf den Karren zu, der im Handumdrehen von Soldaten umdrängt wurde, die aus der Kaserne herbeigerannt waren. Der Wachposten verschaffte sich dicht am Karren, auf dem die eine der beiden Marketenderinnen mit einer Schöpfkelle Bier aus den offenen Holzfässern in die ihr von den Soldaten hochgereichten Krüge zu füllen begann, einen Platz, so daß auch Frédéric gezwungen war, an seiner Leine beim Karren zu warten. Da ihm kein Bier zustand, sah er zu, wie die zweite Marketenderin, ein junges Mädchen, mit flinken Bewegungen die Wagenplane zusammenfaltete und unter den Karren schob. Als sie sich wieder aufrichtete, drehte sie sich Frédéric zu – und blieb erschrocken stehen. Aus weit aufgerissenen Augen starrte sie Frédéric an, streckte unwillkürlich die Hand nach ihm aus, als wollte sie ihn berühren. Frédéric lächelte dem ihm unbekannten Mädchen schüchtern zu, aber sie schien es nicht wahrzunehmen; und dann merkte Frédéric, daß ihr Blick auf das Amulett gerichtet war.

Die merkwürdige, Frédéric unverständliche Begegnung dauerte nur wenige Augenblicke; dann entdeckten Soldaten das Mädchen und schoben sich mit bewunderndem Gejohle dazwischen; und auch der Wachposten, der sein Bier erhalten hatte, zerrte Frédéric am Tau schließlich weg vom Karren.

Wenig später wurde zum Appell geblasen. Nachdem die Besatzung der Kaserne vor dem Aufgang zum Hinrichtungsgerüst ein Spalier gebildet hatte, erschien in Begleitung seiner Unteroffiziere der Offizier; Trommelwirbel setzte ein.

Frédéric beobachtete, wie die Marketenderinnen wieder die Plane über ihren Karren deckten und vom Platz fuhren. Er sah ihnen nach, bis sie hinter der Baracke verschwunden waren. Einen Moment lang glaubte er, daß das Mädchen suchend in seine Richtung blickte; vielleicht aber galt ihr Blick auch nur dem Galgen.

Begleitet von einem Geistlichen, wurden die drei Verurteilten in Fesseln aus dem Gebäude geführt. Vor dem Offizier blieben sie stehen. Der Trommelwirbel setzte aus. Der Offizier winkte Frédérics Wachposten zu sich.
»Mach dem Kerl die Fesseln auf!«
Frédérics Anspannung löste einen einer Ohnmacht ähnlichen Zustand aus, wie durch einen Schleier nahm er wahr, daß der Wachposten die Seile an seinen Armen und Füßen zerschnitt, wie der Offizier ihn anbrüllte, sich davonzuscheren, wie er ihn mit einem groben Fußtritt beiseitestieß.
Erst als Frédéric schmerzgekrümmt im Schlamm des Platzes lag, wurde ihm bewußt, daß er freigelassen worden war. Mühsam richtete er sich auf und sah sich um – niemand schien ihn zu beachten. Vor dem Spalier betete der Geistliche mit den Verurteilten. Immer noch wie im Traum setzte Frédéric zögernd Fuß vor Fuß. Da sich ihm niemand in den Weg stellte, niemand ihn zurückrief, begann er endlich zu laufen. Hinter ihm wechselte der Trommelwirbel in einen langsamen, monotonen Rhythmus über. Als er atemlos und erschöpft einen Feldweg entlanghumpelte, verstummte das monotone Trommeln. Er blieb stehen und blickte zurück. Bäume und dichtes Gestrüpp zu beiden Seiten des schmalen Weges versperrten ihm die Sicht auf das Kasernengelände. Frédéric faltete die Hände, lautlos bewegten sich seine Lippen im Gebet für die Hingerichteten. Da hörte er ganz in seiner Nähe das Knacken von Ästen und das Rascheln von trockenem Laub; er unterbrach das Gebet und sprang hinter einen der Bäume.
Wenige Schritte von ihm entfernt zerteilten sich die Zweige eines Gebüschs, und die junge Marketenderin tauchte auf, blickte suchend um sich.
»He, Musjeh, keene Bange nich! Ick hab schon uff Euch jewartet.«
Fluchtbereit kam Frédéric hinter dem Baum vor.
»Ihr seid doch 'n Musjeh, wa – ick mein', 'n Hugenott'?«
Frédéric nickte. Das Mädchen ging auf ihn zu und zeigte auf das Duftamulett an seinem Hals. »Det Ding da, det kenn' ick nämlich – wo is' Pierre . . . Pierre-Ernest Baillot?«
Frédéric fühlte sich plötzlich weit, weit weg, unbewußt öffneten sich seine Lippen. »Mein Sohn . . . mein Sohn ist tot . . .«
Käthchen kam noch näher zu ihm; sie griff nach dem Amulett und rieb es zwischen ihren Fingern.
»Der is'? – Mein Jottchen – tot . . . Aber der war doch noch so kleen! Pierre – kleener Franzose . . .«
Lautlos rollten Tränen über ihr Gesicht. Frédéric nahm ihren Kopf in

seine Hände und drückte ihn fest gegen seine Schultern. Vom Kasernengelände her war es still geworden.
Endlich begann Käthchen, ungehemmt zu schluchzen; sie hob den Kopf von Frédérics Schulter und blickte ihn an. »Und – und nu – wat soll nu werden?«
»Ich weiß es nicht, wenn man mich erkennt . . . Ich kann in Preußen nicht bleiben, in Preußen nicht und in Berlin schon gar nicht . . . Ich will es auch nicht – nie mehr!«
Ratlos standen die beiden einander auf dem Feldweg gegenüber, Käthchen beruhigte sich allmählich, schniefend hockte sie sich ins Gras.
»Musjeh, Musjeh! Da is' ja Blut an Ihr Been!«
Aus einem großen Riß in Frédérics Hose sickerte Blut über den verrutschten Rand des Verbandes und tropfte auf die Erde. Käthchen beugte sich vor und tupfte mit einem Zipfel ihres Kleides die Wunde ab, bevor sie den Verband zurechtrückte. In der Aufregung der vergangenen Ereignisse hatte Frédéric seine Verletzung vergessen, auch jetzt maß er der wieder aufgebrochenen Wunde keine Bedeutung zu, aber er ließ Käthchen gewähren.

Erregt ging der alte Perrault vor Daniel auf und ab. Das ehemals Baillotsche Kontor hatte sich in seiner Einrichtung sehr verändert. Wo sich vor Wochen noch Strumpfbündel türmten, lagen jetzt dunkelblaue Tuchballen, an der Wand neben der Uhr hing eine große Schautafel mit den neuen preußischen Uniformen und kolorierten Kupferstichen. Daniel gab sich vor Perrault sehr beschäftigt, er maß von einem der Ballen Stoffstücke ab und trug die Werte in ein neues, nur für die Tuchproduktion eingerichtetes Rechnungsbuch ein.
»Du bist genau wie die Herren im Consistorium, Daniel; keiner hat rechtzeitig auf mich hören wollen – und jetzt ist es publik: Der König hebt das Kommissariat für französische Angelegenheiten auf!«
Daniel setzte seine Arbeit ungerührt fort. »Man hat mir versichert, daß sich dadurch nichts für unsere Gemeinde ändern wird. Das Kommissariat wurde ja auch hauptsächlich für die Versorgung der ankommenden Flüchtlinge eingerichtet – wer aber kommt denn heute noch?«
Perrault gab sich nicht zufrieden. Daniels gleichgültiger Tonfall stachelte im Gegenteil den alten Mann zu noch schärferem Widerspruch an. »So siehst du das also! Man nimmt uns Schritt für Schritt alle einst im Potsdamer Edikt gewährten Rechte, und das nennst du nichts!«
»Monsieur Perrault, Ihr übertreibt.«

Perrault kam auf Daniel zu und nahm ihm energisch die Elle aus der Hand. »Daniel Laurent, ich fordere dich auf, unter Hinweis auf die ungeklärten Umstände, die zum Tode deines Schwiegervaters geführt haben, eine Sondersitzung des Consistoriums zu beantragen!«
»Nein, Monsieur Perrault. Ich achte Euch als alten Freund meines Schwiegervaters, aber das werde ich nicht tun. Ich kann es nicht – aus Rücksicht auf meine Geschäfte!«
Enttäuscht nahm Perrault seine Hand von Daniels Schulter und gab ihm die Elle zurück. »So klein warst du damals auf der Flucht aus Frankreich – aber, Daniel, du warst groß wie wir alle an Kraft und Mut – und jetzt? Wo ist das alles geblieben, sag mir, wo ist unsere Stärke geblieben? – In Geschäften – aufgefressen vom Kommerz!«
Perrault schlug verächtlich auf die Tuchballen und ließ sich auf den Schemel vor dem Rechnungspult fallen. Verbissen trat Daniel beiseite und vertiefte sich in seine Berechnungen. Natürlich verstand er den alten Mann, der sein Leben lang stets die Belange der Gemeinde auch auf Kosten seiner eigenen Geschäfte mit großem Eifer vertreten hatte; andererseits wagte er nicht, die durch von Bittorps Beziehungen im letzten Augenblick vor dem Ruin gerettete Manufaktur dadurch wieder aufs Spiel zu setzen, daß ausgerechnet er sich im Consistorium exponierte. Zu deutlich klang ihm die Warnung des Rechnungsrates noch im Ohr, sich möglichst allen hugenottischen Aktivitäten in der Öffentlichkeit zu enthalten. So hoffte Daniel mit schlechtem Gewissen, Perrault würde endlich das Kontor verlassen. Aber Perrault dachte nicht daran aufzugeben. Er saß da mit verschränkten Armen, stützte das Kinn auf seinen Krückstock und schloß die Augen; für ihn zählten Daniels Argumente nicht, und so schien er hartnäckig auf eine andere, in seinem Sinne getroffene Entscheidung von Daniel zu warten. Dessen Hände begannen, unsicher zu werden. Hätte Perrault ihn beschimpft, wäre es zu einem aus den Beratungen im Consistorium bekannten Wutausbrüchen gekommen, Daniel hätte sich wohler gefühlt als bei dieser stillschweigenden Kraftprobe.
Da öffnete sich zaghaft die Kontortür; in der Tür stand Käthchen. Sie stutzte einen Moment, dann ging sie auf Perrault zu, der seine Augen wieder aufgemacht hatte. »Musjeh Laurent – ick muß mit den Musjeh Daniel Laurent reden.«
Perrault nickte in die Richtung von Daniel, der das Mädchen in seiner dreckigen, mit Staub bedeckten Kleidung und der unordentlichen Frisur abfällig musterte. Eine Störung gerade jetzt – von wem auch immer – paßte ihm überhaupt nicht, weil er befürchtete, Perrault könnte die Gelegenheit nutzen, um von ihm, gewissermaßen vor Zeugen,

endgültig Auskunft über sein weiteres Verhalten zu verlangen. Streng und abweisend fuhr er das wenig Vertrauen erweckende Mädchen deshalb an.
»Was will Sie von mir?«
»'tschuldigung, Musjeh, aber ick komm' von Frédéric Baillot.«
Daniel vergaß Perraults Anwesenheit, entgeistert starrte er Käthchen an. Perrault erhob sich vom Schemel und fand als erster seine Sprache wieder. »Wo ist er? Wo ist Frédéric?«
»Der is' ... der is' jar nich' mehr ... erst war's ja man nur so 'ne Schramme ans Been, aber denn ... Wundbrand, Musjeh! Nach Braunschweig hat er mit mir jewollt, aber gekommen is' er bloß noch bis bei Wusterhausen und denn ... denn war et aus.« Käthchen schluchzte und wischte mit der Hand über ihre Augen; dann zog sie aus ihrer Bluse einen winzig klein zusammengefalteten Zettel. »Damit Ihr mir ooch jlaubt ... da hat er allet uffjeschrieben, zun Schluß ...«
Daniel faltete hastig das Papierpäckchen auseinander, aus dem das Duftamulett zu Boden fiel, ohne daß er es bemerkte. Käthchen hob es auf; nervös tasteten ihre Finger sich die Kette entlang zum Amulett und von dort wieder zurück auf die Kette, während Daniel den Brief las.
»Auch Pierre-Ernest ist tot – erschossen! Die verfluchten Klamkes!«
Er ließ das Papier sinken und drehte sich zu Perrault um. »Du hast recht, Perrault! Mut und Kraft – lange haben wir geglaubt, ohne sie leichter zurechtzukommen, viel zu lange! – Komm, Perrault, gehen wir zum Consistorium, ich bin bereit, das zu tun, was du von mir erwartest!«

# Die ungleichen Brüder

*»In der Nacht sollen S. Königl. Mayt. einen Traum gehabt haben, darinnen Ihnen eine große Schüßel mit Waßer, und in der Mitten darinn ein fester Stein unbeweglich liegend vorgekommen. Wovon ein gewißer Prediger folgende Deutung gemacht: Die Schüßel stelle vor die Frid.-Stadt, das Waßer bedeute die häuffigen Thränen derer forcirten Neu-Anbauenden, der Stein in der Mitten wäre des Königes hartes Hertz, so sich durch das lamentiren, und seufftzen der Neu-Anbauenden nicht bewegen ließe, und unempfindlich wäre . . .«*

*1730–1740*
*Die französische Gemeinde zu Berlin widersetzt sich mit Erfolg den Versuchen des Königs, sie als eigenständige Gemeinschaft aufzulösen und mit den deutschen Reformierten gleichzusetzen.*

Mit lautem Getöse rumpelten die eisenbeschlagenen Räder über die frisch gesetzten Pflastersteine, als sich der zweirädrige Pferdekarren gemächlich dem neu erbauten Haus näherte. Auf seiner Ladefläche schaukelten allerlei fremdländische Zierpflanzen und junge Bäumchen in ihren Tontöpfen und hölzernen Kübeln heftig hin und her, obwohl sich der Kutscher bemühte, das Pferd so zu zügeln, daß größere Erschütterungen vermieden wurden. Vor dem Haus fegte ein Knecht, der die von den Anstreichern nach anscheinend soeben beendeter Arbeit zurückgelassenen Gerüstbretter beiseitegeräumt hatte, Reste von Bausand und Kalk zu einem Haufen neben dem Rinnstein zusammen. Als er in dem jungen Mann auf dem Kutschbock des Karrens seinen Herrn Jacques Laurent erkannte, stellte er den Reisigbesen weg, kam ihm entgegen und half, das Pferd zwischen den Hindernissen vor dem Eingang des in strahlend sonnengelber Farbe gestrichenen Hauses hindurch zu dirigieren.
Während er vorsichtig mit dem Abladen und Wegschaffen der Pflanzen begann, blieb Jacques vor dem Haus stehen; er war stolz auf diesen Neubau, zu dem sich sein Vater im Alter endlich entschlossen hatte, und auch stolz auf das besondere Geschick, mit dem Daniel Laurent es verstanden hatte, das große, zu einer wahren Leidenschaft gewordene Interesse des Königs Friedrich Wilhelm am Ausbau der Residenzstadt bei der Baufinanzierung zu seinem Vorteil zu nutzen.

Jacques' zufriedener Blick schweifte von Fenster zu Fenster in der auch auf Repräsentation ausgerichteten Straßenfassade des Hauses, und er überdachte dabei noch einmal die zweckmäßige Aufteilung der – verglichen mit dem alten, noch aus der Zeit der Einwanderung stammenden Quartier – viel zahlreicher vorhandenen Räumlichkeiten, die nun schon seit kurzem bewohnt waren, als sich plötzlich von hinten zwei Hände sanft über seine Augen legten. Mit verstellter Stimme begrüßte ihn eine Frau und forderte ihn lachend auf, sie zu erraten.
Jacques fuhr herum und erkannte, aufgeschreckt aus seinen Träumen, Marguerite Gaillard, noch bevor sie seine Augen freigegeben hatte. Er schlang seine Arme um ihre Taille, wollte sie, über das Zusammentreffen sichtlich erfreut, herzlich an sich drücken, zog seine Arme aber schnell wieder verlegen zurück, weil der Knecht im selben Augenblick mit zwei Helfern aus dem Haus trat und zum Karren kam. Zugleich suchten Jacques' Blicke verstohlen die Fenster nach weiteren möglichen unerbetenen Zeugen ab, dann packte er einen kleinen Orangenbaum und lud Marguerite, die seine übertriebene Vorsicht bemerkt hatte, ein, ihn zu begleiten.
Durch den geräumigen Hausflur, von dem das Kontor und noch zusätzliche Geschäftsräume abgingen, in denen schon überall gearbeitet wurde, führte er sie in den Innenhof. Überrascht blieb Marguerite zwischen den auch hier noch herumliegenden Gerüstteilen stehen; an die Rückfassade des Hauses war ein großes gläsernes Gewächshaus angebaut. Der Vater, auf seine alten Tage besonders in den langen Wintern mit verdrießlichem Klima bisweilen von Heimweh geplagt, hatte es sich gewünscht.
Eifrig erklärte Jacques die verschiedenen, schon hereingeschafften Pflanzen, zeigte Marguerite die vereinzelten Blüten des Oleander, kleine Fruchtansätze bei den Orangen- und Granatapfelbäumen und zerrieb unter ihrer Nase ein Lorbeerblatt. Aber trotz der wie eine verzauberte Insel wirkenden Umgebung lag in seinem Tonfall ein Klang von Befangenheit und schüchterner Zurückhaltung, der Marguerite nicht entging, so daß sie schließlich stehenblieb und ihn in ihrer viel selbstbewußteren Art nach dem Grund seines Verhaltens fragte, für das sie ihm doch gar keinen Anlaß gegeben habe. Verwirrt unterbrach Jacques die umständliche Beschreibung des Ofens zum Heizen des Gewächshauses, zu der er angesetzt hatte, sah sie stumm an und zog sie plötzlich, als ein herausforderndes Lächeln auf ihrem Gesicht erschien, fest an sich. Als seine Lippen zuerst zaghaft ihre Stirn berührten und dann endlich ihren Mund fanden, wehrte sie sich nicht.
Keiner von beiden bemerkte in der Umarmung, wie vor einem der

Glasfenster der Kopf von Jacques' jüngerem Bruder Charles auftauchte und, nachdem er das Paar entdeckt hatte, gleich wieder verschwand. Vielmehr war es seine erneut erwachende Schüchternheit, die Jacques veranlaßte, sich nach einem Moment vorsichtig von Marguerite zu lösen und mißtrauisch um sich zu blicken. Da er niemanden sah, legte er seinen Arm wieder um ihre Schulter und führte sie weiter an den Pflanzen vorbei. Während er sich für die überall noch sichtbare Unordnung entschuldigte, fiel er unwillkürlich wieder in seinen Marguerite viel zu nüchtern erscheinenden Ton, so daß sie ihn gespielt ungehalten unterbrach und für den nächsten Tag einlud, an dem ihre Schwester Marie Luise zusammen mit ihrem preußischen Ehemann Heinrich von Crantz eine Landpartie veranstalten wollte.

Gerade als Jacques zu einer Erwiderung ansetzte, legte sie ihm kokett einen Finger auf die Lippen und fügte der Einladung hinzu, daß sie dann sicherlich ihre Migräne haben und allein im Hause zurückbleiben würde. Jacques' überraschter Gesichtsausdruck amüsierte sie. Noch bevor er endlich den Mund zu einer Antwort öffnete, erklang vom Haus her ein schriller, durchdringender Schrei, und kurz danach hörten sie, wie Anne Sophie entsetzt nach ihren Brüdern Jacques und Charles rief.

Mit fahrigen Handbewegungen zupfte der alte, wenig redselige Arzt, nachdem er die Untersuchung beendet hatte, die Bettdecke über Daniel Laurent zurecht, der bewußtlos mit geschlossenen Augen und einer durch Lähmung der Muskeln entstellten Gesichtshälfte dalag. Dann blies er die Kerzen des Leuchters aus, den Anne Sophie vor der Untersuchung angezündet hatte, und drehte sich langsam zu Jacques und Charles um.

»Ein Schlagfluß und eine halbseitige Lähmung . . .« Mit bedenklicher Miene wiegte er seinen Kopf. »Da ist wenig mehr als Abwarten zu tun. So etwas kann seine Weile haben – in seinem Alter wohl aber nur mit der Güte des Herrn seine Weile.«

Anne Sophie schluchzte laut auf, und der Arzt legte ihr schwer, als müsse er sich selbst stützen, seine Hand auf den Arm. »Nu nu, Ihr Vater hat ein gesegnetes Leben geführt, und soweit ich ihn in all den Jahren kennengelernt habe, hat er sich darauf eingerichtet, abgerufen zu werden wie wir alle.« Weiter begütigend auf sie einredend, verließ er, von Charles begleitet, das Krankenzimmer.

Jacques wartete, bis sich hinter ihnen die Tür geschlossen hatte und er allein mit seinem Vater war, dann ging er zum Kopfende des Bettes, kniete nieder und begann, lautlos zu beten.

Am späten Nachmittag meldete sich der Anwalt Peltoise, den in den letzten Jahren über die bloße geschäftliche Beziehung zum Laurentschen Unternehmen hinaus enge Freundschaft mit Daniel verband. Er begab sich zu ihm ins Zimmer, erschien aber schon kurz darauf mit sehr ernster Miene bei Jacques und Charles im Kontor; sein Klient und Freund hatte ihn nicht erkannt.
Peltoise nahm Platz und musterte die beiden Brüder lange stumm und sichtlich vom Anblick des Kranken erschüttert, bevor er, betont an Jacques gerichtet, zu sprechen begann.
»Wir sollen die Hoffnung niemals aufgeben, dennoch sehe ich es gerade jetzt als meine Pflicht an, Ihnen zur Seite zu stehen. Ihr Vater hat mir als seinem Advokaten und engem Vertrauten einige Maßregeln für einen Fall, wie er nun eingetreten ist, aufgetragen; es ist an der Zeit, sie mitzuteilen und so gewappnet unser Gottvertrauen zu beweisen . . .«
»Gottvertrauen!« Charles war aufgesprungen und hatte das Wort unangemessen laut und mit deutlich erkennbarem spöttischen Unterton wiederholt. »Sie vertrauen auf einen Gott, den Sie sich so zurechtgemacht haben, daß er Ihnen in Ihrem Kleingeist paßt! Ist das nicht eine Erniedrigung des Herrn, wenn er von so kleinem Geiste sein soll wie wir alle selbst . . .«
Während Peltoise tief betroffen nur den Kopf schüttelte, versuchte Jacques, seinen Bruder energisch zurechtzuweisen und ihm das Blasphemische seiner philosophischen Gedanken vorzuhalten. »Wie kannst du so reden? Liest du dafür deine gotteslästerlichen Bücher?«
»O nein, ich lästere Gott nicht, aber ich mag ihm auch nicht alle Verantwortung allein überlassen. So versteht doch: Vater hat sein Leben lang gearbeitet und sich um einen tugendhaften Wandel bemüht. Und nun hat er ein neues Haus – um darin zu sterben . . .«
Charles verstummte, sah in die bestürzten Gesichter von Jacques und Peltoise, wollte weiterreden, zuckte, nachdem seine Lippen sich nur wortlos bewegt hatten, die Schultern und verließ abrupt den Raum.
Zwischen den beiden zurückbleibenden Männern herrschte betretenes Schweigen, bis sich Peltoise mit einem lauten Seufzer erhob und aus dem Regal über Daniels Schreibpult das dicke, großformatige Rechnungsbuch holte.
»Ihr Vater war stets sehr zufrieden mit Ihrem Eifer für die Geschäfte, Jacques – und nun werden sie, früher als er glaubte, auf Ihren Schultern ruhen müssen, zum Glück *allein* auf Ihren . . .«
Peltoise betonte das Wort allein und blickte dabei bedeutungsvoll auf

die Tür, die Charles vor wenigen Augenblicken hinter sich geschlossen hatte.

»Daniel hat in all den vergangenen Jahren gut gewirtschaftet, beim Bau dieses neuen Hauses aber mußte er seine Rücklagen angreifen . . .«

Jacques wollte auf die Unterstützung durch den König aufmerksam machen; der Anwalt aber ließ ihn nicht zu Worte kommen.

»Ja, ich weiß, unser gnädiger König glaubt, alle Bauherren finanziell zu kompensieren; leider aber hat er von der Ökonomie ein zu schlichtes Verständnis. Es genügt nicht, Neubauten zu forcieren und zugleich das Manufakturwesen so zu reglementieren und dekretieren, daß es sich nur mit Mühe entfalten kann. Jacques, Sie werden hart wie Ihr Vater arbeiten müssen, um Ihr Erbe zu erhalten und zu vermehren.«

Peltoise blätterte im Rechnungsbuch, wobei er auf den letzten beschriebenen Seiten mit dem Finger auf Zahlenkolonnen tippte und nachdrücklich mit dem Kopf nickte.

»Und mein Bruder Charles? Er hat doch Anteil an dem Erbe!«

Peltoise schlug das Buch zu, brachte es, ohne gleich zu antworten, zum Pult zurück und ließ es laut auf den Pultdeckel fallen.

»Ihr Vater sparte nicht mit bitteren Worten über ihn; es liegt wohl ganz und gar nicht in seiner Absicht, ihm einen Teil der Verantwortung zu übertragen. Nein, wenn Ihr Bruder das Unternehmen nicht mutwillig ruinieren will, dann wird er noch lange auf die Auszahlung seines Erbteils warten – oder aber sich sehr ändern müssen!«

»Vater tut Charles unrecht, Maître Peltoise. Er hat nicht verstanden, daß mein Bruder sich auf andere Weise um das Geschäft bemüht hat. Tage und Nächte hat er im Labor der Gaillardschen Apotheke mit Experimenten zugebracht, um neuartige Farben für unsere Tuche zu gewinnen.«

Peltoise kam vom Pult zurück und blieb vor Jacques mit sarkastischem Lachen stehen. »Und mit welchem Ergebnis, Jacques? Das sind doch alles nur dilettantische Spielereien, unnütze Zeitverschwendung! Genauso unüberlegt wie seine zweifelhaften Holzgeschäfte, von denen ich gehört habe. Ich möchte nur wissen, wer ihm dafür Kredite gewährt hat!«

Peltoise ließ sich kopfschüttelnd in seinen Sessel fallen und rückte näher an Jacques heran; seine laute und entrüstet klingende Stimme wurde verschwörerisch leise, als er sich vertraulich vorbeugte, um noch von einem weiteren Punkte zu sprechen.

»Du weißt, Jacques, daß mich und deinen Vater, besonders nach dem

Tode unserer Frauen, eine sehr vertrauensvolle Freundschaft verbindet, und so wirst du auch verstehen, wenn ich dir gerade jetzt sage: Unser gemeinsamer sehnlicher Wunsch ist es, diese langjährige Freundschaft durch einen Ehebund zu besiegeln.«
Jacques' Kopf zuckte unwillkürlich zurück, sein Gesicht nahm einen betroffen verwunderten Ausdruck an. Peltoise lehnte sich noch weiter vor und legte ihm die Hand auf die Schulter. »Natürlich, ich kann verstehen, daß diese Nachricht überraschend für dich kommt; auch meine Tochter Marianne weiß bislang nichts davon.« Er stand auf und wechselte in einen unbefangen erscheinenden Plauderton. »Komm morgen nachmittag zu mir, damit ich dir in Ruhe einige, die Manufaktur betreffende Papiere erläutern kann.«
Peltoise hatte schon die Tür erreicht, bevor Jacques, der reglos dasaß, wie aus einem Traum erwachte und hastig aufsprang, um den Anwalt hinauszubegleiten.

Als sie vor das Haus traten, sahen sie Charles im Gespräch mit einem älteren, trotz seiner schlichten Kleidung elegant wirkenden Mann bei einer wartenden Reisekutsche stehen.
Nachdem sich Jacques von Peltoise verabschiedet hatte, kamen die beiden auf ihn zu. Der Fremde gab sich als ein alter Bekannter von Daniel Laurent aus und bat Jacques, den ihm Charles als das den schwerkranken Vater vertretende Familienoberhaupt vorgestellt hatte, um Hilfe in einer sehr delikaten Angelegenheit, von der er nur geheimnisvoll andeutete, daß es um eine neuerliche und hoffentlich letzte, wie er betonte, finanzielle Unterstützung des Kronprinzen Friedrich gehe, dessen Lehrer er sei.
Jacques erinnerte sich, den Namen des Fremden früher einmal von seinem Vater gehört zu haben, und es fiel ihm auch wieder ein, daß es sich dabei tatsächlich um irgendwelche nie näher bezeichneten Kreditgewährungen gehandelt hatte. So bat er den Mann zwar ins Haus, lehnte allerdings mit Hinweis auf seine Verantwortung für das Familienunternehmen, das er schließlich nur verwalte, jedes Eingehen auf die Geldbitten ab.
Als der Fremde mit traurigem Schulterzucken aufgab und trotz seiner sichtlichen Enttäuschung mit höflicher Entschuldigung das Kontor wieder verließ, schloß sich ihm Charles an. Vor der Tür hielt er ihn auf und führte ihn zum Hinterausgang. Während sie über den Lagerhof zur Straße gingen, von der Arbeiter Ballen mit Rohwolle in die Werkstatt trugen, eröffnete ihm Charles, daß er eigenes Geld auf einer Amsterdamer Bank habe und bereit sei, darauf einen Wechsel auszustel-

len. Erstaunt nahm der Fremde Charles' Angebot an, und vorbei an Jacques, der in den Lagerhof gekommen war, um anhand einer Liste die eingetroffene Wollieferung zu kontrollieren, gingen die beiden zurück zum Haus.

Hinter der vorsichtig zur Seite gerafften Gardine stand in ihrem über dem Eingang zur Apotheke gelegenen Zimmer Marguerite Gaillard und spähte hinunter auf die Straße, wo ein offener, mit einem leinenen Sonnendach bespannter Pferdewagen schon für die bevorstehende Landpartie bereitstand, die ihr Schwager Heinrich von Crantz zusammen mit seiner Frau Marie Luise vor der Versetzung auf die Festung in Küstrin veranstalteten. Sie sah, wie ihr Schwager in der Uniform eines preußischen Offiziers die Verpflegungskörbe in Empfang nahm, die ihm von Marie Luise auf den Wagen gereicht wurden, und wie er sie im Schatten verstaute. Sie hörte ihre Schwester ausgelassen und fröhlich nach ihrem Vater und ihrem Bruder David rufen, die endlich, begleitet von dem Apothekenhelfer Rabinowitz, auf die Straße traten. Offensichtlich unterhielt er die in den Wagen kletternde Gesellschaft mit seinen gewohnten Schlagfertigkeiten, während er die letzten Ausflugsutensilien hochwuchtete; denn lautes Gelächter klang hinauf zu Marguerite, als sich der Pferdewagen nun langsam in Bewegung setzte. Rabinowitz stand in der Tür zur Apotheke und winkte hinter ihm her.
Marguerite verlor schnell den Wagen aus den Augen, raffte den Vorhang noch mehr beiseite und blickte in die andere Richtung die Straße hinauf. Ihre Ungeduld wurde nicht lange auf die Probe gestellt: Jacques Laurent tauchte auf, mit gesenktem Kopf kam er auf das Gaillardsche Haus zu, blieb, als Rabinowitz ihn grüßte, bei ihm stehen, sprach kurz mit ihm – und ging, ungläubig von Marguerite beobachtet, weiter; unter seinem Arm fest eingeklemmt steckte das große Firmenrechnungsbuch.
Enttäuscht sah sie ihm nach, hoffte immer noch, er würde umkehren und zurück zum Haus kommen. Als sie endlich erkannte, daß ihre Hoffnung vergeblich war, riß sie wütend die Gardine zurecht und ließ sich in einen der Sessel fallen.

Kurz nach der Abfahrt der Ausflugsgesellschaft erschien unvermutet im fensterlosen, dämmrigen Laborgewölbe unter der Apotheke, in das sich Rabinowitz zu eigenen Versuchen mit verschiedenen Pulvern und Flüssigkeiten zurückgezogen hatte, Charles Laurent, um nach längerer Pause seine Experimente zur Gewinnung eines neuen Färbe-

mittels für Wolltuche fortzusetzen. Rabinowitz, ein dürres, kleines Männchen von unbestimmbarem Alter mit flinken Bewegungen und einem kaum jemals stillstehenden Mundwerk, der anscheinend weit in der Welt herumgekommen war und ein Gemisch verschiedenster Dialekte, versetzt mit fremdländischen Ausdrücken, sprach, war froh über die Gesellschaft. Er half Charles neben seiner eigenen Arbeit bei der Suche nach bestimmten Chemikalien, deren lateinische Bezeichnungen er jeweils herunterleierte. Wie schon so oft tröstete er auch diesmal Charles mit witzigen Anekdoten, wenn dieser wieder einmal unbeherrscht über ein Mißgeschick beim Hantieren mit den Glasgefäßen oder über einen fehlgeschlagenen Versuch schimpfte.
So sehr waren beide in ihre Arbeit und die sie begleitende Unterhaltung vertieft, daß sie erst bei den ersten, sehr laut im Gewölbe widerhallenden Donnerschlägen bemerkten, daß sich draußen ein heftiges Gewitter zusammengezogen hatte. Erschreckt durch das Geräusch, ließ Charles das Glas mit einer neu angerührten Mischung, die sich entgegen seinem Willen wieder nicht dunkelrot färben wollte, auf den Steinboden fallen; er verlor endgültig seine Beherrschung, trampelte wutentbrannt auf den Scherben herum und schwor, ohne sich diesmal durch Rabinowitz' Beschwichtigungen und Ablenkungen beruhigen zu lassen, daß damit seine Experimente für immer ihr Ende gefunden hätten. Resigniert hockte er sich auf die Bank vor dem Arbeitstisch und starrte verbittert auf die Reihe der kleinen Röhrengläser, in die er zuvor etwas von der vergossenen Flüssigkeit verteilt hatte, bis er in plötzlicher Wut auch sie mit einer entschlossenen Handbewegung zu Boden wischte.
Rabinowitz war, Charles verstohlen beobachtend, hinter eins der Regale gehuscht und kam, als sich Charles einigermaßen beruhigt zu haben schien, mit einer Flasche und zwei Gläsern zu ihm, um ein sehr probates Mittel gegen jede Art von Melancholie, wie er verschmitzt betonte, einzuschenken. Als Charles die Aufschrift auf dem Flaschenetikett las, verzog sich sein mürrisches Gesicht allmählich zu einem Grinsen; und während sie beide kräftig dem alkoholischen Flascheninhalt zusprachen, lauschten sie, in Gedanken versunken, auf den in immer kürzeren Abständen einsetzenden Donner.
Beide bemerkten die in ein helles, langes Kleid gehüllte Frauengestalt erst, als sie mit vorsichtig tastenden Schritten die Steinstufen herabgeschritten war, ihren Kopf an die kühle Mauer lehnte und mit der Hand über ihre Augen wischte, um sich an das Zwielicht im Labor zu gewöhnen. Langsam stand Charles auf und ging Marguerite entgegen. Sie klagte über stechende Kopfschmerzen und ließ sich, auf sei-

nen Arm gestützt, zum Tisch führen, wo Rabinowitz auch ihr eine gute Portion seines Allheilmittels eingoß. Noch im Stehen trank sie es mit einem Zuge aus; lächelnd musterte sie über den Glasrand hinweg dabei Charles. Im selben Augenblick brach mit lautem Krachen das Gewitter los. Marguerites Miene verzog sich angstvoll, sie seufzte laut auf und sank dann ohnmächtig in Charles' Arme.

Nachdem Rabinowitz, der geholfen hatte, Marguerite in ihr Zimmer zu tragen, sich mit vieldeutigem Grinsen wieder zurückgezogen hatte, blieb Charles allein bei der noch immer ohne Bewußtsein auf ihrem Bett Liegenden. Als er sich im grell durch die geschlossenen Vorhänge hindurch aufflammenden Schein der Blitze vorsichtig über sie beugte und seine Hand auf ihre Stirn legte, schlangen sich plötzlich ihre Arme um seinen Hals und zogen ihn hinunter auf das Lager; tonlos und für Charles unverständlich flüsterten ihre Lippen.
Erst die laute, aufgeregte Rückkehr der vom heftigen Gewitter überraschten Ausflugsgesellschaft weckte die beiden. Wie nach einem langen Traum richtete sich Marguerite in ihrem Bett auf, blinzelte in das Dämmerlicht im Zimmer und entdeckte dann erst den neben ihr liegenden Charles; erschrocken und ohne Erinnerung an die zurückliegenden Stunden starrte sie ihn an, der nun auch, von den durch das Haus schallenden Stimmen der Rückkehrer aufgestört, seine Augen öffnete. Als er ihr über das Haar streichen wollte, wich sie seiner Hand aus, sprang aus dem Bett, sammelte hastig seine achtlos auf dem Boden verstreuten Kleidungsstücke auf und reichte sie ihm wortlos.

Auch Jacques Laurent hatte das Unwetter außer Haus überrascht und an der rechtzeitigen Heimkehr gehindert; sein Besuch beim Anwalt Peltoise hatte sich dadurch nämlich viel länger hingezogen, als er sich vorgenommen hatte; Peltoise allerdings war seinerseits diese unverhoffte Gelegenheit, Jacques nicht nur weiter in die Firmenangelegenheiten einzuführen, sondern ihm auch seine Tochter Marianne vorzustellen, anscheinend sehr willkommen gewesen.
Als dann endlich das Gewitter nachgelassen hatte und Jacques zu seinem Haus zurückkehren konnte, fand er es von einer Ansammlung ungeduldiger, verzweifelter Menschen umlagert. Sie alle waren durch den von einem Blitz ausgelösten Brand des Turms der Petrikirche, der in Windeseile auf die Nachbarhäuser übergegriffen hatte, obdachlos geworden und verlangten in ihrer Not die Gelder sofort zurück, die sie Charles Laurent im Glauben an den guten Ruf des väterlichen Unternehmens geliehen hatten. Konsterniert, mit steigender

Wut hörte Jacques diese Forderungen, die ihn mit einem Schlag die bis dahin unerklärliche Finanzierung der dubiosen Holzgeschäfte seines Bruders begreifen ließen.
Die Suche im Haus nach Charles aber blieb ergebnislos; auch Anne Sophie, die während des Unwetters am Krankenbett ihres Vaters gesessen hatte, wußte nichts von ihm.

An der ungepflasterten, vom Dauerregen vollkommen aufgeweichten Landstraße, die die flache, bis zum Horizont frei überschaubare Landschaft aus kleinen Waldstücken, bebauten Feldern und großen Flächen von Ödland durchzog, lag als einziges Gebäude weit und breit eine Gastwirtschaft, die zugleich Pferdestation für die zur pommerschen Küste fahrenden Überlandkutschen war.
Durchnäßt betraten ein Offizier und Charles Laurent, der völlig unpassend für das draußen herrschende Wetter gekleidet war, den Schankraum und erkundigten sich nach der Abfahrt der Kutsche nach Küstrin. Ein mürrischer, wortfauler Schankknecht vertröstete sie auf unbestimmte Zeit. Charles sah sich in dem trüben Raum um und ging dann zu einem Tisch in der Nähe des offenen Kamins, an dem ein einzelner Gast anscheinend vor sich hindöste. Als Charles ihn um Erlaubnis bat, Platz nehmen zu dürfen, sah der Mann auf; und Charles erkannte überrascht jenen Fremden wieder, der sich als Vertrauter des Kronprinzen ausgegeben und von ihm einen Kredit angenommen hatte. Mit warnendem Blick auf den Offizier, der sich ein Stück entfernt von ihnen in die Nähe der Tür gesetzt hatte, unterbrach der Fremde Charles' Begrüßung und bat ihn, sich unauffällig zu verhalten, bevor er mit gedämpfter Stimme erzählte, daß der Kredit nun leider zu spät gekommen sei: Der Kronprinz war bei einem Fluchtversuch verhaftet und nach dem Willen seines königlichen Vaters nach Küstrin gebracht worden.
Unwillkürlich lachte Charles sarkastisch auf und berichtete, nachdem der Fremde ihm mahnend die Hand auf den Arm gelegt hatte, von seinem eigenen Geschick. Auf der Flucht vor seinen durch die Brandkatastrophe in bittere Not geratenen Gläubigern hatte er in einem nahegelegenen Sägewerk, bei dem seine Holzlieferung geordert und bereits vorfinanziert war, erfahren, daß seine Bestellung nicht ausgeführt werden konnte. Und so hatte er sich aufgemacht, um in Küstrin gerichtlich wenigstens die Rückzahlung seines Geldes durchzusetzen.
Der Fremde nickte mitfühlend, dann verstummten beide und sinnierten, in ihre eigenen Gedanken versunken, vor sich hin. Erst als der Of-

fizier an ihnen vorbei für kurze Zeit den Schankraum verließ, rührte sich der Fremde wieder. Verstohlen zog er unter seinem Rock ein verschnürtes Päckchen von Briefen hervor und schob es Charles, unter dem Tisch versteckt, auf der Bank hin. »Es sind Briefe, die den Kronprinzen in seiner fatalen Situation noch weiter kompromittieren würden. Da auch ich als einer seiner Vertrauten in Gefahr bin, bitte ich Sie, diese Dokumente an sich zu nehmen. Wenn ich jetzt hinausgehe zur Kutsche nach Königsberg, werde ich sie unauffällig hier auf der Bank zurücklassen . . .«
Noch bevor Charles antworten konnte, kam der Offizier zurück; der Fremde erhob sich, verwünschte laut und sich unbefangen gebend das für Überlandreisen denkbar ungeeignete Wetter, verabschiedete sich und eilte aus dem Raum.
Als nach einer weiteren Wartezeit dann auch die Kutsche nach Küstrin angekündigt wurde, nahm Charles zögernd das neben ihm liegende Briefpäckchen an sich und folgte dem Offizier hinaus auf die verregnete Landstraße.

Die beiden waren die einzigen Passagiere; jeder in eine Ecke gelehnt, verbrachten sie schweigend die wegen des schlechten Zustandes der Wegstrecke beschwerliche Fahrt bis zur Endstation der Überlandkutsche am Tor zur Festung Küstrin, wo der Offizier wortlos die Kutsche verließ und sofort zur Torwache eilte, während Charles im strömenden Regen auf seine Abfertigung wartete.
Dann ging alles so schnell, daß Charles das Geschehen in seiner ganzen Folgenschwere erst begriff, als er sich, von der groben Behandlung und dem eindringlichen Verhör noch benommen, allein in einer der Zellen der Kasematten der Festung befand: Wachsoldaten hatten sich auf ein Zeichen seines Reisebegleiters am Tor mit ihren Gewehren im Anschlag auf ihn gestürzt, ihn in die Wachstube geschleppt und bei seiner Durchsuchung die Briefe gefunden; alle Unschuldsbeteuerungen waren vergeblich gewesen.
Erschöpft und verzweifelt sank Charles auf das in einer Zellenecke aufgeschüttete Strohlager und fiel in einen unruhigen Schlaf, aus dem ihn ein gleichmäßig dumpfes Trommeln riß, das vom Festungshof aus durch das in unerreichbarer Höhe angebrachte Gitterfenster in seine Zelle schallte. Charles richtete sich auf und preßte seine Hände auf die Ohren. So stand er gegen die kahle, feuchte Mauer gelehnt, als sich die Zellentür öffnete und zu seiner Verwunderung Heinrich von Crantz auf ihn zukam.
Nach der ersten Überraschung verlor Charles die Beherrschung; wie

von Sinnen stürzte er sich auf seinen Besucher, krallte seine Finger in die Aufschläge der Uniform und wiederholte immer wieder schreiend, daß man ihn zu Unrecht einer Konspiration beschuldige.
Heinrich von Crantz wartete, bis Charles sich allmählich beruhigte. Dann nickte er, während er sich vorsichtig aus Charles' verkrampften Händen löste und ihm begütigend seinen Arm auf die Schulter legte. »Ich weiß, Charles, ich weiß – aber wir müssen vorsichtig sein . . .« Heinrich von Crantz zeigte in Richtung auf das Gitterfenster. »Die Trommel dort draußen kündigt die Hinrichtung von Leutnant Katte, dem Freund des Kronprinzen, an. Auch sein Name wird in den konfiszierten Briefen erwähnt. Ich habe veranlaßt, daß diese Briefe dem Festungskommandanten übergeben werden.«
Mit vor Entsetzen weit aufgerissenen Augen wich Charles vor von Crantz zurück und stammelte heiser weitere Unschuldsbeteuerungen.
Heinrich von Crantz schüttelte den Kopf. »So beruhigen Sie sich doch, Sie mißverstehen mich – der Kommandant hält insgeheim ebenso zum Kronprinzen wie ich selbst; er wird die Briefe sicher verwahren. Bis morgen ist es uns ganz gewiß gelungen, jeden Verdacht gegen Sie zu zerstreuen, ich gebe Ihnen darauf mein Ehrenwort als Offizier: Morgen in der Frühe sind Sie wieder ein freier Mann, und ich würde mich freuen, sie als meinen Gast begrüßen zu können. Bis dahin aber bewahren Sie Ruhe, ich bitte Sie darum!«
Heinrich von Crantz blickte Charles beschwörend an, drehte sich dann abrupt um und verließ die Zelle.
Draußen im Festungshof wurde der Trommelwirbel von einzelnen, laut und trocken klingenden Trommelschlägen abgelöst, die Charles an Gewehrsalven erinnerten.

Kurz nach Sonnenaufgang wurde Charles, wie es Heinrich von Crantz versprochen hatte, von den Wachen aus der Zelle geführt und ohne Begründung in auffälliger Eile aus der Haft entlassen; man machte ihm nur nachdrücklich zur Auflage, den Festungsbereich so bald als möglich zu verlassen.
Fest entschlossen, dieser Auflage nachzukommen, begab sich Charles zur Wohnung des Ehepaares von Crantz, um sich für die Hilfe zu bedanken. Lange allerdings hielt er sich dort trotz der herzlichen Einladung durch Marguerites Schwester Marie Luise nicht auf. Nachdem er sich angemessenere Reisekleidung hatte besorgen lassen, teilte er seinen Gastgebern seinen während der Nacht in der Zelleneinsamkeit gefaßten, unverrückbaren Entschluß mit, das ihm verhaßte Preußen

schnellstens bis auf weiteres zu verlassen; Heinrich und Marie Luise begleiteten ihn zur Station der Überlandkutsche, die ihn über Berlin, wo Charles während einer kurzen Fahrtunterbrechung versuchen wollte, seine geplatzten Finanztransaktionen notdürftig zu regeln, einem noch unbekannten Reiseziel entgegenbringen sollte.

Charles Laurent hatte Küstrin erst seit wenigen Stunden verlassen, als sich bei dem Ehepaar von Crantz neuer, unerwarteter Besuch aus Berlin anmeldete – Marie Luises Schwester Marguerite war eingetroffen; ihre und Charles' Kutsche mußten einander unterwegs irgendwo auf der Landstraße vor Küstrin begegnet sein, ohne daß die beiden jungen Leute davon gewußt hatten.
Marguerite wirkte sehr still und war seit der letzten Begegnung mit ihrer Schwester schmal und blaß geworden. Wortkarg berichtete sie, daß Jacques Laurent am Krankenbett seines Vaters mit Marianne Peltoise, der Tochter eines Advokaten aus der Gemeinde der Refugiés, verheiratet worden sei. Allen neugierigen Fragen der von dieser Nachricht überraschten Marie Luise wich sie aus, indem sie heftige Kopfschmerzen vorschützte und sich bald nach ihrer Ankunft in das für sie in Eile hergerichtete Zimmer führen ließ.
Erst als sie mit ihrer Schwester allein war, offenbarte sie den Grund ihres unangemeldeten Besuchs: Marguerite erwartete ein Kind, das nach ihrem festen Willen fern von allem Tratsch und allen hämischen Andeutungen in Küstrin zur Welt kommen sollte.

* *
*

Es dauerte zehn Jahre, bis Charles Laurent, der sich nach seiner Flucht aus Preußen in Hamburg niedergelassen hatte und dort ein wohlhabender Geschäftsmann geworden war, sich dazu durchrang, zu einem Besuch nach Berlin zurückzukehren.
Trotz der Frühsommerzeit fröstelte Charles, als die Kutsche das Stadttor passierte und das letzte Wegstück bis zum Packhof fuhr, wo alle Reisenden zur Zollkontrolle mit ihrem Gepäck aussteigen mußten. Als er den karg ausgestatteten, langgestreckten Raum mit den großen Packtischen und den dahinter stehenden Pulten der Akzisebeamten betreten hatte und darauf wartete, daß die Reihe an ihn käme, hörte er von einer der Kontrollstellen eine ihm bekannte, unverwechselbare Stimme. Unwillkürlich drängelte er sich in der Schlange der Wartenden vor und sah, daß er sich nicht getäuscht hatte: Vor einem der

Packtische stand der anscheinend auch gerade angekommene Rabinowitz, das ehemalige Faktotum der Gaillardschen Apotheke, und erläuterte die zahlreichen, merkwürdigen Gegenstände, die der Beamte aus seiner großen, sehr mitgenommen aussehenden hölzernen Truhe vorzog und mißtrauisch begutachtete. Nach den Worten von Rabinowitz schien es sich bei dem bald verstreut auf dem Tisch ausgebreiteten Truheninhalt um die Utensilien eines Quacksalbers und Wanderheilers zu handeln; und Charles vermochte sich sehr gut vorzustellen, daß dies das neue Metier seines alten Bekannten geworden war, der da laut und ungeniert um jeden Pfennig Zoll für seine Gegenstände mit dem Beamten feilschte. Rabinowitz' Hartnäckigkeit ließ Charles das Gefühl der Kälte vergessen, das ihn seit seinem Eintreffen in Berlin befallen hatte. Amüsiert verfolgte er, wie es Rabinowitz schließlich gelang, den Akzisebeamten sogar dazu zu überreden, ihn ohne jede Zollgebühr passieren zu lassen. Dafür wandte sich derselbe Beamte gleich darauf in um so strengerem Ton an Charles und forderte ihn auf, seine Gepäckstücke auf den Tisch zu stellen und zu öffnen; sofort spürte Charles wieder das Preußen, das er in seiner Erinnerung hatte und kam dem Befehl nach.
Rabinowitz war es inzwischen gelungen, das Durcheinander von Bruchbändern, Schnürleibern, Pillendosen, Tinkturfläschchen und anderen unbestimmbaren Dingen wieder in seiner Truhe zu verstauen. Als er sie vom Tisch wuchtete, fiel sein Blick auf den nicht weit von ihm stehenden Charles. Ausgelassen vor Freude rief er ihn laut an und winkte, als Charles aufsah, ihm überschwenglich zu; als er sich dann auch noch mit der Truhe auf dem Buckel zu Charles durchzwängen wollte, wurde er allerdings barsch vom Beamten aus dem Packhof gewiesen. Rabinowitz brüllte Charles noch einmal zu, daß man sich gewiß irgendwo in der Stadt wiedersehen werde und zog, nachdem er aufmunternd ein Auge gekniffen hatte, davon.
Umgehend wurde Charles vom Kontrolleur zur Ordnung gerufen, der in seiner ledernen Reisetasche ein Portefeuille gefunden, es gründlich durchsucht und dabei eine Liste mit Warenangeboten und Preisangaben entdeckt hatte, die Charles ständig bei sich zu führen gewohnt war und deshalb gedankenlos auch auf dieser Reise mitgenommen hatte. »Führen der Herr etwas von den hier aufgezählten Waren nach Berlin ein?«
Charles schüttelte entrüstet den Kopf. »Ich bin Kaufmann und kein Straßenhökerer, der seine Artikel mit sich schleppt. Ich pflege mir aufgegebene Bestellungen daher per Fuhrwerk transportieren zu lassen!«

»Aber Sie werden doch kleine Proben Ihrer Waren dabeihaben – Tee, Kaffee, Branntwein oder dergleichen?«
Als Charles wieder entschieden verneinte, begann der Beamte, in der Reisetasche herumzukramen und sogar die Seitenwände pedantisch auf Geheimfächer zu untersuchen. Charles hatte längst bemerkt, daß sich der Beamte ihn zum Opfer gewählt hatte – vielleicht, weil er sich kurz zuvor von Rabinowitz hatte geschlagen geben müssen. Und tatsächlich zog der Mann einen Rock aus der Tasche, breitete ihn aus und befühlte sehr genau den Stoff. »Fremdes Tuch! Der Stoff ist nicht aus Berliner Produktion, das macht auf die Elle zwei Taler Akzise!«
Obwohl Charles sich vorgenommen hatte, keinen Anlaß zu langwierigen Auseinandersetzungen zu bieten, wurde er nun doch ungehalten.
»Soll ich unbekleidet in Berlin umhergehen? Der Rock gehört mir, und er ist getragen!«
Wieder prüfte der Kontrolleur mit spitzen Fingern das Kleidungsstück, begutachtete ganz besonders genau dabei den Kragen und die Manschetten und schüttelte zweifelnd den Kopf.
»Keine Spur von Haarpuder, und die Ärmel so gut wie überhaupt nicht abgeschabt – damit kommt der Herr um die zwei Taler Gebühr nicht herum!«
Charles' Geduld war endgültig erschöpft, er riß dem Beamten empört seinen Rock aus den Händen und verlangte, sofort zum Akzisedirektor geführt zu werden. Seine Entschlossenheit zeigte Wirkung. Der Beamte stutzte, sah ihn abschätzend an und zuckte dann wie nachgebend die Schultern.
»Wegen eines abgetragenen Rocks den Herrn Geheimrat bemühen? Aber mein Herr . . .« Er schob alle aus der Tasche gezerrten Gegenstände zu Charles herüber und forderte ihn mit einer Geste auf, sie wieder einzupacken.
»Also gut, sagen wir: für den Rock und alles übrige *summa summarum* 18 Groschen?«
Charles hatte im ersten Moment gute Lust, es jetzt erst recht auf eine Beschwerde ankommen zu lassen, gab dann aber nach, zahlte die verlangte Akzisegebühr und verließ den Packhof. Seine Ressentiments Preußen gegenüber hatten sich voll bestätigt.

Charles fand das kurz vor dem Tode seines Vaters neu erbaute Haus unverändert und traf seinen Bruder Jacques im Kontor an. Nach der Begrüßung, die herzlicher und aufrichtiger verlief, als Charles trotz der inzwischen erfolgten brieflichen Bereinigung aller zurückliegen-

den Differenzen erwartet hatte, führte Jacques ihn aus dem Kontor hinaus in das noch für den Vater gebaute Gewächshaus. Erstaunt hörte er, daß es für Jacques zu einem Refugium geworden war, in das er sich sehr oft zurückzuziehen pflegte; das Bild des tatkräftigen Unternehmers und glücklichen Familienoberhauptes, das Charles sich in den Jahren der Abwesenheit von seinem Bruder gemacht hatte, schien der Wirklichkeit nicht ganz zu entsprechen; hinter der Wiedersehensfreude von Jacques wurde eine Bedrückung spürbar, die Charles zunächst auf die harten Zeiten schob, von denen sein Bruder zu sprechen begonnen hatte.
Die steigende Armut unter der Berliner Bevölkerung, der Mangel an Arbeit und nach dem ungewöhnlich langen Winter nun auch an Nahrungsmitteln brachte düstere Aussichten für die Zukunft der vom Vater geerbten Firma. Jacques hatte zwar versucht, sich an der vom König selbst geförderten Seidenproduktion zu beteiligen, aber dem rauhen Klima war ein großer Teil der angelegten Maulbeerbaumpflanzungen zum Opfer gefallen; außerdem waren die Seidenraupen von einer Krankheit befallen worden, so daß die Ausbeute an Rohmaterial äußerst gering zu werden versprach. Jacques hatte deshalb die Hoffnung, sein Unternehmen um die Herstellung von Seidentuchen zu erweitern, wieder aufgeben müssen und vertraute Charles resigniert an, daß er Rettung eigentlich nur noch von einem baldigen Regierungswechsel erwarte. Wenn erst Kronprinz Friedrich auf dem Throne sei, dann, so meinte Jacques, werde es mit allem wieder aufwärts gehen; und das könne ja nicht mehr so sehr lange dauern, denn schließlich liege der König schon seit Monaten schwer erkrankt darnieder.
Charles wiegte zweifelnd den Kopf, mochte seinem Bruder die Hoffnung aber nicht nehmen; er stand auf, klopfte ihm aufmunternd auf die Schulter und besichtigte, um Jacques von seinen trüben Gedanken abzulenken, interessiert die exotischen Pflanzen, von denen das Gewächshaus geradezu überfüllt war.
So sah er nicht, daß Marianne, Jacques' Frau, in das Gewächshaus trat, sondern bemerkte ihre Anwesenheit erst, als sie auf seinen Bruder einzureden begann. Hinter der dicht belaubten, gestutzten Krone eines Feigenbäumchens hervor beobachtete er sie und hörte, wie sie Jacques mit kühl distanziertem Tonfall mitteilte, daß sie soeben das Dienstmädchen Line entlassen habe, weil sie Hurerei und gottloses Benehmen unter ihrem Dache nicht länger dulden wolle; Line habe sich bei ihrer Herumtreiberei, die Jacques ja bisher nicht habe wahrhaben wollen, nun endlich ein Bankert eingefangen.
Offensichtlich war Jacques der Auftritt seiner Frau peinlich. Er ver-

suchte mehrfach vergeblich, sie zu unterbrechen und auf den Gast aufmerksam zu machen. Als Marianne selbst dann Charles entdeckte, der hinter dem Feigenbaum vorkam, begrüßte sie ihn sehr förmlich und richtete sofort neue Vorwürfe an ihren Mann, weil er es versäumt habe, sie rechtzeitig von der Ankunft seines Bruders zu benachrichtigen. Charles griff schließlich ein und nahm alle Schuld mit Hinweis auf die unzuverlässigen Überlandkutschen auf sich.
Das gemeinsame Essen, zu dem sich auch Jacques' Schwiegervater, der recht frömmlerisch gewordene Anwalt Peltoise, eingefunden hatte, verlief ziemlich schweigsam; nur die beiden kleinen Kinder, der Sohn Paul André und das Töchterchen Denise, sorgten in ihrer Unbefangenheit ab und zu für ein bißchen Abwechslung. So war Charles schon entschlossen, für die Zeit seines Berlinbesuches Quartier in einem Gasthof zu suchen; doch als er seine Absicht andeutete, widersprach ausgerechnet Marianne, offenbar in ihrem Stolz verletzt. Charles nahm schließlich mehr gezwungen als erfreut die Einladung an.

Bei seinem ersten ausführlicheren Spaziergang durch die Stadt, der ihn zur Apotheke der Gaillards führte, fand Charles die Klagen seines Bruders über Not und wachsende Armut bestätigt; zahlreiche, nach dem Wunsch des Königs begonnene Hausneubauten in den Straßen waren anscheinend aus Geldmangel der Bauherren nicht beendet worden und standen, zu Ruinen verfallen, leer; Bettler, oft an ihrer zerschlissenen, zum Teil aus Uniformresten bestehenden Kleidung als ehemalige Soldaten zu erkennen, und sogar um Almosen bittende Kinder hielten sich in größerer Zahl, als es Charles noch aus seiner Berliner Zeit her in Erinnerung hatte, in der Nähe dieser Ruinen auf und ließen ihn nicht ungeschoren passieren, obwohl das Betteln bei empfindlicher Strafe verboten war.
In der Apotheke traf Charles nur einen ihm unbekannten Helfer an, der ihm, nachdem er sich vorgestellt hatte, erlaubte, im Laborgewölbe zu warten. Während er den dämmrigen Kellerraum musterte, kam ihm die ununterdrückbare Erinnerung an vergangene Tage; und unwillkürlich lenkte er seine Schritte zum Arbeitsplatz, genau an die Stelle, an der er damals an jenem gewitterschweren Abend experimentiert hatte. Wie im Traum griff er nach einem herumliegenden Mörser, rieb etwas von der daran hängenden Mixtur auf seinen Handrücken und roch daran; dann suchte er Fläschchen mit verschiedenfarbigen Flüssigkeiten zusammen und schüttete ein paar Tropfen ihrer Inhalte in einen Glaskolben; selbstvergessen lächelnd beobachtete er, wie sich das Gemisch langsam zu verfärben begann.

Ein leises Geräusch weckte ihn aus seinen träumerischen Gedanken. Die Steinstufen hinunter rollte ein bunter Stoffball und blieb dicht vor seinen Füßen liegen. Ihm folgte ein zierliches, vielleicht zehn Jahre altes Mädchen; es blieb am Fuße der Treppe stehen und musterte unbefangen den ihr fremden Mann. Charles bückte sich nach dem Ball, ging langsam damit auf es zu und reichte ihn mit einer übertrieben gespielten galanten Verbeugung der Kleinen. Dann fragte er sie nach ihrem Vater, dem Apotheker David Gaillard. Sie schüttelte den Kopf.
»David Gaillard ist nicht mein Vater, er ist mein Onkel. Einen Vater habe ich gar nicht . . .«
Vom höher gelegenen Apothekenraum fielen Strahlen des Tageslichts, in deren flimmernden Bahnen Staubteilchen tanzten, in das Labor hinein und beleuchteten das Mädchen auf eine Weise, die Charles an ein Bild erinnerte, das sich während all der vergangenen Jahre in seinem Gedächtnis festgesetzt hatte; nur war es damals nicht das Sonnenlicht, sondern das Aufflackern von Blitzen gewesen, das die Szene beleuchtet hatte. Fast gewaltsam mußte sich Charles zurück in die Gegenwart holen.
»Dann . . . dann heißt deine Mutter sicherlich Marguerite, Marguerite Gaillard?«
Das Mädchen nickte, im selben Augenblick kam ein kleinerer Junge polternd die Stufen heruntergesprungen und stellte sich vor Charles auf. Das Mädchen gab ihm den Ball und winkte Charles, ihr zu folgen.

Wie ein im letzten Moment vor seinem Tun zurückschreckender Eindringling blieb Charles in der Tür zum Salon, in den ihn die kleine Katherine geführt hatte, stehen und starrte verwundert auf die Szenerie, die sich seinen Augen bot: Beim Fenster saß, einen dick eingehüllten Säugling auf ihrem Schoß wiegend, Marguerite.
Der Junge riß sich von Katherines Hand los und rannte zu Marguerite, und auch Katherine ließ Charles' Hand fahren und ging zu ihrer Mutter.
Von den beiden Kindern umrahmt, das Kleinkind in ihren Armen, sah Marguerite auf zu Charles. Es schien eine kleine Weile zu dauern, bis sie ihn erkannte und ein leichtes Lächeln über ihr Gesicht huschte. Dann blickten die beiden einander wieder stumm an, ehe Marguerite als erste die Fassung wiedergewann und die entstandene Stille, die Charles wie eine Ewigkeit vorkam, unterbrach.
Mit beinahe unbefangener, freundlich erstaunter Stimme, die nur bei sehr genauem Hinhören eine winzige Spur rauh klang, lud sie Charles

ein, näher zu treten, während sie aufstand, um den schlafenden Säugling in seine Wiege zu legen und dabei die Gelegenheit nutzte, ihm die beiden anderen Kinder vorzustellen. Sie schienen zu ahnen, daß zwischen den beiden Erwachsenen irgend etwas Geheimnisvolles, für sie Unverständliches war, und verhielten sich sehr still.
Nur verschwommen hörte Charles, daß der Säugling, ein Mädchen, und der kleine Junge ihrem Bruder David gehörten, dessen Frau bei der Geburt der Tochter Elisabeth gestorben war, so daß Marguerite sich des verwaisten Haushaltes angenommen hatte und bei Davids Kindern die Stelle der Mutter vertrat. Allein Katherine sei ihr eigenes Kind. Marguerite nickte ihrer Tochter mit dem Kopf zu, und Katherine machte, als sähe sie Charles zum ersten Male, einen förmlichen Höflichkeitsknicks.
Immer noch zögernd löste sich Charles von der Tür und kam langsam ihrer Aufforderung nach, sich neben sie zu setzen; alle Vorsätze, die er in der zurückliegenden Zeit immer wieder von neuem für dieses Wiedersehen, dem eigentlichen, uneingestandenen Anlaß seiner Reise nach Berlin, gefaßt hatte, alle wohlüberlegten Worte, waren wie weggewischt; nur läppische Allerweltssentenzen wollten ihm einfallen, um seine Befangenheit zu überspielen. So fühlte er sich fast erleichtert, als nach einigen belanglosen Sätzen David Gaillard in den Salon kam, ihn überrascht begrüßte und durch seine unbefangene Plauderei der verlegenen Atmosphäre ein Ende machte.
Über gemeinsamen Erinnerungen an die vergangenen Jahre des von beiden mit Leidenschaft betriebenen Experimentierens unten im Labor und dem Austausch ausführlicher Berichte über die Zustände in Hamburg und Berlin wurde es später Abend, ehe Charles sich verabschiedete, einen weiteren Besuch für einen der nächsten Tage versprach und den Heimweg zum Hause seines Bruders antrat.
Um seine durch das Wiedersehen aufgewühlten Gedanken zu beruhigen, entschloß sich Charles, in der frischen vorsommerlichen Abendluft einen Umweg zu machen.
Als er in die Nähe der Schloßfreiheit gelangt war, begannen plötzlich laut und dröhnend alle Glocken der in der Nähe liegenden Kirchen zu läuten; kurz darauf wehte ihm der sanft aufkommende Abendwind aus der Richtung des Schlosses den dumpfen, anhaltenden Klang eines Trommelwirbels zu. Und je mehr er sich dem Schloß näherte, desto zahlreicher wurden die Menschen, die aufgeregt an ihm vorbeihasteten. Aus ihrem Zurufen vernahm Charles schließlich, daß König Friedrich Wilhelm verstorben war.

Im Hause seines Bruders Jacques war die Nachricht vom Tode des Königs bereits bekannt, als Charles eintraf. Jacques und sein Schwiegervater Peltoise diskutierten erregt die mit dem Herrscherwechsel verbundenen Veränderungen im Staat und in der Stadt, wobei für den Anwalt Peltoise, der sich ins Consistorium hatte wählen lassen und ein sehr eifriger Wortführer der Gemeinde geworden war, hauptsächlich die vom neuen, als Freigeist und Religionsverächter bekannten König zu erwartende Behandlung der Gemeindebelange von Wichtigkeit war. Müdigkeit vorschützend, zog sich Charles, den vollkommen anderes innerlich bewegte, bald auf sein Zimmer zurück.

Obwohl Charles immer größere Ungeduld packte, den angekündigten zweiten Besuch bei den Gaillards zu unternehmen, zwang er sich dazu, einige Tage verstreichen zu lassen, die er mit verschiedenen Einkäufen, Geschäftsgesprächen bei einheimischen Aufkäufern seiner Exportwaren und ausgedehnten Spaziergängen durch die Stadt verbrachte.
Bisweilen begleitete ihn dabei Jacques, der gelöster und mit sich selbst zufriedener wirkte, seitdem seine Frau Marianne mit den Kindern zu einem Aufenthalt im Landhaus ihrer Eltern nach Köpenik abgereist war. Gemeinsam wurden die Brüder so auch Zeugen des Triumphzuges von Kronprinz Friedrich zur Krönungszeremonie und der anschließenden Huldigung durch die Vertreter aller Stände. Der damit endgültig vollzogene Regierungswechsel in Preußen steigerte Jacques' neu erwachte Zuversicht auch für die eigene wirtschaftliche Zukunft, und Charles bestärkte seinen Bruder darin.
Die folgenden Tage, in denen ständig weitere Veranstaltungen zur Feier der Inthronisation des neuen Königs stattfanden, wurden für die beiden Brüder überhaupt zu einer Zeit glücklicher Zerstreuung und gegenseitiger Aufmunterung, so daß Charles sich zuweilen sogar dabei ertappte, sein altes Mißtrauen gegen Berlin und Preußen fast zu vergessen.
Erst nach dem Ende der Feierlichkeiten machte sich Charles endlich entschlossen auf den Weg zu seinem zweiten Besuch bei den Gaillards; mit Vorbedacht hatte er dafür eine Zeit gewählt, zu der er hoffen konnte, David nicht im Hause anzutreffen.

Unvorbereitet empfing Marguerite ihn wie beim ersten Male inmitten der Kinder im Salon, schickte sie diesmal aber gleich nach der Begrüßung zu angeblich von ihr ganz vergessenen Besorgungen davon. Und wieder verging, nachdem sie alleine waren, eine Weile, in der

zwischen Charles und Marguerite verlegenes, nur von kurzen Berichten über ihre Erlebnisse und Beobachtungen während der Krönungsfestlichkeiten unterbrochenes Schweigen herrschte, bis Charles endlich den Mut fand, sich ihr mitzuteilen.
Leise, beinahe als rede er zu sich selbst, klang seine Stimme.
»In Hamburg, Marguerite, wenn ich in den vergangenen Jahren von Geschäften zurück in mein Haus kam . . . und dann war darin alles so leer, ohne Leben, niemand, der mich erwartete . . . manchmal kam mir in solchen Augenblicken der Gedanke, meinem Junggesellenstand doch noch fahnenflüchtig zu werden . . .«
Er hob seinen gesenkt gehaltenen Kopf und blickte sie vorsichtig lächelnd an; Marguerite hielt seinem Blick ernst stand. Dann verzog sich ihre Miene zu einem unbefangen scheinenden Lachen, als hätte sie gerade eine amüsante Anekdote vernommen; zugleich aber legte sie zaghaft ihre Hand auf seinen Arm.
»Ich mag dich, Charles, aber für eine Ehe würde dieses Gefühl der Freundschaft wohl nicht ausreichen . . . dir nicht und mir auch nicht . . .« Sie schüttelte entschlossen den Kopf. »Nein, glaub mir, es wird besser sein, wir beide finden uns mit dem ab, was sich nun einmal ergeben hat. Dein Platz ist in Hamburg und meiner ist hier, im Hause meines Bruders – lassen wir es so . . .«
Langsam erhob sich Charles und ging zum Fenster; als er sich nach einer Weile wieder zu ihr zurückwandte, war sein zuvor ernster Gesichtsausdruck einer fast heiteren Gelassenheit gewichen. Während er von den Veränderungen in den Residenzstädten Berlin und Cölln an der Spree erzählte, die er auf seinen Spaziergängen entdeckt hatte, zog er aus seiner Rocktasche eine mit feinem Leder überzogene kleine Schatulle hervor und entnahm ihr eine mit roten Steinen besetzte goldene Kette.
»Ich trage sie schon seit Hamburg mit mir herum, nicht einmal der besonders penetrante preußische Akziseeintreiber am Packhof hat sie in meinem Gepäck gefunden; nun möchte ich allerdings bei meiner Rückreise das Risiko einer Entdeckung nicht noch einmal eingehen. Vielleicht gefällt die Kette deiner Tochter Katherine; und wenn sie sie trägt, so kann ich mir einbilden, es gebe hier in Berlin jemanden, der hin und wieder ganz sicherlich ein bißchen an mich denkt . . .«
Bevor Marguerite reagieren konnte, legte Charles die Kette in ihre Hand, schloß sanft ihre Finger darüber zu einer Faust und hielt sie einen Augenblick lang von seinen beiden Händen umhüllt. Dann drehte er sich abrupt um.
Erst in der schon geöffneten Tür blieb er stehen, winkte Marguerite

stumm zu und verließ endgültig den Salon. Marguerite hatte sich nicht von der Stelle gerührt, fahrig streichelten ihre Finger über die Schmucksteine der Kette.
Als sie die Haustür schlagen hörte, lief Marguerite zum Fenster, schob die Vorhänge zur Seite und starrte hinunter auf die Straße; langsam wischte ihre Hand dabei über die Scheibe.

Nach seiner Rückkehr von Marguerite Gaillard teilte Charles seinem Bruder überraschend mit, daß er entschlossen sei, Berlin am nächsten Tage zu verlassen; angeblich hatte ihn die Nachricht von dringenden Geschäften erreicht, die seine Anwesenheit in Hamburg unbedingt erforderten. Alle Versuche von Jacques, ihn zum Bleiben zu überreden, blieben erfolglos.
Früh am folgenden Morgen begleitete er Charles zur Station der Überlandpostkutschen und verabschiedete sich von seinem Bruder.

Als Charles die Stadtgrenze Berlins passiert und auch Spandau schon weit hinter sich gelassen hatte, hörte er, wie sich die beiden Mitreisenden, die in Charlottenburg zugestiegen waren und ihm gegenüber Platz genommen hatten, äußerst aufgeregt über eine im ersten Frühgottesdienst in allen Kirchen der preußischen Residenz verlesene königliche Mitteilung unterhielten. In dieser Veröffentlichung hieß es, daß gerechte Gründe den neuen König veranlaßt hätten, umgehend einen Teil seiner Armee in Marsch zu setzen.
Unwillkürlich beugte sich Charles zum Kutschenfenster vor und versuchte, zurück auf seine Geburtsstadt zu blicken, die er nun ein zweites Mal auf sicherlich unbestimmte Zeit verlassen hatte; aber das Weichbild Berlins war längst hinter dem Horizont verschwunden.

# Kriegswirren

*»O Gott! Der König, Dein Diener, sah sich in die Notwendigkeit versetzt, die Waffen zu ergreifen und sich der Kräfte zu bedienen, die Du ihm anvertraut hast, um die ungerechten und verderblichen Absichten zu zerstören, gerichtet gegen seine Person und seine Staaten . . .«*

*1760–1767*
*In den Kriegszeiten versichern die Berliner Hugenotten dem preußischen Herrscher ihre Treue, bereiten sich aber auch darauf vor, mit dem Feind eigenständige Verhandlungen über das Schicksal der Gemeinde zu führen, wenn es zu einer Besetzung der Stadt kommen sollte.*

Als die letzten Glockenschläge der Friedrichstadtkirche, die den Morgengottesdienst einläuteten, schon verklangen, trat Denise Laurent aus dem Elternhaus und hastete, den Saum ihres bodenlangen, dunklen Sonntagskleides mit den Händen raffend, über den Damm. Der unerwartete Besuch des neuen Geschäftspartners ihres Vaters, dem sie auf dem Korridor vor dem Kontor unverhofft begegnet war und dem sie deshalb vom Vater hatte vorgestellt werden müssen, hatte sich wegen der redseligen Art dieses Herrn Sabetzki viel zu lange hingezogen.
Jacques Laurent hatte selbst auf den eigenen, gewohnten Gang zum Gottesdienst verzichten müssen, wenigstens aber seine Tochter bei seinem Gast entschuldigt und verspätet zur Kirche geschickt, damit sie seine Frau Marianne, die sich mit den anderen Kindern Paul André und Marie rechtzeitig auf den Weg gemacht hatte, benachrichtigen konnte.
Während Denise eilig in die nächste Querstraße einbog, öffnete sie nervös ihren Handbeutel, um zu kontrollieren, ob sie bei ihrem überstürzten Aufbruch auch nichts vergessen habe. Plötzlich spürte sie, wie ihr jemand zaghaft auf den Rücken klopfte; aufgeschreckt drehte sie sich um und stand einem Mann in zerlumpter russischer Uniform gegenüber, der ihr bittend seine verschmutzte Mütze hinhielt. Denise hörte kaum auf seine in der ihr fremden Sprache gestammelten Worte; hastig suchte sie aus dem noch offenen Beutel, über den sich der Mann gebeugt hatte, als wolle er sich selbst bedienen, einige der für die Sammelbüchse in der Kirche bestimmten Münzen hervor, warf sie

ihm in seine Kopfbedeckung und zwängte sich an ihm vorbei, um ihren Weg fortzusetzen.
Weit jedoch kam sie in ihrer Verwirrung nicht; schon nach wenigen Schritten sah sie sich von mehreren, dem gerade abgewimmelten Manne in ihrer mitleiderregenden Aufmachung ähnelnden Gestalten umringt und bemerkte, sich nach Hilfe umschauend, erst da, daß sie offensichtlich einem Trupp kriegsgefangener russischer Soldaten in die Quere gelaufen war, der nur von wenigen preußischen Infanteristen begleitet war.
Ängstlich wich Denise vor den sie bettelnd bedrängenden Gefangenen, die durch den Erfolg ihres Kumpanen besonders zudringlich geworden waren, gegen eine Hauswand zurück und wartete, bis die Wächter mit lauten Kommandos und in kurze, grobe Handgreiflichkeiten sich steigernden Zugriffen die Männer zurück auf die Straße zum Trupp der übrigen, inzwischen neugierig stehengebliebenen Gefangenen getrieben hatten.
Als sich der Zug langsam wieder in Bewegung setzte, rannte endlich auch Denise erleichtert weiter, sah sich dabei aber ständig nach Verfolgern um, denen es möglicherweise gelungen sein könnte, sich noch einmal heimlich vom Gefangenentrupp abzusetzen. Und so hetzte sie ahnungslos einem Individuum förmlich in die Arme, das sich die ganze Zeit über der Aufsicht der Wärter entzogen und in einem Hauseingang verborgen gehalten haben mußte.
Mit entsetztem Blick starrte Denise auf den Menschen, der ihr mit weit ausgebreiteten, auf eine sonderbar verkrampfte Art flatternden Armen entgegentorkelte. Sein von schlecht vernarbten Säbelhieben entstelltes Gesicht war zu einer grausig grinsenden Fratze verzerrt. Bleich, am ganzen Körper zitternd und unfähig, sich durch Rufe dem davonziehenden Gefangenentransport bemerkbar zu machen, versuchte Denise, dem sie mit kehligen, wirren Lauten umhüpfenden, offenbar geistesgestörten Mann zu entkommen. Unter seinen fuchtelnden Armen hindurch gelang es ihr schließlich, auf die Eingangstür des nächstgelegenen Hauses zuzuhetzen. Ihr Verfolger blieb stehen und sah mit weit aufgerissenem Mund und zuckenden Händen zu, wie Denise nach der Türklinke griff, panisch daran rüttelte und dann, einer Ohnmacht nahe, auf kraftlos nachgebenden Beinen langsam an der verschlossenen Haustür in sich zusammensank. Sofort hüpfte der Mann auf sie zu, beugte sich über sie und berührte mit weit gespreizten Fingern ihr Haar.
Denise schloß die Augen; den Türgriff umklammert, wartete sie wehrlos auf alles, was noch kommen mochte, als sie verschwommen

und zuerst wie nur in ihrer Einbildung existierend, das Geräusch sich schnell auf den Pflastersteinen nähernder Pferdehufe vernahm. Dann hörte sie eine Stimme, die ihren Widersacher sehr energisch davonscheuchte. Und tatsächlich fühlte sie, wie die tastenden Hände von ihr abließen; Denise zwang sich dazu, ihre Augen langsam, wie aus einem Alptraum erwachend, zu öffnen.
Ein junger preußischer Soldat in Offiziersuniform sprang dicht vor ihr von seinem Pferd, griff in die Lumpenkleidung des geistesgestörten Kriegskrüppels und stieß ihn beiseite. Denise seufzte laut auf, wollte sich aufrichten, fand aber nicht die Kraft; während der Krampf ihrer um die Türklinke geschlungenen Finger sich löste, wurde ihr nach der überstandenen Aufregung schwarz vor Augen. Benommen taumelte sie auf ihren Retter zu und ließ sich von ihm auffangen.
Sie hörte nicht mehr, wie der Offizier ihr aufmunternd zurief, sie solle doch nun nach ausgestandenem Schrecken bei Sinnen bleiben; und sie sah auch nicht, daß er sich auf der Vortreppe des Hauses niederkniete, vorsichtig ihren Oberkörper gegen sein Bein lehnte und aus der Westentasche seiner Uniform ein kleines, verziertes Riechfläschchen zog. Erst als er es öffnete und ihr unter die Nase hielt, schlug sie wieder die Augen auf und kam zu sich. Dankbar blickte sie hinauf in das Gesicht des noch jungen Burschen, das von einem dichten Schopf roter Haare umrahmt war. Er half ihr mit entschlossenem Griff, wieder auf eigenen Beinen zu stehen, und rannte, eine Entschuldigung rufend, seinem Pferd nach, das inzwischen schon ein ganzes Stück die Straße hinaufgetrabt war.
Denise hob das zurückgelassene Riechfläschchen auf, drehte es unschlüssig in ihren Händen und beobachtete den Offizier, der das Pferd eingeholt hatte, es am Zügel packte und zurück zu ihr führte. Sein Gesicht strahlte unbekümmert fröhlich, als er neben ihr stehenblieb und sie fragte, ob nun alles wieder ganz und gar mit ihr in Ordnung sei. Denise nickte schüchtern und reichte ihm das Fläschchen zurück.
»Ach, behalten Sie es nur noch, so ein Augenblick der Schwäche kann leicht noch einmal wiederkommen – immer schön tief einatmen!«
Lächelnd sah er zu, wie Denise es gehorsam unter ihre Nase hielt und unwillkürlich laut schnaufend seiner Anweisung nachkam.
»Es ist eine Erinnerung, ein Souvenir von meiner verstorbenen Mutter . . .«
Denise blickte ihn verstohlen an; sein Gesichtsausdruck war auch nach dieser ein bißchen wehmütig klingenden Anmerkung gleich wieder fröhlich wie zuvor. Seinen Gaul am Zügel führend, schritt er

neben ihr her, so daß Denise nichts anderes übrig blieb, als seine Begleitung zu dulden; befangen gestand sie sich ein, daß diese Begleitung ihr alles andere als unangenehm war, bis ihr plötzlich auffiel, daß das Läuten der Kirchenglocken längst verstummt war. Sie beschleunigte ihre Schritte. »Verzeihen Sie, aber ich muß mich eilen, der Gottesdienst wird schon begonnen haben.«
Der Offizier tat lächelnd, als würde er die ihm zum Abschied hingehaltene Hand nicht sehen, folgte ihr zügig und legte ihr wie unabsichtlich im Gehen die Hand auf den Arm. »Das macht sicherlich nichts; zur Kirche, denke ich, kommt man nie zu spät. Übrigens bin auch ich in Eile – aber mit dem Krieg ist es wie mit dem Gottesdienst, er wird einen Moment auf mich warten können.«
Sein unbefangenes Lachen steckte Denise an, obwohl sie die Mitteilung ihres Retters, er müsse zurück in den Krieg, für einen Augenblick betroffen machte.
Schweigend gingen sie, gefolgt von dem hinter ihnen hertrottenden Pferd, weiter. Vor dem Kirchenportal blieben sie stehen, der Offizier griff nach ihrer Hand, drückte sie und schwang sich auf sein Pferd, das, aus seinem Trott gerissen, überrascht zu bocken begann. Denise sprang ängstlich zur Seite, während der Reiter mit kräftigem Zug an den Zügeln sein Pferd schnell wieder unter Kontrolle brachte. Lachend winkte er ihr zu und trabte davon. Da erst erinnerte sich Denise, daß sie noch immer das Riechfläschchen in der Hand hielt. Sie lief ihm nach, schwenkte es mit erhobenem Arm. Der Offizier wendete sich auf seinem Pferd ihr zu. »Behalten Sie es nur, Mademoiselle! Es taugt eh' nicht für die Blessuren des Krieges! Und wenn es recht ist, werde ich es mir hier an dieser Stelle am ersten Sonntag nach dem Kriege von Ihnen wieder abholen!«
Er hatte die am Sattel befestigte Uniformmütze abgebunden, winkte ihr damit zu und gab seinem Pferd die Sporen. »Adieu, kleine Mademoiselle – und beten Sie fleißig für mich!«
Ehe Denise ihm antworten konnte, war er endgültig auf seinem Pferd hinter dem Seitenschiff der Kirche verschwunden.

Jacques Laurent führte seinen Gast Friedhelm Sabetzki durch das Gewächshaus zur Ecke beim Ofen, in der er sich, von den fremdländischen Pflanzen umgeben und durch ihr Blattwerk vor unliebsamen Beobachtern verborgen, seinen Lieblingsplatz für stille Mußestunden und auch vertrauliche Gespräche hergerichtet hatte. Während Sabetzki vor einem Orangenbäumchen stehenblieb und mit anerkennendem Kopfnicken erst die kleinen, noch grünen Früchte, dann auch die Blü-

ten zählte, stellte Jacques die aus dem Hause mitgebrachten Gläser zurecht und schenkte vom Clairet-Wein nach; dabei sah er verstohlen auf seinen neuen Geschäftspartner, der trotz seiner beträchtlichen Leibesfülle kräftig und vor allem in seinen Bewegungen überraschend flink und gewandt wirkte.
Natürlich hatte sich Jacques nach den ersten Verhandlungen mit Sabetzki insgeheim so gründlich wie möglich nach dem Vermögensstand und dem Ruf seines möglichen Kompagnons erkundigt und im ganzen sehr zufriedenstellende Auskünfte erhalten, recht schlau aber war er aus dem Mann auch damit nicht geworden. Besonders Sabetzkis lautes, polterndes Auftreten, seine dröhnende, mit derben Redensarten in sächsischem Dialekt durchsetzte Sprache und sein stets sorgenfrei klingendes, joviales Lachen irritierten Jacques, weil all das überhaupt nicht zum Erscheinungsbild des seriösen Unternehmers zu passen schien, dem er selbst sich verpflichtet fühlte. Andererseits belegten Sabetzkis offenbare Geschäftserfolge gerade in den so schwierigen Jahren des Krieges, die das Haus Laurent an den Rand des Ruins geführt hatten, daß anscheinend mit seiner unbekümmert zupackenden, ständig optimistischen Art mehr zu erreichen war.
Friedhelm Sabetzki kam zum Gartentisch, ließ sich mit zufriedenem Stöhnen schwer in einen der Stühle fallen und griff zum Glas.
»Hübsch, das viele Grünzeug – also dann, auf eine gute Zukunft, mein lieber Kompagnon!«
Lachend stieß er schwungvoll mit Jacques an und leerte nach einem ersten kleinen genießerischen Schluck sein Glas mit einem Zug; Jacques nippte nur ernst und zurückhaltend. Sabetzki wischte mit der Hand über seinen Mund und kam, als würde er Jacques' Gedanken ahnen, sofort zur Sache.
»Griesgrämigkeit nützt in dieser schweren Zeit gar nichts nicht, mein lieber Laurent; denn griesgrämig sind nach vier Jahren Krieg, von dem ein Ende nicht abzusehen ist, alle andern auch – nein nein, man darf nicht wie gebannt nur immer auf die Löcher im Käse starren, sondern es geht um den Käse selbst! Und da haben wir beide bis jetzt doch immer noch Glück gehabt. Glauben Sie mir, wo der Krieg richtig gewütet hat, da sieht es ganz anders aus . . .«
Jacques zuckte zweifelnd die Schultern. »Rosig stehen auch wir weiß Gott nicht da, und es ist fraglich, wann man jemals wieder Wert auf gute Kleiderstoffe legen wird, ganz zu schweigen von Seidentuch . . .«
Sabetzki lehnte sich weit über den Tisch vor und schlug Jacques zur Aufmunterung kräftig auf die Schulter. »Ach was, wer es sich leisten

kann, der tut es auch heutzutage; es gibt auch Möglichkeiten, am Krieg Gewinn zu machen. Mein Kapital und meine Beziehungen zusammen mit Ihrem Fachverstand in Sachen Tuche ergibt eine sehr solide Grundlage, auf der wir beide diese Zeiten überdauern werden! Mit Friedhelm Sabetzki als Kompagnon braucht man nicht Trübsal zu blasen, ich habe da schon sehr konkrete Pläne!«

Erwartungsvoll blickte Jacques auf; aber Sabetzki nickte nur mit geheimnisvollem Lächeln, griff zur Weinflasche und schenkte nach. Dann lehnte er sich entspannt in seinem Stuhl zurück, drehte den Kopf den ihm über die Schultern ragenden Pflanzen zu und schnupperte genießerisch an den Blüten.

Jacques dachte an die ihm bevorstehende unangenehme Aufgabe, vor der Gemeinde die Entscheidung verteidigen zu müssen, einen nicht zur Colonie der Refugiés gehörenden Fremden in die Führung des seit der Einwanderung hugenottischen Unternehmens aufzunehmen. Schon die ersten vorsichtigen Andeutungen gegenüber seinem Schwiegervater, dem Anwalt und Consistoriumsmitglied Peltoise, hatten ihm gezeigt, auf wie großes Unverständnis er stoßen würde. Zwar bemühte sich die Mehrzahl der Gemeindevertreter in diesen Zeiten des Krieges, die Frankreich zu einem Verbündeten der Feinde Preußens gemacht hatten, durchaus demonstrativ um eine unzweifelhaft dem König treue und der Sache Preußens verpflichtete Gesinnung, vermied aber ebenso strikt auch die Preisgabe der Eigenständigkeit. Es würde sehr viel Geschick erfordern, um gerade in diesem Punkt einem Vorwurf zu entgehen. Vor allem aber nahm Jacques sich vor, seinen neuen Geschäftspartner Sabetzki aus allen Aktivitäten herauszuhalten, die in irgendeiner Weise mit der Gemeinde in Verbindung standen. Hatten schon Peltoise und auch Marianne sich mit der bisweilen aufdringlich forschen Art dieses nach Berlin übergesiedelten Sachsen nicht abfinden können, so mußte sie erst recht bei der Führung der Gemeinde auf Ablehnung stoßen.

Ein zufriedener Ausruf Sabetzkis, der durch die Scheiben des Gewächshauses hindurch die Familie Laurent vom Kirchgang zurückkommen und im Haus verschwinden sah, riß Jacques aus seinen Überlegungen. Er erhob sich und komplimentierte seinen Kompagnon hinaus auf den Innenhof, um ihn nun endlich, wie von Sabetzki erwartet, auch förmlich mit seiner Frau und den Kindern bekannt zu machen.

Als sie den unteren Flur im Haus erreichten, trafen sie nur noch die Kinder an. Jacques' Frau Marianne hatte sich bereits in ihr Zimmer zurückgezogen. Jacques suchte, verärgert über diese zu offensichtlich

zum Ausdruck gebrachte Abneigung seiner Frau gegen Sabetzki, nach einer Entschuldigung, bei der ihm sein Sohn Paul André mit dem Hinweis, die Mutter habe schon während des Gottesdienstes über ihre Migräne geklagt, zu Hilfe kommen wollte; aber Friedhelm Sabetzki schien gar nicht richtig hinzuhören. Nachdem er Marie begrüßt hatte, war er vor Denise stehengeblieben und überhäufte sie geradezu mit einem Schwall von Komplimenten in seiner direkten, sächsisch urtümlichen Art. Vor Verlegenheit dunkelrot im Gesicht, knickste Denise stumm immer wieder und versuchte, ihre Hand seiner zupackenden Faust unauffällig zu entziehen, während hinter seinem Rücken ihre kleinere Schwester Marie, mit fest vor den Mund gepreßten Händen ihr amüsiertes Kichern unterdrückend, seine bewundernden Gesten übertrieben imitierte. Erleichtert rannten alle drei die Treppe zum Obergeschoß hinauf, als es Jacques endlich gelang, Sabetzkis Aufmerksamkeit von Denise abzulenken und die Kinder hinauf zur Mutter zu schicken, damit sie sich nach den Vorbereitungen zum Mittagessen erkundigen könnten, zu dem der Gast natürlich eingeladen war.
Kaum waren die beiden Männer wieder allein, da beglückwünschte Sabetzki Jacques überschwenglich zu seiner Tochter Denise, bei der der Herrgott aber mal reichlich zugelangt habe, als es um die Verteilung der Schönheit gegangen sei. So ein adrettes Mädchen würde sicherlich auch seinem Sohne August Herrmann gefallen. Und noch ehe Jacques richtig verstanden hatte, was Sabetzki meinte, hatte der schon Pläne entwickelt, seinen Sohn mit Jacques' Tochter zu verheiraten, um, wie er sich zufrieden ausdrückte, dem gemeinsamen Geschäft auch eine in die Zukunft gerichtete enge familiäre Bindung hinzuzufügen. Überrumpelt von diesen, in Sabetzkis Vorstellung offenbar umgehend feste Gestalt annehmenden Ideen, schwieg Jacques zunächst und suchte sich, als Sabetzki beharrlich weiterredete und nach seiner Meinung fragte, in Ausflüchte zu retten.
Als sie den Salon betraten, schien die Heirat ihrer Kinder für Sabetzki schon eine beschlossene Sache zu sein, die ihre endgültige Bestätigung finden würde, sobald sein Sohn aus dem Kriege zurückkehren würde.
Jacques kam mit seinen Bedenken überhaupt nicht mehr zu Worte; und sein schlechtes Gewissen wurde noch drückender, als er, hinter dem Treppengeländer verborgen, Marie entdeckte, die dem Gespräch lauschte, um es sofort Marianne und natürlich auch Denise selbst weiterzutratschen.

Jacques' Befürchtungen, das Gerede über eine Ehe zwischen Denise und Sabetzkis im übrigen allen ja noch vollkommen unbekannten Sohn, über die sein neuer Partner auch noch während des Essens lautstark und begeistert weiterspekulierte, könnte ihm zusätzlich zu allen Schwierigkeiten mit der Gemeinde nun auch noch Auseinandersetzungen innerhalb der Familie einbringen, bestätigten sich sehr bald von einer Seite, an die er, in diesem Zusammenhang jedenfalls, überhaupt nicht gedacht hatte.
Nicht Marianne stellte ihn zur Rede, sie ging ihm vielmehr in den folgenden Tagen noch kühler und wortkarger aus dem Wege, als es bisher schon in ihrer Ehe der Fall war und gab ihm damit deutlich genug ihre Mißbilligung zu verstehen; es erschien vielmehr zu seiner Überraschung Marguerite Gaillard während der üblichen Geschäftszeit in seinem Kontor und kündigte sofort bei ihrem Eintritt an, daß sie vorhabe, sich nachdrücklich in seine familiären Angelegenheiten zu mischen, um Unheil, an das er anscheinend überhaupt nicht denke, beizeiten zu verhindern.
Sie hatte von Paul André, der sich in letzter Zeit fast mehr bei ihr und ihrem Bruder David in der Apotheke, besonders aber bei ihrer Tochter Katherine aufhielt, von der beabsichtigten Verkupplung Denises gehört und sich empört über Jacques' Verhalten dazu entschlossen, ihn zur Rede zu stellen. Seine hilflosen Ablenkungsmanöver und ausweichenden Vertröstungen, daß ja noch gar nichts endgültig entschieden sei, vermochten Marguerite nicht zu beeindrucken. Sie erinnerte ihn vielmehr an ihre nun längst vergangene Liebe zueinander, die damals auch an dem Willen zweier Väter gescheitert war, das Glück ihrer Kinder geschäftlichen Überlegungen unterzuordnen.
Der Gedanke an die eigene Vergangenheit war Jacques deutlich unangenehm; er sprang auf und ging nervös zwischen seinem Stehpult und dem Fauteuil, in dem Marguerite Platz genommen hatte, auf und ab, während er zu einer umständlichen, in fast unpersönlichem Tonfall vorgetragenen Beschreibung seiner Ehe mit der ihm ohne gegenseitige Zuneigung zur Frau bestimmten Marianne Peltoise ansetzte und dabei wehleidig von der zwischen den Eheleuten sehr bald eingetretenen Kälte sprach, die er als eine gottgewollte Strafe für seine Willfährigkeit dem Vater gegenüber anzusehen und geduldig auf sich zu nehmen schien, weil Geschehenes nun einmal nicht rückgängig gemacht werden könne.
Wenn Jacques allerdings gehofft hatte, durch seine theatralische Wehmut Marguerite besänftigen zu können, so fand er sich gründlich getäuscht. Aufgebracht wies sie ihn darauf hin, daß schließlich auch

sie für sein damaliges Verhalten bitter habe bezahlen müssen und daß er nun trotz der eigenen bitteren Erfahrungen bedenkenlos bereit sei, das Glück seiner Tochter den Interessen seiner Geschäfte zu opfern.
Allmählich begannen ihre Zurechtweisungen ihn doch so zu beeindrucken, daß er Marguerite versprach, Denises eigene Entscheidungen abzuwarten, bevor er sich weiter auf Sabetzkis Pläne einlasse; zugleich bat er Marguerite, ihre Kontakte zueinander wieder enger – wenn auch natürlich nur freundschaftlich – zu knüpfen.

Die Ereignisse der folgenden Tage ließen Jacques das Marguerite gegebene Versprechen vergessen und lenkten überhaupt von der leidigen Geschichte um Denises Zukunft gründlich ab. Nachdem tagelang vom frühen Morgen bis zum Einbruch der Dämmerung aus der Richtung des Halleschen Tores entfernter Kanonendonner die Einwohner Berlins nachdrücklich an den Krieg und die immer näher rückenden feindlichen Heeresteile der miteinander verbündeten Österreicher und Russen gemahnt hatte, verbreitete sich in fliegender Eile in der Stadt das Gerücht, König Friedrich habe seine Soldaten zurückgezogen und dem Feind Berlin zur Einnahme überlassen.
Begleitet vom Sturmgeläut der Kirchenglocken und dem durch die offene Haustür hereinschallenden Trommelwirbel der durch die Straßen ziehenden Ausrufer, waren die Kinder, die Mägde und einige Arbeiter aus der Manufaktur unter der Aufsicht von Marianne Laurent damit beschäftigt, in überstürzter Hast Geschirr, Wäsche und Kleidung zur Flucht zusammenzupacken. Inmitten des wirren Durcheinanders thronte auf einem ans Fenster gerückten Stuhl der alte Peltoise und beobachtete, als beträfe ihn die rundherum herrschende Aufregung nicht, gelassen die Straße vor dem Haus.
Jacques hatte sich in sein Kontor zurückgezogen; wie gelähmt stand er vor einer großen Holztruhe und starrte auf die vor ihr auf dem Fußboden aufgestapelten Rechnungsbücher und Geschäftsakten. Der kopflose Eifer der anderen kam ihm plötzlich ebenso sinnlos vor wie die stoische Gelassenheit seines Schwiegervaters. Die rechtzeitige Flucht aus der Stadt war längst verpaßt – und die Schuld daran gab er sich und seinem Vertrauen auf die Beschwichtigungsversuche von Sabetzki, der noch im Rollen des entfernten Geschützfeuers fest davon überzeugt schien, daß keine ernsthafte Gefahr bestehe.
Jacques trat wütend mit dem Fuß gegen den Aktenstapel und sah ungerührt zu, wie die Papiere durcheinanderfielen und von der Zugluft durch den Raum gewirbelt wurden, als ihn vom Korridor her unver-

ständliche Rufe des alten Peltoise aus seinem untätigen Sinnieren weckten. Ihm fiel auf, daß der Kanonendonner verstummt war und auch die geschäftig hin- und hereilenden Schritte draußen nicht mehr zu hören waren. Langsam klappte Jacques den Deckel der leeren Truhe zu und ging hinaus zu den anderen.

Dicht zusammengedrängt standen Marianne und die Kinder bei Peltoise am Fenster und unterhielten sich aufgeregt mit hinaus auf die Straße gerannten Nachbarn. Jacques entnahm dem lauten Wortwechsel, daß russische Truppen bereits in die Stadt vorgedrungen sein sollten. Er schloß sorgfältig die Tür zum Kontor und steckte unbewußt den Schlüssel in seine Hosentasche, als sich Marianne zu ihm umdrehte und ihn kühl anblickte. »Das brauchst du jetzt auch nicht mehr zu tun! Es ist zu spät! Statt auf deinen Schwiegervater und mich zu hören, mußtest du ja deinem Kompagnon, diesem Herrn Sabetzki, vertrauen!«

Jacques zuckte hilflos die Schultern und ging wortlos an ihr vorbei zur noch immer offenstehenden Haustür. Er war gerade dabei, sie zuzustoßen, als sie mit heftigem Schwung von außen wieder aufgedrückt wurde. Voll des an ihm gewohnten Selbstvertrauens stand ihm grinsend Friedhelm Sabetzki gegenüber. Sichtlich amüsiert über das im Hause herrschende aufgeregte Durcheinander musterte er die Anwesenden, verbeugte sich vor Marianne, als er sie zwischen den aufgeschreckten Mägden und Arbeitern entdeckte, und wies dann spöttisch auf die überall herumstehenden, nicht fertig gepackten Körbe und Truhen.

»Sie wollen doch nicht verreisen, mein Lieber? Gerade jetzt, wo ich unserem Magistrat empfohlen habe, die Stadt den Russen ohne Gegenwehr zu übergeben . . .«

Erschrocken starrten alle Sabetzki an; selbst Peltoise, der sowieso nie ein Hehl aus seiner Abneigung gegen Jacques' neuen Geschäftspartner gemacht hatte, verlor seine demonstrative Gelassenheit.

Sabetzki genoß das Aufsehen, das seine Nachricht erregt hatte; sein Grinsen ging über in lautes Gelächter, von dem er sich erst nach einer Weile wieder beruhigte. Immer noch glucksend berichtete er dann, daß er den kommandierenden russischen General von Tottleben, der vor dem Kriege längere Zeit in Berlin verbracht habe, gut kenne und sich deshalb auch dem Magistrat sofort für die bevorstehenden Verhandlungen mit den Besatzern zur Verfügung gestellt habe. Er empfahl auch Jacques gleich im nächsten Atemzug, sich dem Consistorium seiner Hugenottengemeinde ebenfalls als Unterhändler anzubieten. Dabei klopfte er Jacques voller Tatendrang aufmunternd auf die Schulter, wandte sich, ohne eine Antwort abzuwarten, sofort wieder zur Haustür, blieb aber noch einmal vor Denise stehen, um dem völlig verstörten Mädchen die Wange zu tätscheln. »Nun man nicht so traurig, Moisellchen, meinem Sohn wird schon nichts passieren da draußen im Krieg. Der hat es verstanden, sich zum Nachschub stecken zu lassen und marschiert gewiß immer hübsch hinterher ...«

Obwohl Jacques, nachdem er sich davon überzeugt hatte, daß die russischen Besatzer tatsächlich mit der Bevölkerung verhältnismäßig schonend umgingen, nach Sabetzkis Ratschlag tatsächlich darum bemüht war, in die Abordnung gewählt zu werden, die das Consistorium aufstellte, um mit den Russen über das Schicksal der Gemeinde zu verhandeln, lehnte man seine Kandidatur ab. Offiziell teilte man ihm zur Begründung mit, daß nur ordentliche Mitglieder des Consistoriums mit dieser wichtigen Aufgabe betraut werden könnten; aus entsprechenden Andeutungen seines Schwiegervaters, der an den entscheidenden Beratungen teilgenommen hatte, erfuhr er aber, daß man ihm seit seiner Zusammenarbeit mit Sabetzki nicht mehr recht traue und sich endgültig gegen ihn ausgesprochen habe, als bekannt geworden sei, daß eben jener Friedhelm Sabetzki zum Unterhändler der einheimischen Berliner Kaufmannschaft bestimmt worden sei.
So mußte Sabetzki gegen seine ursprüngliche Absicht ohne seinen Kompagnon Laurent zu den Übergabeverhandlungen mit der russischen Generalität gehen. Er verstand es dabei, durch geschicktes Taktieren die Summe der verlangten Kontributionen zum Vorteil der Stadt beträchtlich herunterzuhandeln und zugleich durch Vorfinanzierung eines Teils der Summe aus seinem eigenen Vermögen sich zum Gläubiger der Kaufmannschaft zu machen. Der Ruf des selbstlosen Retters, den er sich mit dieser Transaktion zu verschaffen wußte, erlaubte es ihm unwidersprochen, für die Rückzahlung seines Kredits sehr hohe Zinsen zu verlangen.
Jacques war das Risiko von Sabetzkis Vorgehen bei weitem zu hoch, aber sein Geschäftspartner schob seine Zweifel energisch beiseite und wiederholte den aus dem Geldverleih zukünftig zu erwartenden Gewinn so lange, bis Jacques, von den verwirrend hohen Summen wie betrunken, sich dazu überreden ließ, auch sein Firmenkapital für dieses fragwürdige Geschäft zur Verfügung zu stellen, was Friedhelm Sabetzki lautstark als den wahren Beginn ihrer Geschäftspartnerschaft feierte.
Als Jacques später wieder starke Bedenken kamen, war es zu einem Rückzug seines Geldes schon zu spät. Das Schicksal des Laurentschen

Familienunternehmens hing plötzlich allein vom Erfolg Sabetzkis ab, den Jacques weniger als jemals zuvor während ihrer ohnehin erst kurzen Bekanntschaft einzuschätzen in der Lage war.

Unruhig rutschte Paul André auf dem Schemel am Arbeitstisch im Laborgewölbe hin und her, bis David Gaillard seine Experimentierutensilien beiseiteschob und mit einem übertriebenen Seufzer auf die Fortsetzung der Versuche zur Herstellung von wohlriechenden kosmetischen Salben, denen er sich seit neuestem neben seiner Apothekertätigkeit widmete, verzichtete, um den Jungen zu trösten. »Katherine wird schon auftauchen. Glaub mir, mit den Frauen brauchst du zuallererst einmal Geduld, viel Geduld. Irgend etwas wird sie bei ihren Besorgungen aufgehalten haben . . .«

So einfach aber ließ sich Paul André, der schon eine ganze Weile auf ihre Rückkehr wartete, nicht beruhigen. Vorwurfsvoll blickte er hinauf durch die offenstehende Tür in den Apothekenraum, der bereits in dämmrigem Dunkel lag, und stand auf, um zum wiederholten Male die Stufen hinaufzugehen und durch die Klappe in der Ladentür hinaus auf die Straße zu spähen. David holte aus einem der Regalfächer seine Tonpfeife und die Porzellandose mit dem Tabak und lud den enttäuscht zurückkommenden Paul André ein, zur Ablenkung das Pfeifenrauchen in seinen Anfangsgründen bis zu Katherines Ankunft zu lernen. Aber Paul André lehnte das Angebot ab, so daß David sich selbst eine Pfeife zu stopfen begann. Und während die ersten Qualmwölkchen aufstiegen, fing er von einem Erlebnis zu erzählen an, das er wenige Tage vor der Besetzung der Stadt durch die russischen Soldaten in einem Tanzetablissement gehabt hatte, in das er nach seinen Worten ganz zufällig und ohne Absicht geraten war. Paul André, den die Sätze David Gaillards neugierig gemacht hatten, unterdrückte ein Grinsen über diese allzu offensichtlichen Ausflüchte; schon längst ahnte er, daß David Gaillard, in dem er einen Onkel und älteren Vertrauten sah, Vergnügungen nicht abgeneigt war und gelegentliche Stadtbummel unternahm, die bis weit in die Nacht hinein dauerten.

David Gaillard beschrieb jenes Etablissement, in das ihn der pure Zufall verschlagen haben sollte, als ein nicht ganz gesellschaftsfähiges Ballhaus, dessen Gäste sich bis vor kurzem vorwiegend aus zu der Zeit in der Stadt stationierten preußischen Offizieren der unteren Ränge, sogar auch einfachen Soldaten und weiblichem Dienstpersonal zusammengesetzt hätten. Während man in der Mitte des Saales getanzt habe, sei an den Seitentischen um Geld gespielt worden. Das sei auch der Grund für seinen eigenen Besuch des Lokals gewesen,

wie er augenzwinkernd eingestand, um gleich hinzuzufügen, daß es sich selbstverständlich in seinem Falle immer nur um geringe Beträge gehandelt habe, weil er ja nicht zur Bereicherung, sondern allein zur Unterhaltung habe spielen wollen.
Mitten im Spiel, so erzählte er weiter, sei es auf der Tanzfläche plötzlich zu einem lauten Wortwechsel zwischen mehreren Soldaten gekommen. Er habe von seinen Karten aufgesehen und neben den Streitenden ein junges Mädchen bemerkt, das ihm sehr bekannt vorgekommen sei: Verschüchtert und hilflos habe dort für einen Moment Denise Laurent, Paul Andrés Schwester, gestanden und sei dann in der Menge, die sich um die inzwischen handgreiflich gewordenen Soldaten gedrängt habe, untergetaucht. Er sei aufgesprungen und habe versucht, Denise wiederzufinden. Da ihm aber die neugierige Schar der Gaffer den Weg versperrt habe, sei es ihm erst gelungen, sie von neuem zu entdecken, als Denise in Begleitung eines anderen Mädchens, das er als die Tochter eines sehr eifrigen und streng bei jeder Gelegenheit über den Verfall der Moral unter den Mitgliedern der Gemeinde wetternden Vertreters des Consistoriums erkannt habe, schon dem Ausgang des Etablissements zugestrebt sei und von ihm nicht mehr habe eingeholt werden können.
Paul André sah ihn ungläubig an und wartete darauf, daß David Gaillard seine Geschichte für einen erfundenen Scherz erkläre, mit dem er seine Ungeduld ablenken wollte. Aber David versicherte ihm, das Erlebnis habe sich genauso zugetragen; eher noch habe er es zu nüchtern erzählt. Und er fügte hinzu, daß nach seinem Eindruck Denise irgend jemanden in jenem Etablissement gesucht haben müsse und dabei von angetrunkenen Soldaten wohl belästigt worden sei. Wem diese vermutete Suche allerdings gegolten haben könnte, wisse er nicht; offensichtlich jedenfalls sei sie vergeblich gewesen.
Immer noch von der Wahrheit des Erzählten nicht überzeugt, schüttelte Paul André entschieden den Kopf. Für ihn war es einfach unvorstellbar, daß seine Schwester sich spät abends in fragwürdigen Vergnügungsstätten herumtrieb. David Gaillard wiegte lächelnd den Kopf. »Der eine treibt sich in dumpfen Laborkellern herum, die andere in verräucherten Tanzetablissements – wer weiß, vielleicht haben beide sehr ähnliche Gründe . . .?«
Empört sprang Paul André auf, als über ihnen plötzlich Scheiben klirrten, Holz zersplitterte und unverständliche Männerstimmen schrien.
Die beiden hetzten die Stufen hinauf in die Apotheke. In die Holzfüllung der Tür zur Straße war im oberen Teil bereits ein Loch geschla-

gen, vor dem Gesichter russischer Soldaten auftauchten, um einen Blick in den Apothekenraum zu werfen. Dann grölten rauhe, betrunken klingende Stimmen wild durcheinander russische Kommandos, und kurz darauf warfen sich mit lautem Poltern Körper gegen das Türblatt. Wieder brach ein Brett und vergrößerte das Loch. Sofort schob sich ein Arm hindurch und tastete nach der Verriegelung.
David erkannte, daß Widerstand sinnlos sein würde; er riß Paul André mit sich weiter, aus der Apotheke hinaus auf den Flur zur Küche, wo sie auf Marguerite und Davids verängstigte Tochter Elisabeth trafen. David schob sie zurück in die Küche und verbarrikadierte mit Paul Andrés Hilfe den Eingang durch hastig und notdürftig gegen die Tür gekantete Möbelstücke.
Während sie noch damit beschäftigt waren, hörten sie, wie die russischen Marodeure in die Apotheke eindrangen. Dann stürmten die ersten auch schon über den Flur auf sie zu, rissen die Küchentür auf und standen ihnen gegenüber.
David klammerte sich an die aufgetürmten, ineinander verhakten Möbel und schrie verzweifelt auf die Angreifer ein, die nur einen Moment lang stutzten, um sich beim Anblick der beiden Frauen und der dürftigen Barrikade um so entschlossener David und Paul André entgegenzuwerfen. Stück für Stück gab die Sperre der Möbel unter ihrem Ansturm nach, der Anführer der betrunkenen Plünderer zwängte sich durch die entstehende Lücke und griff nach David Gaillard. Im letzten Augenblick sprang Paul André dazwischen, riß einen der umgestürzten Stühle hoch und schlug ihn dem Angreifer mit der Kraft der Verzweiflung über den Kopf. Mit einem Aufschrei sank der Russe zusammen, klammerte sich im Fallen an Teile der Barrikade und sorgte so ungewollt dafür, daß sich die aufgebrochene Lücke wieder schloß.
Einen Augenblick lang hielten die nachdrängenden Marodeure verwundert inne, ehe sie wutentbrannt den Angriff heftiger als zuvor wieder aufnahmen. Unter ihrem wilden Ansturm brach die Barrikade endgültig zusammen. Im Nu waren Paul André und David in ein für sie aussichtsloses Handgemenge verwickelt, als plötzlich ein Pistolenschuß aus dem Apothekenraum das Gebrüll der Kämpfenden übertönte und gleich darauf, von einem zweiten Warnschuß unterstrichen, eine energische Stimme Kommandos in russischer Sprache brüllte. Erschrocken ließen die Marodeure von ihren Opfern ab und versuchten, kopflos zurück durch die Apotheke zu entfliehen.
Benommen, mit zerfetzter Kleidung richteten sich David und Paul André auf und sahen sich einem russischen Offizier mit einer ihn be-

gleitenden Streife gegenüber. Im Schein der mitgeführten Fackeln trat der Offizier auf sie zu, um sich förmlich für den Vorfall zu entschuldigen und strengste Bestrafung der Plünderer anzukündigen. Aus der Apotheke drangen Befehle zu ihnen herüber, kurz darauf waren die sich schnell entfernenden Marschtritte der offensichtlich abgeführten Soldaten zu vernehmen.
Der Offizier wartete, bis Stille eintrat, dann räusperte er sich.
»Wir suchen eine Frau Marguerite Gaillard, sie soll hier wohnhaft sein . . .?«
Zögernd trat Marguerite aus der im Dunklen liegenden Ofenecke vor, in die sie sich mit Elisabeth während des Angriffs geflüchtet hatte. Der Offizier gab seinen im Flur stehenden Begleitern ein Zeichen, und zwei Soldaten brachten aus der Apotheke eine Trage herein; unter der darauf ausgebreiteten Decke waren die Konturen eines menschlichen Körpers zu erkennen. Die Fackelträger kamen näher und stellten sich neben die Trage.
»Sie konnte uns noch Ihren Namen nennen, Madame, den Namen ihrer Mutter . . .«
Marguerite beugte sich über die Trage, ganz langsam streckte sie ihren Arm aus, die Finger krallten sich in die Decke und zogen sie sanft vom Gesicht der Leiche. Katherine schien zu schlafen, nur ihre Augen standen offen. Vorsichtig strich ihr Marguerite das Haar aus der Stirn. Dabei rutschte ein kleines goldenes Kettchen, das sich in den Locken verfangen hatte, neben den Kopf der Toten auf das Leichentuch der Trage. Marguerites Finger tasteten danach, nahmen es auf, während sie stumm vor ihrer Tochter in die Knie sank. Im Schein der Fackeln leuchteten auf ihrer flach ausgestreckten Hand mehrere rote Schmucksteine an der zerrissenen Kette.
Der Offizier wandte sich an David, der neben seine Schwester getreten war und ihr zaghaft die Hand auf die Schulter gelegt hatte.
»Es war keiner von unseren Leuten, Monsieur. Ein uns unbekanntes Individuum ist nicht weit vom Haus entfernt mit einem Messer auf sie eingedrungen . . . Wir kamen zu spät . . .«
Er reichte David seine Hand, wollte sie dann auch Marguerite hinstrecken, zog sie aber beschämt wieder zurück und verließ mit seinen Begleitern die Küche; nach einem Moment kehrte einer der Fackelträger zurück, steckte wortlos seine Fackel in einen der Wandhalter und verschwand.
Mit unsicheren, tastenden Schritten kam Paul André an die Trage; von ihm unbemerkt, zog sich über seine Wange eine dünne Blutspur aus einer Platzwunde an der Stirn, die er von dem Kampf mit den Maro-

deuren davongetragen hatte. Er beugte sich über die Trage, starrte schluchzend auf die Tote und zog dann mit vorsichtiger Handbewegung die Decke über Katherines Gesicht. Wie unbeteiligt kniete Marguerite neben ihm, ihre Finger spielten mit der Kette.

Bis in den Herbst hinein ruhte die Arbeit in der Laurentschen Manufaktur, nur von gelegentlichen, in ihrem Umfang äußerst geringfügigen Auftragsproduktionen unterbrochen. Auf Anweisung von Friedhelm Sabetzki versuchte Jacques dennoch, die Mehrzahl seiner gelernten Tuchweber zum Bleiben zu überreden, auch wenn er ihnen keinen geregelten Lohn mehr zahlen konnte, weil die Firmenkasse nach den Auszahlungen der Kontributionsvorschüsse so gut wie leer war. Sabetzki selbst ließ sich während dieser Zeit höchst selten bei Jacques sehen; und wenn er einmal unerwartet auftauchte, so befand er sich stets in angeblicher Eile, hielt sich niemals lange auf und vertröstete Jacques jedesmal auf nicht mehr ferne Zeiten, in denen sich seine umfangreichen Aktivitäten als Unterhändler zwischen der Berliner Kaufmannschaft und der russischen Generalität mit Gewißheit auszahlen würden. Jacques begann, jede Hoffnung zu verlieren und fühlte sich wie gelähmt; den größten Teil der Tage verbrachte er allein in seinem Gewächshaus. Während der Sommerabende hatte Peltoise, der seit der Besetzung der Stadt in das Haus seines Schwiegersohns gezogen war, eine regelmäßige Abendandacht eingeführt, zu der sich alle Familienmitglieder einzufinden hatten, um für das Wohl der Gemeinde und das Kriegsglück des preußischen Königs zu beten. Obwohl Jacques sonst seiner Familie möglichst aus dem Wege ging, um nicht dem ständigen stillen Vorwurf, durch sein zu langes Zögern die rechtzeitige Flucht aus der Stadt verhindert zu haben, ausgesetzt zu sein, nahm er widerwillig an den Andachten teil.
An einem Abend im Oktober unterbrach lautes, unverständliches Stimmengewirr auf der Straße vor dem Haus das Gebet von Peltoise. Marie sprang auf, rannte zum Fenster und öffnete es gegen den energischen Protest von Peltoise, der sich wortreich diese Störung verbeten wollte, dann aber verstummte und wie alle anderen im Salon aufgeregt auf die von draußen hereindringenden Rufe lauschte. Marie drehte sich vom Fenster in den Raum um, klatschte begeistert in die Hände und wiederholte, was sie von den Passanten unten auf der Straße gehört hatte: Überraschend war in den frühen Abendstunden General von Tottleben mit allen russischen Truppen aus der Stadt abgezogen, und mit dem Eintreffen der ersten preußischen Soldaten wurde in jedem Augenblick gerechnet.

Während die anderen noch ungläubig schwiegen, wandte Marie sich wieder zurück zum Fenster, lehnte sich weit hinaus und sah hinunter auf die Straße, auf der neue Unruhe entstanden war: In ausgelassene Vivat-Rufe ausbrechend, rannten Anwohner auf einen einzelnen Reiter in der Uniform eines preußischen Offiziers zu, der um die Straßenecke bog und sich im Galopp dem Laurentschen Hause näherte, wobei er seine Kopfbedeckung wild am ausgestreckten Arm schwenkte und laut in die Jubelrufe der ihn im Laufschritt begleitenden, ständig größer werdenden Schar von Passanten mit einstimmte.
Als er Marie am Fenster entdeckte, winkte er ihr fröhlich zu und zügelte sein Pferd. »Ist dies das Haus des Manufakturisten Laurent, kleine Mademoiselle?«
Marie nickte; der Offizier sprang vom Pferd, band es neben der Freitreppe an und eilte ins Haus. Begeistert und neugierig zugleich rannte ihm Marie, vorbei an den übrigen Familienmitgliedern, entgegen, schlang unbefangen ihre Arme um seinen Hals und begrüßte ihn als den Sieger über die Russen.
Der junge Mann machte sich lachend von ihr frei. »Nun man immer sachte, Moisellchen! Wir sind ja bloß vom Nachschub und ziehen eigentlich immer nur hinterdrein. Aber als heute plötzlich der Befehl zum Kehrt-Marsch kam, da waren wir mit einmal ganz vorne an der Spitze – so war das, und deshalb bin ich jetzt hier!«
Er reichte Jacques, der auf ihn zukam, die Hand und verbeugte sich. »Es war mit meinem Vater abgemacht, daß ich mich hier in Ihrem Hause einfinden soll – mein Name ist August Herrmann Sabetzki!«
Jacques starrte den hünenhaften Offizier mit dem zerzausten roten Haarschopf fassungslos an, drehte sich dann um und rief zur offenstehenden Kammer neben dem Salon, in die sich Denise bei der Nachricht vom Abzug der Russen stillschweigend zurückgezogen hatte, nach seiner Tochter. Es dauerte einen Moment, bis Denise in der Tür erschien. Ihr Blick fiel auf August Herrmann Sabetzki; unfähig zu reden, starrte sie ihn an, bis er das Schweigen beendete und mit erstauntem Ausruf auf sie zulief.
»Nein – das ist ja – das ist ja die Mademoiselle, an die ich all die Zeit immer denken mußte!«
Tränen begannen Denise über das Gesicht zu rollen, sie breitete ihre Arme aus und ließ sich von dem Offizier umfangen. Bevor sie ihren Kopf an seine Brust drückte, sah sie noch das entsetzte Gesicht ihrer Mutter und den mehr als überraschten Blick des Vaters; dann schloß sie die Augen und fühlte, wie die Lippen ihres einstigen Retters ihren Mund berührten und seine Bartstoppeln sie kitzelten.

Noch am gleichen Abend tauchte auch Friedhelm Sabetzki bei den Laurents auf; die Nachricht vom bevorstehenden Einzug der preußischen Truppen hatte ihn während einer Besprechung im Magistrat erreicht.
Nach der ersten lautstarken Begrüßung seines Sohnes nahm er Jacques in einem geeigneten Moment beiseite und teilte ihm triumphierend mit, daß nun mit dem Abmarsch der russischen Besatzer die erste Rate der Rückzahlung fällig und von Magistrat und Kaufmannschaft auch schon fest zugesagt sei; und weil eine allgemeine Geldabwertung eintreten werde, die Rückzahlungen aber in der alten, harten Goldwährung vereinbart worden seien, werde sich auf diese Weise noch ein zusätzlicher Gewinn ergeben, mit dem er allerdings schon immer im stillen gerechnet habe.
Jacques drückte seinem Geschäftspartner stumm die Hand; seine große Erleichterung war ihm auch ohne viele Worte deutlich anzusehen.

* *
*

In den folgenden Jahren flossen trotz des andauernden Krieges regelmäßig weitere Raten aus der Kreditrückzahlung in die Unternehmenskasse. Jacques Laurent verwendete auf die Anweisung von Friedhelm Sabetzki, der nachdrücklich empfahl, sich schon vor der Konkurrenz beizeiten auf die Situation nach Kriegsende einzurichten, einen Teil der Gelder zum großzügigen Ausbau der weitgehend stillgelegten Firma, die inzwischen offiziell unter dem Namen Laurent & Sabetzki geführt wurde.
Und wieder erwies es sich, daß Sabetzkis Berechnungen aufgingen; unmittelbar nach dem Friedensschluß zu Hubertusburg nahm die Manufaktur ihre gegenüber der Vorkriegszeit beträchtlich erweiterte Produktion von Tuchen wieder auf, verstärkte dabei auch die Seidenweberei und verfügte außerdem dank des Gewinns aus den Kreditrückzahlungen noch über eine genügend große Kapitalabsicherung, um die Frist bis zur Knüpfung neuer Absatzverbindungen überbrükken zu können – zumal in dieser Zeit auch die noch ausstehenden restlichen Ratenzahlungen fällig wurden.
Im Zuge dieser Normalisierung der Geschäfte wie überhaupt des gesamten Lebens setzte bei Jacques' Partner Sabetzki allerdings eine unverhoffte Änderung seines Verhaltens ein. Als hätten sich sein außerordentliches Organisationstalent und sein risikoreiches Geschick bei

finanziellen Transaktionen allein in den unkalkulierbaren Zeiten des Krieges entfalten können, verlor er in den ersten Friedensjahren mehr und mehr das Interesse an dem gemeinsamen Unternehmen; er zog sich in den Parkgarten seines aus der Konkursmasse eines ehemaligen höheren Hofbeamten erworbenen und mit erheblichem Kostenaufwand ausgebauten Hauses in der Nähe der Spree zurück und überschrieb seinen Anteil an der Firma seinem inzwischen mit Denise Laurent verheirateten Sohn August Herrmann, der sich auf diesem Posten als sehr anstellig erwies.
Jacques sah in dieser Entscheidung seines Kompagnons zunächst keinen Grund zur Beunruhigung, sondern eiferte im Gegenteil auch hierin dem ihm längst zum bewunderten Vorbild gewordenen Friedhelm Sabetzki nach, indem er seinen Sohn Paul André am Tage der Eheschließung mit Elisabeth Gaillard ebenfalls förmlich in die Firmenleitung einführte. Nach dem Tode seiner Frau Marianne kümmerte sich dann auch Jacques nur noch gelegentlich um die Tagesgeschäfte des florierenden Unternehmens, so daß die beiden Söhne der ursprünglichen Geschäftspartner bald Arbeit und Verantwortung allein zu tragen hatten.
Allmählich aber ließen nach dem unerwartet plötzlichen Rückzug aus dem Unternehmen bei Friedhelm Sabetzki offenbar werdende Züge eines wunderlichen Verhaltens Jacques doch stutzig werden. Eine erste vage Ahnung von der sich drohend zusammenbrauenden Katastrophe stellte sich bei Jacques ein, als er Paul André, der kurz nach der Geburt seines Sohnes Théodore mit seiner Frau zu einer Kur nach Pyrmont abgereist war, im Kontor zu vertreten hatte.
Es trafen nämlich in ständig steigender Zahl Briefe aus verschiedenen größeren Städten Preußens und sogar aus Hamburg ein, in denen Jacques unbekannte Personen sehr energisch von dem Herrn Manufakturteilhaber Friedhelm Sabetzki die Rückzahlung ihm geliehener Gelder verlangten und gerichtliche Schritte in Aussicht stellten. Durch gelegentliche, verschwommene Andeutungen wußte Jacques zwar, daß Friedhelm Sabetzki nach seinem Ausscheiden aus der Firma mit seinem Privatvermögen zu spekulieren begonnen hatte, war aber bisher der Ansicht gewesen, es handele sich nur um in ihrer Höhe unbedeutende Spielereien zum Zeitvertreib. Die Briefe jedoch legten nun eine ganz andere, weitaus weniger harmlose Vermutung nahe.
Ebenso überrascht und ahnungslos von allem zeigte sich auch August Herrmann Sabetzki, den Jacques zur Rede stellte. Der Versuch eines klärenden Gesprächs mit seinem Vater endete ohne Ergebnis. Friedhelm Sabetzki schien die Tragweite seiner diversen finanziellen Un-

ternehmungen überhaupt nicht zu überschauen, wich in langwierige, konfuse Erörterungen aus und stellte sich bei eindringlicherem Nachfragen taub. So willigte Jacques schließlich erleichtert ein, als August Herrmann Sabetzki versprach, die Angelegenheiten seines Vaters allein zu regeln; und die Notwendigkeit dazu trat früher und auch nachdrücklicher ein, als er selbst vielleicht gehofft hatte.

Der von den in Berlin ansässigen Gläubigern zum Kurator des Sabetzkischen Vermögens eingesetzte Advokat Krause, ein älterer und in seinem Benehmen äußerst freundlicher, beinahe liebenswürdiger Herr, der sich bereits wenige Stunden nach der schriftlichen Ankündigung seines Besuches im Kontor eingefunden hatte, stand neben August Herrmann Sabetzki am Pult und ließ sich den Stand der Geschäfte anhand der Eintragungen in den Rechnungsbüchern erläutern.
Nachdem er alle wesentlichen Zahlen in seine Kladde übertragen und Bilanz gezogen hatte, legte er den Federkiel beiseite.
»*Summa summarum* komme ich auf einen Betrag von etwa zweihunderttausend Talern, Herr Sabetzki – den momentanen Wert des Warenlagers hinzugerechnet. Das ist eine beträchtliche Summe. Wie groß aber ist nun der Anteil Ihres Herrn Vater daran?«
August Herrmann schlug die Bücher zu und stellte sie zurück in das Regalfach. Über dem oberen Bord hingen in vergoldeten Rahmen die Portraits von Jacques Laurent und von seinem Vater, die die beiden Männer kurz nach der Übertragung der Geschäftsführung auf die Söhne hatten anfertigen lassen. Advokat Krause sah sich die Bilder ruhig an, bevor er auf August Herrmann blickte und seine Frage wiederholte.
»Meinem Vater gehörte ein Viertel, das er allerdings kurz nach dem Kriege vollständig auf mich überschrieben hat.«
Der Advokat nickte mit anerkennendem Lächeln. »Sehr geschickt, der alte Herr – es befindet sich also von der Manufaktur gar nichts mehr in seinem Besitz, und unsere Rechnerei war demnach überflüssig.«
August Herrmann begriff erst nach einem Moment, daß Krause aus seiner Auskunft offenbar einen Schluß gezogen hatte, der ihm fernlag und schüttelte entschlossen den Kopf. »Nein, Herr Krause, Sie haben mich falsch verstanden. Ich bin natürlich bereit, mit meinem Firmenanteil aus der errechneten Gesamtsumme selbstschuldnerisch zu haften.«
Krause musterte ihn erstaunt, kam dann auf ihn zu und legte ihm, als wolle er ihn beruhigen, die Hand auf die Schulter.

»Mein lieber Herr Sabetzki, Ihr Angebot ehrt zwar den opferbereiten Sohn, stellt aber dem verantwortungsvollen Firmenmitinhaber ein bedenkliches Zeugnis aus. Wissen Sie eigentlich, mit welchen Summen Ihr Herr Vater allein bei seinen dreizehn hiesigen Gläubigern in der Kreide steht? Würde ich auf Ihr Angebot eingehen, wären Sie Ihr Geld bis auf den letzten Pfennig los, für die Schulden Ihres Herrn Vaters würde es dennoch nur wenig mehr als ein Tropfen auf einem heißen Stein bedeuten und im übrigen . . .« Der Advokat unterbrach sich, sah August Herrmann ernst an und wiegte bedenklich den Kopf. »Im übrigen dürfte mit dem Abzug Ihres Anteils die Firma Laurent & Sabetzki in sehr erhebliche Schwierigkeiten geraten . . .«
August Herrmann zuckte die Schultern und versuchte zu verbergen, daß er diese Konsequenz seines Angebotes vollkommen übersehen hatte. Unwillkürlich nahm seine Stimme einen beleidigten, fast barschen Ton an. »Ich halte es dennoch für meine Pflicht, meinem Vater in dieser Lage zur Seite zu stehen; und als Sachwalter der gegnerischen Partei sollten Sie, so würde ich jedenfalls meinen, damit einverstanden sein!«
Krause zeigte sich von der demonstrativen Entschlossenheit seines Verhandlungspartners wenig beeindruckt, wieder verzog sich seine Miene zu einem anerkennenden Lächeln. »Ja, so könnte man meinen, Herr Sabetzki, könnte . . . Aber auch als Kurator im Auftrage der Gegenseite sehe ich wenig Sinn darin, gleichsam nebenbei ein florierendes Unternehmen zu ruinieren; und noch dazu dann, wenn sich mit größter Gewißheit daraus kaum ein Vorteil für den von mir vertretenen Anspruch ergibt. Ich bitte Sie daher, nicht vorschnell zu entscheiden! Reden Sie erst mit Ihrem Schwiegervater.«
August Herrmann Sabetzki spürte beschämt, daß er den Mann weit unterschätzt hatte, der ihm nach diesen eindringlichen Worten, immer noch lächelnd, die Hand hinhielt, um sich von ihm zu verabschieden.
In der Tür drehte sich der Advokat Krause noch einmal um und bot an, an dem Gespräch mit Jacques teilzunehmen, sofern es für angebracht erachtet werde. Ohne eine sofortige Antwort abzuwarten, entfernte sich Krause dann und ließ August Herrmann Sabetzki ratlos allein im Kontor zurück.

Wenige Tage nach dieser Unterredung, mit der die obskuren und völlig unsinnigen Wechselgeschäfte und Spekulationen des alten Sabetzki endgültig zu einem Fall geworden waren, in den auch die Existenz der Manufaktur hineingezogen zu werden drohte, traf unver-

hofft Charles Laurent in Berlin ein. Er war diesmal nicht zu einem flüchtigen Besuch mit der normalen Überlandkutsche in seine Heimatstadt gekommen, sondern hatte vor Antritt der Reise in Hamburg seine Geschäfte aufgelöst und sein Haus verkauft, um in Berlin als Privatier die ihm verbleibenden Lebensjahre in Ruhe zu verbringen. Der in den Hof des Laurentschen Anwesens einfahrende Planwagen war mit Umzugsgut beladen. Unter den verhältnismäßig wenigen Möbelstücken fielen mehrere Bücherkisten besonders auf und ließen erkennen, womit sich Charles in Zukunft hauptsächlich die Zeit zu vertreiben gedachte.
Zunächst allerdings hatte er sich einer Aufgabe zu entledigen, die ihm nach dem Bekanntwerden seiner Übersiedlungspläne von einigen Hamburger Kaufleuten angetragen worden war und in sehr engem Zusammenhang mit den Sorgen seines Bruders stand: Charles nämlich kam als Beauftragter der hanseatischen Gläubiger des Friedhelm Sabetzki und setzte sich deshalb auch unmittelbar nach seiner Ankunft gemeinsam mit Jacques und August Herrmann Sabetzki mit Krause in Verbindung, um ihm die Vorstellungen der Hamburger zu übermitteln. Sie liefen darauf hinaus, daß man sich akkordieren würde, wenn auch die hiesigen Gläubiger zu einem Vergleich bereit wären und Friedhelm Sabetzki sich einverstanden erklären würde, sein Privatvermögen ohne Einschränkungen umgehend zur Verfügung zu stellen.
Jacques, dem es in der Zwischenzeit gelungen war, August Herrmann Sabetzki dazu zu überreden, vorläufig den ihm überschriebenen Firmenanteil nicht mehr für die Schuldentilgung seines Vaters anzubieten, erkannte den in den Ausführungen seines Bruders Charles enthaltenen Hoffnungsschimmer und blickte mit nervöser Spannung auf Krause, der schweigend und ohne jede erkennbare Reaktion zugehört hatte.
Der Advokat ließ ihn nicht lange warten. Er machte keinen Hehl daraus, daß auch ihm dieser Weg angenehm wäre und versprach, seinen Auftraggebern die Annahme dieses Vorschlags zu empfehlen, sobald er die Vermögensaufnahme abgeschlossen habe.
Erleichtert entschied sich Jacques, auf dem Rückweg von der Anwaltskanzlei zusammen mit Charles seine Tochter Marie aufzusuchen, die nach der Eheschließung mit dem Gerichtsrat Dietrich Weise in eins der neuen Häuser am Wilhelmsplatz gezogen war. Sie baten Marie, ihrem Mann den Fall Sabetzki in seinen möglichen Auswirkungen auf die eigene Firma zu schildern und ihn dazu zu bewegen, sich um die Übernahme der gerichtlichen Untersuchungen zu bewerben, wenn es

wider Erwarten doch noch zu einem förmlichen Verfahren kommen sollte.
In den folgenden Tagen warteten alle ungeduldig auf die entscheidende Nachricht von Krause. Jacques hatte eine Depesche nach Pyrmont an Paul André abgeschickt, in der er seinen Sohn in groben Zügen von den überraschend aufgetretenen Schwierigkeiten unterrichtete, es aber vermied, ihn durch die Offenlegung der wahren Ausmaße dieser höchst mißlichen Angelegenheit um seinen ehemaligen Geschäftskompagnon zu beunruhigen.
Überhaupt fühlte sich Jacques in der Gesellschaft seines Bruders zunehmend optimistischer und begann, die Arbeit im Kontor, die er in letzter Zeit lustlos den beiden Junioren überlassen hatte, wieder als eine Aufgabe anzusehen.
Um so niederschmetternder wirkte auf Jacques das Ergebnis der Besprechung mit den Berliner Gläubigern, das ihm der Advokat zu später Abendstunde überbrachte.
Unter Beteuerungen seines eigenen, ehrlichen Bedauerns teilte Krause mit, daß zwar zwölf der von ihm vertretenen Gläubiger auf das vorgeschlagene gütliche Arrangement eingehen und auf ein gerichtliches Konkursverfahren verzichten würden, einer der Kreditoren jedoch sich entschieden weigere, so daß das gesamte Einigungsbestreben gescheitert sei.
Jacques starrte den Advokaten entsetzt an, dann verlor er seine Beherrschung, verlangte schreiend nach dem Namen dieses einen Mannes und drohte ihm in seiner Wut Vergeltungsmaßnahmen an, die entschieden außerhalb jeder Rechtmäßigkeit lagen. Krause hatte Mühe, seinen Verhandlungspartner wieder zu beruhigen und mit energischem Hinweis auf eine Verschlimmerung der Situation durch unbedachtes Handeln zurück zur Vernunft zu bringen, bevor er Einzelheiten seiner Verhandlung mit den Gläubigern berichten konnte.
»Bei dem ablehnenden Kreditor, mein lieber Monsieur Laurent, handelt es sich übrigens um eine Frau, die einen Wechsel aus dem Jahre sechsundsechzig besitzt. Seine Höhe beläuft sich auf mehr als ein Fünftel der Gesamtschuld des Friedhelm Sabetzki und macht diese Dame damit zu einem der wichtigsten Gläubiger in unserem Fall. Und an ihrer Entschlossenheit ist leider nicht zu zweifeln. Ich weiß nicht, ob Ihnen der Name Hatzfeld etwas sagt, Gräfin Hatzfeld . . .«
Jacques schüttelte niedergeschlagen den Kopf. Obwohl zur Zeit der Ausstellung des Wechsels Friedhelm Sabetzki noch offiziell sein Kompagnon gewesen war und sich nur im Nachhinein gesehen, erste

Anzeichen seines Rückzugs aus den Firmengeschäften angedeutet hatten, war der Name Hatzfeld von ihm Jacques gegenüber nie erwähnt worden.

»Vielleicht kennen Sie die Dame unter ihrem sogenannten Künstlernamen – sie nennt sich nämlich auch Giovanna Galli und erfreut sich in gewissen Kreisen eines Rufes als extraordinäre Tänzerin, der mir allerdings, wenn ich offen reden darf, recht zweifelhaft erscheint. Sie hat sich sofort vom Grafen Hatzfeld scheiden lassen, als er damals bankrott ging, und soll sich zur Zeit mit einem Angehörigen der französischen Gemeinde liiert haben. Und eben in diesem Punkte sehe ich eine letzte Möglichkeit, unter Umständen doch noch eine Wende zu erreichen: Monsieur Laurent, suchen Sie persönlich die Dame auf und bemühen Sie sich, ihr und womöglich auch ihrem derzeitigen Begleiter gütlich zuzureden!«

Jacques, der erregt aufgesprungen und im Kontor auf und ab gegangen war, ließ sich schwer in einen der Stühle fallen und schüttelte verzweifelt den Kopf. »Ich soll diese Kokotte um Gnade bitten? Ich? Ausgerechnet diese Person . . .«

Er ließ den Kopf sinken. Krause zuckte, am Ende seiner Weisheit, die Schultern und packte seine Unterlagen zusammen; auch er wirkte müde und abgespannt, als er sich mit schweigendem Nicken, das Jacques überhaupt nicht zu bemerken schien, verabschiedete. Erst als Jacques hörte, wie die Kontortür geöffnet wurde, wachte er aus seiner von Angst um das Schicksal des Unternehmens bestimmten Lethargie auf.

»Bitte, Herr Advokat Krause, dieser momentane Galan jener Person, der zu unserer Gemeinde zählen soll, wer ist das?«

Krause zog die Tür wieder zu und kam langsam zurück in den Lichtkegel des Leuchters, der rund um das Schreibpult und die Stühle einen flackernden, milden Schein verbreitete.

»Man spricht davon, daß es sich um einen ehemaligen Apotheker handelt, der sich seit einiger Zeit erfolgreich auf die Herstellung von kosmetischen Salben und diversen Parfums spezialisiert hat und damit sehr einträgliche Geschäfte zu machen versteht. Sie sehen, diese Giovanna Galli weiß schon, warum sie sich aus der Schar der sie umschwärmenden Verehrer im Augenblick jenen Herrn David Gaillard auserkoren hat . . .«

Aus weit aufgerissenen Augen starrte Jacques sprachlos den Advokaten an, der sich wieder der Tür zugewandt hatte und nichts von der vollkommenen Überraschung bemerkte, in die seine Mitteilung Jacques gestürzt hatte.

Erst als er längst gegangen war, erhob sich auch Jacques endlich und verließ das Kontor, um hinauf in das Obergeschoß zu gehen, wo sich sein Bruder Charles einquartiert hatte, um mit ihm die unerhörte Wende, die der Fall genommen hatte, zu beraten.

Obwohl Charles nachdrücklich für einen umgehenden Besuch bei David Gaillard plädierte, zögerte Jacques aus einem tiefen Unbehagen, sich in diese ihm unangenehme Affäre einzumischen und auch noch Vorteile von einer Verbindung zu ziehen, die seinen moralischen Auffassungen widersprach, eine Entscheidung hinaus. Dann erreichte ihn die Nachricht, daß Friedhelm Sabetzki in eine Zelle der Hausvogtei eingeliefert worden sei. Trotz seines Alters und seiner sich durch die Verhaftung rapide verschlechternden Gemütsverfassung war verfügt worden, ihn bis zum Prozeß in Schuldhaft zu halten.

Belastet von immer noch großem Widerwillen, machte sich Jacques endlich auf den Weg zu David Gaillard. Er fand das Haus vollständig neu und mit sichtlich üppigem Aufwand nach dem Geschmack der letzten Mode eingerichtet. Auf Anordnung eines Schreibers hatte er in einem Vorzimmer zu warten, bis seine Ankunft gemeldet worden war; dieser förmlich kühle Empfang schürte seine schlechte Laune weiter, so daß er unwillkürlich das riesige Gemälde, das fast die gesamte Fläche der den Fenstern gegenüberliegenden Wand einnahm, als einen persönlich gegen ihn gerichteten Affront empfand. Es zeigte eine Tänzerin in antikisierendem Kostüm vor dem Hintergrund einer südländischen Landschaft und wirkte durch seine perspektivische Darstellung auf den Betrachter wie eine Guckkastenbühne. Voller Mißbilligung, zugleich aber auch fasziniert, starrte Jacques auf die Tänzerin, die, ein Bein leicht gehoben und durch diese Bewegung entblößt, in der Hand ein Tamburin, aus dem Bild heraus mit selbstbewußter, leicht spöttischer Miene auf ihn herabzusehen schien.
Er war so tief in seinen Gedanken, daß ihn der zurückgekommene Schreiber mehrfach ansprechen mußte, bevor ihm Jacques in das Arbeitszimmer von David Gaillard folgte.
Schon während er noch dabei war, sein Anliegen vorzutragen, spürte Jacques, daß er wohl keinen Erfolg haben würde. Er fand nicht den richtigen Ton, versuchte, seine Befangenheit und die in ihm aufsteigende hilflose Wut durch betont forsches Auftreten zu überspielen und erregte durch dieses ungeschickte Verhalten bereits mit seinen einleitenden Worten den unverhohlenen Ärger von David Gaillard,

der aus seinen Worten weniger die Bitte um Vermittlung bei der Galli als vielmehr einen persönlich gemeinten, gegen ihn und seine Liaison gerichteten Angriff heraushörte.
Da er derartige Mißbilligungen von seiten seiner Schwester Marguerite, von so manchem seiner älteren Geschäftspartner und auch von der Gemeindeleitung, die ihm einen Verweis wegen seines angeblich unmoralischen Lebenswandels hatte zukommen lassen, schon mehr als genug ertragen mußte, reagierte er auf Jacques' Vortrag entsprechend empfindlich. Sie schaukelten ihre Emotionen gegenseitig hoch, und so endete, noch ehe es richtig begonnen hatte, das Gespräch mit Davids strikter Weigerung, sich in ein bereits schwebendes Verfahren einzumischen oder gar zuzulassen, daß seine Freundin in höchst dubioser Absicht beeinflußt werde. Friedhelm Sabetzki, den er noch nie hatte leiden können, war nach seiner Meinung ganz einfach schließlich doch noch seinen schlechten und nun auch betrügerischen Geschäften erlegen und hatte dafür einzustehen. Eingedenk der zwischen ihnen früher einmal herrschenden Freundschaft und vielleicht auch im Hinblick auf die unleugbaren Familienbande – denn schließlich war seine Tochter ja als Paul Andrés Frau eine Laurent geworden – gab er Jacques abschließend den Rat, er solle gefälligst deutlich erklären, daß sein ehemaliger Kompagnon nicht mit der Billigung der Firma, sondern als Privatperson spekuliert und daher auch ganz allein seinen Kopf hinzuhalten habe. Jacques hielt ihm entgegen, er habe unabhängig von allen juristischen Erwägungen eine allgemeine Verantwortung für seinen offenbar nicht mehr im vollen Besitz seiner Verstandeskräfte befindlichen ehemaligen Geschäftspartner und auch für dessen Sohn, der ja immerhin sein eigener Schwiegersohn sei. Doch darauf ging David Gaillard nicht mehr ein; überhaupt hatte sein Benehmen gegen Ende der Unterredung ganz die Art, mit der ein ungebetener Gast unausgesprochen, aber dennoch deutlich spürbar des Hauses verwiesen zu werden pflegt.
Als Jacques enttäuscht und auch empört über seinen alten Freund das Haus verließ, sah er Marguerite die Treppe zum Obergeschoß hinaufsteigen; sie machte einen bedrückten, sehr unzufriedenen Eindruck auf ihn und schien ihn nicht zu bemerken.

Am Nachmittag desselben Tages erschien Jacques' Tochter Marie im Kontor, um ihm mitzuteilen, daß die Bemühungen ihres Mannes, den Fall Sabetzki seinem Zuständigkeitsbereich als Gerichtsrat zu übertragen, gescheitert seien, weil man ihn wegen seiner verwandtschaftlichen Beziehungen zur Laurentschen Manufaktur für befangen halte.

Die Nachricht vom Scheitern dieser letzten noch verbliebenen Hoffnung bestärkte August Herrmann Sabetzki in dem verzweifelten Entschluß, nun doch, und zwar sofort, seinen Firmenanteil den Gläubigern seines Vaters zur Verfügung zu stellen, um damit seine wenigstens vorläufige, bis zum Prozeßbeginn währende Entlassung aus dem Schuldgefängnis zu erreichen.
Jacques widersprach nicht; untätig und mit abwesendem Gesichtsausdruck sah er zu, wie sein Schwiegersohn alle notwendigen Geschäftsunterlagen zusammensuchte, während der ebenfalls in dieser für das zukünftige Schicksal des Unternehmens entscheidenden Stunde im Kontor anwesende Charles schweigend und offensichtlich noch immer nach einem bisher vielleicht übersehenen Ausweg suchend, vor den Fenstern mit Blick auf den Innenhof auf und ab ging, wo Arbeiter aus der Manufaktur Stoffballen zur Auslieferung auf einen Wagen luden.
Als August Herrmann Sabetzki, mit den erforderlichen Papieren ausgerüstet, gerade bereit für seinen schweren Gang zum Advokaten Krause war, öffnete sich die Tür. Erstaunt starrten die drei Männer auf Marguerite Gaillard, die das Kontor betrat. Ihr folgte ein Botenjunge; er stellte die zahlreichen Gepäckstücke, die er schleppte, neben ihr ab, ließ sich seinen Lohn auszahlen und verschwand mit verlegenem Gruß hinüber zu den Männern, die den Vorgang wortlos und so gespannt beobachtet hatten, als handele es sich um etwas vollkommen Ungewöhnliches. Marguerite wartete, bis sich hinter dem Jungen die Tür wieder schloß, dann ging sie auf Jacques zu, zog einen versiegelten Brief aus ihrem Umhang und reichte ihn ihm.
Der Umschlag war mit nichts anderem als der Signatur von David Gaillard beschriftet. Langsam und trotz seiner nervös zitternden Finger vorsichtig brach Jacques das Siegel auf, faltete die Ecken des Umschlags auseinander und starrte gebannt auf den Briefinhalt. Zuckend verzogen sich allmählich seine Mundwinkel, bis er in ein unkontrolliertes, lautes, immer wieder von krampfartigem Luftschnappen unterbrochenes Gelächter fiel.
Seine Finger zerrten einen abgegriffenen Zettel aus dem Umschlag vor, schwenkten ihn hoch über seinem Kopf; dann erst reichte er ihn den beiden anderen Männern, die neugierig, zugleich aber auch über sein sonderbares Verhalten erschrocken, näher gekommen waren: Bei dem Zettel handelte es sich um jenen auf Sabetzkis Namen ausgestellten Wechsel aus dem Besitz der Galli, an dem bisher alle Versuche, eine gütliche Einigung mit den Gläubigern herbeizuführen, gescheitert waren!

In einer beigefügten kurzen Notiz teilte David Gaillard lediglich mit, daß er den Wechsel bei seiner Freundin ausgelöst habe und ihn Jacques ohne irgendwelche Bedingungen zur Verfügung stelle. Die Notiz schloß mit dem Hinweis, weitere Rückfragen seien zwecklos, weil er sich zum Zeitpunkt der Übergabe des Briefes durch seine Schwester bereits mit Giovanna Galli auf der Hochzeitsreise befinde, die quer durch Europa nach Italien führen solle. Daneben enthielt der Umschlag noch einen zweiten, extra versiegelten Brief mit der an Jacques gerichteten Anweisung, ihn auf der nächsten Sitzung des Consistoriums zu verlesen.
Es dauerte lange, bis die drei Männer wirklich begriffen hatten, daß durch David Gaillards unerwartetes Eingreifen im allerletzten Moment die Firma Laurent vor dem scheinbar schon unabänderlichen Ruin bewahrt worden war. Als erster gewann Charles seine Fassung wieder; mit spürbarer Erleichterung nach dieser für aussichtslos gehaltenen Situation trat er auf Marguerite zu, die äußerlich unbewegt dastand, und umarmte sie schweigend; dann folgte ihm August Herrmann Sabetzki, um ihr ebenfalls zu danken. Jacques dagegen hockte immer noch wie gelähmt auf seinem Stuhl und drehte mit fahrigen Händen den zweiten Brief von David Gaillard pausenlos von einer Seite zur anderen.
Erst als Marguerite ihn ansprach, schreckte er aus seinen Gedanken auf und hörte mit zunehmender Freude, wie sie ihn bat, in sein Haus übersiedeln zu dürfen, da es ihr unmöglich sei, noch länger mit ihrem Bruder und seiner neuen Frau unter demselben Dach zu leben.
Statt einer Antwort, sprang Jacques auf, griff nach einem ihrer Gepäckstücke, nahm sie beim Arm und zog sie übermütig mit sich zum Kontor hinaus. Charles und August Herrmann Sabetzki, beladen mit dem übrigen Gepäck, folgten den beiden hinauf in die Privaträume des Hauses.

Am Nachmittag des gleichen Tages, an dem beim ersten Morgengrauen der alte Friedhelm Sabetzki, der überhaupt nicht zu begreifen schien, was mit ihm vorging, aus seiner Zelle in der Hausvogtei entlassen wurde und seines äußerst bedenklichen Gesundheitszustandes wegen sofort in ein Hospital eingewiesen werden mußte, begab sich Jacques mit dem noch versiegelten Brief von David Gaillard zur Sitzung des Consistoriums und bat, nach der Beendigung der anstehenden planmäßigen Beratungen ihm das Wort zu erteilen. Als er erwähnte, im Auftrage von David Gaillard zu handeln, erhob ein Teil der anwesenden Consistoriumsmitglieder lautstarken Protest und erklärte sich erst nach teils sehr heftigen Worten über den höchst verwerflichen Lebenswandel des überhaupt in seinen kirchlichen Pflichten sehr nachlässigen Gemeindemitgliedes Gaillard zum Zuhören bereit.

Jacques brach das Siegel des ihm selbst noch unbekannten Briefes auf und begann, mit stockender Stimme den Inhalt des Schreibens vorzulesen: David Gaillard gab darin seinen unumstößlichen Entschluß bekannt, mit sofortiger Wirkung aus der französischen Gemeinde der Refugiés zu Berlin auszutreten; er erklärte, in Zukunft daher auch auf alle Privilegien und Sonderrechte, die jedem Gemeindemitglied zuständen, zu verzichten und als äußeres Zeichen seines Austritts seinen französischen Familiennamen Gaillard in den Namen Fröhlich einzudeutschen, den er von nun an tragen werde.

Als Jacques, selbst sehr betroffen von diesem Inhalt, den Brief so weit verlesen hatte, war das unwillige Gemurre unter seinen Zuhörern zu einem empörten Tumult angewachsen, der es ihm unmöglich machte, auch noch David Gaillards Begründung für seine tiefgreifende Entscheidung vorzutragen. So überflog er stumm die letzten Zeilen des Briefes, in denen von der bigotten und ehrverletzenden Einmischung der Gemeindeführung in David Gaillards Leben die Rede war, faltete das Papier dann, von allen Anwesenden unbeachtet, zusammen und verstaute es sorgfältig in seiner Rocktasche, obwohl es für die Akten der Gemeinde bestimmt war.

Jacques verstand die wütenden Reaktionen der meisten Consistoriumsmitglieder, und er gestand sich ein, daß er die allgemeine erregte Mißbilligung des Verhaltens von David Gaillard sogar teilte; dennoch spürte er eine große Zufriedenheit darüber, mit dieser ihm aufgetragenen Verlesung endgültig einen Schlußstrich unter einen Abschnitt seines Lebens gezogen zu haben, der für seine eigene Existenz und die seiner Kinder äußerst bedrohlich gewesen war.

Stillschweigend entfernte er sich aus dem Sitzungssaal. Auf dem Heimweg dachte er an das bevorstehende Wochenende, an dem sein Sohn Paul André mit seiner Frau Elisabeth und seinem kleinen Sohn Théodore aus Pyrmont ahnungslos zurückkehren und – nicht zuletzt dank der späten Hilfe des Schwiegervaters David Gaillard – die Leitung eines gesunden Unternehmens gemeinsam mit August Herrmann Sabetzki übernehmen würde. Für sich selbst schwebte Jacques vor, in Gesellschaft seines Bruders Charles und Marguerite Gaillards, der er in seiner Jugend aus Gehorsam gegenüber seinem Vater die Ehe verweigert hatte, die ihm verbleibenden Lebensjahre geruhsam zu verbringen.

# Zeit der Liederlichkeit

*»Es giebt hier eine Menge von Leuten aus dem Zivil- und Handelsstande, welche ein wahres Studium daraus gemacht haben, das Leben zu genießen. Im Theater und bei den Thees bestellt man eine Zusammenkunft mit verliebten Weibern, oder man spinnt neue Liebesintriguen an; beim Spiele setzt man den höchsten point aus . . .«*

*»Es ist hier keiner ohne Tadel,*
*Nicht Fürst, nicht Volk, nicht Heer, nicht Adel«*

*1795*
*Die Leitung der Colonie unternimmt Versuche, dem Nachlassen an Interesse im kirchlichen Bereich und den Eindeutschungsbestrebungen durch Erneuerungen der äußeren Form des Gemeindelebens entgegenzuwirken; Hinweise auf die wirtschaftlichen Privilegien treten an die Stelle von Appellen an die Glaubenstradition; kaufmännische Gesichtspunkte bestimmen die Entscheidungen der Selbstverwaltung.*

Unbeeindruckt von den in angetrunkener Laune unangemessen laut und grob an ihn gerichteten Beschimpfungen und Zurechtweisungen zwängte sich der Schankkellner zwischen den ausgelassen tanzenden Paaren hindurch, stellte seine niedrige Trittleiter in der Mitte des überfüllten Tanzsaales auf und wechselte seelenruhig die herabgebrannten Kerzen im Leuchter gegen neue aus.
Théodore lehnte an der Balustrade des rund um die Tanzfläche laufenden Balkons und blinzelte hinunter auf die verräucherte, vom blakenden Kerzenschein nur dämmrig beleuchtete Szenerie. Vor seinen schmerzenden Augen verschwamm die bewegte Menge der Tanzenden zu einem ungeordnet kreisenden, bunten Durcheinander, in dem hier und da die blanken Knöpfe und Schnallen an den Uniformen der in großer Zahl anwesenden Offiziere und die Schmuckstücke der Damen aufblitzten. Wie aus weiter Ferne hörte er gedämpft das ihm viel zu schrill und unschicklich erscheinende Lachen der Tänzerinnen und das Gröhlen ihrer Partner, die laut die Refrains der Melodien mitsangen: »Lott' ist tot, Lott' ist tot . . .«
Er klammerte sich am Geländer fest, um tief durchatmend den Moment des Schwindels zu überstehen, für den er allein die ihm unge-

wohnte, stickige Luft, die im Saal herrschte, verantwortlich machte. Dann rieb er seine schmerzenden Augen und zwang sich, die durcheinanderwirbelnde Menge unter sich aufmerksam abzusuchen. Bevor ein neuer Schwindelanfall, der sich bereits ankündigte, ihn mit Macht packen konnte, hatte Théodore endlich die Person entdeckt, nach der er schon mehrfach vergeblich Ausschau gehalten hatte. Es handelte sich um den Wollhändler aus Stettin, der ihn nach Abschluß eines sehr günstigen Zulieferungsvertrages um einen Bummel durch die nächtliche Residenzstadt gebeten hatte und sich blendend zu amüsieren schien.

Théodore sah, wie sein Gast, der sich sehr bald nach ihrer Ankunft im Possertschen Ballhaus selbständig gemacht hatte, die vom Schankkellner beim Verlassen der Tanzfläche mit der Leiter gebahnte Gasse geschickt ausnutzte, um in enger Umarmung mit seiner Tanzpartnerin, einem nach der Manier der Dienstmädchen herausgeputzten jungen Ding, einen unbesetzten Tisch in einer der Nischen anzusteuern, die rund um das Parkett zwischen den Pfosten des Balkons eingerichtet worden waren. Der Wollhändler zog seine Begleiterin auf seinen Schoß und redete auf sie ein. Als eine Serviererin an ihren Tisch kam, standen die beiden auf.

Théodore, inzwischen wieder etwas sicherer auf den Beinen, beugte sich weit über das Geländer, um verfolgen zu können, wie sich das Paar an den unermüdlichen Tänzern vorbei zum Ausgang drängte. Dabei zog der Wollhändler seinen Beutel vor und steckte dem Mädchen Geld zu, bevor er flüchtig zum Balkon hinaufsah. Théodore trat schnell von der Balustrade zurück und stellte sich hinter eine der Holzsäulen. Als er sich wieder vorwagte, waren die beiden verschwunden.

Obwohl Enttäuschung über das ungenierte Verhalten des Mannes, der immerhin sein Gast gewesen war und ihn überhaupt erst zum Besuch dieses Etablissements überredet hatte, in Théodore aufkam und eine plötzliche Müdigkeit ihn befiel, entschloß er sich, noch zu bleiben, stakste auf schwerfälligen Beinen am Geländer entlang zurück zum Tisch der Kartenspieler, denen er vor seiner Suche nach seinem Geschäftspartner zugesehen hatte, und bestellte laut und jovial Wein für die ganze Tischrunde. Seine Weigerung, die Einladung zum Mitspielen anzunehmen, klang längst nicht mehr so entschlossen und unnachgiebig wie zu Beginn des Spiels.

Der Bankhalter, ein nur gebrochen deutsch sprechender Franzose, der offenbar vor den Wirren der Revolution aus Frankreich geflohen war und sich durch Glücksritterei in Berlin zu behaupten suchte, prostete

Théodore zu, während er wie beiläufig mit flinken Handbewegungen die Einsätze der Mitspieler zusammenschob und vor sich auftürmte. Fasziniert versuchte Théodore die Hände des Franzosen zu beobachten, die die Karten neu mischten und austeilten; aber die Geschwindigkeit und die Eleganz der Gesten verwirrten ihn immer wieder so, daß er nicht festzustellen vermochte, ob dabei tatsächlich alles mit rechten Dingen zuging. Erstaunt nahm er nur wahr, daß der Bankhalter diesmal, ohne auf seine Weigerung zu hören, auch ihm mit einem kaum merklichen, herausfordernden Lächeln Spielkarten zuteilte; unwillkürlich griff Théodore danach, hatte sie schon in seiner Hand sortiert, bevor er sich der Überrumpelung bewußt wurde. Er wollte sie gerade wütend zurück auf den Tisch werfen, als ihn plötzlich unbändige Lust überkam, die Herausforderung anzunehmen; aus zusammengekniffenen Augen erwiderte er den Blick des Franzosen, legte die Karten verdeckt vor sich hin und zog sein Portemonnaie vor.
Mehrmals hintereinander gewann Théodore, ohne überhaupt genau sagen zu können, was er mit seinem Spiel eigentlich zu diesen Siegen beigetragen hatte; dann erhöhte er seine Einsätze. Kurz darauf stand einer der Mitspieler auf, ein ziemlich korpulenter, aufdringlich laut daherredender Mensch mit straffer Puderperücke und auffallenden Ringen an ungelenk kraftvollen Fingern, die ihn als einen eigenes Zupacken gewöhnten Handwerker auswiesen; gelassen klopfte der Mann seine Tonpfeife aus und verabschiedete sich von der Runde. Nichts in seinem Benehmen deutete darauf hin, daß die hohen Geldverluste, die er zugunsten des Bankhalters gemacht hatte, ihn beeindruckten. Théodore rückte mit seinem Stuhl auf den frei gewordenen Platz, näher an den Tisch heran. Für Augenblicke stellte er überrascht fest, daß das Ausscheiden des Handwerkers in ihm nicht ein Gefühl von Vorsicht aufkommen ließ, sondern nur Verachtung für den Verlierer.

Mit flüchtigem Blick kontrollierte er die vor ihm zu kleinen Türmchen aufgestapelten Münzen und wagte, als ihn wieder das spöttische Lächeln des Franzosen traf, der ihm jetzt genau gegenübersaß, noch einmal eine Erhöhung seines Einsatzes. Die vorgerückte Tageszeit, zu der er sich gewöhnlich längst zur Ruhe begeben hatte, die ungewohnte Atmosphäre in der von Staub, Schweiß und Kerzenlicht erhitzten schweren Luft, die Wirkung des im steigenden Spielfieber allzu schnell hintereinander getrunkenen Weins und schließlich dieses herausfordernde, Geringschätzung ausdrückende Lächeln seines Gegenübers, der für ihn zu einem Gegner geworden war, hatten Théodore endgültig so heftig gepackt, daß er in seinem dumpfen Kopf nur noch Aufmerksamkeit für die Karten in der Hand und die routiniert geschickten Fingerfertigkeiten des Bankhalters besaß. Das Treiben unten im Tanzsaal hatte er fast vergessen, seinen ursprünglichen Vorsatz, während des Abends nur den Bärenführer für einen ortsunkundigen Geschäftspartner aus der Provinz zu spielen, gänzlich aus dem Auge verloren. Théodore hatte, ohne es zu wollen, ja, ohne es überhaupt selbst richtig bemerkt zu haben, Gefallen an einem Leben gefunden, das ihm bis zu diesem Tage vollkommen fremd gewesen war.

Erst als seine Mitspieler ihre Karten schon auf den Tisch gelegt hatten und aufgesprungen waren, um hinunter in den Tanzsaal zu sehen, wachte auch Théodore wie aus einem Traum auf und hörte, daß sich die allgemeine Geräuschkulisse, an die sich sein Ohr während des Kartenspiels gewöhnt hatte, inzwischen verändert hatte. Das laute Mitsingen der Tänzer und das im Rhythmus erfolgende Aufstampfen der schweren Offiziersstiefel waren verstummt, nur die Kapelle spielte noch weiter.

Vereinzelte bewundernde Ausrufe und Beifallklatschen klangen zu Théodore hinauf, der sich benommen erhob und neugierig zu seinen Mitspielern an das Balkongeländer trat.

Unten im Saal hielt eine auffällige Gruppe neuer Gäste ihren Einzug; die sehr modisch, bunt gekleideten jüngeren Damen und Herren genossen sichtlich das Aufsehen, das ihr Auftritt bei den übrigen Besuchern des Ballhauses, die das Tanzen unterbrochen und sich in ihrer Mehrzahl an den Rand der Tanzfläche zurückgezogen hatten, erregte. Ganz besonders galt diese Bewunderung einer Dame, die an der Spitze der Neuankömmlinge dahinschritt und von ihrer Begleitung unangefochten als Führerin akzeptiert zu sein schien. Mit fast huldvoller Zurückhaltung dankte sie für die ihr erwiesene Aufmerksamkeit, verteilte ihr lächelndes Kopfnicken in alle Richtungen und vergaß dabei auch den Balkon nicht.

Théodore merkte, wie der Franzose neben ihm der unbekannten Dame vertraulich zuwinkte und sie seinen Gruß ebenso erwiderte, während sie mit ihrem Gefolge das Parkett verließ und an schon vom Personal zusammengerückten Tischen am Kopfende des Saales wie auf einer Bühne Platz nahm.

Der Franzose legte Théodore seine Hand auf den Arm und schob ihn neben sich her zurück zum Spieltisch. »Ja, die Galli versteht es, sich überall Aufsehen zu verschaffen, ein wahrhaft bewundernswertes Talent . . .« Théodore sah ihn fragend an.

»Sie kennen die Dame nicht? Demoiselle Karla Galli, die neue Theateraktrice, die ganz Berlin den Kopf verdreht hat – jedenfalls dem Teil von Berlin, der die Künste und eine gewisse Lebensart zu schätzen weiß . . .«

Wieder traf Théodore einer dieser versteckten, spöttischen Seitenblikke, die ihn unsicher und zugleich trotzig machten. Betont gleichgültig zuckte Théodore seine Schultern. »Bei dem Zustand des hiesigen Theaters dürfte es, soweit ich unterrichtet bin, nicht besonders schwerfallen, zur Attraktion zu avancieren. Diese Mademoiselle Galli ist Ausländerin?«

Der Franzose sammelte die auf dem Tisch liegenden Spielkarten ein, mischte und teilte neu aus. »Was bedeuten in dieser Zeit schon Namen und Herkunft? In meiner französischen Heimat stellt der Pöbel die Weltordnung auf den Kopf, und hier in Berlin wird die Tochter eines Musikanten durch die Gunst des preußischen Königs zur Gräfin Lichtenau – wo dermaßen die Welt zur Bühne wird, bleibt uns doch nicht mehr, als wenigstens nach sympathischen Rollen Ausschau zu halten . . . also setzen Sie, Monsieur; wir warten auf Ihren Einsatz!«

Théodore warf einen Blick auf seine Karten und schob einen der vor ihm aufgebauten Münzenstapel in die Tischmitte. Seine Spielbesessenheit allerdings war ihm vergangen. Er ärgerte sich darüber, daß durch seine unterkühlte Reaktion das Gespräch über die Schauspielerin, von der der Franzose anscheinend noch weit mehr wußte, als er bisher gesagt hatte, ein so schnelles Ende gefunden hatte.

Während er unkonzentriert dem Fortgang des Spieles folgte, lauschte er, ob in dem vom Tanzsaal heraufklingenden Lärm, der längst wieder eingesetzt hatte, nicht die Stimme jener Karla Galli zu vernehmen wäre.

Nur noch flüchtig sah er, daß der verhältnismäßig geringe Gewinn, den er in den vorangegangenen Spielen gemacht hatte, unaufhaltsam dahinschmolz, um in die Kasse des Bankhalters abzuwandern. Théodore wartete auf eine Gelegenheit, den Spieltisch zu verlassen, ohne dem Franzosen dadurch Anlaß zu neuerlichem Spott über seine Angst vor weiteren Geldverlusten zu bieten. Er hatte ganz einfach kein Interesse mehr am Kartenspiel, und daran war weniger das Bewußtsein schuld, riskant mit seinem Geld umzugehen, vielmehr wollte das Bild der in ihrer eleganten Abendkleidung selbstbewußt und kokett an ihren zahlreichen Bewunderern vorbei den Tanzsaal durchschreitenden Karla Galli nicht mehr aus seiner Vorstellung verschwinden.

Théodore spürte, daß der Franzose seine Unruhe bemerkte, und beobachtete im selben Moment zum ersten Male eine verdächtige Manipulation beim Austeilen der Karten, ohne seine Entdeckung eines

Falschspiels zu äußern. Zu seiner Überraschung gewann er in diesem Spiel einen Betrag zurück, der allerdings recht gering war, weil der Bankhalter ungewöhnlich zurückhaltend gereizt und bald gepaßt hatte. Dennoch stand Théodore sofort auf, steckte sein Geld ein und verkündete, um einen beiläufig witzigen Ton bemüht, daß er nicht weiter am Spiel teilnehmen wolle, um seine Mitspieler nicht gänzlich auszuplündern.

Völlig überrascht sah der Franzose zu ihm auf, und Théodore erkannte in seinem Gesichtsausdruck die nur mühsam unterdrückte Wut über diesen Entschluß. Mit der Genugtuung, die Absichten seines Gegners durchkreuzt zu haben, verließ er den Spieltisch, stieg die Treppe vom Balkon hinunter und mischte sich unter die Gäste unten im Saal, wobei er es scheinbar zufällig so einrichtete, daß er sich stets in der Nähe der Galli aufhielt, die inmitten ihrer Gesellschaft allerdings nicht daran zu denken schien, sich zum Tanzen auffordern zu lassen. Während Théodore wie auf der Suche nach einem freien Tisch in einer der Nischen an der Tanzfläche entlangschlenderte, fühlte er plötzlich, daß ihm jemand auf die Schulter tippte. Als er sich umdrehte, hängte sich, ohne viele Worte zu machen, ein junges, hübsches Mädchen, das ihm vollkommen unbekannt war, an seinen Arm. Überrascht ließ er sich von ihr auf das Parkett ziehen, wo sie kokett lächelnd geschickt die Führung übernahm und mit ihm zu den Klängen der Kapelle sofort in das dichteste Gewühl hineintanzte.

Nachdem sich seine erste Verwunderung gelegt hatte, begann Théodore, sich wohlzufühlen und die Gesellschaft des Mädchens, das sich wie selbstverständlich in seinen Armen der Musik überließ, zu genießen. Das dumpfe Gefühl in seinem Kopf war vergangen wie auch die Müdigkeit in seinen Beinen. Nur noch gelegentlich sah er beim Tanzen verstohlen hinüber zum Tisch der Galli; und schließlich willigte er sogar in den Vorschlag des Mädchens ein, das Ballhaus zu verlassen und noch ein anderes Etablissement aufzusuchen.

Während sie draußen auf der Straße auf eine Kutsche warteten, bandelte das Mädchen in der nur spärlich durch das aus den verhängten Fenstern des Tanzsaales dringende Licht erhellten nächtlichen Dunkelheit handgreiflicher mit Théodore an und machte ihm dabei das unverhüllte Angebot, auf weitere öffentliche Lustbarkeiten zu verzichten und sie statt dessen auf ihr Zimmer zu begleiten, was jedoch eine Kleinigkeit kosten würde.

Théodore hatte bereits einige Münzen vom Spieleinsatz aus seiner Tasche hervorgewühlt und sie dem Mädchen in die hingehaltene Hand gedrückt, als ihm Bedenken wegen seines Verhaltens kamen. Im sel-

ben Augenblick tauchte eine Kutsche auf, das Mädchen sprang mit dem Geld auf sie zu und befahl dem Kutscher anzuhalten.
Théodore folgte ihr; als er den Kutschenschlag aufhielt, griff sie beim Einsteigen lächelnd in seine Rocktasche und zog noch eine Münze heraus. Bevor Théodore darauf reagieren konnte, verlangte der Kutscher nach dem Ziel der Fahrt. Théodore ging vor zum Bock und gab die Adresse an, die ihm das Mädchen genannt hatte. Sie schien dem Kutscher nicht besonders angenehm zu sein, mißtrauisch musterte er im Schein der Laterne neben ihm auf dem Bock Théodore, der hastig die ihm peinliche Prozedur durch ein Trinkgeld beendete und zurück zum Kutschenschlag sprang – die Kutsche war leer, die gegenüberliegende Tür stand offen, das Mädchen war in der Dunkelheit der nächtlichen Straße untergetaucht.
Ernüchtert stand Théodore da. Erst die laute Stimme des Kutschers, der ungeduldig nach dem Grund der Verzögerung fragte, weckte ihn aus seiner Benommenheit. Er schlug wortlos, ohne einzusteigen, den Kutschenschlag zu und machte sich stillschweigend davon.
Er war noch nicht weit entfernt, als lautes Stimmendurcheinander und ausgelassen fröhliches Lachen ihn sich erschrocken herumdrehen ließen. Aber das Gelächter galt nicht ihm. Die Schauspielerin Galli war mit einigen Personen ihrer Gefolgschaft aus dem Ballhaus gekommen und verhandelte mit dem Kutscher, der inzwischen wohl Théodores Mißgeschick begriffen hatte und froh über die neuen Kunden war.
Théodore trat in einen Hauseingang und beobachtete, wie die Galli davonfuhr. Als nur noch das Rumpeln der Kutschenräder auf dem holprigen Katzenkopfpflaster zu hören war, kam Théodore aus seinem Versteck vor und machte sich müde auf den Heimweg.

Spät am nächsten Morgen wurde Théodore von dem erschreckten Ausruf des Dienstmädchens geweckt, das ihn beim täglichen Staubwischen im Salon angekleidet auf der Chaiselongue schlafend vorgefunden hatte. Im ersten Moment war er mindestens ebenso verwirrt wie das Mädchen, allmählich aber kam ihm die Erinnerung an die vergangene Nacht. Verlegen erhob er sich, zupfte seine zerknautschte Kleidung zurecht und begab sich hinüber in die Küche, gefolgt von dem ihn neugierig musternden Dienstmädchen. Seine Frau Caroline hatte wie gewöhnlich schon längst ihr Frühstück allein eingenommen und war zum barmherzigen Dienst, zu dem sie sich dem Gemeindeprediger Jouvenal gegenüber verpflichtet hatte, ins Hospital gegangen. Théodore glaubte, aus dem Tonfall, mit dem ihn das Mädchen davon unterrichtete, einen deutlichen Anflug von Mißbilligung seines Verhaltens wegen herauszuhören und verlangte deshalb barsch, ihm gefälligst den Kaffee noch einmal zu wärmen. Da er sich von ihren Blicken ständig verfolgt fühlte, wartete er jedoch nicht, sondern ging ohne zu frühstücken hinunter ins Kontor.

Der Webermeister Bratling stand vor dem Pult von Wilhelm Sabetzki und trug mit unverbindlicher Höflichkeit und hartnäckiger Bestimmtheit Lohnforderungen der Gesellen vor. Als Théodore eintrat, unterbrach er seinen umständlichen Sermon und grüßte. Théodore knurrte mürrisch zurück und verschwand, ohne die verstohlen auf ihn gerichteten Blicke seines Vetters und Geschäftspartners Sabetzki zu beachten, hinter seinem Stehpult. Während er sich schwer auf die Schreibfläche stützte, sah er gedankenverloren zum Fenster hinaus. Bratlings Stimme wirkte einschläfernd auf ihn.
»Ich sag' es ja auch nicht für meine eigene Person, Herr Sabetzki, aber drei Pfennig fürs Brot, drei für Butter und drei für einen Branntewein zum Aufwärmen dann und wann, das sind vier Groschen und 'n paar Pfennig in der Woche man nur fürs Allernötigste. Dazu will der Mensch natürlich auch mal was anderes als Futterage, hin und wieder einen guten Schluck Bier; ganz abgesehen davon, daß gelegentlich auch 'n neues Hemde oder 'n Paar Stück Schuhzeug fällig werden – und also, alles in allem und knapp gerechnet, fehlen den Gesellen, wie sie mir aufgetragen haben, zu einem einigermaßen passablen Lebensstand ohngefähr sechs Pfennig die Woche . . . bei vierzehn Stunden Arbeit täglich, in sechs Tagen; aber das wissen Sie ja selbst, Herr Sabetzki.«
Unwillkürlich seufzte Théodore laut und tief auf, was Bratling sofort als Meinungsäußerung zu seinem Vortrag auffaßte. Er wandte sich um und machte einen Schritt auf Théodores Pult zu, entschloß sich dann aber, als er einen Blick auf Théodores unwirsch verzogene Miene geworfen hatte, doch lieber weiter mit Sabetzki zu verhandeln. Wilhelm Sabetzki allerdings wollte den Webermeister offenbar möglichst rasch loswerden; er zuckte ratlos die Schultern. »Sechs Tage die Woche à vierzehn Stunden sind nun mal die vorgeschriebene Arbeitszeit, lieber Bratling; wir haben darauf wenig Einfluß.«
»Natürlich, ich für meine Person, ich weiß das ja auch sehr wohl. Bloß meine Gesellen, als die davon hörten, daß im Lagerhaus aus Unzufriedenheit einfach die Arbeit verweigert worden ist – da sind die hellhörig geworden und haben gedacht, sie hätten nun auch was in der Hinterhand. Das Gemurre geht schon tagelang, Herr Sabetzki, sonst wäre ich gar nicht zu Ihnen gekommen.«

»So, sie murren also und drohen, mit der Arbeit aufzuhören – haben Sie die Kerle denn nicht daran erinnert, was mit den Meuterern vom Lagerhaus passiert ist? Zum Gassenlaufen und zu Zuchthausstrafen sind sie allesamt verurteilt worden, Bratling!«
Bratling nickte und trat näher an Sabetzkis Pult; seine Stimme wurde leiser und vertraulicher. »Ich weiß doch; es soll jede Unbotmäßigkeit sofort erstickt werden, damit unser Berlin sich nicht auch noch unverhofft mit der neuen Franzosenkrankheit ansteckt. Aber Revolution – nee, Herr Sabetzki, Revolution, da können Sie man ganz beruhigt sein, Revolution wollen unsere Gesellen nicht; die kommen ganz schlicht mit ihrem Lohn nicht aus, mehr ist das nicht.«
»Dann sagen Sie den Kerlen: Was den Lohn betrifft, so ist er von der Obrigkeit reglementiert und bestätigt, und ein jeder Manufakturist hat sich daran zu halten genauso wie ein jeder ordentlicher Geselle!«
Sabetzki kramte in seiner Pultlade, zog einen Stapel Papiere hervor und vertiefte sich darin, als hätte er Bratling vergessen. Der Webermeister begriff schnell, daß sein Arbeitsherr die Besprechung für beendet ansah, verbeugte sich und huschte zur Tür. Bevor er sie endgültig hinter sich schloß, drehte er sich noch einmal zu Sabetzki um, hüstelte, bis er dessen Aufmerksamkeit erlangt hatte und versicherte wieder mit Nachdruck, daß er selbst ja nur als Vermittler gekommen sei. Sabetzki wartete die weiteren Entschuldigungen, zu denen Bratling schon angesetzt hatte, nicht ab; er entließ den Mann mit einer ungeduldigen Handbewegung.
Kaum hatte Bratling das Kontor verlassen, raffte Sabetzki den Papierstapel zusammen, warf ihn zurück in die Lade, die er mit energischem Schwung zuschob. Das plötzliche, laute Geräusch weckte Théodore, der sich wieder dem Fenster zugewandt hatte und versonnen hinausstarrte. Als er sich aufgeschreckt herumdrehte, stand Wilhelm Sabetzki dicht vor ihm. »Meinetwegen teilst du dir deine Arbeitszeit nach deiner eigenen Fasson ein; dann müßten wir allerdings endlich einmal offen darüber reden, damit ich weiß, woran ich bin! Wenn du aber schon anwesend bist, könntest du im übrigen ruhig auch mal das Wort ergreifen und nicht alle unangenehmen Dinge allein mir überlassen. Schließlich sind wir Partner!«
Wilhelm Sabetzki schob Théodore von seinem Pult zurück, zog aus einem der Ablagefächer eine Liste vor und faltete sie vor ihm mit nachdrücklichen Gesten auseinander. »Ich habe uns von der Kommission für die Seidenraupenzucht eine Aufstellung der zu erwartenden Erträge besorgt und dabei erfahren, daß man die Anpflanzungen von

Maulbeerbäumen noch steigern will. Da Lyoner Seide wegen der französischen Zustände nur noch unregelmäßig und in geringeren Mengen geliefert wird, sollten wir überlegen, ob wir diese Situation nicht besser für unsere Geschäfte ausnutzen können.«
Théodore tat, als würde er die Angaben in der Liste aufmerksam prüfen, tatsächlich aber kostete es ihn Mühe, auch nur eine Spur von Interesse aufzubringen. Seine Hoffnung, Sabetzki würde ihm zunächst Zeit zum Studium des Kommissionspapiers lassen, war vergeblich.
»Vielleicht ist es höchste Zeit, daß einer von uns beiden nach Petersburg reist, damit wir, was die russischen Seidenimporte betrifft, Frankreich verdrängen.«
Théodore gab den albernen Versuch auf, durch vorgetäuschte Aufmerksamkeit Zeit zu gewinnen. Mit nervösen Fingern faltete er die Liste wieder zusammen. »Entscheide du die Sache, du bist darin viel erfahrener. Außerdem fühle ich mich nicht besonders frisch – ich habe nämlich eine lange Nacht hinter mir.« Als er den erstaunten Gesichtsausdruck seines Geschäftspartners sah, fügte er als Erklärung schnell den Hinweis auf die angebliche Ausdauer jenes Stettiner Wollhändlers hinzu, den er doch hatte ausführen müssen. Sabetzki schien die Ausrede anzunehmen, er verschwand hinter seinem Pult und vertiefte sich in Geschäftsunterlagen.
Erleichtert breitete Théodore die Liste mit den Angaben der Seidenraupenkommission erneut vor sich aus, griff nach seinem Schreibzeug und zwang sich dazu, Sabetzkis an den Rand der Papiere geschriebene Berechnungen zu kontrollieren. Aber immer wieder ertappte er sich dabei, daß seine Gedanken weit von den nüchternen Kalkulationen einer Erweiterung der Seidenstoffproduktion abschweiften zu den Erlebnissen der vergangenen Nacht.
Nach einer Weile war Théodore fest entschlossen, es wie auch immer zu einer Wiederbegegnung mit der Schauspielerin Karla Galli kommen zu lassen und dabei zu versuchen, ihre nähere Bekanntschaft zu machen. Die Erinnerung an sie wurde in ihm schließlich so stark, daß er dem Zwang, sich mitzuteilen, nicht mehr widerstehen konnte. Während er heimlich mehrmals über den Pultrand auf Sabetzki schielte, um einen geeigneten Moment dafür abzupassen, suchte er nach Worten, die möglichst unverfänglich und nur in Andeutungen ein solches Gespräch einleiten könnten.
Augenblicke vergingen, in denen ihm nichts Passendes einfallen wollte. Als er spürte, daß Wilhelm Sabetzki längst seine innere Unruhe bemerkt haben mußte, rang er sich dazu durch, sein Thema geradeheraus anzusteuern. Um so erstaunter hörte er, daß Karla Galli für Sa-

betzki keine Unbekannte war: Sie zählte zu den regelmäßigen Gästen des literarischen Lesezirkels, den Sabetzkis Frau Ruth seit einiger Zeit zum Mißfallen ihres Mannes, der darin eine törichte Mode und noch dazu eine höchst überflüssige Geldverschwendung sah, an jedem Wochenende veranstaltete.
Obwohl Sabetzki über Théodores plötzliches Interesse an dieser Liebhaberei seiner Frau verwundert war, lud er ihn zur nächsten Zusammenkunft ein.

Als Caroline Laurent spät am Abend von ihrer Pflegearbeit im Hospital zurückkam, wurde sie vom Prediger Jouvenal begleitet, der zugleich ein wichtiges Mitglied des Consistoriums war. Der alte Jouvenal gab zwar vor, Caroline nur zufällig getroffen und sie dann wegen der in letzter Zeit besonders für Frauen sehr unsicheren Zustände auf den nur unzureichend beleuchteten Straßen nach Hause gebracht zu haben, aber Théodore ahnte bald, daß der unerwartete Besuch eigentlich ihm galt; denn der Prediger schien es überhaupt nicht eilig zu haben, sie allein zu lassen. Außerdem klang der Tonfall, mit dem ihn Caroline zum Abendessen einlud, wie auch seine nach den üblichen halbherzigen Einwänden ausgesprochene Zustimmung allzusehr nach einer Verabredung. Théodore ließ sich seinen Verdacht nicht anmerken, war aber innerlich auf der Hut.
Während des gemeinsamen Abendessens fehlten ihre beiden Söhne Philippe und Albert. Sie hatten unter der Aufsicht von Anne Antoinette, Théodores jüngerer Schwester, gegessen, die, ledig geblieben, mit der jungen Familie im Hause wohnte. Caroline schien dieser Umstand heute besonders recht zu sein, und bald begriff Théodore auch, warum seine Frau sich Verstärkung, wie er es bei sich nannte, mitgebracht hatte. Jouvenal nämlich lenkte das Gespräch sehr bald auf die bewundernswerte Geduld und Herzensgüte, die allgemein von den Insassen des Hospitals an Caroline gelobt würden. Er verwies darauf, um wieviel glücklicher noch sich diejenigen schätzen könnten, die eine so verständnisvolle und aufopfernde Frau nicht nur gelegentlich um sich wüßten, sondern ihre Gegenwart ständig genießen könnten; und endlich sprach Jouvenal ganz generell über den Stand der Ehe, die gegenseitigen Rechte und Pflichten der Ehepartner und den bisweilen anzutreffenden Fall einer gewissen Leichtfertigkeit im Umgang miteinander, der schon allein aus dem Grunde verwerflich sei, weil die Menschen nicht verspielen dürften, was der Herr zusammengefügt habe. Der Prediger wurde an keiner Stelle seiner langatmigen und umständlichen Rede persönlich, tat im Gegenteil so, als würde er über

neuerdings in der Gemeinde eingerissene Zustände sprechen, die ihm allgemein Sorgen bereiteten. Théodore aber wurde nur zu klar, daß seine erste Ahnung zu recht bestanden hatte, und verstohlene Blicke auf seine Frau Caroline, die während des gesamten Vortrags still, mit gesenkten Augen am Tisch saß, bestätigten ihm, daß die beiden sich abgesprochen hatten. Stumme Empörung darüber, daß Caroline die gewiß in ihrer Beziehung zueinander bestehenden Schwierigkeiten einem Außenstehenden anvertraut hatte, aber auch das schlechte Gewissen und die Scham, sich in Jouvenals Beschreibungen des leichtfertigen und zu wenig gottesfürchtigen Ehegatten wiederzufinden, machten Théodore hilflos. Wortkarg ließ er die angedeuteten Belehrungen über sich ergehen, eine über den Moment hinausreichende Wirkung erlangten sie bei ihm jedoch nicht.

Schließlich wechselte Jouvenal von selbst das Thema und berichtete von den Schwierigkeiten des Consistoriums, verantwortungsvolle Mitarbeiter für die Führung der Gemeinde zu finden. Dabei richtete er seinen Blick direkt auf Théodore und sah ihn lange und prüfend an.

»In diesem Zusammenhang, mein lieber Théodore Laurent, dachte ich eigentlich an Sie. Wenn ich mich richtig besinne, gehörte es ja auch seit der Einwanderung unserer Vorfahren zur Tradition der Familie Laurent, im Consistorium vertreten zu sein. Und da Ihr Herr Bruder, der Buchhändler Pierre Thomas, leider einer derjenigen ist, die sich sehr, sehr wenig um die Belange unserer Gemeinde kümmern . . .«

Hartnäckig sah Jouvenal immer noch auf Théodore, der zuerst ungläubig zurückstarrte, sich sichtlich unbehaglich zu fühlen begann und endlich stotternd nach Ausflüchten suchte. Jouvenal wartete sie gar nicht erst ab.

»Sie müssen keine Angst haben, Théodore, wenn ich Sie vorschlage, wird man Sie auch wählen; darüber bestehen überhaupt keine Zweifel! Man schätzt Sie allgemein als einen Mann, der bemüht ist, ein gottgefälliges Haus zu führen, und ich selbst habe durchaus den Eindruck, daß die Würde des Amtes Ihnen behilflich sein würde, der Gemeinde ein tugendhaftes Vorbild zu sein. Im übrigen weiß ich, daß Sie einer der wenigen Familienväter sind, der regelmäßig zum Gottesdienst erscheint.«

Die Überredungskünste des Predigers verfehlten, je umfangreicher sie wurden, desto unausweichlicher ihren Zweck. Théodore fühlte eine nur noch mühsam zu unterdrückende Wut in sich aufsteigen, als er die doppelte Absicht hinter Jouvenals Werbungsversuch durchschaut hatte. Sein Tonfall wurde unwillkürlich noch eisig ablehnender als er beabsichtigte.

»Die regelmäßigen Gottesdienstbesuche sind einzig das Verdienst meiner Frau! Ich erspare mir nur Ärger, wenn ich ihr den Willen tue, da sie mir sonst die gesamte Woche über dieses Versäumnis nachtragen würde. Und was das angebotene Amt angeht, so bekenne ich klipp und klar, daß ich keine Neigung dazu habe – und mir scheint, das wissen Sie auch selbst sehr gut! Meine Anliegen sind nicht die der Gemeinde. Die Beibehaltung der französischen Sprache im Gottesdienst zum Beispiel halte ich für eine unnötige Tradition. Viele in der Gemeinde verstehen diese Sprache überhaupt nicht mehr! Nein, Monsieur Jouvenal, ich bin für Sie nicht der richtige Mann!«
Wenn Théodore erwartet hatte, daß der Prediger sich durch die Heftigkeit und Direktheit seiner Erwiderung gekränkt fühlen würde, so sah er sich getäuscht. Jouvenal nickte scheinbar verständnisvoll mit dem Kopf; dann stand er auf, dankte Caroline, die einen betroffenen Eindruck machte, für das Abendessen und verabschiedete sich äußerlich sehr ruhig und höflich von Théodore.
Théodore blieb erregt zurück, als Caroline den Prediger zur Haustür begleitete. Durch die nur angelehnte Zimmertür hörte er die beiden leise und für ihn unverständlich miteinander reden; dann schlug die Haustür. Aber Caroline kam nicht ins Zimmer zurück; anscheinend begab sie sich in die Küche.

Zügig bog Théodore in die Kochstraße ein; dann aber wurden seine Schritte, je näher er dem Hause Sabetzki kam, desto zögernder. Eine Kutsche überholte ihn und hielt an der dem Haus vorgesetzten Freitreppe. Mehrere jüngere Leute sprangen angeregt plaudernd heraus. Théodore hätte sich ihnen anschließen können, als sie zum Hauseingang hinaufstiegen, aber er fand nicht den Mut dazu. Statt dessen wechselte er auf die andere Straßenseite und schlenderte am Haus vorbei. Es nützte nichts, daß er selbst sein Verhalten dumm und unnötig fand. Er ging weiter, erreichte, immer noch mit sich uneins, Unter den Linden, Berlins prachtvolle Straße, promenierte ein Stück wie ein müßiger Spaziergänger ohne bestimmtes Ziel zwischen den Bäumen. Als er nach einer Weile seine Taschenuhr vorzog, stellte er verwundert fest, wieviel Zeit er bereits vertrödelt hatte. Er drehte sich entschlossen um und trat energisch den Rückweg an.
Er war gerade zum zweiten Mal in die Kochstraße gelangt, als er wenige Schritte vor sich seinen Bruder Pierre Thomas erkannte, der mit einem Bücherpaket unter dem Arm offensichtlich ebenfalls dem Hause Sabetzki zusteuerte. Ehe Théodore seinen Entschluß erneut hätte rückgängig machen können, hatte auch Pierre Thomas ihn entdeckt

und wartete auf ihn. Als er hörte, daß sich sein Bruder auf dem Wege zum Lesezirkel von Ruth Sabetzki befand, wunderte er sich sehr darüber. Théodore murmelte etwas davon, daß er nur gekommen sei, um sich selbst von der Berechtigung der Klagen seines Partners Sabetzki zu überzeugen, der ihm ständig mit Aufzählungen der unnötigen Kosten dieser Veranstaltung in den Ohren liege. Im übrigen schloß er sich erleichtert, einen Begleiter gefunden zu haben, seinem Bruder an.

Niemand unter den Gästen, die diskutierend in kleinen Grüppchen im Salon standen oder in der Fensterecke bei einer heißen Schokolade saßen, beachtete die beiden Neuankömmlinge. Pierre Thomas begrüßte die Gastgeberin, überreichte ihr sein Bücherpaket und warnte sie mit übertrieben vorgespielter Verschwörermiene vor seinem Bruder, der als Spion im Auftrage ihres Gatten erschienen sei, bevor er Théodore allein ließ und sich einigen ihn lautstark empfangenden Herren anschloß, die sich in einen der Nebenräume begaben.

Théodore fühlte sich fremd in der vollkommen ungewohnten Umgebung und zwischen den ihm unbekannten Menschen, die sich anscheinend bewußt nicht an die bei Visiten üblichen gesellschaftlichen Konventionen hielten, und blickte sich verstohlen nach Wilhelm Sabetzki oder einem anderen bekannten Gesicht um. Er fand, nachdem sein Bruder verschwunden war, niemanden, dem er sich unbefangen hätte zugesellen können.

Umringt von neugierigen Gästen hatte Ruth Sabetzki das Bücherpaket inzwischen geöffnet und die Schriften an Interessenten verteilt, so daß sich Théodore in seiner Hilflosigkeit auch nicht an die viel zu beschäftigte Gastgeberin wenden konnte und immer noch an der Eingangstür des Salons stand.

Plötzlich vernahm er aus einem der Nebenräume ein helles, spöttisch klingendes Lachen einer Frau, das er sofort wiedererkannte. Théodore durchquerte den Salon, besann sich nach wenigen Schritten darauf, daß er sich viel zu hastig bewegte, und zwang sich, ruhig und unauffällig weiterzuschlendern, obwohl er sich alles andere als gelassen fühlte.

In der Mitte des kleinen, bis auf eine Anzahl von Sitzgelegenheiten leeren Raumes, vor dessen Fenster schwere Vorhänge gezogen waren, stand ein älterer Herr und las mit angestrengt lauter, das Stimmengewirr seiner Zuhörerschar übertönender Stimme aus einem Buch vor. Théodore verstand nur so viel, daß es um Religion ging, die, wie der Vortragende betonte, auf gänzlich neue, undogmatische, ganz dem Gefühl überlassene Weise in den Menschen entstehen müsse. Da

Théodore einen völlig anderen Gesprächsstoff erwartet hatte und sich auch nicht vorstellen mochte, daß eine Karla Galli sich bei solchen Vorlesungen aufhalten könnte, wollte er sich schon wieder enttäuscht zurückziehen, als die kommentierenden Zwischenrufe lauter und herausfordernder wurden und den älteren Herrn veranlaßten, vom Text aufzusehen und, durch die Mißachtung beleidigt, um Ruhe zu bitten. – Und da kam als Antwort wieder das spöttische Frauenlachen, in das einige der anderen Zuhörer beifällig einstimmten. Théodore wandte sich rasch um und erkannte endlich im Zwielicht der spärlich aufgestellten Leuchter die Schauspielerin, deretwegen er sich in den literarischen Zirkel gewagt hatte.
Karla Galli, in einem längst nicht so auffälligen Kleid wie bei ihrem Besuch im Ballhaus, war aufgesprungen und neben den älteren Herrn in die Mitte des Raumes getreten. »Was ist das nur für ein ennuyierendes Geschreibe, das Sie uns vortragen?«
Mehrere Gäste lachten wieder zustimmend auf. Der ältere Herr schlug sein Buch zu und trat mit übertrieben resigniert wirkender Geste beiseite. »Wenn Sie glauben, etwas Besseres bieten zu können?«
Fasziniert sah Théodore zu, wie die Galli sich ein zusammengerolltes, handschriftliches Manuskript reichen ließ, das auf ihrem Fauteuil lag, und mit selbstbewußter, die Wirkung genau berechnender Betonung daraus vorzulesen begann. Aber nicht nur wegen ihres geschickten Vortrags wurde es augenblicklich vollkommen still unter den Zuschauern, vielmehr war es der Inhalt des Textes, der den meisten in der Runde den Atem zu rauben schien. Auch Théodore stand entgeistert da und lauschte auf die enthusiastische Beschreibung einer Liebe, die sich entschieden gegen alle Konvention stellte und gerade deshalb mit sehr offenen Worten vom Autor gerühmt zu werden schien.
Nach wenigen Sätzen erhob sich der ältere Herr empört und verlangte erbost, die Lesung dieses formlosen Machwerks voll der sittlichen Verirrungen und bar jeder Schicklichkeit auf der Stelle zu beenden. Man wisse doch zur Genüge, auf welch penetrante Art jener Herr Schlegel, der sich dreist einen Schriftsteller schimpfe, aus seinem eigenen unrühmlichen Lebenswandel Literatur herzustellen meine. Sein energischer Protest fand im Kreis der Zuhörer diesmal Unterstützung, zugleich aber riefen andere Gäste begeistert nach einer Fortsetzung der Lektüre. Das laute Stimmengewirr steigerte sich schließlich so sehr zu einem heftigen Meinungsstreit, daß die Galli sich mit ihrer Stimme kaum noch durchsetzen konnte, obwohl sie von dem Aufruhr wenig beeindruckt schien. Verwundert über sich selbst merkte Théo-

dore, daß er unwillkürlich einen der Protestierer, der aufgestanden war und auf die Galli zutrat, zurückriß und mit Gewalt wieder auf seinen Stuhl drückte.
Im selben Moment hielt die Galli im Lesen inne und sah mit kühlem Spott vom Manuskript auf in die Runde; ihr Blick blieb auf Théodore hängen, sie lächelte ihm zu, und Théodore nickte leicht zurück, als bestände zwischen ihnen beiden ein heimliches Einverständnis. Der Streit der beiden Parteien, der inzwischen auch aus dem Salon und anderen Räumlichkeiten Neugierige angelockt hatte, spitzte sich so weit zu, daß die Widersacher nur noch mit sich beschäftigt waren und die Fortsetzung der Lektüre gänzlich unmöglich wurde. Die Galli rollte das Manuskript zusammen und entfernte sich unbemerkt aus dem Kreis, um das Zimmer zu verlassen. Vor Théodore blieb sie stehen, hängte sich bei ihm ein und ließ sich zurück in den Salon führen.
»Zuerst glaubte ich, der Text stamme von Ihnen selbst.« Die Galli unterbrach Théodore mit schallendem Gelächter, in das er schließlich einstimmte. »Ich bin nämlich kein Kenner; ich muß sogar gestehen, daß ich mich bisher viel zu wenig um die Künste gekümmert habe. Darf ich fragen, ob Ihnen der Verfasser bekannt ist?«
Die Galli schüttelte den Kopf. »Ich mußte bis zur Drucklegung des Werkes in diesem Punkte völlige Diskretion zusichern, mein Herr.«
Théodore spürte Enttäuschung aufsteigen; ihn störte dabei nicht so sehr ihre Weigerung, sondern der Gedanke daran, daß jener Dichter, der anscheinend, wie es der ältere Herr verächtlich bezeichnet hatte, den eigenen Lebenswandel zur Quelle seiner Werke machte, das Manuskript der Galli gewidmet haben könnte. Théodore war eifersüchtig, und die Galli schien etwas von seinen Empfindungen zu ahnen. Während sie auf Ruth Sabetzki zugingen, suchte Théodore krampfhaft nach unverfänglicherem Gesprächsstoff, um ihre Unterredung nicht abbrechen zu lassen. Und noch bevor Ruth, neugierig auf den Vorfall im Nebenraum, der sich inzwischen unter allen Gästen herumgesprochen hatte, ihm die Galli entführte, war es ihm gelungen, sie zu einem gelegentlichen Wiedersehen zu überreden.
Théodore war zufrieden mit dem Erreichten und überlegte, wie er es anstellen könnte, ohne unhöflich zu erscheinen, die Gesellschaft zu verlassen, als er auf seinen Bruder traf, dem seine Vertrautheit mit Karla Galli nicht aufgefallen war. Pierre Thomas bat ihn, mit in den Buchladen zu kommen, sobald er in Wilhelm Sabetzkis Auftrage genug herumspioniert habe, weil Théodore ihm in einer delikaten Angelegenheit helfen müsse. Erleichtert nutzte Théodore die Gelegenheit, in Begleitung seines Bruders zu gehen.

Vor der Buchhandlung, einer im Souterrain eines Wohnhauses liegenden ehemaligen Schusterwerkstatt, an die noch ein verblaßter Schriftzug über dem ebenerdigen Fenster erinnerte, standen ein Polizist und ein Herr in ziviler Kleidung. Da sich beim ersten Klopfen an die Ladentür nichts geregt hatte, pochte der Polizist nach einer Aufforderung durch den Zivilisten heftig gegen die Fensterscheibe. Als er sich hinunterbeugte, um in den Laden hineinzuspähen, zog ihn sein Begleiter unerwartet zurück, so daß er hinunter in die Nische der Eingangstür stolperte. Der Zivilist nickte in Richtung auf die Straße.
Pierre Thomas und Théodore kamen auf den Laden zu. Von den beiden sie erwartenden Männern hatten sie, in eine Diskussion verwikkelt, offenbar nichts gemerkt.
Erst als Pierre Thomas vor den zum Laden hinunterführenden Stufen stehenblieb und nach dem Schlüssel suchte, traten die Männer aus ihrem Versteck vor. Der Zivilist baute sich vor Pierre Thomas auf.
»Sind Sie Herr Laurent, der Besitzer dieser Buchhandlung?«
Trotz des drohenden Tones nickte Pierre Thomas ruhig und wies die Herren darauf hin, daß er seinen Laden am Wochenende für den Kundenverkehr nicht öffne. Ein leiser, ironischer Klang in der Stimme seines Bruders machte Théodore stutzig; er kam sich wie der einzige Partner in einer Runde von Spielern vor, dem die Regeln unbekannt waren und sah sich heimlich nach einer Fluchtmöglichkeit um. Als hätte der Zivilist darauf nur gewartet, nickte er dem Gendarmen zu, der sofort an den beiden Brüdern vorbei die Treppenstufen zur Straße hinaufstolzierte und sich davor breitbeinig aufstellte. Pierre Thomas verzog, über diese leicht durchschaubare Maßnahme offenbar amüsiert, sein Gesicht und lächelte Théodore aufmunternd zu, während er endlich den Schlüssel hervorzog und die Tür aufschloß.
Der Herr in Zivil stellte sich dicht neben ihn und deutete eine knappe, sehr förmliche Verbeugung an.
»Schrötter, königliche Zensurbehörde. Auch wenn Wochenende ist, habe ich den Auftrag, mich bei Ihnen umzusehen.« Er griff in seine Rocktasche, holte ein Dokument hervor und reichte es mit einem unangenehmen Grinsen Pierre Thomas. »Meine Legitimation!«
Pierre Thomas überflog das Papier unbeeindruckt und gab es dann nachlässig an Théodore weiter.
»Einer Sonderkommission gehören Sie sogar an; immerhin scheint man mich ja für eine wichtige Person zu halten. Was möchte denn der geschätzte Herr Minister Wöllner diesmal wissen?«
Schrötter schob die entriegelte Tür schwungvoll auf und ging ohne Antwort an Pierre Thomas vorbei in den Laden, geradewegs auf die

zum größeren Teil nicht mit fest gebundenen Büchern, sondern unaufgeschnittenen, gehefteten Broschüren, auf Quartformat gefalteten Druckbögen und lose aufgestapelten Zetteln vollgestopften Regale zu. Schweigend durchsuchte er, von Pierre Thomas und Théodore beobachtet, mit pedantischer Gewissenhaftigkeit Stapel um Stapel der Schriften, schnitt ab und zu Seiten zu einer Stichprobe auf, schien aber nicht zu finden, wonach er suchte. Schließlich warf er die Broschüren, die er als letzte in der Hand hielt, auf das Verkaufspult und wandte sich an Pierre Thomas.
»Erstaunlich, daß man von solchen faden Druckwerken seinen Lebensunterhalt bestreiten kann – verlangt Ihre Kundschaft nicht nach interessanterer Lektüre?«
»Man weiß, daß es in meinem Laden nur solche Bücher gibt, die von Ihrer Behörde zugelassen sind. Sie selbst haben sich doch eben hinreichend davon überzeugen können. Und was meine Kunden betrifft, so handelt es sich durchweg um honorige Personen – wollen Sie eine Liste?« Verärgert über seinen Mißerfolg und auch über Pierre Thomas' offensichtliche, aber unangreifbare Scheinheiligkeit, winkte Schrötter ungehalten ab.
»Sie sollen auch diese merkwürdigen Lesezirkel, die sich neuerdings überall breitmachen, beliefern. Uns interessiert, was da so gelesen und gesprochen wird ...«
Pierre Thomas vergaß die unverbindliche Höflichkeit, mit der er Schrötter bisher behandelt hatte, und wurde schroff ablehnend. »Tut mir leid, mein Herr, mit Informationen solcher Art kann ich Ihnen nicht dienen!«
Allmählich hatte nun auch Théodore begriffen, worum es zwischen seinem Bruder und diesem Zensurbeamten Schrötter ging. Seine anfängliche Ängstlichkeit wich der Bewunderung für seinen Bruder, der es bisher verstanden hatte, allen Verdächtigungen so geschickt aus dem Wege zu gehen, daß sich trotz der Bemühungen Schrötters nichts Vorwerfbares ergeben hatte.
Gereizt winkte der Beamte dem Polizisten, der sich auf einen herumstehenden Schemel hatte fallen lassen und unbeteiligt abgewartet hatte, um mit ihm zusammen den Laden zu verlassen. Pierre Thomas eilte zur Tür, riß sie auf und verbeugte sich unverhohlen ironisch. »Stets zu Ihren Diensten, Herr Schrötter!«
Der Zensurbeamte tat, als hörte er nichts; mit unbewegtem Gesicht, gefolgt vom Polizisten, schritt er hinaus. Pierre Thomas schloß hinter den beiden die Tür und verriegelte sie sorgfältig. Dann drehte er sich mit einem lauten Seufzer der Erleichterung zu Théodore um.

»Das ging gerade noch einmal gut, komm . . .«
Er stieß die Tür zum an den Laden anschließenden Raum auf, in dem er eine Druckwerkstatt eingerichtet hatte, und schob seinen Bruder mit sich hinein.
Während Pierre Thomas sich sofort daran machte, eine große Kiste mit Farbtöpfen und Werkzeugen auszuleeren und von der Wand zu rücken, ging Théodore neugierig zur Druckerpresse und spielte so lange daran herum, bis er entdeckte, daß noch ein Bogen eingespannt war. Er löste ihn aus der Verklammerung und begann, erst leise für sich, dann immer lauter und fragend an seinen Bruder gerichtet den Text vorzulesen: ». . . fällt der Adel zum Erschrecken, wird in der aufgeklärten Welt kein weitres Unheil hecken. Die Wappenhoheit sinkt. Ha ha! *Ça ira!*«
Pierre Thomas war erschrocken aufgesprungen und riß ihm das Blatt aus der Hand. »Laß das! Es ist besser, du weißt nichts davon . . . besser für dich, meine ich!« Dabei sah er seinen Bruder durchdringend und fest entschlossen, nichts weiter zu erklären, an. Théodore brachte es fertig, äußerlich gleichgültig den Vorfall mit einem Schulterzucken abzutun. »Wie du meinst.«
Die verschlossenen Gesichtszüge seines Bruders entspannten sich.
Pierre Thomas ging zurück zur Werkzeugkiste, die inzwischen so weit von der Wand abgerückt war, daß Théodore ein dahinter verborgenes Loch in der Ziegelsteinmauer erkennen konnte. Pierre Thomas zog daraus ein in groben Leinenstoff eingeschlagenes, fest verschnürtes Paket hervor und reichte es seinem Bruder.
»Nimm es bitte mit zu dir und schließ es gut weg.« Théodore sah seinen Bruder lächelnd an. »Enthält es auch solche Pamphlete – oder ist es sinnlos, dich nach dem Inhalt zu fragen?«
»Es sind nur Manuskripte, die man mir zum Druck anvertraut hat. Wenn man sie bei mir findet, werden sie sofort konfisziert, weil sie keinen Zensurstempel vorweisen. Aber keine Angst, du verletzt keine Gesetze allein dadurch, daß du sie bei dir aufbewahrst. Du bist ja schließlich kein Drucker und Buchhändler, sondern ein angesehener und ehrenwerter Manufakturist und Kaufmann und ein vollkommen untadeliger Familienvater noch dazu, deshalb kann dir wirklich wegen der paar Manuskripte nichts passieren.«
Im ersten Moment glaubte Théodore, in den Sätzen seines Bruders wieder die ironische Betonung, die Schrötter zuvor so gereizt und zugleich hilflos gemacht hatte, herauszuhören, merkte dann aber, daß sein aus schlechtem Gewissen erwachsenes Mißtrauen unbegründet war. Pierre Thomas meinte seine Worte offenbar ehrlich und ohne ir-

gendwelche Ahnung von dem Wandel, der sich in den letzten Tagen in Théodore vollzogen hatte.
So zuckte Théodore wieder nur gelassen mit den Schultern und verstaute das Paket unter seinem Mantel.

In den folgenden Tagen hielt sich Théodore nicht länger als unbedingt unvermeidbar zu Hause auf; den Tag verbrachte er arbeitswütig im Kontor; aber seine Beschäftigung hatte kein überlegtes Ziel und erschöpfte sich daher vorwiegend in Routineangelegenheiten, für die Théodore so viel Zeit und Pedanterie aufwandte, daß Wilhelm Sabetzki, der ihn zunächst in Ruhe gelassen hatte, sich mit seiner Kritik nicht länger zurückhielt und ihn zur Rede stellte.
Dabei verriet er, daß er von seiner Frau Ruth inzwischen einiges über Théodores Verhältnis zur Schauspielerin Karla Galli erfahren hatte, und er brachte seine Vermutungen in Zusammenhang mit dem Verhalten seines Kompagnons. Théodore ließ alle Ermahnungen und Zurechtweisungen, alle Appelle an sein Verantwortungsgefühl für das Geschäft über sich ergehen, antwortete ausweichend, verlor nur manchmal plötzlich die Geduld und brüllte Sabetzki dann unvermittelt an. Sein unberechenbares Benehmen änderte sich durch diese Aussprachen nicht; er gab auch nicht zu erkennen, daß er sich in absehbarer Zeit zu einer grundsätzlichen Entscheidung über seine eigene Zukunft und die des gemeinsam geführten Unternehmens durchringen könnte.
Ebenso unzugänglich und unleidlich verhielt Théodore sich auch seiner Familie gegenüber. Kam es hin und wieder doch zu einer gemeinsamen Mahlzeit, so verlief sie meistens sehr wortkarg; Fragen und Antworten beschränkten sich auf die notwendigsten Mitteilungen.
Nach dem kläglich mißlungenen Versuch, den Prediger Jouvenal als Vermittler einzuspannen, zeigte Caroline keine Bereitschaft mehr, von sich aus ein klärendes Gespräch herbeizuführen. Sie war noch öfter als früher und jetzt in der Regel bis weit in die Abendstunden hinein im Hospital beschäftigt und hatte die Beaufsichtigung der beiden Söhne Philippe und Albert fast ganz Théodores Schwester Anne Antoinette überlassen. Während des Essens war es in letzter Zeit zu einer Gewohnheit geworden, daß sie sich mit den beiden Jungen nur noch in französischer Sprache unterhielt. Als Grund dafür nahm Théodore an, daß Caroline ihm auf diese Weise deutlich zu verstehen geben wollte, wie sehr sie seine Jouvenal gegenüber geäußerte Meinung, die französische Sprache im Gottesdienst als überholte Tradition abzuschaffen, mißbilligte.

Noch in sich gekehrter wurde Caroline, als ihre Schwägerin Anne Antoinette eines Abends mitteilte, daß sie eine Stelle als Gouvernante auf einem Gut in der Mark annehmen und deshalb bald Berlin verlassen werde. Théodore war von dieser Nachricht wohl zuerst überrascht, im Grunde aber ließ sie ihn ziemlich gleichgültig; seine Schwester hatte schließlich lange genug in seinem Hause gewohnt, warum sollte sie nicht endlich ein eigenes Leben führen?
Betroffen machte ihn allein das Gefühl, daß seine beiden Kinder sich ihm zunehmend entfremdeten; das Bewußtsein seiner Schuld machte es ihm unmöglich, sich im Umgang mit ihnen unbefangen zu geben. Besonders Albert hielt ganz offensichtlich zur Mutter und hatte sich angewöhnt, mit seinem Vater nur noch dann zu reden, wenn er gefragt wurde; seine Antworten waren knapp und von förmlicher Höflichkeit. Der schon seit je lebhaftere Philippe erkundigte sich dagegen bisweilen von sich aus nach dem Gang der Geschäfte. Ein wirkliches Vertrauensverhältnis herrschte aber auch zwischen Théodore und Philippe nicht mehr.
Um den unerquicklichen Abendessen zu entgehen, hatte Théodore es sich zur Gewohnheit gemacht, auszugehen, erst spät nach Hause zurückzukehren. Obwohl weder die Inhalte der Schauspiele noch die Art ihrer Darbietungen ihm viel bedeuteten, war er zu einem eifrigen Besucher des Königlichen Theaters am Gendarmenplatz geworden. Für einen Blick oder ein flüchtiges Lächeln der Karla Galli von der Bühne hinauf zur Loge, in der er seinen Platz hatte, saß er geduldig die Zeit der Vorstellung ab. Und bisweilen durfte er sie anschließend in Gesellschaft einiger anderer Theaterleute und manchmal auch Verehrer in eines der Weinlokale oder Tanzetablissements zwischen der Neuen Kirche und der Friedrichstadtkirche begleiten. Im Laufe dieser Zusammenkünfte, bei denen er nur sehr selten mit der Galli allein war, hatte sich zwischen ihnen bisher allerdings kaum mehr als eine unverbindliche Freundschaft entwickelt. Nur bei der letzten Begegnung war Karla Galli seinen Hoffnungen auf Zuneigung in einer ihn verwirrenden Mischung aus Koketterie und reservierter Distanz entgegengekommen; sie hatte Schwierigkeiten mit der Leitung des Theaters angedeutet, die sie sich nicht gefallen lassen wolle, und bei ihm Trost gesucht. Als dann an einem der nächsten Tage während der Kontorstunden überraschend ein Billet von ihr abgegeben wurde, in dem sie ihn dringend zu einem Treffen nach Ende der Theatervorstellung zum Bühneneingang bat, glaubte Théodore, sein Werben hätte endlich den ersehnten Erfolg.

Théodore hastete durch die um diese Zeit fast menschenleeren Straßen der Friedrichstadt auf den Gendarmenplatz zu. Je näher er dem Theater kam, desto größer aber wurde die Zahl der ihm entgegenkommenden Passanten. Die Vorstellung mußte bereits beendet sein. Théodore beschleunigte seine Schritte, geriet beinahe in einen verhaltenen Dauerlauf. Ausgerechnet diesmal hatte er nicht rechtzeitig das Haus verlassen können, weil Caroline ihn ohne Ankündigung von ihrer Entscheidung unterrichtet hatte, Albert für das Priesterseminar anzumelden. Unter Zeitdruck hatte Théodore, dem dieser Entschluß über die Zukunft seines Sohnes vollkommen unerwartet kam, vergeblich nach sachlichen Einwänden gesucht, hatte sich auch mit der Bitte, die endgültige Entscheidung aufzuschieben, nicht durchsetzen können und deshalb schließlich nachgegeben, allein um das Gespräch zu beenden und die Verabredung mit der Galli nicht zu versäumen. Im stillen nahm er sich vor, Alberts Anmeldung im Seminar sowieso bei nächster Gelegenheit rückgängig zu machen; im Moment war es ihm nur darum gegangen, durch scheinbares Nachgeben eine lang andauernde Auseinandersetzung mit seiner Frau zu vermeiden.
Voller Ärger über die Verspätung und atemlos bog er auf den Platz vor dem Theater ein; die letzten Zuschauer hatten das Gebäude verlassen und verliefen sich. Bei einer Straßenlaterne am Bühneneingang stand eine wartende Kutsche, neben ihr schlenderten zwei Personen auf und ab. Als Théodore in der einen Karla Galli erkannte, blieb er stehen, drückte sich unwillkürlich in den Schatten einer Hauswand und beobachtete die beiden Gestalten, die offensichtlich sehr angeregt miteinander redeten. Ab und zu blieben sie stehen und unterstrichen ihre Diskussion mit lebhaften Gesten. Zu seiner Enttäuschung verstand Théodore wegen der Entfernung nichts, nur Karlas helle Lacher, begleitet von lauten Heiterkeitsausbrüchen ihres männlichen Gesprächspartners, klangen zu ihm herüber; und Théodore spürte, wie Verzagtheit und Eifersucht in ihm aufstiegen. Vorsichtig tastete er sich an der Mauer entlang dichter an die beiden heran.
Karla Galli und ihr Begleiter waren im Lichtkegel der Straßenlaterne stehengeblieben, so daß Théodore das Gesicht des Mannes erkennen konnte. Es war einer ihrer jüngeren Schauspielerkollegen, den ihm Karla einmal in der Weinstube als einen guten Bekannten aus schon vor der Zeit ihres gemeinsamen Berliner Engagements liegenden Tagen vorgestellt hatte.
Théodore sah den jungen Mann vor Karla niederknien und mit weitausholenden theatralischen Armbewegungen, den Kopf hinauf zum Nachthimmel gewandt, auf sie einreden. Karla griff nach einer der vor

ihrem Gesicht herumfuchtelnden Hände, zog den Mann laut lachend hoch und schloß ihn in ihre Arme. Dann trennten sich die beiden; während ihr Schauspielerkollege davonging, drehte er sich mehrmals zu ihr zurück und winkte ihr zum Abschied zu.
Théodore wartete, bis der Mann den Platz überquert hatte und in der Dunkelheit einer Seitenstraße verschwunden war, bevor er sich schwerfällig von der Hauswand abstieß und zögernd auf Karla zuging, die sich inzwischen mit dem Kutscher unterhielt. Als sie Théodore entdeckte, lief sie sofort auf ihn zu und begrüßte ihn überschwenglich. Verlegen, aber zunehmend versöhnlicher gestimmt, ließ er diesen unerwarteten Empfang über sich ergehen, ja er beherrschte sich sogar und ließ sich seine Verwunderung nicht anmerken, als Karla ihn zum erstenmal seit ihrer Bekanntschaft dazu einlud, sie in ihre Wohnung zu begleiten.
Die Fahrt in der Kutsche war sehr angenehm. Fröhlich und unbefangen plauderte Karla auf ihn ein, erwähnte dabei allerdings nichts von dem in ihrem Billet angedeuteten wichtigen Grund für dieses von ihr erbetene Treffen. Nach kurzer Zeit bemerkte sie Théodores wortkarge Reaktion, wurde ernster und erkundigte sich nach dem Anlaß für seine Verspätung. Théodore antwortete einsilbig, die belauschte Szene zwischen Karla und dem jungen Mann hatte seine Gedanken wieder gefangen genommen. Karla verstummte schließlich auch, sie rückte dicht neben ihn, nutzte das Rumpeln der Kutsche, um wie zufällig ihren Kopf gegen seine Schulter zu lehnen und duldete, daß er nach einer Weile seinen Arm um sie legte. Er spürte, wie sie ihn ab und zu verstohlen beobachtete, bis sie, da Théodore so tat, als bemerke er es nicht, laut aufseufzte und erzählte, daß seine Verspätung nicht weiter schlimm gewesen sei. Sie habe sich sowieso nach der Vorstellung noch mit einem Bekannten treffen müssen, um Wichtiges zu besprechen. Théodore nickte und gestand gegen seinen Willen, daß er sie beide gesehen habe; von seiner langen Lauscherei allerdings sagte er ihr nichts. Aber sie schien es nach dieser Andeutung zu ahnen, warf ihm wieder einen prüfenden Blick zu und kuschelte sich noch enger an ihn. Die weitere Fahrt verlief schweigend.

Zu Théodores Verwirrung wurden sie in Karlas Wohnung von ihrem Dienstmädchen empfangen, das in einem kleinen Erkerzimmer Wein und Gebäck bereitgestellt hatte; Théodore hätte es lieber gehabt, wenn sein Besuch ohne Zeugen verlaufen wäre, und das um so mehr, weil er zu bemerken glaubte, daß zwischen Karla und ihrem Dienstmädchen Hedwig ein sehr vertrautes, die Schranken des Umgangs

von Herrschaft und Personal außer Acht lassendes Verhältnis zu bestehen schien. Deshalb wartete er verlegen, bis Hedwig den Raum verlassen hatte, ehe er Karlas Einladung annahm, sich neben sie auf eine Chaiselongue unter dem Erkerfenster zu setzen.
Karla schenkte die Gläser ein und schob ihm seins mit spöttischem, die übergroße Distanz, mit der Théodore unwillkürlich weit von ihr Platz genommen hatte, andeutendem Lächeln zu. Augenblicke vergingen, in denen er vergeblich darauf wartete, daß Karla das Gespräch eröffnen möge. Aber sie nippte nur an ihrem Glas, sah ihn nachdenklich lächelnd an und schwieg, bis er sich so unbehaglich zu fühlen begann, daß er endlich die Stille durchbrach. Seine Stimme klang barscher und unfreundlicher als er es gewollt hatte.
»Warum haben Sie mich eigentlich aufgefordert, mit zu Ihnen zu kommen?«
Ganz langsam verschwand das Lächeln aus ihrem Gesicht; sie schien angestrengt nachzudenken und nach geeigneten Worten zu suchen; wieder vergingen Augenblicke des Schweigens.
»Ach ja, warum? – Ich wollte zum einen mit Ihnen über unsere Beziehungen zueinander reden . . . über unsere verwandtschaftlichen Beziehungen . . .«
Théodore starrte sie verständnislos an, ungläubig schüttelte er den Kopf.
»Doch, doch – sagen Sie nur, Sie wüßten nichts davon? Ich bin schließlich Ihre . . . warten Sie!«
Karla spreizte die Finger ihrer linken Hand und tat, als würde sie an ihnen etwas abzählen. Dabei bewegten sich ihre Lippen lautlos. Dann rutschte sie auf der Chaiselongue näher zu ihm.
»Wie nennt man die Schwester der Mutter?«
»Tante!«
»Richtig – ich bin Ihre Tante, und Sie sind dann mein Neffe! Und das wußten Sie nicht – obwohl Ruth Sabetzki es wußte und Ihr Bruder, der Buchhändler, bei unserem letzten Lesezirkel mit der Schilderung unserer familiären Verbindungen zu amüsieren verstand?«
Wieder schüttelte Théodore den Kopf.
»Meine Mutter hatte keine Schwester.«
»O doch – es wurde offenbar nur in Ihrer Familie nicht gerne darüber geredet. Ihre Mutter war eine geborene Gaillard . . . die Tochter von David Gaillard, der in zweiter Ehe dann Giovanna Galli heiratete, und das war meine Mutter. Vielleicht erinnern Sie sich jetzt?«
Langsam verzog sich Théodores abweisende Miene.
»David Gaillard? Der Apotheker und Duftwassermanufakturist, der

sich von unserer Gemeinde losgesagt und danach nur noch Fröhlich genannt hat ... das soll Ihr Vater gewesen sein?«
Karla nickte, dann zuckte sie ihre Schultern. »Er hat es abgestritten, wollte mich nicht als sein Kind anerkennen. Offenbar hatte sein Mut zur Eigenwilligkeit doch engere Grenzen als er selbst wahrhaben wollte ...«
Karla verstummte, blickte Théodore fragend an und schob ihre Hand auf seinen Arm. Théodore senkte den Kopf und starrte betrübt auf sein Glas. Das Gespräch hatte einen für ihn vollkommen überraschenden, unerwarteten Verlauf genommen, aus dem ihm keine Fluchtmöglichkeit einfallen wollte. Karla beobachtete seine Niedergeschlagenheit belustigt; dann lachte sie hell und wieder völlig unbefangen auf.
»Sie werden doch nicht ebenso ein alter und bigotter Knauser sein wie mein Herr Papa! Kommen Sie, Sie dürfen Ihre Tante küssen!«
Die Aufforderung kam so plötzlich, daß Théodore fast erschrocken aus seinen Gedanken auffuhr; er glaubte, sich verhört zu haben. Als er dann aber sah, wie Karla sich neben ihm auf der Chaiselongue zurücklehnte, ihre Augen schloß und den Mund spitzte, vergaß er die ihm im ersten Moment mehr als peinliche Entdeckung ihrer Verwandtschaft, die von ihm belauschte Szene vor dem Bühnenausgang des Theaters und überhaupt das ihn verwirrende Wechselbad von koketter Zuneigung und unberechenbarer Zurückweisung, in das sie ihn während der vergangenen Zeit gestürzt hatte. Théodore beugte sich über sie, und er spürte, wie sie seinen stürmischen Kuß erwiderte.
Nach einem Moment schob sie ihn sanft zurück und richtete sich wieder auf. Sie schenkte Wein nach und prostete ihm mit leiser, zärtlicher Stimme zu. Auf ihrem Gesicht lag ein kummervoller Ausdruck, während sie Théodore ernst und zuerst stockend von den Intrigen zu erzählen begann, die ein Teil der Schauspieler des Theaters aus Eifersucht auf ihre Erfolge beim Publikum so raffiniert gesponnen hatte, daß nun auch die Theaterleitung gegen sie eingenommen sei. Man habe ihre Gage in äußerst niederträchtiger Weise gekürzt, ihr Rollen zugemutet, die ganz eindeutig ins Fach von Anfängerinnen fielen und schikaniere sie bei den Proben.
Mit sich steigernder Empörung offenbarte sie Théodore schließlich, daß sie sich entschlossen habe, diese entwürdigende Behandlung nicht mehr länger tatenlos hinzunehmen. Théodore bemerkte Tränen zwischen ihren nervös zuckenden Wimpern hervorquellen, als sie ihm erklärte, das Feld der Auseinandersetzungen allerdings nicht räumen zu wollen: Karla hatte sich vorgenommen, eine eigene, freie

Schauspielertruppe zusammenzustellen, mit der sie auf einer Wanderbühne zunächst weiter in Berlin auftreten wollte. Die endgültige Entscheidung dazu war, wie sie sagte, im Gespräch mit ihrem langjährigen Kollegen gefallen, während sie vor dem Königlichen Komödienhaus auf Théodore gewartet habe. Karlas Ausführungen zu ihrem Plan wirkten auf Théodore zunehmend überlegt und auch erfolgversprechend, jedenfalls soweit er das ihm in den Einzelheiten trotz der zahlreichen Theaterbesuche in der letzten Zeit fremd gebliebene Komödiengeschäft einzuschätzen in der Lage war. Viel beeindruckender als alle vernünftigen Gründe, die er sowieso nur flüchtig aufnahm, erwies sich für ihn jedoch die vertraulich liebevolle Atmosphäre, die Karla vor dem eigentlichen Beginn des Gesprächs über ihre Zukunftspläne herzustellen verstanden hatte. Mitleid mit der nach seinem Eindruck ungerecht Behandelten und Entschlossenheit, sich für sie einzusetzen, überkamen ihn. Und so geschah es, daß er ihr jede Hilfe für die Finanzierung des Unternehmens bereits versprach, bevor sie selbst ihn noch ausdrücklich darum gebeten hatte; die bloße Andeutung, von Karla scheinbar zurückhaltend und beinahe beschämt hervorgebracht, daß sie leider für eine vernünftige Vorbereitung ihrer Bühne Geld benötige, hatte dazu ausgereicht.
Stunden später schickte Karla ihr Dienstmädchen in eine nahe gelegene Gastwirtschaft, um einen kleinen Imbiß zu besorgen. Théodore kehrte in dieser Nacht nicht nach Hause zurück.

Wilhelm Sabetzki blätterte ungehalten in dem Quittungsbuch, das Théodore gleich nach seiner Ankunft im Kontor auf sein Pult gelegt hatte.
»Deine Schulden bei unserer Firmenkasse werden immer größer, mein Lieber. Du solltest eigentlich selbst wissen, daß man nicht nur beliebig Geld herausziehen kann; es wäre allmählich angebracht, du stecktest auch wieder mal etwas hinein – und wenn schon nicht Geld, dann zum Beispiel endlich einmal Arbeit, deine Arbeit!«
Unbeeindruckt ließ Théodore die Strafpredigt über sich ergehen.
»Wozu du die Summen brauchst, willst du mir wahrscheinlich nicht verraten – das heißt, wenn ich hier deine Schuldscheine vergleiche, dann kommt mir eine gewisse Ahnung: Sie datieren nämlich alle vom Besuch des Lesezirkels bei meiner Frau an, nicht wahr?«
Théodore reagierte auch nicht auf das ironische Grinsen seines Geschäftspartners, mit verschlossener Miene saß er im Besuchersessel des Kontors. Sabetzki klappte wütend das Quittungsbuch zu und warf es Théodore in den Schoß.

»Also gut – dein Lebenswandel geht mich nichts an. Von mir aus laß dich durch schöne Augen von deinem heimischen Suppentopf weglocken. Wenn daraus allerdings Nachteile für unser gemeinsames Geschäft entstehen, habe ich wohl doch ein Wort mitzureden! – Unsere Woll- und Leinenstoffe lassen sich nicht mehr so absetzen wie früher, das ist nicht deine Schuld und auch nicht meine, das liegt ganz einfach an der größeren Konkurrenz und dem veränderten Geschmack. Aber die Produktion von Seidenstoffen hat nach allen Berechnungen, die ich inzwischen angestellt habe, Zukunft. Und dazu brauchen wir Investitionen – hier bitte, sieh dir meine Kalkulation an!«
Sabetzki zog aus seiner Pultlade einen Papierstapel vor und ging damit zu Théodore, der mit gelangweiltem Gesichtsausdruck die ihm hingehaltenen Unterlagen beiseite schob.
»Ich glaube dir auch so, daß du wie immer alles korrekt berechnet hast – alles, was ich will, ist deine Zusage für einen Kredit aus der Kasse!«
Théodores unverständige Sturheit brachte Wilhelm Sabetzki endgültig in Zorn. »Und alles, was ich will, ist, dir klarmachen, daß die Rücklagen unseres Unternehmens für notwendige Investitionen gebraucht werden. Wenn du unbedingt einen Kredit brauchst, dann verschaff ihn dir sonstwo; dein Anteil an der Firma dürfte für jeden Verleiher Sicherheit genug sein . . . Du mußt ja nicht gleich erzählen, daß dieser Anteil in letzter Zeit hauptsächlich im Entnehmen von Geldern aus der Firmenkasse bestanden hat!«
Zornrot war Sabetzkis Gesicht angelaufen; er drehte sich um, verstaute die Kalkulationen für die Seidenproduktion wieder in der Lade und knallte den Pultdeckel zu. Théodore erhob sich aus dem Sessel und zuckte, nachdem er einen Moment lang vergeblich darauf gewartet hatte, daß Sabetzki noch einmal von seinen Geschäftspapieren aufsehen würde, äußerlich gelassen die Schultern. »Gut, ich werde deinen Rat annehmen!«

Der Plan einer unter Leitung der in Berlin bekannten ehemaligen Schauspielerin am Königlichen Komödienhaus, Karla Galli, neu gegründeten Schauspieltruppe, auf dem Platz vor dem Dom demnächst Vorstellungen unter freiem Himmel zu geben, war vom Polizeipräsidenten für eine vorläufig befristete Dauer von zwei Wochen erlaubt worden. Auf inoffiziellen Kanälen hatte die Nachricht von einem bevorstehenden Spektakel, das ausgerechnet vor dem Dom stattfinden sollte, sehr schnell auch einige Mitglieder des Consistoriums erreicht, die umgehend eine Sondersitzung einberiefen. Schließlich hatte man von der Stadtverwaltung nicht vor kurzem erst ein Verbot, Wäsche auf dem Domplatz zum Trocknen unter Hinweis auf den das Gotteshaus entwürdigenden Anblick erwirkt, um nun tatenlos zuzusehen, wie Gaukler und anderes herumziehende Gesindel an eben jener Stelle ihre Bretterbude errichten wollten, um durch ihre Schaustellungen der Unmoral Vorschub zu leisten. In sehr kurzer Zeit wurde von allen Consistoriumsmitgliedern einstimmig ein in seinem Wortlaut sehr deutlicher Appell an den Polizeipräsidenten formuliert, die Erlaubnis für Schauspiele auf dem Domvorplatz zurückzuziehen.

Théodore kam von einem Treffen mit Karla Galli nach Hause, bei dem er ihr eine Geldsumme überreichte, für die er an verschiedenen Stellen Kredite aufgenommen hatte. In Anwesenheit des jungen Schauspielers, der gemeinsam mit Karla sein Engagement am Königlichen Komödienhaus gekündigt und nun den Platz ihres engsten Vertrauten bei der Planung des eigenen Theaterunternehmens eingenommen hatte, war über die nächsten Vorbereitungen diskutiert worden. Als dann die beiden aufgebrochen waren, um mit dem überbrachten Geld sofort die ersten Materialbeschaffungen einzuleiten, hatte Théodore sich auf den Heimweg gemacht.
Wie so oft in letzter Zeit schien niemand im Hause anwesend zu sein außer dem Dienstmädchen, das er in der Küche hantieren hörte. So verzichtete Théodore darauf, möglichst schnell und unbemerkt in sein Arbeitszimmer zu huschen, in dem er auch sein Bett hatte aufstellen lassen, sondern ging in den Salon – wo ihn zu seiner Überraschung der Prediger Jouvenal erwartete, sich, als Théodore wie gelähmt in der offenen Tür stehenblieb, aus dem Fauteuil erhob und mit ernstem, die Würde und Verantwortung seines Amtes widerspiegelndem Gesicht auf ihn zutrat.
»Théodore, ich habe Sie getauft, und ich habe Ihnen das Ehegelöbnis abgenommen; ich habe auch Ihre beiden Söhne getauft und nun vor kurzem Albert nach dem Wunsche seiner Mutter für einen Platz im Predigerseminar vormerken lassen. Ich sage dies, Théodore, um Sie an Ihre Familie und an die Zugehörigkeit zu unserer Gemeinde zu erinnern und hoffe, Sie auf diese Weise aus einem verderblichen Traum zu wecken, nachdem Ermahnungen zur Vernunft auf keinen fruchtbaren Boden gefallen sind. Und Théodore, ich sage dies aus tiefer Sorge um Ihre Frau Caroline.«
Théodore hatte seine erste Verwirrung über Jouvenals unerwarteten Auftritt überwunden; er schritt an ihm vorbei zur Sitzecke und lud den Prediger mit der unverbindlichen Geste eines höflichen Haus-

herrn dazu ein, wieder im Fauteuil Platz zu nehmen, bevor er ruhig und beherrscht antwortete.
»Unsere Ehe, Monsieur, war von Anfang an ein Irrtum!«
»Eine Ehe, die vor Gott geschlossen wurde, ist kein Irrtum, Théodore.«
»Vor Gott – das sagt man so . . . Mein Vater und Carolines Vater waren sich einig, uns beide zu verbinden. Das ist alles.«
Jouvenal schüttelte den Kopf. »Nein, mein Lieber, Sie machen es sich sehr leicht, zu leicht. Und Sie tun Ihrer Frau bitter weh damit!«
Théodore verstummte einen Moment und wich dem Blick des Predigers aus; dann nickte er kaum merklich mit dem Kopf. »Ja, das ist es: Wir tun uns weh. Mit jedem Wort und mit jeder Geste. Deshalb habe ich mich entschlossen, diesen Zustand zu beenden.« Er sprach sehr leise, wie in einem Selbstgespräch; Jouvenal spürte an seinem Tonfall, daß Théodores Entschlossenheit so unverrückbar wohl doch nicht war und wiederholte seinen Standpunkt. »Die Ehe ist eine geheiligte Gemeinschaft, sie läßt sich nicht einfach aus einer Laune heraus auflösen. Gott hat uns die Sprache gegeben, Théodore, damit wir miteinander reden können . . .«
Jouvenal sah, daß Théodore zu einer Erwiderung ansetzen wollte, und schüttelte entschieden den Kopf. »Nein, Théodore, mir sollen Sie nichts sagen, sprechen Sie mit Caroline. Mindestens darauf hat sie doch wohl einen Anspruch.«
Der Prediger stand auf und schritt zur Tür. Im Vorbeigehen blieb er neben Théodore stehen und legte ihm die Hand auf die Schulter.
»Da ist noch etwas, Théodore – es soll in der Gemeinde jemanden geben, der eine Truppe von Wanderkomödianten unterstützt, die ausgerechnet auf dem Platz vor unserem Dom spielen wollen. Das Consistorium hat sich gegen dieses verwerfliche Vorhaben umgehend zur Wehr gesetzt und ein Verbot erwirkt . . .«
Théodore starrte Jouvenal erschrocken an, dann schüttelte er die Hand von seiner Schulter, sprang auf und eilte, ohne den Prediger Jouvenal weiter zu beachten, aus dem Salon.

Die Türen in Karla Gallis Wohnung standen offen, leinerne Schutzbezüge waren über die Möbel gebreitet, auf dem Fußboden in Karlas Schlafzimmer lagen verstreut ein paar Kleidungsstücke. Auf der abgezogenen Strohsackmatratze hockte Karlas Dienstmädchen in Straßenkleidung und nippte vorsichtig an einer Tasse mit heißer Schokolade, die sie auf ihren Knien balancierte, während sie abschätzig Théodore musterte, der atemlos ins Zimmer gestürmt war.

Keuchend stützte er sich an den Türstock und starrte aus weit aufgerissenen Augen auf die deutlichen Spuren eines übereilten Aufbruchs. Es dauerte lange, bis er seine Sprache wiederfand, mit fahrigen Handbewegungen auf die verhängten Möbel wies und Hedwig nach Karla Galli fragte.
Das Dienstmädchen stellte die leere Tasse auf den Fußboden und blickte Théodore scheinbar erstaunt an.
»Ja, weiß denn der gnädige Herr das nicht? Mademoiselle Galli ist doch in Begleitung des jungen Mannes abgereist.«
Hedwig griff nach einem kleinen, zu ihren Füßen stehenden Reisekorb und verließ das Schlafzimmer.
Erst der von der Straße heraufdringende Lärm einer anfahrenden Kutsche riß Théodore aus seiner lähmenden Verzweiflung. Da aber war es zu spät: Als er die Treppen von der Wohnung hinunterrannte und hinaus auf die Straße stürzte, um Hedwig aufzuhalten und sie nach Karlas Reiseziel zu befragen, war das Dienstmädchen bereits verschwunden. Weit die Straße hinunter rumpelte in schnellem Tempo eine Reisekutsche und bog in eine Seitengasse ab.

Théodore irrte ziellos durch die Stadt, bis er allmählich wieder zu sich kam und entdeckte, daß er sich unabsichtlich ganz in der Nähe des Buchladens von Pierre Thomas befand. Er entschied sich, bei seinem Bruder erste Zuflucht und Rat zu suchen.
Vor dem Souterraineingang zum Laden drängte sich eine Schar von Gassenjungen und gaffte gespannt in die offenstehende Tür. Théodore beschleunigte seine Schritte. Er hatte gerade die Kinder erreicht und wollte sie beiseitescheuchen, als zwei Gendarmen aus dem Laden traten. In ihrer Mitte ging der verhaftete Pierre Thomas. Théodore eilte auf ihn zu, aber Pierre Thomas machte, als er seinen Bruder sah, ihm ein verstecktes Zeichen, sich nicht einzumischen, und ließ sich mit dem Anflug eines Lächelns an Théodore vorbei abführen.
Johlend folgten die Gassenjungen den beiden Gendarmen und ihrem Gefangenen.

Während die letzten Töne des Schlußgesangs der Gemeinde in der nur spärlich besetzten Kirche verhallten, wollte Théodore sich erheben. Aber Caroline legte mahnend ihre Hand auf seinen Arm, und mit nachgebendem Kopfnicken ließ sich Théodore auf die Bank zurücksinken. Er wartete, ohne selbst mitzusingen, das Ende des Liedes ab. Als er dann mit seiner Frau und den beiden Söhnen den Gottesdienst verließ, traf er am Ausgang der Kirche auf Jouvenal, der bei den Sam-

melbüchsenträgern stand. Ohne sich etwas von den Ereignissen der vergangenen Wochen anmerken zu lassen, grüßte der Prediger Théodore und seine Familie und schloß sich ihnen an.
Seiner unbefangenen Plauderei zuhörend, verlor Théodore allmählich seine schamvolle Zurückhaltung und wagte, sich in das Gespräch zwischen Jouvenal und Albert einzumischen, der neugierig nach Einzelheiten der Ausbildung im Priesterseminar fragte.
»Ich weiß nicht, Monsieur, ob im Consistorium schon bekannt ist, daß mein Bruder Pierre Thomas verhaftet wurde? Er ist Mitglied unserer Gemeinde und unterliegt also der französischen Gerichtsbarkeit.«
Jouvenal verzog zweifelnd sein Gesicht, ging aber sofort auf Théodores Anliegen ein.
»Pierre Thomas hat sich nie viel aus unserer Gemeinde gemacht, Théodore. Aber das soll natürlich kein Grund sein, ihn nun im Stich zu lassen. Zunächst allerdings ist zu prüfen, ob das ihm zur Last gelegte Delikt überhaupt unserer Jurisdiktion zuzurechnen ist. Das kann eine langwierige Untersuchung werden; denn es fehlen uns noch immer geeignete Männer im Consistorium . . .«
Jouvenal blieb stehen und sah Théodore verschmitzt an.
»Wie wäre es, Théodore, wenn Sie die Angelegenheit Ihres Bruders zu Ihrer eigenen machen würden – ich meine, als ordentlich gewähltes Mitglied des Consistoriums?«
Théodore wich dem Blick des Predigers aus, sah stumm zu Boden, seine Fußspitze zog die sandigen Fugen zwischen den Pflastersteinen nach. Er fühlte, wie seine beiden Söhne ihn erwartungsvoll ansahen und hörte nach einer Pause des Schweigens wieder die Stimme des Predigers. »Ich darf Sie also vorschlagen, Théodore?«
Langsam hob Théodore Laurent seinen Kopf und nickte. Während Jouvenal ihm die Hand reichte, spürte er, daß sich Carolines Arm zaghaft unter seinen schob. Einen winzigen Moment lang war ihm, als müsse er zurückzucken, dann winkelte er seinen Arm an und zog seine Frau dicht an seine Seite.

# Franzosenzeit

*»Der König hat eine Bataille verlohren. Jetzt ist Ruhe die erste Bürgerpflicht. Ich fordere die Einwohner Berlins dazu auf. Der König und seine Brüder leben.«*

*1808*
*Obwohl führende Vertreter der hugenottischen Gemeinde zu Berlin sich der französischen Besatzungsmacht gegenüber nachdrücklich als preußische Bürger bezeichnen, löst sich der innere Zusammenhalt der Kolonie auf, und es kündigt sich im Zuge der neuen Städteordnung die endgültige Aufhebung der Privilegien an.*

Gegen das Geländer gelehnt, saß am Aufgang der Weidendammbrükke kauend ein französischer Infanterist, als wäre es der natürlichste Platz der Welt für eine gemütliche Essenspause. Die Schar der rund um ihn her stehengebliebenen und ihm neugierig und belustigt zusehenden Berliner schien ihn überhaupt nicht zu stören. Von Zeit zu Zeit sah er auf und lächelte einem Dienstmädchen, das mit seinem Einkaufskorb auf dem Weg zum Wochenmarkt war, oder auch einer jungen Dame der besseren Gesellschaft, die ihre Promenade unterbrach, freundlich zu.
Obwohl die napoleonischen Besatzungssoldaten längst zum alltäglichen Stadtbild der Residenz gehörten, ihr Exerzieren im Tiergarten regelmäßig sehr zahlreiche Zuschauer anlockte und die Offizierseinquartierungen in den Bürgerhäusern zu einem engeren, privaten Kennenlernen geführt hatten, war der Anblick der Franzosen für die an das streng reglementierte Auftreten und die strikte Kleiderordnung der eigenen preußischen Armee gewöhnten Einheimischen noch immer Anlaß verwunderten Staunens, das die Besatzer zu genießen schienen.
Der Infanterist knöpfte seinen verblichenen kurzen Rock auf und zog unter einem grob gestrickten, wie eine Schärpe um die Hüften geschlungenen Wollschal eine Flasche vor. Zwischen seinen bequem über das Straßenpflaster ausgestreckten Beinen in Hosen von stark verschmutzter und zerschlissener Leinwand klemmte sein Gewehr. Am Bajonette hing aufgespießt ein Laib weißes Brot, von dem er Brokken abriß und mit offensichtlich gutem Appetit in den Mund steckte, nachdem er es mit etwas Wein aus der Flasche übergossen hatte. Ne-

ben seinen nackt in zerrissenem Schuhzeug steckenden Füßen lag ein struppiger, kleiner Hund von pudelähnlichem Aussehen und schnappte nach den Brotstücken, die ihm der Soldat ab und zu hinwarf. Der Hund war mit einem längeren Strick am Gürtel seines Herrn festgebunden und schielte, während er an dem trockenen Brot herumkaute, auf das Ende Wurst, das auf dem schwarzroten Uniformhut in Reichweite des Soldaten lag. In dem Hutband steckte aufgerichtet wie ein Feldzeichen ein blecherner Suppenlöffel. Es war kein Wunder, daß dieser so gar nicht wie ein heldenhaft strahlender Sieger wirkende Mann die einheimischen Gaffer um ihn herum mehr belustigte als in Angst versetzte; schon beim Siegeseinzug der Truppen Napoleons hatten die Berliner nicht glauben wollen, daß ausgerechnet diese Männer, ohne gepuderte, wohlgeordnete Zöpfe, ohne verzierte Uniformen aus steifem Tuch, ohne enganliegende, bis über die Knie reichende Stiefel die seit Friedrich dem Großen für unbesiegbar gehaltene preußische Armee geschlagen hatten – und doch war es so gewesen.
Der auf die Weidendammbrücke zurollenden, verstaubten Reisekutsche war durch die Menschenansammlung an der Brückenauffahrt der Weg versperrt. Während der Kutscher seine Pferde zügelte und unentschlossen die ihm nächststehenden Personen aufforderte, doch Platz zu machen, rappelte sich der Franzose auf, dirigierte die Menschenmenge mit weit ausholenden Armbewegungen und französischen Kommandos beiseite, verbeugte sich dann übertrieben galant nach althergebrachter höfischer Art vor dem Kutscher und wies ihn zur Weiterfahrt an.
Anne Antoinette Laurent hatte neugierig aus dem Wagenfenster heraus den seltsamen Vorfall beobachtet. Als die Kutsche langsam weiterrollte, ließ sie sich wieder in das Sitzpolster fallen. Sie sah müde und abgespannt von der langen Fahrt aus, darüber hinaus trug ihr Gesicht die Spuren einer tiefersitzenden Niedergeschlagenheit und Enttäuschung. Der ältere Herr, der beim Pferdewechsel auf der letzten Überlandstation vor Berlin am frühen Morgen zugestiegen war, schüttelte verzagt den Kopf. »Unser schönes Berlin! Gerade, daß es noch steht, wie ich es vor der Besetzung in Erinnerung hatte . . . Aber, Madame, ich sage Ihnen, dieses Volk da draußen an der Brücke hat es im Grunde nicht besser verdient – steht ohne jeden Stolz da und begafft den Feind, fraternisiert womöglich noch mit diesen liederlichen Kreaturen!«
In seiner Erregung beugte sich der Herr weit zu Anne Antoinette vor und erklärte ihr in verschwörerisch dozierendem Tonfall, daß die Sie-

ge der Franzosen ihren Grund überhaupt nicht in ihrer besseren Kriegskunst gehabt hätten, sondern allein in der Fähigkeit, schneller als die feindlichen Truppen zu rennen. Ja, sie hätten die preußische Armee einfach ausgelaufen, wie er es nannte.
Anne Antoinette hatte keine Lust, mit ihrem Reisebegleiter ausführlich über die Ursachen der Katastrophe zu sprechen. Bei seiner sie verblüffenden Erklärung verzog sich ihr ablehnendes Gesicht dennoch unwillkürlich zu einer fragenden Miene. Der Herr streckte ihr deshalb seinen Kopf noch weiter entgegen und flüsterte mit gesteigertem Eifer auf sie ein. »Sie werden sehen, Madame, wenn unser gnädiger König seine Armee erst wieder gesammelt hat, wird er an der Spitze der Unsrigen gemessenen Schrittes einrücken und diese Leichtfuß-Soldaten auf der Stelle verjagen ... Es ist nur eine Frage der Zeit und der Mentalität, die diesen Franzosen nun mal eigen ist.«
Anne Antoinette nutzte das Holpern der Kutsche, um sich der Nähe des Mannes zu entziehen. Obwohl ihre persönlichen Sorgen und Schwierigkeiten sie gerade jetzt weit mehr beschäftigten als irgendwelche obskuren patriotischen Hoffnungen, konnte sie die Bemerkung, in ihr selbst stecke auch eine gehörige Portion von dem, was ihr Gegenüber die französische Mentalität nenne, nicht zurückhalten. Sofort zog sich der Herr in seine Sitzecke zurück, wo er steif und wortlos, ohne Anne Antoinette überhaupt noch eines Blickes zu würdigen, sitzen blieb, bis die Kutsche vor dem Laurentschen Haus anhielt und Anne Antoinette sich von ihm verabschiedete.
Gefolgt vom Kutscher mit ihrem kärglichen Gepäck ging Anne Antoinette zögernd auf den Eingang zu. Bevor sie sich, auf das Drängen des ungeduldig neben ihr wartenden Kutschers, endlich überwunden hatte und nach der Türklinke greifen wollte, wurde sie von innen schwungvoll aufgestoßen, und ein ihr unbekannter, junger französischer Soldat in einer ebenso nachlässig wie bei dem Infanteristen auf der Brücke aus Uniformteilen und zivilen Kleidungsstücken zusammengesetzten Tracht stand mit einem Einkaufskorb im Arm vor ihr. Höflich verbeugte er sich, nahm dem Kutscher das Gepäck ab und trug es wie selbstverständlich in den Hausflur, um danach Anne Antoinette mit einer neuerlichen Verbeugung zum Betreten des Hauses einzuladen. Während sie noch verwirrt von diesem unerwarteten Empfang stotternd erklärte, daß sie zu ihrem Bruder, dem Tuchmanufakturisten Théodore Laurent, wolle, kam ihre Schwägerin die Treppe vom Obergeschoß herab.
Caroline blieb an der Treppe stehen und musterte Anne Antoinette kühl und reserviert, bis der Bursche des im Hause einquartierten Fran-

zosenoffiziers den Redeschwall, den Anne Antoinette mit ihren wenigen französischen Worten ausgelöst hatte, abbrach und sich mit freundlichem Kopfnicken verabschiedete. Caroline kam ihr dennoch nicht entgegen, sondern erwartete mit unnachgiebiger Miene von ihrem Besuch den ersten Schritt.
So schwer Anne Antoinette das Wiedersehen auch fiel, das sie selbst bis vor kurzem weder geplant noch gar gewünscht und deshalb auch nicht rechtzeitig angekündigt hatte, so schaffte sie es nach einem ihr Schuldbewußtsein noch verstärkenden Moment des Schweigens, sich zusammenzunehmen und auf Caroline zuzugehen. Ihre leise, fast geflüsterte Begrüßung endete in heftigem, immer hemmungsloser werdendem Schluchzen. Unfähig, ihre Tränen länger zurückzuhalten, legte sie ihren Kopf gegen Carolines Schulter.
Sie spürte, wie Caroline ihren Arm nahm und sie die Treppe hinauf zum Salon führte. Es war eine trotz des sehr sanften Griffes mehr hilflose, wegen der peinlich empfundenen Situation eher reservierte als wirklich tröstend gemeinte Geste. Dennoch half sie Anne Antoinette, allmählich ihre Fassung wiederzugewinnen, bis sie vor ihrem Bruder stand. Théodore sprang bei ihrem Anblick überrascht aus dem Fauteuil, ließ die Gazette fallen, in der er gelesen hatte, und machte unwillkürlich einen Schritt auf seine Schwester zu. Dann blieb er aber noch außerhalb ihrer Reichweite stehen und begrüßte sie fast ebenso förmlich und distanziert, wie es Caroline, die jetzt wortlos das Zimmer verließ, im Hausflur getan hatte.
Théodore räusperte sich. »Wir sind auf deinen plötzlichen Besuch nicht vorbereitet. Kommst du allein?«
Anne Antoinette nickte; sie hatte aus dem Ton seiner Stimme die Neugierde, aber auch den Vorwurf genau herausgehört und war entschlossen, ihrem Bruder die Ereignisse, die zu ihrer überstürzten Rückkehr nach Berlin geführt hatten, zu erzählen. Nur besaß sie nicht die Kraft und den Mut, so kurz nach dem sehr frostigen Empfang damit zu beginnen. Théodore allerdings schien bewußt auf ihren desolaten Zustand wenig Rücksicht zu nehmen.
»Hast du die Absicht, länger in Berlin zu bleiben?«
Wieder nickte Anne Antoinette, ihre Finger zupften nervös an den herabhängenden Bändern ihrer Haube. Mit einem deutlich erkennbaren Ruck hob sie dann ihren Kopf und begann zu sprechen.
Anne Antoinette hatte ihre Arbeit als Gouvernante auf Gut Schönefeld bei Wriezen verloren; die Herrschaft hatte ihr gekündigt, nachdem sie von Anne Antoinettes heimlicher Verlobung mit dem Sohn erfahren hatte.

Théodore schüttelte sarkastisch den Kopf; hatte er ihr nicht nach den ersten brieflichen Andeutungen dieser unseligen Affäre wiederholt ausdrücklich geschrieben, sich ja auf keine Unschicklichkeiten einzulassen? Aber man hatte auf ihn nie hören wollen, nicht auf seine Ahnungen und auch nicht auf die zahlreichen Mahnungen, den Namen Laurent in Ehren zu halten!
»Aber ich habe ihn geliebt, Théodore – ich habe ihn doch geliebt!« Anne Antoinette konnte die Tränen wieder nicht mehr unterdrücken, obwohl sie sich fast trotzig darum bemühte.
»Ach, Liebe, das sagt sich so . . . Wie stellt denn er sich zu dem Vorfall?«
Anne Antoinette schluckte; sie zögerte, ihrem Bruder auch in diesem Punkte die ganze Wahrheit zu sagen, um seiner offensichtlichen Genugtuung nicht noch weiter Nahrung zu geben, andererseits fühlte sie das Bedürfnis, sich ohne Rücksicht auf die Folgen irgend jemandem mitzuteilen: Ihr Bräutigam hatte, von seinen Eltern zur Rede gestellt, ohne zuvor wenigstens mit ihr darüber zu sprechen, die Verlobung gelöst und war einige Tage später von Gut Schönefeld verschwunden. Wie es hieß, sollte er sich versprengten preußischen Soldaten angeschlossen haben, die sich heimlich zum Quartier des Königs in Ostpreußen durchschlagen wollten.
Théodore trat ans Fenster, seine Fingerspitzen klopften im Rhythmus des Regulators gegen die Scheibe. Ohne sich seiner Schwester zuzuwenden, reagierte er erst nach einem langen Schweigen auf ihren Bericht.
»So ist es also buchstäblich gekommen, wie ich prophezeit hatte! Und das ausgerechnet bei meiner eigenen Schwester, die, weiß Gott, kein verschwärmtes junges Ding mehr ist! Bist du – ich meine – diese unbedachte Affäre – sie wird doch nicht auch noch in anderer Hinsicht Folgen für dich zeitigen?«
»Wenn du damit deine Angst meinst, ich könnte euch ein uneheliches Kind ins Haus bringen, dann sei unbesorgt – sie ist ohne Grund! Alles, worum ich dich und Caroline bitte, ist ein Platz für mich allein, und ich verspreche euch, mich hier nicht länger als nötig aufzuhalten!«
Anne Antoinette war über ihre entschlossenen Worte, zu denen sie Théodores Verdächtigung provoziert hatte, ebenso überrascht wie ihr Bruder. In seiner Stimme schwang eine Spur von Entschuldigung mit, als er ihr erklärte, daß im Hause ein französischer Besatzungsoffizier mit seinem Burschen einquartiert sei, deshalb könne er ihr nur Alberts Zimmer überlassen, der am Predigerseminar teilnehme.
Théodore nahm seine Zeitung vom Boden auf und ging an seiner

Schwester vorbei zur Tür, wo er sich noch einmal zu ihr verlegen, aber wieder unterkühlt und wie zu einer ihm kaum mehr als flüchtig bekannten Person umwandte. »Ich werde Caroline anweisen, daß sie das Zimmer herrichten läßt. Solltest du sonst noch irgend etwas brauchen, dann sag dem Dienstmädchen Bescheid. Ich muß zu Sabetzki ins Kontor; denn die Zeiten jetzt sind für Geschäfte nicht gerade günstig.«

Als hinter ihm die Tür ins Schloß fiel, ließ sich Anne Antoinette kraftlos in den Lehnsessel sinken. Hatte sie den Bittgang zu ihrem Bruder fürs erste auch überstanden, so war in dem Gespräch mit ihm die Erinnerung an ihre jäh und über alle Maßen rücksichtslos zerstörten Hoffnungen auf die eigene Zukunft doch immer übermächtiger geworden. Anne Antoinette hatte den ironisch gemeinten Hinweis Théodores auf ihr Alter nicht nötig; viel zu genau war ihr selbst bewußt, daß sie längst kein junges Ding mehr war, wie er gesagt hatte. Sie war aus dem Alter heraus, in dem man in kurzer Zeit auch große Enttäuschungen überwand. Für sie war ein ganzer Lebensabschnitt auf unglückliche Weise beendet, ohne daß sich Zeichen eines Neubeginns eröffneten.

Sie kauerte sich im Sessel zusammen und ließ ihren Tränen freien Lauf. Tief in ihren Kummer ergeben, hörte sie erst an dem Geräusch von Schritten dicht neben ihr im Salon, daß sie nicht mehr allein war. Hastig wischte sie ihre Tränen weg und blickte hinter der hohen Sessellehne vor. Ein französischer Offizier durchquerte den Salon, um zu den dahinterliegenden Räumlichkeiten zu gelangen. Erst ihre Bewegung im Sessel machte ihn auf ihre Anwesenheit aufmerksam. Er blieb stehen, blickte sie verwundert an und stellte sich ihr als einquartiert vor. Anne Antoinette erhob sich aus dem Sessel und reichte ihm die Hand. Einen Moment lang standen die beiden einander verlegen gegenüber. Deutlich sichtbar waren auf Anne Antoinettes Gesicht die Spuren ihrer Traurigkeit, die den Offizier schließlich dazu veranlaßten, ihr mit unbeholfener Freundlichkeit seine Hilfe anzubieten, was auch immer der Grund ihres Kummers sei.

Anne Antoinette wandte ihr Gesicht ab, entzog ihm ihre Hand, die er unbewußt noch immer hielt, und schüttelte langsam den Kopf. Nein, Hilfe brauche sie nicht, es sei nur das unverhoffte Wiedersehen mit ihrem Bruder, dem Monsieur Théodore Laurent, das sie bewegt habe, nichts Ernsteres.

Er verbeugte sich entschuldigend und ging zur Tür. Als dann Anne Antoinette den Salon verließ, stand er, von ihr unbemerkt, noch immer da und sah ihr nach.

Der Gastraum des Lokals »Zum Hundeleben«, in das Pierre Thomas Laurent wie üblich am frühen Nachmittag zum Essen einkehrte, war menschenleer. Dafür drängte sich vor den Fenstern der rückwärtigen Wand im Hinterhof eine dichte Menschenmenge; sogar der Wirt hatte seinen Platz an der Theke verlassen, lehnte in der offenen Hintertür des Lokals und ließ sich von dem Spektakel, das anscheinend draußen im Hof stattfand, auch durch Pierres Rufe nicht ablenken, so daß dem nichts anderes übrig blieb, als ebenfalls hinauszugehen.
An der Ziegelmauer des zur Gastwirtschaft gehörenden, baufälligen Lagerschuppens hing eine große, in mehrere grellbunte Bilder unterteilte Schautafel, die die Leidensstationen eines zur Kindsmörderin werdenden gefallenen Mädchens darstellte. Davor stand, erhöht auf einer als Podest dienenden Holzkiste, der Bänkelsänger in schäbigen, zerlumpten Resten einer Uniform, von der alle Abzeichen und Zierbänder abgetrennt waren. Vor seinen Bauch geschnallt trug er eine Landsknechtstrommel. Während er mit leiernder, in der Tonhöhe kaum variierender Stimme vom bedauernswert erbärmlichen Tod des Mädchens sang, tippte er mit dem Trommelschlegel, den er mit ausgestrecktem Arm hielt, auf die im letzten Bild der Tafel in drastischer Anschaulichkeit wiedergegebenen Einzelheiten der Hinrichtung des aus Verzweiflung zur Mörderin gewordenen jungen Mädchens. Sein anderer Arm fehlte, der leere Mantelärmel war quer über seine Brust drapiert und festgesteckt.
Mehr Aufmerksamkeit als er selbst fand allerdings beim Publikum, das sich immer noch durch von der Straße her auf den Hinterhof drängende Nachzügler vermehrte, die zu seinen Füßen hockende Begleiterin. Ihre bunte, gepflegt und kostbar wirkende Kleidung und das über die Schultern bis fast zu den Hüften herabfallende, schwarze Haar gaben ihr ein fremdländisches Aussehen. Ihre Erscheinung stand in krassem Gegensatz zu der des Bänkelsängers und veranlaßte besonders die zahlreich im Publikum vertretenen französischen Soldaten immer wieder zu herausfordernden Pfiffen und anzüglich bewundernden Bemerkungen.
Unbeeindruckt von diesen eindeutig auf sie gemünzten Störungen drehte die junge Frau die Kurbel der Drehleier, die mit monoton quäkender Musik den Gesang begleitete. Pierre Thomas beobachtete fasziniert die Frau, nachdem es ihm gelungen war, sich zwischen den Zuschauern hindurchzuzwängen und einen Platz in der vordersten Reihe zu erobern. Unmittelbar neben ihm stand eine Gruppe französischer Offiziere, die sich besonders lautstark und zudringlich der Musikantin bemerkbar zu machen versuchten, obwohl Pierre Thomas

sie mehrfach durch energische Bitten um *silence* zur Ruhe ermahnt hatte.
Der Bänkelsänger endete seine Moritat mit mehreren dumpfen Trommelschlägen, bevor er von seinem Behelfspodium herunterkletterte. Was dann geschah, ereignete sich so schnell, daß nicht einmal diejenigen Zuschauer, die sich vor dem Geldsammeln drücken wollten, Zeit genug fanden, den Hof zu verlassen: Der Bänkelsänger hob die Kiste hoch und zog darunter einen kleinen, lebenden Affen vor. Blitzschnell hängte er dem Tier die Nachbildung eines französischen Generalsmantels um und stülpte ihm einen Dreispitz auf den Kopf. Dann setzte er den in diese eindeutige Anspielung verkleideten Affen seiner Begleiterin auf die Schulter und wandte sich an das in lautes Gelächter ausbrechende Publikum.
»Damen und Herren, jeehrteste Zuschauer, gratis, franko und janz insbesondere frei wird nunmehr diese kleene Kreatur, jenannt nach eene jewisse janz jroße Kreatur Napolibum mit Namen, det jeschätzte Publikum um eene Geld-Kontribution für det janze jehabte Theater uffordern. Und ick hoffe man bloß, et wird der kleenen Kreatur nich' abjeschlagen, wat janz Berlin bei die große Kreatur nich' abzuschlagen in 'ne Lage is'!«
Während viele Zuschauer unter großem, die sehr deutliche Anspielung auf das Verhalten der französischen Besatzung quittierendem Gelächter neugierig vordrängelten, reichte der Bänkelsänger dem kostümierten Affen eine Blechschüssel, und die junge Frau begann, das Tier auf ihrer Schulter, das Einsammeln des bereitwillig gespendeten Geldes.
Pierre Thomas hatte sich mit der in Bewegung geratenen Menge noch weiter nach vorne, der Frau entgegen, treiben lassen, als er sich plötzlich gewaltsam beiseitegestoßen fühlte. Einer der französischen Offiziere, die schon den Bänkelgesang durch ihre Zwischenrufe gestört hatten, stürzte sich an ihm vorbei auf die Frau und wollte ihr den Affen von der Schulter reißen, der sich mit ängstlichem Gekreische in ihr langes Haar krallte.
Ohne zu überlegen, sprang Pierre Thomas dazwischen und versuchte, den Offizier zurückzuzerren, der mit vor Zorn dunkelrotem Gesicht immer wieder von einer unverschämten Beleidigung seiner kaiserlichen Majestät schrie und dabei dem völlig verschüchterten Tier die Kostümierung vom Körper zu reißen versuchte. Sofort richtete sich die ungezügelte Wut des Franzosen auf Pierre Thomas; einen Moment lang standen sich die beiden Männer lauernd gegenüber, umringt von den Zuschauern, die zum Teil zögernd gegen den Offizier

Partei ergriffen. Die meisten aber schienen sich nur ein willkommenes zusätzliches Spektakel zu versprechen. Pierre Thomas lag nichts an einer handgreiflichen Auseinandersetzung, nachgeben wollte er allerdings auch nicht. Deshalb war er erleichtert, als schließlich die Kameraden seines Gegners eingriffen, beruhigend auf den Offizier einredeten und ihn trotz seiner Gegenwehr in ihre Mitte nahmen und mit ihm in der sich enttäuscht auflösenden Menge verschwanden.
Unbemerkt hatte in dem Durcheinander auch der Bänkelsänger mit seiner Begleiterin und dem Affen die Flucht ergriffen; sogar die Schautafel war verschwunden.
Als zwei aufgeregte Männer der Bürgerwehr, wohl vom besorgten Wirt alarmiert, auf dem Hof erschienen, fanden sie zu ihrer offensichtlichen Erleichterung keinen Grund zum Eingreifen. Pierre Thomas wartete wie unbeteiligt, bis sie sich wieder entfernt hatten, dann ging er, das wegen des Schauspiels bisher versäumte Essen nachzuholen, zur Hintertür des Gastraumes zurück.
Kaum hatte er den Raum betreten, als sich zwei Männer auf ihn stürzten, ihn packten und in den Küchengang zerrten, wo er sich wehrlos dem Offizier vom Hof gegenübersah. Sichtlich ruhiger, aber um so entschlossener trat der Franzose auf ihn zu.
»Kanaille! Er hat ja wohl nicht geglaubt, daß ein Offizier Napoleons sich von einem dreckigen Preußen kujonieren läßt!« Mit verächtlich höhnischem Grinsen griff er in seine Ärmelstulpen, zog eine Karte vor und steckte sie Pierre Thomas in die Rocktasche.
»Alle Einzelheiten der Satisfaktion werden ihm von meinen beiden Sekundanten Causse und Cregut mitgeteilt werden!«
Der Offizier zeigte auf die beiden Franzosen, die Pierre Thomas, der erst langsam begriff, was mit ihm geschah, immer noch festhielten, warf ihm einen verächtlichen Blick zu und verschwand aus dem Gang, ohne Gelegenheit zu einer Erwiderung zu geben. Die beiden Männer ließen ihn frei, forderten seine Karte und folgten ihrem Kameraden.
Pierre Thomas war der Appetit gründlich vergangen; ohne hinüber in den Gastraum zu gehen, stahl er sich durch die Hintertür über den jetzt menschenleeren Hof davon.

Théodore Laurent und Wilhelm Sabetzki standen sich im Kontor hinter ihren weit ausladenden, mit den Rückenseiten aneinandergerückten Schreibpulten gegenüber. Théodore sah flüchtig in das ihm von seinem Geschäftspartner herübergereichte Rechnungsbuch. Während er so tat, als würde er die eingetragenen Zahlenkolonnen überprüfen, suchte er in Gedanken nach einem Weg, dem Gespräch über

die Lage des Unternehmens, zu dem sein Kompagnon Sabetzki ihn nach mehreren vergeblichen Versuchen in den vorangegangenen Tagen endlich mit unnachgiebigem Druck gestellt hatte, doch noch zu entgehen. Da ihm diesmal jedoch keine annehmbare Ausrede einfallen wollte, entschloß er sich, die Unterredung wenigstens möglichst kurz zu halten und Wilhelm Sabetzkis Sorgen über den Fortgang der Geschäfte nachdrücklich herunterzuspielen; zumal ihr Unternehmen im Gegensatz zu zahlreichen anderen tatsächlich unter dem Krieg und der Besatzung bisher keine gravierenden Nachteile gehabt hatte.
Mit betont zufriedenem Seufzer der Erleichterung sah Théodore deshalb vom Buch auf, nahm Lineal und Schreibfeder und zog einen Schlußstrich unter die ihm vorgelegten Zahlen. »Ich sehe nicht, warum du so besorgt tust; du kannst es doch drehen und wenden wie du willst: Alles in allem hat die Kontinentalsperre des Monsieur Napoleon unsere Geschäfte nur begünstigt; sie hält uns die englische Konkurrenz vom Halse!«
Sabetzki mochte sich so leicht nicht abspeisen lassen, mißmutig brummte er vor sich hin und beugte sich hinüber, um in das aufgeschlagen auf Théodores Pult liegende Buch sehen zu können. Dabei erhellte sich sein Gesicht; er glaubte, das Haar in der Suppe entdeckt zu haben. Fast triumphierend tippte er auf die Zahlenreihen. »Da fehlen in deiner Rechnung die Steuern nach der neuen Staffel – die sollen doch jetzt in Relation zur Höhe des Einkommens gezahlt werden. Ich dachte, das wüßtest du längst!«
In seinem Ton klang deutlich das Mißfallen über den Kompagnon mit, dem er das in letzter Zeit schwächer gewordene Engagement für das gemeinsame Unternehmen vorwarf. Nach seinem Eindruck befaßte Théodore sich viel zu sehr mit den Angelegenheiten der Gemeinde der Réfugiés. Deshalb konnte Sabetzki sich nicht zurückhalten zu erwähnen, daß Théodore doch eigentlich aus den zahlreichen Sitzungen des Consistoriums wissen müßte, wie die neue Steuerberechnung beschaffen sei. Théodore überhörte den vorwurfsvollen Ton. Gelassen schob er Sabetzkis Hand von der Buchseite und blätterte zurück.
»Hier, wie du sehen kannst, steht alles genau vermerkt und bilanziert.«
Théodore schlug das Rechnungsbuch zu und reichte es Sabetzki, der es, wieder vor sich hin murrend, in seiner Lade verstaute. »Auf jeden Fall ist es eine Schande, diese Neuregelung . . .«
Théodore zuckte leichthin die Schultern; Wilhelm Sabetzkis beharrlich zur Schau getragene Mißstimmung hielt er für sehr übertrieben.

»Wie soll unser König denn sonst die einhundertzwanzig Millionen Franken zahlen, die Napoleon von ihm als Kriegsentschädigung verlangt?«

»Der König? Wir müssen das zahlen! Und dann auch noch die Kosten für die Einquartierungen: Frühstück, Mittagbrot, Vesper und noch ein opulentes Abendessen belieben die Herren Besatzer zu verlangen, natürlich alles mit gehörigen Portionen an Kaffee und Wein – man stelle sich das vor: einfache Kürassiere, die Kaffee und Wein beanspruchen! Bisweilen hat es ganz den Anschein, als hätten diese Franzosen unser Berlin nur deshalb mit kriegerischen Zerstörungen verschont, um uns jetzt um so rücksichtsloser langsam auszehren zu können! Und da ich mehr Einquartierungen erdulden muß als du in deinem Haus, wäre es eigentlich nur recht und billig, diese Kosten unserem Betrieb in Rechnung zu stellen. Schließlich sind sie bei mir auch deshalb zahlreicher eingezogen, weil hier in deinem Haus einiges von den Räumlichkeiten mit unseren gemeinsamen Geschäftskontoren belegt ist.«

Sabetzki war förmlich anzusehen, wie zufrieden er darüber war, daß er mit seinen Nörgeleien nun doch noch einen Punkt getroffen hatte, auf den er seinen Partner Théodore Laurent hinweisen konnte. Aber Théodore nahm auch diese Herausforderung nicht an; mit großzügiger Handbewegung lud er Sabetzki dazu ein, das Rechnungsbuch wieder aufzuschlagen und eine angemessene Summe für die Bewirtung der einquartierten Franzosen in die Unternehmensbilanz aufzunehmen.

Während Sabetzki die entsprechenden Kalkulationen umständlich eintrug, wobei er halblaut ebenso über die Dünkelhaftigkeit der preußischen Armeeführung, die sich leichtfertig in den Krieg gegen Napoleon eingelassen habe, schimpfte wie über die Unverschämtheiten der siegreichen Franzosen, betrat überraschend Pierre Thomas das Kontor und eilte ohne Begrüßung sofort auf die beiden Männer zu.

»Ich brauche eure Hilfe!«

Sabetzki blickte spöttisch von seiner Schreiberei auf. »Natürlich – wieviel diesmal? Ich bin sowieso gerade bei der Aufstellung der besonderen Kosten . . .«

Aber Pierre Thomas hatte keine Geduld, auf Sabetzkis üblichen Sarkasmus einzugehen; ernst schüttelte er den Kopf. »Ich brauche zwei Sekundanten – euch!«

Er zog die Karte des französischen Offiziers hervor und reichte sie Sabetzki. Théodore kam hinter seinem Pult aufgeschreckt hervor und las mit.

»Brouzet – Capitaine Brouzet von der französischen Administration? Das ist doch nicht dein Ernst!«
»Es sah ganz und gar nicht nach einem Spaß aus.«
Théodore fand als letzter seine Sprache wieder, entgeistert starrte er seinen Bruder an. »Und mit dem willst du dich duellieren?«
Das Entsetzen in Théodores Gesichtsausdruck ließ Pierre Thomas lächeln. »Lieber Bruder, auch wenn du mich schon immer für ein bißchen sonderbar gehalten hast – so sonderbar bin ich nun doch nicht: Er will sich mit mir duellieren, das ist der feine Unterschied. Und da dachte ich mir, ihr könntet mir auf eine Weise sekundieren, die dieses dumme Duell überhaupt nicht erst akut werden läßt.«
Théodore trat zögernd hinter sein Pult zurück und stützte den Kopf schwer in seine Hände; Sabetzki zeigte nach einem Moment des Nachdenkens mehr Zivilcourage. Er klopfte Pierre Thomas auf die Schulter. »Wir werden sehen, daß die Sache in Ordnung kommt. Dieser Brouzet ist ein einflußreicher Mann, der unseren Geschäften mit den Besatzern ziemlich schaden könnte, wenn es uns nicht gelingt, ihn umzustimmen. Ich jedenfalls möchte ihm nicht einmal als Sekundant gegenübertreten müssen! Du hast dich da auf eine sehr große Dummheit eingelassen, mein lieber Pierre Thomas!«
Théodore nickte nachdrücklich; ihm war es sehr recht, daß Sabetzki sofort die Initiative übernommen hatte. Die drei Männer einigten sich darauf, daß Pierre Thomas aus Gründen der eigenen Sicherheit, aber auch, wie Sabetzki betonte, um weitere Dummheiten zu vermeiden, sich in seinem Buchladen nicht mehr sehen lassen dürfe. Zögernd willigte deshalb Théodore darin ein, seinen Bruder vorübergehend in seinem Haus unterzubringen.
Sabetzki schloß sich den beiden an, die unverzüglich dem Dienstmädchen den Auftrag erteilen wollten, eine der Bodenkammern für Pierre Thomas herzurichten, weil ihm die Lust an der Kontorarbeit fürs erste gründlich vergangen war. Als sie an der angelehnten Tür zum Salon vorbeikamen, hörten sie fröhliches, helles Lachen von Anne Antoinette und die tiefe, freundliche Stimme des bei den Laurents einquartierten französischen Offiziers. Théodore blieb erstaunt stehen und schüttelte mißbilligend den Kopf, dann schob er seinen Bruder hastig weiter zur Treppe. Sabetzki verabschiedete sich von den beiden, wartete, während er so tat, als würde er seinen Straßenrock anziehen, bis sie in der oberen Etage verschwunden waren und schlich vorsichtig zurück zur Salontür, die er ganz behutsam etwas weiter aufstieß, um in den Raum spähen zu können.

Auf der Chaiselongue saßen, dicht aneinandergerückt und in offensichtlich einander sehr zugetaner Stimmung, Anne Antoinette Laurent und der Offizier Gaston Villaume, der lächelnd ihre gezierten und wohl nur der schicklichen Form wegen vorgebrachten Einwände überging und die vor den beiden stehenden Weingläser nachfüllte. Sabetzki hatte die Schwester seines Kompagnons seit ihrer Rückkehr nach Berlin noch nie so ausgelassen und heiter gesehen. Anne Antoinette legte ihr Stickzeug beiseite und prostete Villaume zu. Da die beiden französisch miteinander sprachen, was ihr ein zusätzliches Vergnügen zu bereiten schien, verstand Sabetzki nur gerade so viel von ihrer Unterhaltung, daß es um einen Ball der französischen Administration ging, zu dem Villaume die gesamte Familie seines Gastgebers einladen wollte. Ihre Bedenken, daß ihr Bruder und besonders auch die Schwägerin wegen ihrer sehr strengen religiösen Auffassung die Einladung nicht annehmen würden, quittierte Villaume mit enttäuschtem Schulterzucken, fand aber gleich wieder seine gute Laune zurück. Scheinbar ganz unwillkürlich legte er seinen Arm um Anne Antoinette und schlug ihr mit gespielter Traurigkeit vor, unter solchen Umständen dann leider nur zu zweit zu gehen. Anne Antoinette drohte ihm im Scherz mit dem Finger, fiel dann aber wieder in ihr fröhliches Lachen, in das Villaume erleichtert einstimmte. Sabetzki war von der unverhofft belauschten Szene anscheinend sehr angetan. Leise trat er von der Salontür zurück und ging über den Korridor zum Ausgang; nach einigen Schritten drehte er sich noch einmal um und sah nachdenklich zum Salon hinüber.

Théodore war nach der notdürftigen Unterbringung seines Bruders zur Consistoriumssitzung gehetzt. Obwohl ihn ganz andere private Probleme beschäftigten und die Aufregungen auch zu einer körperlichen Übermüdung bei ihm geführt hatten, war er entschlossen, gerade in dieser Zeit der stark nachlassenden allgemeinen Bereitschaft zu einem mit Eifer betriebenen Gemeindeleben seine Pflichten als Mitglied des Consistoriums auf keinen Fall zu vernachlässigen. So sehr er sich aber um Aufmerksamkeit bemühte, konnte er allerdings nicht verhindern, daß ihm während der langatmigen Diskussion immer wieder die Augen zufielen.

Nur sehr flüchtig hörte er deshalb, daß es um die Behandlung der zahlreich an die Französische Colonie gerichteten Anträge um Aufnahme ging, die von bisher gemeindefremden Bürgern in der Hoffnung gestellt worden waren, sich damit Vorteile bei den französischen Besatzern zu verschaffen.

Théodore hatte wiederholt seinen Standpunkt bekundet, diese Anträge unnachgiebig allesamt abzulehnen, und war daher sicher, daß sich seine Auffassung nun auch in der abschließenden Diskussion durchsetzen würde. Um so mehr schreckte er auf, als ausgerechnet der alte Prediger Jean Jouvenal, den er für einen der wenigen Vertreter des wahren, althergebrachten hugenottischen Geistes hielt, dieser Meinung widersprach und vorschlug, jeden Antragsteller, dem ein ernstes Interesse am französisch-reformierten Glauben nicht offenbar abzusprechen wäre, in die Gemeinde aufzunehmen.
Théodore nahm sich zusammen und verlangte die Gelegenheit zur Gegenrede; dazu allerdings kam es nicht. Bevor Théodore sich erhoben hatte, wurde die Tür aufgerissen, und der *Ancien* Rocolle stürzte atemlos ins Beratungszimmer. Äußerst erregt forderte er die sofortige Unterbrechung der laufenden Diskussion. Im Theologischen Seminar, von dem er komme, sei unter den Studenten ein Aufruhr ausgebrochen.
Rocolle war zwar für seine leichte Erregbarkeit bekannt, diesmal aber hatten alle Anwesenden das Gefühl, daß die Schwierigkeiten, die er als Vorsitzender der zuständigen Kommission fast in jeder Sitzung erwähnt hatte, ernste Formen angenommen hatten. Rocolle sprach von einem Geist der Ungehörigkeit und mangelnden Ehrerbietung, der trotz aller Ermahnungen nun in eine offene Meuterei gemündet sei, und stellte den Antrag, das Seminar umgehend aufzulösen.
In das betroffene Schweigen der Consistoriumsmitglieder hinein kam Théodores Wortmeldung; die Schilderung der Zustände im Seminar hatte ihn endgültig wachgerüttelt.
»Meuterei, Rocolle, ist eine sehr schwerwiegende Anschuldigung – würde es nicht genügen, den Anführer dieser Unruhe ausfindig zu machen und ihn zur Verantwortung zu ziehen? Mir jedenfalls scheint es angebrachter zu sein, einen einzelnen – wenn nötig – zu opfern als das gesamte Theologische Seminar.«
Rocolle wandte sich Théodore zu, im Gegensatz zu seinem ersten, hastig vorgebrachten Bericht suchte er zögernd nach Worten. »Doch, Laurent, es handelt sich um Meuterei, und es tut mir leid, es öffentlich auszusprechen; aber du zwingst mich dazu: Dein Sohn Albert ist der Anführer!«
Théodore fühlte, wie ihn die Blicke der Mitglieder trafen und gleich darauf wieder von ihm betreten wegschwenkten. Unfähig zu irgendeiner Erwiderung, stand er schwerfällig auf und verließ mit gesenktem Blick den Beratungsraum.

Wilhelm Sabetzkis Verhandlung mit den beiden Sekundanten des Capitaine Brouzet war ohne Erfolg geblieben. Die Begleitumstände seines Besuchs in der Kaserne in der Großen Friedrichstraße hatten ihm deutlich gemacht, daß die Hoffnungen auf einen friedlichen Vergleich nur Zeitverschwendung bedeuteten. Nachdem er absichtlich, wie er mit Bestimmtheit vermutete, lange kreuz und quer über die Kasernengänge in die Irre geschickt worden war, stellten sich die Sekundanten, auf die er endlich doch noch traf, als sehr unnachgiebig heraus und lehnten das Angebot einer förmlichen schriftlichen Entschuldigung von Pierre Thomas strikt ab. Statt dessen legten sie das Datum für das Duell auf die frühen Morgenstunden des kommenden Tages fest. Ihr einziges Entgegenkommen bestand darin, Sabetzki die Wahl der Waffen zu überlassen. Sarkastisch entschied sich Wilhelm Sabetzki, der seine Mission überhaupt nicht mit Pierre Thomas abgesprochen hatte, für Pistolen, weil damit die Aussicht auf einen unwiderruflichen Ausgang des Duells wahrscheinlicher wäre als mit Säbel oder Degen. Die Begründung seiner Wahl schien ihn in der Achtung der beiden Kontrahenten steigen zu lassen, ahnten sie doch nicht, daß Sabetzki immer noch entschlossen war, es auf keinen Fall zu einem solchen Ende kommen zu lassen.
Von der Kaserne begab sich Sabetzki schnurstracks zurück zum Hause Laurent, um Pierre Thomas das Ergebnis seiner Unterhaltung mitzuteilen – weitaus wichtiger aber war ihm ein ganz anderes Gespräch, das er sich als einen letzten Ausweg vorbehalten hatte. Er traf Anne Antoinette allein in ihrem Zimmer an.
Nach ihrem ersten Schrecken über seine rückhaltlos offene Schilderung der Bedrohung, in die ihr Bruder hineingeraten war, erklärte sich Anne Antoinette bereit, mit Villaume über alles zu reden und ihn um Hilfe zu bitten. Gemeinsam gingen sie hinunter in die Küche des Hauses, in der Villaume zusammen mit seinem Burschen ein französisches Souper vorbereitete, zu dem er die Familie Laurent eingeladen hatte. Villaume kannte den Duell-Gegner von Pierre Thomas als einen sehr leicht aufbrausenden, schon in zahlreiche Händel verwickelten Mann. Es schien ihn zu belustigen, Anne Antoinettes Angst durch immer neue Einzelheiten über die Gefährlichkeit und Unberechenbarkeit jenes Capitaine Brouzet noch zu steigern. Zwischendurch unterhielt er sich, als gäbe es für ihn nichts Wichtigeres, mit ihr über die Zubereitung seiner Spezialitäten. Sabetzki beachtete er überhaupt nicht, so daß der, als er schließlich die Küche verließ, nicht wußte, ob seine Überlegung, den Beistand des einen Franzosen gegen den anderen zu erlangen, auch tatsächlich aufgehen würde.

Ebenso zwischen Hoffnung und Zweifel schwankend, fühlte sich Anne Antoinette während des Abendessens, das Villaume mit temperamentvoller Freundlichkeit und deutlichem Stolz über die gelungene Zubereitung der heimischen Speisen ausrichtete. Außer Caroline verhielten sich alle übrigen Familienmitglieder sehr wortkarg und waren nur mit sichtlicher Anstrengung in der Lage, ein gewisses Maß an Höflichkeit und Interesse für Villaumes Tischgespräche aufzubringen. Sogar Théodores älterer Sohn Philippe, der sonst stets einen Weg fand, niedergedrückte Stimmungen im Hause seiner Eltern zu verscheuchen, verhielt sich sehr zurückhaltend und musterte immer wieder verstohlen seinen Onkel Pierre Thomas, der steif dasaß, seinen mangelhaften Appetit so gut wie möglich verbarg und sich nicht anmerken ließ, wie stark ihn das in wenigen Stunden bevorstehende Duell belastete.

Als Caroline in einem langatmigen Gespräch mit Villaume feststellte, daß sie, wäre es vor langer Zeit nicht zu jener Flucht der Hugenotten aus der französischen Heimat gekommen, fast Nachbarn hätten sein können, da ihr Herkunftsort ganz in der Nähe seiner Heimatstadt lag, vermochte Anne Antoinette ihre ängstliche Neugier nicht länger zu unterdrücken.

Fragend blickte sie in einer Gesprächspause Villaume an und deutete dabei heimlich auf Pierre Thomas; aber Villaume schien sie nicht verstehen zu wollen. Freundlich nickend lächelte er ihr zu, griff nach der Weinflasche und schenkte ihrem Bruder nach.

Unruhig hatte sich Anne Antoinette in ihrem Bett in Alberts Kammer gewälzt, die halben und vollen Stundenschläge der nahen Kirchenglocken mitgezählt und immer wieder von neuem Villaumes Verhalten während des gemeinsamen Abendessens auf irgendwelche Anzeichen hin durchforscht, die sie als ein Signal der Hilfsbereitschaft hätte werten können. Gegen ihren Willen war sie schließlich, ohne Gewißheit erlangt zu haben, in einen quälenden Dämmerschlaf gefallen, als Geräusche von der Straße sie aufschreckten.

Anne Antoinette sprang aus dem Bett und schlich hinaus auf den Korridor; durch das Fenster fiel das graue Licht der beginnenden Morgendämmerung, im Haus war es still.

Anne Antoinette öffnete vorsichtig das Fenster und sah hinunter auf die Straße.

Vor dem Eingang zum Haus hielt eine Mietkutsche; Wilhelm Sabetzki stand neben dem Wagenschlag und half, während er auf sie einredete, Pierre Thomas und Théodore, in die Kutsche zu steigen, dann

reichte er ihnen ein kleines schwarzes Köfferchen, schloß die Wagentür und kletterte zum Kutscher auf den Bock. Während die Kutsche rumpelnd anfuhr, steckte für einen Moment Pierre Thomas seinen Kopf zum Wagenfenster hinaus und sah zum Haus zurück. Anne Antoinette beugte sich weit über das Fensterbrett vor und winkte ihm schüchtern zu, aber ihr Bruder schien sie nicht zu bemerken; ohne ein Zeichen der Reaktion zog er seinen Kopf zurück. Die Kutschpferde hatten inzwischen ein zügiges Tempo eingeschlagen, bogen um die Straßenecke und verschwanden aus Anne Antoinettes Blickfeld.
Sie blieb, kraftlos an den Fensterrahmen gelehnt, einen Moment lang stehen, dann lösten sich ihre um das Rahmenholz geklammerten Finger mit entschlossenem Ruck, und sie eilte die Treppe hinunter zu Villaumes Zimmer.
Erst vor seiner Tür verlangsamten sich ihre zielstrebigen Schritte, zögernd griff sie dennoch nach dem Türgriff und drückte ihn langsam hinunter: Der Raum war leer, das Bett so bedeckt, als wäre es überhaupt nicht benutzt worden, und als ihr suchender Blick durch die offenstehende Tür in die Kammer des Offiziersburschen fiel, sah sie, daß auch er nicht da war.
Ein Geräusch hinter ihr ließ sie erschrocken herumfahren; im Salon stand Caroline, der flackernde Schein der Kerze, die sie in der Hand hielt, beleuchtete ihr Gesicht. Schweigend, mit einem Ausdruck von Vorwurf und Verachtung wartete sie, bis ihre Schwägerin Anne Antoinette das Zimmer von Villaume verlassen und leise die Tür zugezogen hatte.
Anne Antoinette blieb vor ihr stehen, ganz langsam und zaghaft schüttelte sie den Kopf.
»Nein, Caroline – nein, es ist nicht, wie du denken magst – Pierre Thomas muß sich duellieren, sie sind schon unterwegs. Und ich dachte, Monsieur Villaume könnte – ach ich weiß nicht . . .«
Mit resigniertem Schulterzucken brach sie ihren Erklärungsversuch ab und schritt an Caroline vorbei zurück zur Treppe.

Im zunehmenden Tageslicht trieben Regenwolken über die Baumwipfel des Tiergartens, vom Spreebogen herüber tönten gedämpft die Rufe der Bootstreidler, die mit ihrer Arbeit begannen. Am Rande der kleinen Lichtung stand Capitaine Brouzet im Gespräch mit seinen beiden Sekundanten und dem Militärarzt. Ihre einzige Sorge schien den aufziehenden Regenwolken zu gelten; immer wieder blickten sie hinauf zum Himmel, prüften Stärke und Richtung des Windes und entschlossen sich gerade, ihre unter einer Baumgruppe angekoppelten

Pferde mit Planen abzudecken, als sich Pierre Thomas mit seinem Bruder Théodore und Wilhelm Sabetzki durch das dichte Gebüsch auf die Lichtung zwängte.
Gegen alle Regeln des förmlichen Duells begab sich Pierre Thomas sofort auf Brouzet zu.
»Monsieur, ich werde mich nicht mit Ihnen schlagen! Wenn Sie wünschen, bin ich bereit, mich für mein Verhalten während des Spektakels im Hinterhof des Lokals ›Zum Hundeleben‹ zu entschuldigen – allerdings erwarte ich dafür, daß auch Sie Ihr ungehöriges Betragen revidieren.«
Brouzet verschlug es zunächst die Sprache, Form und Inhalt des Angebots von Pierre Thomas schienen ihn zu verwirren. An seiner Stelle nahmen seine beiden Sekundanten den ganz ruhig, beinahe gelassen wirkenden Pierre Thomas schließlich beim Arm und führten ihn zurück zu Théodore und Wilhelm Sabetzki.
Während Brouzet seinen mit einem Federbusch geschmückten Helm und den schimmernden Brust- und Rückenharnisch ablegte, schritten seine Sekundanten mit weit ausholenden Schritten bereits die Duelldistanz ab, neben ihnen her stolperte mit kleinen ängstlichen Schritten Théodore. Sabetzki hatte das Pistolenköfferchen ins Gras gestellt, öffnete es und wählte sehr umständlich eine der Waffen aus, dabei hob er immer wieder heimlich den Kopf und beobachtete den Rand der Lichtung. Pierre Thomas ging hinüber zu seiner von den Sekundanten markierten Position, äußerlich sehr beherrscht legte er seinen Rock ab und krempelte seine Hemdsärmel mit großer Pedanterie auf.
Inzwischen hatte auch Brouzet Aufstellung genommen; ohne seinen Widersacher eines Blickes zu würdigen, prüfte er sorgfältig die Pistole. Vereinzelte, schwere Regentropfen begannen, auf die Lichtung zu fallen; da wurden plötzlich die Pferde der Franzosen unruhig; sie trippelten aufgeregt, zerrten an ihren Stricken und wieherten. Im selben Moment sprang Wilhelm Sabetzki entschlossen, bevor ihn die gegnerischen Sekundanten, die Schutz vor dem Regen unter einem Baumwipfel gesucht hatten, daran hindern konnten, mitten auf die vereinbarte Duellstrecke.
Mit ausgebreiteten Armen stellte er sich zwischen die beiden Widersacher und schrie hektisch, wie endlich von einer schweren Last befreit, auf Brouzet und Pierre Thomas abwechselnd ein. Das Wiehern nun auch fremder Pferde übertönte ihn.
Aus dem Gebüsch hervor brachen drei Reiter in französischer Uniform, im Galopp jagten sie auf den vollkommen verdutzten Brouzet

zu und umstellten ihn. Als erster sprang Villaume von seinem Pferd, betont militärisch streng wendete er sich an Brouzet.
»Capitaine, Sie müßten sehr genau wissen, daß eine Ordre Seiner Majestät, unseres Kaisers und Kriegsherren Napoleon, das Duellieren verboten hat! Insbesondere gilt dies im Verhältnis zur besiegten, einheimischen Bevölkerung!«
Verständnislos starrte Pierre Thomas auf Sabetzki, der mit strahlender Miene zu ihm geeilt war und ihm die Pistole abnahm, um sie Villaume zu bringen.
Wie in einem Traum sah Pierre Thomas, daß Villaumes Bursche die Pferde der Gegenpartei losband und sie zu Brouzet und seinen Sekundanten führte, die erregt auf den Capitaine einflüsterten, während Villaume mit seinen Begleitern und dem Arzt schon wieder über die Lichtung davonritt, als würde er die Brüder Laurent überhaupt nicht kennen – ja, als wären sie ihm vollkommen gleichgültig.
Erst als sich Brouzet, von seinen Sekundanten offensichtlich zur Vernunft gebracht, auf sein Pferd schwang und als Théodore, den er während des ganzen Vorfalls aus den Augen verloren hatte, mit müden, schleppenden Schritten auf ihn zukam, wachte Pierre Thomas allmählich auf.
Plötzlich spürte er, daß der stärker fallende Regen sein Hemd durchnäßt hatte und griff nach seinem Rock.
Sabetzki half Pierre Thomas, klopfte ihm aufmunternd auf die Schulter. »Beeil dich, daß du dir nicht ausgerechnet jetzt noch eine Erkältung holst! Und du ...« Übermütig tippte er seinem Kompagnon Théodore, der noch immer bleich und hilflos dabeistand, gegen die Brust. »Du solltest machen, daß du nach Hause kommst und dich bei deiner Schwester bedankst!«
Er schnappte Pierre Thomas am Arm und zog ihn mit sich über die Lichtung; langsam folgte ihnen im nun strömenden Regen Théodore Laurent zur wartenden Kutsche.

Bei ihrer Rückkehr ins Haus Laurent trafen sie Villaume nicht mehr an, dafür bereitete ihnen Anne Antoinette einen um so herzlicheren Empfang; Villaume war bei ihr gewesen und hatte sie vom überraschenden Ausgang des Duells unterrichtet. In ihrer glücklichen Stimmung machte sie weder vor ihrem Bruder Théodore noch vor der schweigend gemeinsam mit dem Dienstmädchen den Kaffee herrichtenden Caroline länger ein Hehl aus ihrer Zuneigung zu Villaume, und Pierre Thomas und insbesondere Wilhelm Sabetzki unterstützten sie, indem sie Villaumes Zuverlässigkeit und seine Entschlossenheit

nicht genug loben konnten; die vorangegangene Ungewißheit schien bei allen vollkommen vergessen zu sein.
Nach dem Kaffee suchte Pierre Thomas in der Bodenkammer seine wenigen, für die nun beendete Zeit der Zuflucht mitgebrachten Habseligkeiten zusammen und verabschiedete sich, um endlich wieder seinen Buchladen öffnen zu gehen.

Als er die Riegel vor dem Ladeneingang entfernte, trat ein junger Mann auf ihn zu, der ihn in der Nische der benachbarten Haustür bereits erwartet zu haben schien. Pierre Thomas war viel zu erschöpft, um noch Überraschung zu verspüren, als er seinen Neffen Albert erkannte. Außerdem hatte er seit der Nachricht von der angeblichen Meuterei im Theologischen Seminar und der vorläufigen Schließung damit gerechnet, daß Albert irgendwann bei ihm auftauchen würde. Wortlos ließ er ihn eintreten und schloß hinter ihm die Ladentür.
Albert wirkte überhaupt nicht bedrückt, fast tatendurstig blickte er sich in der an den Verkaufsraum anschließenden Druckwerkstatt um, so daß es auch Pierre Thomas nicht schwer fiel, alles Vergangene zu verdrängen und seine gewohnte Arbeit mit Erleichterung wieder aufzunehmen. Eifrig von Albert assistiert, räumte er die durch seinen plötzlichen Aufbruch liegengebliebenen Druckbögen beiseite und machte sich daran, die Stanhope-Presse, die er erst vor kurzem erstanden hatte, von eingetrockneten Farbresten zu säubern und seinem Neffen dabei ihre Bedienung zu erklären.
»Der Typenname wird dir wenig sagen, aber eine bessere gibt es zur Zeit nicht, wenigstens nicht für meine Bedürfnisse – und zum Erlernen des Druckerhandwerks ist sie wirklich ideal . . .« Er stieß Albert lächelnd den Ellenbogen in die Seite. »Denn mit dem Studium der Theologie scheint es nun ja wohl vorläufig aus zu sein, hm? Ich hatte sowieso nie den Eindruck, daß es dir sehr viel bedeutet hätte; zu so etwas gehört eben eine große Portion Überzeugung . . . zum Buchhandel übrigens auch – Überzeugung und allerdings noch dazu ein freier Geist. Und den hast du ja wohl bewiesen, du Rädelsführer . . .«
Albert erwiderte sein amüsiertes Grinsen und sah über den Hebel der Presse hinweg auf die niedrige Tür, die ihm Pierre Thomas zeigte. »Da hinten in meinem Privatgemach jedenfalls wäre unter Umständen noch ein Plätzchen frei für einen tüchtigen Lehrjungen.«
»Und daneben die Tür, wohin führt die?«
Erschrocken sah Pierre Thomas seinen Neffen an, hatte sich aber gleich wieder in der Gewalt. »Welche Tür? Ich sehe nur die eine.«
Albert drückte seinem Onkel den Stapel Papierbögen in die Hand und

ging zielstrebig auf die mit einer Stofftapete bespannte Rückwand der Werkstatt zu. Nachdem er sich unter Pierre Thomas' gespannt beobachtendem Blick kurze Zeit an einer bestimmten, äußerlich durch nichts auffallenden Stelle zu schaffen gemacht hatte, sprang tatsächlich eine verborgene Tapetentür auf. In einer zum Vorschein kommenden geräumigen Nische in der Mauer befand sich ein mit Stapeln von Manuskripten und gehefteten Broschüren vollgestopftes Bretterregal. Als Albert sich mit einer wahllos herausgegriffenen Schrift umwandte, sah ihn Pierre Thomas lange durchdringend an, bevor er ihm wortlos die Papiere aus der Hand nahm, sie zurück ins Regal legte und die Tapetentür zudrückte.

»Ich wollte dich mit dem Wissen um – um diese Dinge eben nicht unnötig belasten. Nun hast du sie selbst entdeckt, gut für mich, daß nur du es warst und mir damit gezeigt hast, wie unsicher das Versteck ist. Die, deretwegen es eingerichtet ist, hätten es gewiß ebenso schnell gefunden, schließlich sind sie ja darauf abgerichtet.«

»Von wem sprichst du? Was sind das überhaupt für Manuskripte?«

Pierre Thomas ging auf die Fragen nicht ein; nachdem er sorgfältig die Nahtstellen der Tapete zwischen Tür und Wandfläche glattgestrichen hatte, schob er einen der niedrigen, mit Werkzeugen, Farbtöpfen und Papierabfällen übersäten Arbeitstische davor. Albert ging ihm diesmal nicht zur Hand, und Pierre Thomas spürte, daß das Vertrauen zwischen ihnen durch den Vorfall beeinträchtigt worden war. Er richtete sich auf, legte Albert die Hand auf die Schulter und bemühte sich um einen möglichst beiläufig klingenden Tonfall.

»Am besten, du vergißt deine Entdeckung schnell wieder, ich werde mir sowieso unbedingt etwas Neues einfallen lassen müssen. Wenn du dich allerdings zu einer Zusammenarbeit mit mir entschließen solltest, gäbe es natürlich keine solchen Geheimnisse mehr zwischen uns – einverstanden?«

Zögernd schlug Albert in die ihm hingehaltene Hand des Onkels ein.

»Das Angebot, meine ziemlich bescheidene Unterkunft mit dir zu teilen, gilt selbstverständlich trotzdem; denn große Lust, zu deinen Eltern zu gehen, scheinst du ja nicht zu haben – was ich übrigens verstehe. Benachrichtigen müßte man sie aber wohl dennoch über deinen Aufenthalt – also, was ist? Was kann ich ihnen erzählen?«

Der seit der Geheimniskrämerei des Onkels Mißfallen und einen Anflug von Gekränktheit anzeigende Gesichtsausdruck von Albert glättete sich; er ging auf die Tür zu, hinter der sich die Räumlichkeit befand, die Pierre Thomas als sein Privatgemach bezeichnet hatte, öffnete sie und warf einen Blick hinein. Was er sah, belustigte ihn.

»Würde mich der Vorsitzende der Consistoriumskommission für das Theologische Seminar da drin entdecken, er fände all seine Befürchtungen bestätigt: So ungefähr wird er sich nämlich den Unterschlupf eines Aufrührers und Rädelsführers vorstellen! – Dürfte ich bei dir von Zeit zu Zeit Besuch empfangen?«
»Um deine verschwörerischen Betätigungen fortzusetzen?« Pierre Thomas blinzelte Albert verschmitzt zu. »Sagen wir, mein Buchladen steht jedem Kunden offen . . .«
»Nein, das ist es nicht, es – es handelt sich um ein Fräulein . . .«
Pierre Thomas war über diese Mitteilung sichtlich verdutzt, es dauerte einen Moment, bis er seinen unverfänglichen Plauderton wiederfand.
»Aha, nun begreife ich erst – die Herren Studenten, denen man neben dem Studium der Theologie auch noch Gelegenheit zum Studium des Lebens läßt, die müssen natürlich den Geschmack an trockener Psalmenreiterei verlieren . . . Kenne ich die Demoiselle?«
»Sie heißt Lotte, Charlotte von Crantz.«
Pierre Thomas sah seinen Neffen überrascht an. »Von Crantz? Die Tochter des Apothekers in der Dorotheenstadt?«

Obwohl der Moderateur der Consistoriumssitzungen Théodore hatte ausrichten lassen, daß man in Anbetracht seiner Betroffenheit Verständnis dafür zeigen würde, wenn er der kurzfristig anberaumten Sondersitzung fernbliebe, entschloß sich Théodore, dennoch an ihr teilzunehmen. Für ihn war der Fall des Theologischen Seminars über alle Belange der Gemeinde hinaus zu einer persönlichen Prüfung geworden, der er sich zu stellen hatte. Außerdem hoffte er insgeheim, etwas über seinen Sohn Albert, von dem er seit der vorläufigen Auflösung des Seminars nichts gehört hatte, zu erfahren.
Diese Hoffnung allerdings erfüllte sich zunächst nicht. Die Beratung, wie zukünftig mit den aufmüpfigen Studenten zu verfahren sei, wurde auf unbestimmte Zeit vertagt, weil sich überraschend dringlichere, für den Fortgang des Gemeindelebens entscheidende Schwierigkeiten ergeben hatten.
Enttäuscht über die Verschleppung der Seminarfrage, zugleich aber auch erleichtert darüber, daß ihm die ausführliche Erörterung des für ihn peinlichen Verhaltens seines Sohnes auf diese Weise vorerst erspart blieb, hörte Théodore der Verlesung zahlreicher Briefe zu, in denen die Prediger besonders der ländlichen Gemeinden darüber klagten, daß ihnen seit bald zwei Jahren keine Gehälter mehr gezahlt worden waren. Sie sahen sich deshalb gezwungen, ihre Ämter aufzuge-

ben, um einem anderen Broterwerb nachgehen zu können, der sie und ihre Familien vor dem Verhungern bewahrte. Diese äußerst bedrohliche Lage hatte sich für sie ergeben, weil die nach Königsberg geflohene preußische Regierung sich nicht um die Pastorenbesoldung kümmerte und andererseits die französische Besatzungsmacht gar nicht daran dachte, dieser verbrieften Verpflichtung des Staates den Gemeinden gegenüber nachzukommen. Als nach einem Augenblick ratlosen und betroffenen Schweigens der alte, in der Runde wegen seines unbeugsamen Eifers bisweilen im stillen belächelte Prediger Jouvenal mit beschwörenden Worten dazu aufrief, sich auf den in den ersten Jahren der Emigration so mächtigen Geist der Gemeinschaft wieder neu zu besinnen und, wie es einst die Väter getan hatten, zu Opfern bereit zu sein, fühlte Théodore die Gelegenheit gekommen, Wiedergutmachung für die Obstruktionen seines Sohnes zu leisten.

Nachdrücklich stimmte er Jouvenal zu und bot eine beträchtliche Geldsumme als Spende an, um so ein Grundkapital für eine gemeindeeigene Gehaltskasse zu schaffen; und er ließ sich von den durch sein Beispiel mit neuer Zuversicht erfüllten Mitgliedern des Consistoriums zum Vorsitzenden einer entsprechenden Geldbeschaffungskommission wählen.

Im Gefühl der Befriedigung darüber, seinen angeschlagenen Ruf durch diesen Entschluß wieder gefestigt zu haben, kamen ihm erst während der anschließenden Debatte, die sich mit den Modalitäten dieser Kommission befaßte, ernste Bedenken wegen seiner Großzügigkeit. Wenn sich auch die Geschäfte – hauptsächlich durch das Geschick seines Partners Wilhelm Sabetzki im Umgang mit der französischen Besatzung – in letzter Zeit sehr gut entwickelt hatten, so mußte Théodore sich doch eingestehen, daß er die versprochene Summe nicht in barem Geld spenden konnte. Niemals würde Sabetzki seine Einwilligung dazu geben, es vom Geschäftskapital abzubuchen. So blieb ihm nur der Ausweg, in seinem Privatbesitz befindliche Wertpapiere der Gehaltskasse zu überlassen, von denen er genau wußte, daß sie von der Staatsbank nicht akzeptiert wurden, jedenfalls nicht, solange die Franzosen in Preußen zu bestimmen hatten.

Je mehr er über die Angelegenheit nachdachte, in die er sich da hineinmanövriert hatte, desto bohrender wurde sein schlechtes Gewissen. Die Angst, sich dem Hohn und Spott der gesamten Gemeinde auszusetzen, wenn sein unüberlegtes Versprechen sich erst als so gut wie wertlos erweisen würde, machte ihn immer unruhiger, das Geschehen um ihn herum nahm er kaum noch wahr.

Schließlich erhob er sich, murmelte eine unverständliche Entschuldigung und verließ den Beratungsraum.
Als Théodore aus dem Gemeindehaus trat, sah er auf der gegenüberliegenden Straßenseite seinen Bruder Pierre Thomas, in eine Gazette vertieft, warten. Théodore war in diesem Augenblick ein Zusammentreffen, das womöglich weitere Hiobsbotschaften brachte, äußerst unangenehm. Im Bemühen, dieser Begegnung aus dem Wege zu gehen, beschleunigte er seine Schritte. Aber Pierre Thomas hatte ihn entdeckt und rannte, laut seinen Namen rufend, über die Straße. Resigniert blieb Théodore stehen.
»Ich wußte doch, daß ich dich hier am ehesten finden würde – du und das Consistorium seid für mich fast eins; weißt du, vielleicht liegt es daran, daß ich mit dem Gemeindeleben so wenig zu Rande komme.«
Théodore reagierte unwirsch auf die von seinem Bruder witzig gemeinte Begrüßung und zog ihn energisch mit sich weiter die Straße hinauf – weg vom Gemeindehaus.
»Was gibt es? Neue Schwierigkeiten, hat sich etwa der Capitaine Brouzet wieder bei dir gemeldet? So etwas würde mir gerade noch fehlen!«
Pierre Thomas unterdrückte weitere spöttische Bemerkungen, zu denen ihn die mißmutige Stimmung seines Bruders herausforderte. »Nein – der nicht, aber dein Sohn. Ich wollte dir nur mitteilen, daß Albert sich vorläufig bei mir einquartieren wird. Er traut sich nämlich nicht zu euch nach Hause, deinetwegen nicht und Carolines wegen auch nicht. Er braucht jetzt jemand, der sich behutsam und mit Nachsicht um ihn kümmert. Ich nehme an, es wird einige Zeit dauern, bis er den Mut findet, mit euch über alles zu reden.«
Abrupt blieb Théodore mitten auf der Straße stehen, seine Finger umklammerten die Rockaufschläge seines Bruders, während sich seine Stimme vor Erregung überschlug. »Albert hat nicht nur sich, sondern auch seine Eltern mit seinem schändlichen Verhalten kompromittiert. Ich verlange, daß er sich bei mir in aller Form dafür entschuldigt!«
Passanten in ihrer Nähe waren inzwischen aufmerksam geworden und drehten sich neugierig nach ihnen um, so daß Théodore beschämt verstummte und sich ohne Gegenwehr von seinem Bruder über die Straße auf den Eingang einer *Tabagie* zuschieben ließ.

Das Gespräch der beiden dauerte bis in die Abenddämmerung hinein. Bei seiner Rückkehr in den Buchladen fand Pierre Thomas seinen Neffen Albert in der Druckwerkstatt damit beschäftigt, auf der Stanhope-

Presse Abzüge von einem alten Letternsatz auszuprobieren, den er irgendwo im Durcheinander der Werkstatt gefunden hatte. Fachmännisch waren diese Abzüge auf irgendwelchen eingerissenen Papierresten gewiß nicht, die Druckfarbe wirkte entweder zu blaß oder war viel zu dick aufgetragen und hatte die Buchstaben verschmiert; für den Anfang allerdings beurteilte Pierre Thomas die Versuche seines Neffen als durchaus passable Ergebnisse. Während er Albert mit dem Eifer eines Lehrmeisters, den die Begeisterung seines Schülers anstachelt, den sachkundigen Gebrauch der Presse demonstrierte, ihm das Einlegen der großformatigen Papierbögen zeigte und die Mechanik des an einen Hebelzug gekoppelten Preßbengels erklärte, berichtete er von dem Übereinkommen mit Théodore, erst einmal die Beruhigung aller an der leidigen Seminar-Angelegenheit Beteiligten abzuwarten.
Verwundert merkte Pierre Thomas, daß ausgerechnet er, der sich sonst stets aus allen Familienverpflichtungen heraushielt, in denen er zumeist nichts als überflüssige Querelen gesehen hatte, an seiner neuen Rolle als Vermittler Gefallen gefunden hatte; sogar seine durch Andeutungen von Théodore bestärkte Vermutung, daß es sich bei der Freundschaft zwischen Anne Antoinette und dem Monsieur Villaume wahrscheinlich um etwas Ernsteres handelte, plauderte er ganz gegen seine Gewohnheit, sich nicht in die Angelegenheiten anderer mit eigenem Tratsch einzumischen, aus und weidete sich an dem Erstaunen, mit dem Albert ungläubig auf diese Neuigkeit reagierte.
»Ja, ja, mein Junge, es hat ganz den Anschein, als ob man in unserer Familie die Liebe immer erst dann entdeckt, wenn einem die Schwierigkeiten über den Kopf zu wachsen drohen, nicht wahr?« Er grinste Albert anzüglich an.
»War sie denn schon hier, die Demoiselle von Crantz?« Albert schüttelte den Kopf; in seiner Entdeckerbegeisterung, die ihn den ganzen Nachmittag über in der Werkstatt gehalten hatte, war ihm überhaupt nicht der Gedanke gekommen, Charlotte eine Nachricht von seinem neuen Quartier zukommen zu lassen.
Mit gespielter Entrüstung zog sein Onkel die Augenbrauen zusammen, was seinem Gesicht einen noch stärkeren Ausdruck der Verschmitztheit gab. »Ich hoffe nur, du holst in nächster Zukunft das Versäumnis nach. Ich würde nämlich zu gerne irgendwann einmal den Augenblick erleben, wenn dein Vater den Namen deiner Bekannten erfährt – es bestehen da nämlich gewisse Beziehungen zwischen den Laurents und der Familie von Crantz, an die mein lieber Herr Bruder sicherlich nicht so sehr gerne erinnert werden möchte . . . Eine

Schauspielerin, nach deren Gunst halb Berlin schielte, beliebte damals, mit unserem Monsieur Théodore Laurent eine Liaison einzugehen – eine gewisse Carla – Carla Galli . . .«
Das spöttische Lächeln und der übertrieben verzückte Augenaufschlag, mit denen Pierre Thomas die genießerische Erwähnung des Namens begleitete, erstarrten plötzlich; kaum merklich deutete er mit verstohlener Handbewegung zum ebenerdigen Fenster der Werkstatt; dann ging er, betont unbefangen, hinüber in den Ladenraum, blieb an der Eingangstür lauschend stehen und riß sie nach einem Moment auf.
Er sprang die wenigen Stufen vom Souterrain hinauf und blickte lange prüfend in die notdürftig von einer etwas entfernt stehenden Laterne erleuchtete Straße. Albert war ihm gefolgt und beobachtete verständnislos das sonderbare Verhalten seines Onkels, der mit einem Schulterzucken wieder in den Laden hinunterkam und die Tür sorgfältig hinter sich verriegelte.
»Es scheint, ich habe mich geirrt; aber während ich dir von der Affäre deines Vaters mit jener Schauspielerin erzählte, war mir so, als hätten sich draußen zwei Gestalten ans Fenster geschlichen und uns beobachtet. Und bei dem einen blitzte für einen Augenblick im Laternenschein etwas auf, was so aussah, wie die Knopfreihe an einer französischen Uniform. Wahrscheinlich habe ich nur Gespenster gesehen.«
Pierre Thomas räumte die Druckproben von der Presse, verschloß die Farbtöpfe und strich unwillkürlich mit der flachen Hand im Vorbeigehen über die Ränder der verborgenen Tapetentür, bevor er seinem Neffen einladend die Tür zu seinen Privaträumen aufhielt. »Machen wir für heute Schluß; bei dem schwachen Licht verdirbt das Drucken nur die Augen, bis einem schließlich Hirngespinste erscheinen.«

Gegen Mittag des folgenden Tages schickte Albert einen Botenjungen in das Kontor seines Vaters, um ihn um eine Aussprache zu bitten. Sein Mut war allerdings nicht so groß, sich selbst ins Elternhaus zu begeben, deshalb schlug er für das Treffen den Lustgarten vor. Während er nervös auf und ab ging, beobachtete er das Treiben der im Gras neben den Wegen biwakierenden französischen Soldaten, die sich von den wie üblich durch die Anlage promenierenden Berlinern nicht beeindrucken ließen; wie auch andererseits die Spaziergänger sich an den Anblick der fremden Uniformen gewöhnt zu haben schienen.
Als Albert das schon beträchtlich über die vorgeschlagene Zeit ausgedehnte Warten aufgeben wollte, sah er endlich doch noch seinen Vater mit energischen, weit ausholenden Schritten auf sich zukommen

und stellte sich entttäuscht auf eine harte Auseinandersetzung ein, die er nach den Gesprächen mit Pierre Thomas eigentlich zu vermeiden gehofft hatte. Aber schon bei der betont kühlen Begrüßung spürte er, daß der Vater sich nur äußerlich so unnahbar und streng gab, und dieses Gefühl bestätigte sich rascher, als Albert erwartet hatte.
Théodore willigte sofort ohne weiteren Vorbehalt in Alberts Entscheidung ein, das Studium der Theologie aufzugeben; er sprach sogar davon, daß er selbst im Grunde nie in seinem Sohn den zukünftigen Pastor gesehen habe; er hätte diesen Berufswunsch vielmehr nur deshalb hingenommen, weil die Mutter eine so entschiedene Fürsprecherin gewesen sei.
Erst als Albert von seinem Entschluß sprach, bei Pierre Thomas das Geschäft des Buchhändlers und daneben auch die Anfangsgründe der Druckerei zu erlernen, traf er auf Théodores Widerstand. Der Vater vergaß für Augenblicke die Zurückhaltung, die er sich für diese erste Begegnung mit seinem Sohn offenbar auferlegt hatte, und wurde heftig. »Das kommt überhaupt nicht in Frage. Du hast gehört, daß ich gegen den sehnlichen Wunsch deiner Mutter nicht mehr darauf bestehe, dich in den geistlichen Stand treten zu lassen – aber Buchhändler: Nein und noch einmal nein! Ich will auf gar keinen Fall, daß du so wirst wie dein Onkel. Mit seinem aufrührerischen Geist hat er unserer Familie schon genug Kummer bereitet. Er hält sich nicht an die mindesten Konventionen, die ein zuträgliches Zusammenleben erst ermöglichen, und wird dich nach kurzer Zeit vollends mit seiner Obstruktionssucht anstecken!« Albert merkte, daß sich Théodores Ablehnung weit mehr gegen den Einfluß des Onkels als gegen die Ausbildung zum Buchhändler selbst richtete und ging schweigend neben dem Vater her, der den Lustgarten in Richtung auf die Friedrichstraße verließ.
Als Théodore schweratmend und fast körperlich erschöpft keine weiteren Einwände mehr zu finden schien, hielt Albert endlich die Gelegenheit für gekommen, seinen Trumpf auszuspielen. Wie nebenbei erwähnte er mit ganz harmlos klingendem Tonfall, daß er Bekanntschaft mit der Familie des Apothekers von Crantz geschlossen habe, ohne zu ahnen, daß da wohl vor Jahren schon einmal gewisse Beziehungen bestanden hätten; und er bat seinen Vater darum, ihn doch gelegentlich über diese gemeinsame Vergangenheit aufzuklären, damit er im Umgang mit Herrn von Crantz besser wisse, woran er eigentlich sei, wenn es wieder einmal zu vagen Andeutungen käme.
Seine beiläufig dahergeplauderten Sätze machten Théodore sichtbar betroffen; es schien, als koste es ihm plötzlich große Anstrengung,

den einmal eingeschlagenen Schlenderschritt aufrechtzuerhalten. Nach einer längeren Pause gegenseitigen Schweigens schüttelte er schließlich abweisend den Kopf. Nein, eine Familie von Crantz sei ihm nicht bekannt, das heiße, nicht persönlich. Er könne sich nur daran erinnern, daß der Name früher einmal im Consistorium eine Rolle gespielt habe, weil jener Herr eine damals in hugenottischem Besitz befindliche Apotheke in der Dorotheenstadt übernommen habe, was vorübergehend zu Komplikationen wegen der Privileg-Erteilung geführt habe – aber sonst wisse er nichts mit dem Namen anzufangen. Bei dieser Verleugnung blieb Théodore auch, als Albert, innerlich über die gewundenen Ausflüchte seines Vaters belustigt, den Namen der Schauspielerin Carla Galli erwähnte. Erneut stand dem Vater die Betroffenheit ganz deutlich im Gesicht, aber wieder gab er sich nach einem Moment der Bemühung um möglichst unbefangenes Verhalten völlig ahnungslos. Ohne weiter darauf einzugehen, lenkte er schließlich das Gespräch zurück auf die berufliche Zukunft seines Sohnes. Sein Ton hatte jedoch längst nicht mehr die Nachdrücklichkeit und Entschlossenheit wie zu Beginn ihres Zusammentreffens. Umständlich und in die Form eines Vorschlags zur gütlichen Einigung gekleidet, setzte er Albert die Vorzüge einer Ausbildung zum Kaufmann auseinander, die Wilhelm Sabetzki übernehmen werde, der auch schon seine Einwilligung gegeben habe. Théodore bestand nicht darauf, daß sein Sohn sich sofort entschied, er war sogar damit einverstanden, daß Albert weiterhin bei Pierre Thomas wohnte.
Sie waren gerade von der Friedrichstraße in die Promenade Unter den Linden abgebogen, als Théodore Albert plötzlich am Arm packte und hastig zwischen die Bäume zog. Sich verwundert umdrehend, sah Albert nur wenige Schritte von ihnen entfernt seine Tante Anne Antoinette mit dem Offizier Villaume vorbeipromenieren; sie trug ein üppiges Blumenbouquet in der Hand und genoß es stolz, daß die an den beiden vorbeigehenden französischen Soldaten ihrem Begleiter salutierten. Théodore ging, auch als er merkte, daß Albert seine Tante entdeckt hatte, mit keinem Wort auf die ihm anscheinend peinliche Begebenheit ein.

Bei seiner Rückkehr vom Treffen mit dem Vater fand Albert die Buchhandlung verlassen. Auf dem Pult lag ein Zettel, auf dem Pierre Thomas ihm mitteilte, daß er für einige Stunden zu einem Vortrag des Philosophen Fichte in die Akademie gegangen sei und dort auf ihn warten würde. Albert spürte dazu wenig Lust. Er entschloß sich, lieber während der Abwesenheit des Onkels den Buchladen zu öffnen.

Er trug das große Holzschild mit den Titeln und Preisen der populären Romane, die Pierre Thomas auf einer Auktion sehr günstig zum Weiterverkauf erstanden hatte, vor die Ladentür, setzte sich dann, auf Kundschaft hoffend, ans Pult und vertiefte sich in eine der vor ihm aufgestapelt liegenden Broschüren.
Plötzlich wurde die Ladentür mit Schwung aufgestoßen; zwei französische Soldaten stürmten, gefolgt von einem Mann in Zivilkleidung, in die Buchhandlung und postierten sich sofort mit schußbereiten Gewehren vor dem erschrocken aufspringenden Albert. Ohne auf seine gestotterten Fragen nach dem Grund des überfallähnlichen Besuchs einzugehen, sah sich der Zivilist prüfend im Raum um, riß die Tür zur Druckwerkstatt auf und nickte nach einem Blick auf die Stanhope-Presse und die überall in der unaufgeräumten Werkstatt herumliegenden Druckbögen zufrieden mit dem Kopf, bevor er sich endlich an Albert wandte.
»Die Fragen, junger Mann, stellen wir! Ich bin Beauftragter der französischen Kommandantur: Wo ist Pierre Thomas Laurent, und wer sind überhaupt Sie?«
»Albert Laurent. Ich helfe meinem Onkel zur Zeit, er ist nicht da – ausgegangen, ich weiß nicht, wohin . . .«
Möglichst unauffällig, wie in panischer Angst vor den noch immer auf ihn gerichteten Gewehren, schob Albert sich mit dem Rücken gegen das Pult und tastete dabei verstohlen nach dem zwischen den Büchern liegenden Benachrichtigungszettel seines Onkels. Während der Mann wahllos einige Broschüren aus einem der Regale zog und ihre Titel überflog, gelang es Albert, unbemerkt den Zettel in seiner Hosentasche verschwinden zu lassen.
»Sehr interessant, das Angebot Ihres Herrn Onkel – ›Das Vaterland‹, ›Der Freimütige‹ . . .«
Der Kommandanturbeauftragte blätterte in der Schrift, schlug eine bestimmte Seite auf und hielt sie Albert hin. »Dies hier, ›Nemesis‹, sagt Ihnen dieser Name etwas?«
Albert sah auf das Papier, schüttelte dann den Kopf.
»Nicht? Eine Schmähschrift gegen Napoleon ist das! Nie davon gehört?«
Wieder schüttelte Albert den Kopf. Der Agent musterte ihn mit spöttischem Blick. »Eben, wie sollten Sie auch – die Schrift ist ja strengstens verboten!« Er warf die Broschüre auf das Pult. »Wir haben den Befehl, uns hier ein wenig gründlicher umzusehen.«
Auf ein Handzeichen von ihm begann einer der Soldaten, die Regale auszuräumen. Er ging dabei alles andere als rücksichtsvoll mit den

Schriften um, die durch die Luft flogen und zerfleddert auf den Boden fielen. Der Agent selbst begab sich in die anschließende Druckerei, wo er ebenfalls wenig zimperlich herumwühlte, bis er schließlich, von Albert mit angehaltenem Atem beobachtet, das Versteck hinter der Tapetentür entdeckte.
Mit triumphierendem Blick baute er sich davor auf und betrachtete den Inhalt der Mauernische, bevor er eines der darin aufbewahrten Druckerzeugnisse herauszog, sich damit zu Albert umdrehte und es ihm zeigte.
»Das kennen Sie wohl auch nicht: ›Deutschland in seiner tiefen Erniedrigung‹? Wie kommt so ein Gesudel hierher?«
Albert zuckte die Achseln. »Natürlich, auch davon wissen Sie nichts – obwohl mir von zuverlässiger Seite hinterbracht worden ist, daß in diesem Raum in der vergangenen Nacht sehr eifrig gedruckt worden ist! Übrigens ist es ziemlich leichtfertig, nicht einmal die verräterischen Spuren dieser nächtlichen Aktion zu beseitigen . . .«
Als würde es sich tatsächlich um wichtige Beweismittel handeln, bückte sich der Agent, um mit spitzen Fingern mehrere der auf dem Boden herumliegenden Papierbögen mit Alberts ersten Druckversuchen aufzuheben.
»Vielleicht hilft es Ihrem Gedächtnis, wenn ich Sie an das Schicksal des Buchhändlers Palm aus Nürnberg erinnere, jenes Kerls, der diese Schmutzbroschüre verlegt hat.«
Wieder spürte Albert den lauernden Blick des Agenten. »Hingerichtet hat man ihn wegen des schändlichen Pamphlets – auf ausdrücklichen Befehl des Kaisers! Und jetzt möchte ich endlich wissen, wo Ihr ehrenwerter Herr Onkel steckt!«
Es hätte des drohenden Untertons in der Stimme des Mannes nicht mehr bedurft, um Albert endgültig den Ernst der Situation, in der sich sein Onkel befand, klarzumachen. Entsetzt starrte Albert den Agenten an, unwillkürlich preßte er seine Hand auf die Hosentasche mit dem darin verborgenen Zettel; und es fiel ihm schwer, Worte zu finden.
»Ich – ich weiß es nicht, er hat mir nichts gesagt. Und wenn Sie mich schlagen, ich habe ihn ja nicht einmal angetroffen, als ich kam – glauben Sie mir doch . . .«
Der Kommandanturbeauftragte rief den mit der Durchsuchung der Regale im Laden beschäftigten Soldaten zu sich. Während die beiden das Versteck ausräumten, wich Albert allmählich vor ihnen bis in den Buchladen zurück. Sofort trat der am Eingang postierte Soldat auf ihn zu. Albert zeigte auf das am Boden aufgehäufte Durcheinander der

achtlos nach flüchtiger Überprüfung als unverfänglich beiseitegeworfenen Bücher und bat, sie wieder einsortieren zu dürfen. Auf das zustimmende Nicken des Agenten setzte sich der Soldat, sein Gewehr zwischen die Knie geklemmt, beruhigt wieder auf die Treppenstufen des Eingangs.
Verstohlen beobachtete Albert, wie der Soldat nach kurzer Zeit dösend an der Wand lehnte und sich um Alberts Aufräumerei nicht mehr kümmerte. Entschlossen nutzte Albert diese Unaufmerksamkeit, um vorsichtig eines der hohen, schweren Regale aus seiner Verankerung zu kanten. Ein weiterer unbemerkter Ruck, und das Regal drohte mitsamt den neu einsortierten Büchern und Schriften umzustürzen. Laut vor scheinbarer Anstrengung stöhnend, tat Albert, als könne er es nur mit äußerster Kraftaufbietung noch im Gleichgewicht halten; da endlich wurde der Wachsoldat aufmerksam und eilte ihm zu Hilfe.
Sofort sprang Albert zur Seite, so daß das Gewicht des Regals allein auf dem Soldaten lastete – ein heftiger Fußschlag, und es stürzte mit lautem Poltern, den Soldaten unter sich begrabend, quer vor den Eingang. Genau wie Albert erhofft hatte, war damit auch den beiden Männern, die aus der Werkstatt stürmten, der Weg versperrt. Ohne sich nach ihnen umzublicken, hetzte Albert die Stufen zur Straße hinauf, rannte durch den Hausflur des Nachbarhauses, gelangte in den Hinterhof und von dort auf die Nebenstraße. Bemüht, den Vorsprung zu nutzen, aber zugleich nicht aufzufallen, hastete er weiter in Richtung auf die Akademie.
Er erreichte sie gerade noch rechtzeitig, um Pierre Thomas abzufangen und von der ihm drohenden Gefahr zu unterrichten.

Ohne viele Fragen zu stellen, sagte der Apotheker Leopold von Crantz, bei dem die beiden Flüchtlinge auf Vorschlag von Albert eine erste Zuflucht suchten, ihnen seine Hilfe zu. Bis zum Einbruch der Dunkelheit hatte er einen vertrauenswürdigen Lastenkutscher aufgetrieben, der sich bereit erklärte, einen von den französischen Besatzern mit dem Tode bedrohten Landsmann, zwischen der Fracht auf seinem Planwagen versteckt, aus der Stadt zu schmuggeln. Albert dagegen sollte sich für die nächste Zeit im Hause des Apothekers verborgen halten.
Schon nach wenigen Tagen jedoch fühlte sich Albert trotz der Gesellschaft von Charlotte unnötig eingesperrt und besaß nicht mehr die Geduld, untätig abzuwarten. Nachdem Charlotte vergeblich versucht hatte, ihm den Leichtsinn seines Vorhabens auszureden, begleitete sie

ihn, um noch größere Unvorsicht zu vermeiden, zu einem Spaziergang am Rande des Tiergartens. Sehr bald glaubte Albert zu entdekken, daß sich auffallend weniger Franzosen als sonst üblich auf den Wegen des Parks herumtrieben, es schienen auch keine militärischen Übungen der Besatzer, die eigentlich schon zu den gewohnten Schauspielen für die einheimischen Spaziergänger geworden waren, stattzufinden. Da auch niemand unter den übrigen Passanten besondere Notiz von dem jungen Paar nahm, wurde Albert immer mutiger und sorgloser.
Schließlich gelang es ihm, Charlotte während des Rückwegs zur Apotheke zu einem Umweg am Buchladen seines Onkels vorbei zu überreden. Widerwillig gab Charlotte nach.
Vor der Ladentür war ein Gitter aus Eisenstäben angebracht und mit stabilen Krampen an den Türstock genagelt worden, eine um die Türklinke und einen der Gitterstäbe geschlungene und mit einem wuchtigen Vorhängeschloß zusammengehaltene Kette bildete eine zusätzliche Sperre. Albert verharrte im Vorbeischlendern, blickte sich vorsichtig um und zog Charlotte dann zum Eingang. Als er sich bückte, um durch eines der ebenerdigen Fenster in die Werkstatt zu spähen, sah er die Gestalt, die sich unbemerkt aus dem Eingang des Nachbarhauses geschlichen haben mußte und sich ihm näherte. Albert richtete sich auf, schlang seine Arme um die überraschte Charlotte und bat sie flüsternd, ihn zu küssen und sich dabei um Gotteswillen nicht umzublicken.
Aber das Ablenkungsmanöver kam zu spät. Albert spürte, wie sich eine Hand auf seine Schulter legte, ihn mit derbem Griff von Charlotte wegzog und herumdrehte: Albert stand dem Wachsoldaten gegenüber, den er im Buchladen mit dem Regal übertölpelt hatte. Nach kurzer Gegenwehr war er überwältigt; benommen nahm er wahr, wie der Soldat Charlotte, die sich weinend an ihn geklammert hatte, grob beiseitestieß; dann wurde er abgeführt.

Im Vorzimmer der Kommandantur waren mehrere Soldaten und Zivilisten dabei, die Schränke und Schreibpulte auszuräumen, die Sachen zu ordnen und in bereitstehende Transportkisten zu verpacken. Irritiert verfolgte Albert, den seit seiner Einlieferung keiner sonderlich beachtet hatte, das hastige Treiben um ihn herum. Durch die angelehnte Tür zum Amtszimmer hörte er hektische, in ihrem Inhalt ihm unverständliche Kommandos. Dann wurde die Tür aufgerissen und zwei französische Offiziere betraten das Vorzimmer. Während der eine den Soldaten einen Stapel Akten übergab und sie zur Eile antrieb,

blieb der andere auf dem Wege hinaus auf den Korridor vor Albert stehen.
»Sie sind der zur Verhaftung ausgeschriebene Albert Laurent?«
Albert nickte, im Grunde war er erleichtert, endlich jemanden zu haben, der sich um ihn kümmerte.
»Du hast Glück, Kanaille, die französischen Truppen verlassen Berlin; und wir haben kein Interesse daran, solche wie dich mitzunehmen!«
Während Albert den Offizier noch überrascht anstarrte, erhielt er von ihm einen kraftvollen Stoß gegen die Brust, der ihn aus dem Zimmer hinausstolpern ließ.
Als er sich, noch immer ratlos und verwirrt, aufrappelte, hörte er, wie der Offizier einen der Soldaten im Vorzimmer aufforderte, ihn endlich davonzujagen.
Albert kam der Aufforderung zuvor: So schnell er nur konnte, rannte er über den Korridor zum Ausgang der Kommandantur.

Vor dem Hause Laurent stand eine Reisekutsche. Der bei Théodore einquartierte Offizier Villaume hob die letzten Gepäckstücke von der Straße und reichte sie seinem Burschen auf das Kutschendach hinauf.
In der Haustür erschienen Théodore, Caroline und Anne Antoinette, die Reisekleidung trug. Villaume winkte ihnen fröhlich zu, während der Bursche vom Dach auf den Bock der Kutsche kletterte. Théodores Gesicht blieb ernst, kühl legte er seine Arme zum Abschied um die Schultern seiner Schwester.
»Ich hoffe nur, du hast deinen Entschluß reiflicher, als es sonst deine Art gewesen ist, überlegt. Frankreich ist weit, und eine Auswanderung läßt sich nicht so unbedenklich abbrechen wie die Tätigkeit als Gouvernante . . .«
Anne Antoinette schien seine Ermahnungen zu überhören, mit heiterem Lächeln schüttelte sie den Kopf. »Auswandern nennst du es, Théodore, für mich ist es eine Rückkehr, die Rückkehr in die Heimat unserer Vorfahren . . .«
Sie zog ihren Bruder an sich, bevor er seine Raisonniererei fortsetzen konnte, und küßte ihn zum Abschied; dann reichte sie Caroline die Hand.
Villaume hatte den Kutschenschlag geöffnet; von irgendwo aus der näheren Umgebung wehte der leichte Wind die Klänge einer einsetzenden Militärmusik herüber. Villaume ging zu Anne Antoinette, nahm sie in seine Arme und verabschiedete sich von seinem Gastge-

ber Théodore Laurent und dessen Frau Caroline, die das Geschehen stumm verfolgt hatte und auch jetzt mit zusammengekniffenen Lippen wie fast unbeteiligt dabeistand. Erst als das Paar die Kutsche bestiegen hatte und noch einmal zurückwinkte, hob auch sie ihre Hand zu einem letzten Gruß.

Während Anne Antoinette Laurent und der französische Offizier Gaston Villaume im Gefolge der französischen Truppen des Kaisers Napoleon Berlin verließen, zogen durch das Bernauer Tor im Jubel der die Straßen säumenden Berliner Bevölkerung das Zweite Brandenburgische Husarenregiment und die Schwadron der Schillschen reitenden Jäger mit dem zum Helden der Befreiung erklärten Major von Schill an der Spitze in die Stadt ein. Im Troß der Freiwilligen befand sich Pierre Thomas Laurent.

# Freiheit, die ich Meine

*»Die Neu- oder Dorotheenstadt enthält die prächtige Straße Unter den Linden mit einer vierfachen Reihe Linden, 2688 Fuß lang und 170 F. breit, mit dem schönsten Spaziergang in der Stadt, und einen Theil der 4250 Schritt oder 890 Ruthen langen Friedrichsstraße. Sehenswürdig sind hier: das Universitätsgebäude, vor 1809 der Palast des Prinzen Heinrich, mit Säulen und Pilastern korinthischer Ordnung geziert, mit den Hörsälen, den Museen der Anatomie, Zoologie (in 11 Zimmern) und Mineralogie . . .«*

*1819*
*Die mehrheitlich vom Consistorium beschlossene Einführung der deutschen Sprache wird von den konservativen Gemeindemitgliedern resigniert als die endgültige Einschläferung des überkommenen hugenottischen Geistes verstanden.*

Auf dem Wege zu den Hörsälen blieb der Universitätspedell an einem der Korridorfenster stehen und sah hinaus auf das Treiben in der Innenstadt, das in seiner alltäglichen Geschäftigkeit dem flüchtigen Beobachter kaum die innere Unruhe andeutete, die die preußische Residenz seit der Befreiung von den Franzosen beherrschte. Der Pedell aber war bei seiner Arbeit dieser Unruhe ständig ausgesetzt und sehnte sich daher zurück nach seinem vor Jahren aufgegebenen Hausmeisterposten an der Königsberger Universität. Natürlich hatten die Studenten auch dort die Ordnung des Hauses bisweilen gröblich gestört. Ursache dieser Verletzungen der Ordnung waren jedoch zumeist übermütige Launen gewesen, die sich in einem Spaß Luft zu machen pflegten und sich sehr schnell wieder beruhigen ließen; in Berlin aber hingen sie in der Regel eng mit politischen Vorstellungen zusammen, Auseinandersetzungen zwischen den verschiedenen Fraktionen innerhalb der Studentenschaft, die sogar von gewissen Professoren unterstützt und gefördert wurden, lagen ihnen zugrunde; und der Pedell wollte damit nichts zu schaffen haben, wurde aber dennoch schon seines Amtes wegen immer wieder hineingezogen. Er dachte zurück an das Frühjahr 1813, als sich die Vorlesungssäle plötzlich geleert und die Kollegien aufgelöst hatten, weil Lehrer und Studenten gemeinsam begeistert in den Krieg gegen Napoleon gezogen waren; ihm klangen wieder die Abschiedsworte des Professors Rudolfi in den Ohren, der seinen Studenten damals zugerufen hatte, er hoffe, seine Vorlesungen nach der siegreichen Schlacht vor einem Auditorium stolzer Krüppel wieder aufnehmen zu können. Aber weniger Krüppel als vielmehr sich selbstbewußt in die politischen Belange des Staates einmischende Männer waren zurückgekehrt, die ihre Anliegen über das Studium zu stellen schienen und die Universität zu einem Debattierclub machten.

Aus dem Vorlesungssaal am Ende des Korridors dringendes Klopfen und plötzlich einsetzendes lautes Gerede riefen den Hausmeister aus seinen Überlegungen zurück. Als er auf den Saal zuging, öffnete sich schon die Tür und der Herr Dozent Albert Laurent erschien; mit seinem lang und offen getragenen Haar, dem Oberlippenbart und der nach den Befreiungskriegen in Mode gekommenen sogenannten altdeutschen Tracht wies er sich auch äußerlich als einer derjenigen aus, die der Hausmeister wegen ihres politischen Engagements für die Urheber der Unruhe an der Universität hielt.

Er trat Doktor Laurent entgegen und richtete ihm aus, daß der Dekan ihn dringend zu sprechen wünsche. Dann ging er mit betont mißbilligendem Gesichtsausdruck an Albert vorbei in den Hörsaal, in dem sich der Lärm im Anschluß an die Vorlesung noch weiter gesteigert hatte. Fast alle Studenten waren von ihren Plätzen aufgestanden und diskutierten die zuvor vom Dozenten gehörten Thesen, wobei es zu einem heftigen Wortwechsel zwischen zwei schon in ihrer äußeren Erscheinung unterschiedlichen Gruppen gekommen war. Lautstark verteidigte die ihrem Lehrer in Haartracht und Kleidung ähnelnde Gruppe der Altdeutschen den Inhalt der Vorlesung gegen die Vertreter der als Philister verspotteten gegnerischen Partei. Auf den Hausmeister, der sich vergeblich bemühte, die Streitenden zur Raison zu bringen, achtete niemand von ihnen. Als er resigniert hinter sich die Tür schloß, sah er noch kopfschüttelnd, daß einige der Altdeutschen ausgerechnet auf den einzigen Studenten, der ruhig sitzen geblieben war und sich offensichtlich Notizen machte, aufmerksam geworden waren und ihn umringten und hänselten.

Unter dem Gejohle der Störer gelang es ihrem Anführer schließlich, dem Studenten das Papier zu entreißen und damit zwischen den Bankreihen hindurch zum Katheder zu laufen, während seine Freunde den Bestohlenen festhielten.

Als er die Notizen überflogen hatte, wurde sein Gesicht plötzlich ernst, und er klopfte mehrfach energisch auf das Katheder, um sich bei seinen Kommilitonen, die den Vorfall noch immer für einen Ulk hielten, bemerkbar zu machen.

In die allmählich eintretende Stille hinein begann er mit lauter, erregter Stimme die fremden Aufzeichnungen vorzulesen.
»Deutschland muß eins und einig sein. Das ganze deutsche Reich muß seine frei gewählten Volksvertreter haben; diese Volksvertreter bestimmen dann eine höchste Obrigkeit für das ganze deutsche Reich, der sowohl Könige und Fürsten, wie Bürger und Bauern untertan wären . . .«
Begeistertes Händeklatschen und Bravorufe unterbrachen die Vorlesung. Der Student am Katheder aber schien mit dieser spontanen Zustimmung überhaupt nicht einverstanden zu sein, mit beschwörenden Gesten und energischen Aufforderungen zur Ruhe verschaffte er sich erneut Gehör.
»Ihr Dummköpfe, merkt ihr denn überhaupt nicht, daß euer Beifall absolut fehl am Platz ist? Diese Notizen sind völlig aus ihrem Zusammenhange gerissen. Doktor Laurent hat das alles doch nur am Rande erwähnt! Warum also schreibt jemand ausgerechnet so etwas mit? Ich sehe dafür nur einen einzigen Grund: wer das notiert hat, ist ein Polizeispitzel, der sich Doktor Laurent zum Opfer gewählt hat!«
Während der Erklärung nutzte der Beschuldigte einen Moment der Betroffenheit unter den Studenten blitzschnell aus, um sich loszureißen und zum Saalausgang zu rennen. Bevor die anderen sich an seine Verfolgung machten, war er draußen auf den weitläufigen Korridoren des Gebäudes verschwunden.

Albert Laurent stand in gebührlichem Abstand vor dem Schreibtisch des Dekans, der trotz des angeblich dringenden Gesprächs mit aufgeblättert vor ihm liegenden Akten sehr beschäftigt tat und seit Alberts Eintreten noch kein einziges Wort an ihn gerichtet hatte. Der hohe, dennoch eng und düster wirkende Raum mit den alle Wände umlaufenden Bücherregalen verstärkte in seiner staubigen Bedrückung Alberts beklommenes Gefühl.
Endlich erhob sich der Dekan und begab sich vorbei zu einem der Sessel in der Beratungsecke des Zimmers; erst nachdem er Albert einen Augenblick lang stumm gemustert hatte, winkte er ihm mit kaum erkennbarer Geste, ebenfalls Platz zu nehmen. Und wieder ließ er sich Zeit, bis er zu reden begann; dabei schweifte sein Blick an Albert vorbei, als suche der Dekan in den Regalen nach irgendeinem Buch.
»Doktor Laurent, ich habe Ihnen mitzuteilen, daß die Fakultät sich entschieden hat, Ihre Abhandlung über die Philosophie der Staatsökonomie nach einigen gewichtigen Bedenken als Habilitationsschrift anzuerkennen . . .«

Albert, der sich nach dem unfreundlichen Empfang innerlich bereits auf einen negativen Bescheid einzustellen versucht hatte, bemühte sich, seine Überraschung zu verbergen. Er blieb stocksteif sitzen, beugte nur leicht den Kopf.
»Nach unserem Urteil handelt es sich um eine sehr interessante Schrift, die von beachtlicher wissenschaftlicher Reife zeugt . . .«
Der Dekan begleitete seine Worte mit einem leichten, fast ärgerlich wirkenden Schulterzucken, das inoffiziell, aber unverhohlen andeutete, wie wenig er selbst mit dieser Beurteilung durch die Fakultät einverstanden war. Jedenfalls legte Albert sein Verhalten bei sich so aus, dennoch verbeugte und bedankte er sich. Der Dekan sah weiter an ihm vorbei auf die Regale.
»Eine Reife, die man allerdings ansonsten bei Ihnen ganz und gar nicht vorfindet, Doktor Laurent!«
Alberts Hoffnung, die Unterredung in einem zwar distanzierten, aber doch wenigstens sachlichen Klima durchstehen zu können, trübte sich; es kostete ihn Überwindung, weiter höflich zurückhaltend zu bleiben. Irritiert erwiderte er den Blick des Dekans, der ihn zum erstenmal seit dem Beginn des Gesprächs ansah.
»Ich denke, Sie wissen sehr genau, was ich meine! Es spricht nämlich nicht gerade von Reife, wenn ein Dozent der hiesigen Universität, dem die Stimmung unter der Studentenschaft ja wohl bekannt sein muß, in seine philosophischen Vorlesungen Kommentare und unverhüllte Andeutungen politischen Inhalts einfließen läßt . . .«
Albert zuckte die Schultern. »Ich lese über die Philosophie der Staatsökonomie, und da läßt es sich ebensowenig wie in meiner Schrift vermeiden, auch über die Bedingungen der ökonomischen . . .«
Der Dekan schnitt ihm barsch das Wort ab. »Wir reden aneinander vorbei, Doktor Laurent. Ich spreche nicht allgemein von der Politik, sondern von Ihren öffentlich vor den Studenten geäußerten Bemerkungen zur Tagespolitik. Und die haben nun mit dem von Ihnen vertretenen Bereich der Philosophie nicht das geringste zu tun.«
Albert fühlte seine mühsam gewahrte Beherrschung schwinden. Wenn ihm einerseits die Fakultät seine Schrift abgenommen hatte, in der er ebenso bestimmt Stellung bezogen hatte wie vor seinen Studenten – wie konnte der Dekan auf der anderen Seite ihm dann ausgerechnet diese Stellungnahme zum Vorwurf machen?
»In Ihren Augen mag da vielleicht keine Verbindung zwischen der Philosophie und unseren gegenwärtigen Verhältnissen bestehen; ich möchte Ihnen deshalb erläutern . . .« Wieder ließ ihn der Dekan nicht ausreden.

»Nein, ich wünsche Ihre Erläuterungen nicht! Ich wünsche überhaupt, daß Sie in Zukunft weder hier noch in Ihren Vorlesungen über die Einheit Deutschlands faseln und darüber, daß seine Majestät der König dem Volk die versprochene Verfassung schuldig geblieben ist. Mit derlei unkompetenten Ideen tragen Sie nur noch größere Unruhe unter die Studenten.«

Albert war aufgesprungen; der feste Vorsatz, es nicht zu einer Auseinandersetzung mit seinem Vorgesetzten kommen zu lassen, war vergessen. In seiner Erregung gelang es ihm nur noch gerade, einen Rest von Höflichkeit zu wahren und nicht Formulierungen zu gebrauchen, die seinen Gesprächspartner persönlich kränken mußten.

»Ich bitte zu bedenken, daß ein großer Teil meiner Studenten an den Freiheitskriegen teilgenommen hat. Sie haben gekämpft und ihr Blut vergossen für die Einheit und Freiheit Preußens und darüber hinaus des ganzen Deutschland! Und natürlich haben diese Studenten ein Recht, von mir zu erwarten, daß die Ideale dieser Erhebung ihre Resonanz auch in ihrem Studium finden.«

Diesmal hatte der Dekan ihn ausreden lassen; offenbar lag ihm nichts daran, sich mit Albert in eine grundsätzliche Diskussion einzulassen. Er wartete, bis Albert sich wieder gesetzt hatte und schüttelte dann, als wäre er über soviel Hartnäckigkeit einfach nur bekümmert, den Kopf.

»Herr Doktor Laurent, Ihre Ausführungen erstaunen mich. Die von Ihnen so nachdrücklich angeführte Besorgnis um die Zukunft des Staates scheint bei Ihnen die Sorge um die eigene Zukunft so sehr überdeckt zu haben, daß mir scheint, ausgerechnet ich muß sie an Ihre Karriere an dieser Universität erinnern.« Der Dekan beugte sich zu Albert vor, seine Stimme nahm einen fast vertraulichen Klang an.

»Glauben Sie mir Laurent, es ist an der Zeit, daß Sie sich wirklich einmal Gedanken darüber machen, ob es für Sie denn tatsächlich nützlich sein kann, die Erwartungen einiger radikaler Elemente in der Studentenschaft zu erfüllen.«

»Radikale Elemente? Das sind junge Männer, die zum letzten Opfer für ihr Vaterland bereit waren und bitter darüber enttäuscht sind, daß alle ihnen in den Befreiungskriegen gegebenen Versprechungen jetzt nicht nur in den Wind geschlagen werden, sondern daß ihr Verlangen nun sogar als krimineller Akt gilt!«

Der Dekan stand auf und sah wortlos auf Albert herunter. Albert hatte, als er sich wieder beruhigte, das Gefühl, in eine Falle getappt zu sein. Um so erstaunter war er, als der Dekan sich wieder setzte und in beiläufigem Tonfall eröffnete, daß man Albert höheren Ortes für eine Berufung zum ordentlichen Professor in Erwägung ziehe. Die Ankündigung eines förmlichen Verweises hätte Albert in diesem Moment nicht heftiger treffen können, benommen schüttelte er den Kopf und starrte sein Gegenüber an, das sich über seine augenfällige Verwirrung zu amüsieren schien.

»Offenbar besitzen Sie einflußreiche Fürsprecher, Herr Doktor Laurent. Wenn Ihnen meine Ratschläge so wenig zusagen, dann denken Sie vielleicht einmal daran, daß auch von dieser, mir nicht näher bekannten Seite gewiß Erwartungen an Sie gerichtet sind. An Ihnen allein also wird es liegen, ob Sie sie erfüllen; diese Freiheit haben Sie immerhin!«

Der Dekan ging zurück zu seinem Schreibtisch und griff nach den aufgeschlagenen, bei Gesprächsbeginn liegengelassenen Akten. Albert verstand, daß die Unterredung für den Dekan beendet war, und erhob sich ebenfalls. Auf dem Weg zur Tür rief ihn der Dekan überraschend noch einmal an.

»Noch etwas, Laurent – Sie sollten sich eine andere Kleidung zulegen, und auch eine andere Haartracht. Es ist dies nur ein privater Rat . . .«

Albert sah nachdenklich auf den Dekan, der nicht einmal von seinen Papieren aufgeblickt hatte; nach den verschiedenen Winkelzügen, denen ihr Gespräch gefolgt war, wußte er nun endgültig nicht mehr, wie er das Gehörte einzuschätzen hatte.

Die Straßenlaternen waren bereits entzündet worden, als Albert Laurent vor dem Hintereingang der Apotheke seiner Schwiegereltern, in der er mit seiner Frau Charlotte und den beiden kleinen Kindern eine vorübergehende Unterkunft gefunden hatte, nach dem Hausschlüssel suchte.

Entgegen seiner täglichen Gewohnheit war er nicht sofort von der Universität nach Hause gegangen, sondern »Unter den Linden« entlanggeschlendert, hatte dann, tief in Gedanken über die Eröffnungen und Andeutungen des Dekans, den Weg an die Spree hinunter eingeschlagen und war während seiner ziellosen Wanderung an einer *Tabagie* vorbeigekommen, in der sich einige seiner Studenten zu treffen pflegten. Er hatte sich zu ihnen gesetzt, aber nicht den Mut gefunden, mit ihnen über seine Lage zu sprechen. Nach kurzer, belangloser Plauderei, der Albert nur unaufmerksam gefolgt war, hatte er das Lokal wieder verlassen und wenig später den Rand des Tiergartens erreicht.

Je mehr er über die Unterredung mit dem Dekan nachdachte, desto mißtrauischer und unsicherer war er geworden. Besonders die Erwähnung eines einflußreichen Fürsprechers, der sich angeblich für ihn eingesetzt haben sollte, ließ ihn an der Aufrichtigkeit des Dekans, mit dem er im übrigen während seiner bisherigen Tätigkeit als Dozent nie zurechtgekommen war, zweifeln. Albert wußte niemanden, auf den diese Erwähnung hätte passen können.

Erst die schrillen Ausrufe eines Hökerweibs weckten ihn aus seinen ziellos im Kreis laufenden Gedanken. Er blieb an ihrem Handwagen stehen und kaufte ein paar der kandierten Früchte, die sie anbot. Dann hatte er sich endlich auf den Heimweg gemacht.

Als Albert den kleinen, mit zusammengesuchten Möbeln eingerichteten Raum betrat, der zugleich Wohnzimmer der Familie und eigenes Arbeitszimmer war, hörte er seine Frau Charlotte in der mit einem Vorhang notdürftig abgetrennten Schlafkammer leise hantieren. Vorsichtig zog er den Stoff ein bißchen beiseite und beobachtete sie. Charlotte zog die Decken, unter denen die beiden Kinder gerade eingeschlafen zu sein schienen, glatt und richtete sich auf. Ihre Bewegungen waren langsam und müde, und Albert erschrak über ihren angestrengten Gesichtsausdruck, der ihm sonst so unverhüllt nicht aufgefallen war.

Als Charlotte ihn entdeckte, entspannte sich ihr Gesicht, sie legte mit Blick auf die schlafenden Kinder lächelnd den Finger auf ihre Lippen und schob ihn sanft zurück in den Wohnraum. Albert nahm sie in den Arm und führte sie zur Chaiselongue, auf die sie sich mit einem übertrieben tiefen Seufzer fallen ließ. »Ich weiß gar nicht, warum ich so müde bin!«

Albert setzte sich zu ihr und sah sie schuldbewußt an. »Sag ehrlich, hättest du mich geheiratet, wenn du damals das alles gewußt hättest?«

»Wenn ich was gewußt hätte?« Charlotte hatte ihren Kopf an seine Schulter gelehnt.

»Daß du mit mir so hausen müßtest – in dieser Wohnung, ohne Personal mit zwei kleinen Kindern, angewiesen auf das Wohlwollen deines Vaters, weil dein Mann es noch immer nicht fertiggebracht hat, angemessen für seine Familie zu sorgen.«

Charlotte hob, vom Ernst seines Tonfalls irritiert, ihren Kopf. »Auch dann, Albert . . . Ich hab' dich lieb . . .«

Sie legte ihre Arme um seinen Hals und zog ihn zu sich herunter; sanft erwiderte Albert ihren Kuß, dann richtete er sich auf. »Ich habe eine Neuigkeit für dich.«

Albert erhob sich von der Chaiselongue, stellte sich vor seiner Frau in gespielt bedeutungsvoller Pose auf, strich seinen Rock glatt und gab seiner Stimme einen theatralisch überdrehten würdigen Klang. »Madame, Ihrem Gatten ist heute eröffnet worden, daß ihm die Ernennung zum Professor der Philosophie an der hiesigen Universität bevorsteht.«

Charlotte sprang auf und fiel ihm um den Hals; aber Albert schloß sich ihrer ausgelassenen Freude nicht an, steif wartete er ab, bis Charlotte sich beruhigte.

»Was ist mit dir, Albert? Sehr glücklich scheinst du darüber nicht zu sein?«

Albert zuckte ratlos die Schultern. »Ich habe darauf gehofft, aber jetzt ist in mir so ein unbestimmtes, ungutes Gefühl. Man verlangt Wohlverhalten von mir. Ich soll verleugnen, woran ich bis heute geglaubt und wofür ich gekämpft habe – verstehst du: keine politischen Äußerungen mehr!« Albert war vor ihr nervös auf und ab gegangen, seine Stimme war immer lauter geworden und steigerte sich, als er jetzt vor Charlotte stehenblieb, in einen kontrollierten Ausbruch. »Kaufen! Die glauben, sie könnten mich für einen Posten kaufen, und ich würde dann die Reaktion unterstützen!«

Charlotte blickte ihn ängstlich an. »Wirst du also ablehnen?«

Albert schwieg, er ging zum Vorhang und überzeugte sich davon, daß die Kinder von dem lauten Gerede nicht geweckt worden waren. »Ich weiß es nicht, Charlotte, ich weiß es wirklich noch nicht . . .« Plötzlich schämte er sich vor seiner Frau über seine Unentschlossenheit, die ihn während seines einsamen Spaziergangs nicht verlassen hatte und nun ausgerechnet auch noch ihr mit aufgebürdet wurde. Seine Miene heiterte sich langsam ein bißchen auf. »Außerdem soll ich mich anders anziehen, und die Haare soll ich mir kurz schneiden lassen – du würdest mich dann wohl gar nicht mehr wiedererkennen, hm?«

Charlotte nahm seinen Plauderton sofort erleichtert auf, lachend fuhr sie ihm durch das Haar. »Etwas lang ist es tatsächlich . . . Sagen wir, so ein ganz kleines Stück ließe sich vielleicht abschneiden.«

Albert zog die kandierten Früchte vor, die er inzwischen ganz vergessen hatte, und schob sie ihr hin; seine einen Moment lang nachgiebige Laune war wieder schweigendem Nachdenken gewichen. Aus der Nebenkammer war das gleichmäßige Atmen der Kinder zu hören. Charlotte kaute nachdenklich an den Früchten und beobachtete dabei verstohlen ihren Mann.

»Albert, bitte, denk jetzt nicht, ich – ich wollte dich in deiner Entscheidung beeinflussen – aber ich habe auch eine Neuigkeit für dich.« Charlotte griff nach seiner Hand und zog ihn wieder neben sich. »Ich erwarte ein Kind . . .«

Alberts Finger krampften sich unter Charlottes Hand zusammen. Er

fühlte, daß er etwas sagen, seiner Frau wenigstens mit einer Bewegung helfen mußte, das durch sein vorangegangenes Aufbrausen belastete gegenseitige Vertrauen zurückzugewinnen; aber er fand weder Worte noch eine beruhigende Geste.
»Warum siehst du mich so an? Du freust dich nicht! Nein, du freust dich nicht über das Kind, das wir haben werden!«
»Doch – doch, es ist nur – bitte, Charlotte, tu mir einen Gefallen: Vergiß mein dummes Gerede von vorhin. Natürlich nehme ich die Professur an. Du wirst sehen, jetzt soll es aufwärts gehen mit uns . . .«
Als er sie umarmte, sah er, daß seine Frau mit Tränen in den Augen lächelte. Um ihre Zweifel noch weiter zu zerstreuen, griff er in sein Haar und schielte mit gespielt kritischem Blick auf die Länge einer Strähne.
»Na ja, und ein klein wenig kürzen könnte ich es vielleicht wirklich lassen.«

Obwohl Albert ebenso wie Charlotte die regelmäßigen sonntäglichen Besuche bei Alberts Eltern mehr als lästige Pflicht denn gemütliche Abwechslung empfanden, kamen sie ihnen, der Familientradition entsprechend, doch immer wieder nach und bemühten sich, nicht zu zeigen, wie fremd sie sich bei der Konversation fühlten, die, meistens auf Anregung von Théodore Laurent, geführt wurde. Alberts Bruder Philippe hatte da entschieden weniger Hemmungen, seine Langeweile nicht zu verbergen und sich beizeiten wieder aus dem Kreis zu entfernen. An diesem Sonntag allerdings gelang es ihm nicht, sich nach dem Kaffee und der heißen Schokolade für die Damen rasch davonzumachen. Während seine Mutter sich mit Alberts Frau sowie Madame Galhac und ihrer Tochter Henriette in die Fensterecke des Salons begab, blieben die Männer beim Tisch.
Monsieur Galhac lenkte das Gespräch sofort auf die Belange der Gemeinde, mit denen er als Vertreter des Consistoriums schon längst nicht mehr zufrieden war, und versuchte, Philippe von seiner Auffassung zu überzeugen. »Was wir in den Beratungen dringender als jemals zuvor brauchen, sind energische Männer, die unsere Interessen ebenso entschieden zu vertreten wissen wie die Führung ihrer privaten Geschäfte. Leider aber muß ich gestehen, daß gerade unter ihnen ein beklagenswerter Mangel an wahrhaftigem und vor allem tätigem Bewußtsein für unser hugenottisches Wesen offenkundig ist. Nur so konnte es geschehen, daß wir selbst – freilich ohne meine eigene Zustimmung – auf die Beibehaltung unserer französischen Sprache im Verkehr untereinander und erst recht mit den preußischen Behörden verzichtet haben.«

Da Philippe gelangweilt mit dem Kaffeelöffel spielte, wandte Galhac sich betont an ihn. »Ich freue mich daher ganz besonders, daß Sie Ihrem Herrn Vater nun bald im Geschäft nachfolgen und dann wohl auch eines Tages seinen Platz im Consistorium einnehmen werden.«

Philippe bemühte sich nicht, sein Desinteresse an diesem Thema durch Höflichkeit zu verdecken, er zuckte nur flüchtig mit den Schultern. Albert dagegen stimmte Galhac sofort entschieden zu, nicht etwa, weil er sich mehr als sein Bruder um die Vorgänge in der Gemeinde kümmerte, sondern allein, um Philippe zu ärgern. Galhac merkte davon nichts; froh, jemanden gefunden zu haben, der seine Absichten zu unterstützen schien, lud er Philippe zu einer der nächsten Sitzungen als Gast ein und vergaß dabei nicht zu erwähnen, daß diese Sitzung wie üblich im Anschluß an den Gottesdienst stattfinde, bei dem er heute Philippe allerdings leider nicht gesehen habe.

Albert verbiß sein Grinsen, als Philippe ihm als dem Urheber des nun endgültig auszuufern drohenden Gesprächs einen bösen Blick zuwarf. Zum Glück rief in diesem Augenblick seine Mutter nach ihm und entband ihn damit der Antwort auf Galhacs Fragen. Erleichtert entschuldigte er sich und ging, gefolgt von Albert, hinüber zu den Damen. Albert spürte, wie Galhac ihm nachsah und entrüstet hinter seinem Rücken den Kopf schüttelte, und er hörte das Flüstern. »Wenn mein Sohn so herumlaufen würde, mein lieber Théodore Laurent – ich sage dir aufrichtig, ich danke dem Herrn, daß er mir in dieser unruhigen Zeit eine Tochter geschenkt hat . . .«

Caroline Laurent gab ihrer Schwiegertochter Charlotte ihr Enkelkind Ludwig zurück, klopfte die verkrümelten Reste des Kuchens, den der Kleine gegessen hatte, von ihrem Schoß und zog Philippe in das Damenkränzchen hinein.

»Stell dir nur vor, Fräulein Henriette Galhac war in diesem Jahr noch nicht in Potsdam.«

Henriette saß da, blickte zu Boden und knetete ihre Hände. Albert begriff langsam, daß im Kreise der Familie an diesem Sonntag ein besonderes Vorhaben angesteuert wurde: Offenbar hatte man die Absicht, seinen Bruder Philippe mit jenem unscheinbaren Töchterchen des frömmelnden Monsieur Galhac zu verkuppeln, Philippe selbst schien den Plan seiner Eltern ebenfalls durchschaut zu haben. Er ging auf die Worte seiner Mutter nicht ein. Albert weidete sich an der peinlichen Stille, die eintrat. Nachdem sonst immer er Zielscheibe von Zurechtweisungen und Änderungsversuchen gewesen war, galten sie jetzt seinem älteren Bruder, der ihm bei jeder Gelegenheit als ein Beispiel hingestellt worden war. In seiner Genugtuung konnte Albert es nicht lassen, die Situation auszunutzen und zugleich seinen Bruder noch ein bißchen mehr zu ärgern.

»Da hat Mama recht, ein ganzes Jahr nicht nach Potsdam zu fahren, ist wirklich ein Versäumnis. Warum lädst du Mademoiselle Henriette nicht einfach ein, Philippe? Ihr beide und wir könnten eine Landpartie unternehmen . . .«

Philippe preßte seine Lippen aufeinander und schwieg weiter. Heimlich stieß ihm Albert seinen Ellenbogen in den Rücken. »Das läßt sich doch sicherlich demnächst arrangieren, hm?«

Er tat, weil Philippe wieder nicht antwortete, als müsse er seine Frau Charlotte ebenfalls um Zustimmung fragen. Charlotte hatte sich, um ihr belustigtes Grinsen vor den anderen zu verstecken, zu ihren Kindern heruntergebeugt; mit verstohlenen Zeichen gab sie Albert zu verstehen, daß er die Frotzelei seines Bruders nicht übertreiben solle. Albert zwinkerte ihr zu.

»Hätten Sie denn überhaupt Lust, Mademoiselle Henriette?« Philippe kochte innerlich vor Wut, die er niemandem offen zeigen konnte. Henriettes Gesicht hatte sich tiefrot gefärbt, ihr Blick wanderte zwischen Philippe und ihrer Mutter hin und her. Sie schien die einzige zu sein, die die Peinlichkeit der Situation nicht erkannte.

Madame Galhac nickte ihrer Tochter aufmunternd zu. »Du darfst getrost zusagen, mein Kind, wir haben nichts gegen eine Einladung des jungen Monsieur Philippe einzuwenden – im Gegenteil.«

Henriette erhob sich strahlend aus ihrem Sessel und machte vor Philippe einen Knicks, während Caroline Laurent ihren sprachlosen Sohn mit leichtem Schubs auf das Mädchen zuschob. »Ich wußte gar nicht, daß du so schüchtern sein kannst, Philippe . . .«

Bevor das Geschehen endgültig einen über bloßen Spaß hinausgehenden Verlauf zu nehmen drohte, erwachte in Albert Mitleid mit seinem Bruder, aber auch mit Henriette, und er half den beiden aus der peinlichen Situation, für deren Zuspitzung er selbst mit gesorgt hatte.

»Wir werden gewiß bald über alle Einzelheiten reden. Jetzt aber muß ich um Entschuldigung bitten, ich habe mit meinem Bruder etwas Geschäftliches zu besprechen. Wissen Sie, wir sehen uns so selten.«

Ohne Einwände abzuwarten, verbeugte er sich vor den Damen, nahm Philippe am Ärmel und verließ mit ihm den Salon. Sie hatten kaum die Tür hinter sich geschlossen, als Philippe seiner Wut freien Lauf ließ.

»Wie konntest du dich so benehmen; merkst du denn überhaupt nicht, daß die mich allesamt mit dieser bleichsüchtigen Kirchenmaus

verkuppeln wollen? Vater ist sich mit Galhac wahrscheinlich schon in allem einig, für den bin ich sicherlich bereits der Schwiegersohn!«
»Das wußte ich nicht, ihr teilt mir eure Familienpläne ja immer zuletzt mit; außerdem war mein Gerede doch nur ein Scherz – ich habe anderes zu tun, als Landpartien nach Potsdam vorzubereiten. Tut mir leid, Philippe!«
Philippe war so einfach nicht zu besänftigen.
»Mir auch! Sieh zu, wie du da wieder rauskommst, auf mich jedenfalls brauchst du nicht zu zählen!« Er nahm Mantel und Hut vom Haken im Flur und zog sich an, während er eilig der Haustür zustrebte. Albert erschrak und stellte sich ihm in den Weg.
»Du kannst dich doch nicht einfach so aus der Affäre ziehen. Vater wäre kompromittiert, und die Galhacs würden unseren Eltern den Affront nie vergessen!«
Philippe schob seinen jüngeren Bruder amüsiert beiseite; offensichtlich hatten sich ihre Positionen vertauscht. Hilflos stand Albert da, als Philippe sich grinsend in der Haustür umdrehte. »Keine Sorge, beides ist beabsichtigt. Adieu, Albert, den nächsten Zug überlasse ich vertrauensvoll dir!«
Albert starrte seinem Bruder nach, dann ging er zögernd zurück in den Salon, um Philippe zu entschuldigen. Stotternd erklärte er sein plötzliches Verschwinden mit unvorhergesehenen, dringenden geschäftlichen Verabredungen.
Noch während er sich bemühte, seine Ausflüchte vorzubringen, stand Monsieur Galhac auf. »Anne, Henriette – wir gehen!« Mit sehr frostig förmlicher Verbeugung verabschiedete er sich von seiner Gastgeberin. Théodores hilflose Vermittlungsversuche überhörte er, erst als er auch ihm die Hand reichte, konnte er sich eine abschließende Bemerkung nicht verkneifen.
»Ein sehr schlimmes Zeichen, mein lieber Théodore Laurent, wenn Väter es zulassen, daß ihnen die eigenen Söhne über den Kopf wachsen . . .«
Alberts Hand übersah er.

Pierre Thomas Laurent nahm den Druckbogen von der Ablage und hielt ihn prüfend in das durch die niedrigen, ebenerdigen Werkstattfenster einfallende Licht; sein Neffe Albert trat neben ihn und nahm das frische Blatt mit spitzen Fingern vorsichtig in Empfang.
»Laß dir Zeit, noch ist Gelegenheit zur Korrektur. Wie das klingt: ›Der Geist unserer Zeit‹ . . . Verfasser: Albert Laurent . . .«
»Das ist ja schon der letzte Bogen?«

Pierre Thomas nickte stolz. »Eben – die anderen sechzehn liegen da drüben. Soll ich sie zur Zensur bringen, oder willst du das lieber selbst erledigen?«
»Die Bögen gehen nicht zur Zensur; sobald ich sie mir alle angesehen habe, kannst du mit dem Druck beginnen.«
Albert genoß das erstaunte Gesicht seines Onkels. Als hätte sich für ihn mit dieser Antwort das Problem erledigt, ging er mit dem druckfrischen Blatt hinüber und legte es zu den anderen. Pierre Thomas lief hinter ihm her, schluckte mehrmals und fand dann endlich doch noch den Mut, Albert zu widersprechen. »Ohne Zensur, das ist mir zu riskant. Ich bin kein junger Hasardeur mehr, Albert! Erst die Zensur, dann der Andruck, so haben wir es in den letzten Jahren immer gehalten, und das muß auch für dich gelten.« Er zuckte bedauernd die Schultern, nahm den Stapel Druckbögen und wollte ihn Albert in die Hände legen. Albert wich ihm aus.
»Als Professor bin ich zensurfrei.« Er hatte ganz sachlich, fast wie nebenbei gesprochen.
Um so größer war die Überraschung seines Onkels. »Du bist Professor geworden?«
»Noch nicht – aber bis du mit dem Druck soweit bist, wird meine Berufung erfolgt sein, nehme ich wenigstens an.«
Pierre Thomas wollte die Mitteilung seines Neffen offenbar immer noch nicht recht glauben. Er ließ die Druckbögen vorsichtig auf die Ablage fallen. »Man hat dir tatsächlich hier in Berlin eine Professur in Aussicht gestellt? Ohne jede Auflage? – Ich würde es ja gerne hoffen, wundern würde es mich allerdings doch.«
Vor seinem neugierig forschenden Blick senkte Albert die Augen.
»Also doch mit Auflagen?«
Alberts gute Laune verflog; die inneren Vorbehalte, die trotz seiner mit Charlotte besprochenen Entscheidung für die Berufung weiter für ihn bestanden, ließen ihn unsicher und trotzig werden. Lauter als nötig und seinem Onkel gegenüber angemessen, drückte er sich um eine klare Auskunft herum.
»Mein Gott, Onkel Pierre Thomas, Auflagen . . . So kann man das auch nicht sagen . . .«
Pierre Thomas nickte. »Verstehe schon.« Er wandte sich von Albert ab und begann, die Druckpresse zu reinigen. Seine Verständnisbereitschaft paßte Albert erst recht nicht. Viel wohler wäre es ihm gewesen, wenn sein Onkel ihm Vorwürfe gemacht hätte. Nach einem Augenblick des Schweigens baute sich Albert vor ihm auf, um sich zu rechtfertigen.

»Du hältst mich für einen Opportunisten, sprich es ruhig aus! Du bist ja auch Junggeselle – aber ich habe eine Familie; und so, wie bis jetzt, kann es nicht weitergehen. Ich muß endlich auf eigenen Füßen stehen und von dem bißchen Almosen meines Schwiegervaters unabhängig werden. Charlotte macht sich kaputt in dieser Notunterkunft bei ihren Eltern und ohne jede Hilfe, gerade jetzt, wo sie unser drittes Kind erwartet . . .«
Mit lautem Krach fiel der Preßhebel auf einen Farbtopf, Pierre Thomas warf das Putzzeug beiseite und streckte Albert die Hand hin.
»Gratuliere – übrigens, du mußt dich vor mir nicht rechtfertigen.«
Pierre Thomas hatte gerade eine Flasche Wein und Gläser unter einem Durcheinander von zerknüllten und zerrissenen Druckbögen hervorgewühlt und sich und seinem Neffen eingeschenkt, als nebenan im Kundenraum seines Buchladens die Türglocke anschlug. Er ging hinüber und kam mit mehreren Paketen und einem Bündel Briefe zurück. Während sie auf Charlottes Wohl und Alberts Berufung tranken, schnürte Pierre Thomas die eingegangene Post auf und überflog die Briefkuverts. Bei einem stutzte er, riß es sofort auf und begann, den Brief mit wachsender Erregung zu lesen.
»Schlechte Nachrichten?«
Pierre Thomas ließ den Brief sinken. »Man hat Kotzebue ermordet!«
Albert starrte seinen Onkel betroffen an.
»Wer? Wer war es?«
Pierre Thomas sah auf den Brief. »Ein Student aus Jena – Sand . . .«
»Carl Ludwig Sand?«
»Du kennst ihn?«
»Er gehört der Jenaer Burschenschaft an; Sand, Follen und wie sie alle heißen. Ich kenne fast jeden von ihnen. Aber warum hat er das getan?«
Pierre Thomas zuckte die Schultern und reichte Albert den Brief. »Soviel ich dem Schreiben entnehme, weiß man es noch nicht genau. Die Tat galt offenbar nicht dem Dichter, sondern dem in russischem Dienst stehenden Staatsrat Kotzebue – und ich fürchte, sie wird Folgen für das gesamte politische Geschehen haben, besonders an den Universitäten, Albert . . .«
Albert antwortete nicht, er hatte sich in den Brief vertieft.

Als Albert den Hörsaal betrat, herrschte unter seinen versammelten Studenten große Aufregung; dem heftigen Stimmendurcheinander entnahm er, daß es um die Ermordung Kotzebues ging. Erst als er hinter das Katheder trat, bemerkten einige der diskutierenden jungen

Leute ihren Dozenten und riefen ihm zu, daß man nicht bereit sei, die Vorlesung zu beginnen, wenn nicht zuvor über Kotzebue gesprochen werde. Albert nickte; er selbst hatte sich auf dem Weg von der Buchhandlung seines Onkels zur Universität vorgenommen, seine Studenten über den Fall, soweit er ihm aus dem Brief bekannt war, zu informieren. In die allmählich eintretende Ruhe im Saal begann Albert mit den Worten, die er sich unterwegs zurechtgelegt hatte. »Wir alle kennen Herrn Kotzebue. Er war ein mediokrer Theaterdichter und ein . . .«

Der Zwischenruf: »Ein Verräter!« unterbrach ihn und provozierte sofort wieder neue Zwischenrufe, gegen die Albert sich nicht durchsetzen konnte. Wahres Beifallgetöse setzte ein, als einer der Studenten auf die Bank stieg und verkündete, daß solche wie Kotzebue den Tod allemal verdient hätten. Albert verschaffte sich energisch Gehör.

»Ich weiß nicht, ob er diesen Tod verdient hat . . .« Mißfälliges Zischen vermochte ihn nicht zu beirren. Albert hatte sich entschlossen, ohne das in seinen Gedanken vorbereitete Konzept zu reden, weil er spürte, daß es vor aller nüchternen Erörterung des Vorfalles darauf ankam, die Erregung seiner Studenten zu beruhigen. Bevor aus dem Zischen ein neuerliches lautstarkes Durcheinander entstehen konnte, sprach er deshalb mit fester Stimme weiter.

»Ich will auch gar nicht länger über diesen Verräter am Vaterland reden. Vielmehr werde ich von Carl Ludwig Sand erzählen, den ich sehr viel besser kenne als jenen anderen.«

Im Saal war es sehr leise geworden, Albert hatte es mit dieser Bemerkung erreicht, die Aufmerksamkeit seiner Studenten zu fesseln.

»Als ich den Sand vor einigen Jahren kennenlernte, war er ein stiller, in sich gekehrter Mensch, der – wenn überhaupt – nur durch seine Besonnenheit auffiel. Ich nehme nicht an, daß er sich darin entscheidend geändert hat. So scheint mir auch jetzt die Gesinnung von Sand über jedes menschliche Lob und jeden Tadel erhaben zu sein. Aber Meuchelmord ist eine Sache, die mit Giftkocherei in einer Kategorie steht, und deshalb kann ich mich nicht mit ihm einverstanden erklären.«

Während unter seinen Zuhörern wieder unzufriedenes Murren entstand, öffnete sich vorsichtig die Saaltür, und der junge, in der vorangegangenen Vorlesung als Polizeispitzel entlarvte Student schlich sich herein. Aber obwohl er gleich neben der Tür stehenblieb, wurde er von den Studenten diesmal entdeckt, bevor er noch sein Schreibzeug vorgeholt hatte, und sofort angegriffen.

Albert verstand die Ursache des Handgemenges erst, als er das Katheder verlassen hatte, um den Streit zu schlichten. Aufgebrachte Stu-

denten stellten sich ihm in den Weg und warnten ihn vor dem Spitzel. »Laßt ihn, auch wenn er ein Spitzel sein sollte! Was ich hier sage, kann jeder hören! Ich billige den Mord nicht, aber eine heimliche Genugtuung darüber will ich nicht verleugnen . . .«
Der Rest seiner Erklärung ging in dem allgemeinen Tumult unter. Albert gelang es nicht zu verhindern, daß der Spitzel überwältigt und aus dem Vorlesungssaal hinausgeworfen wurde.

Eine längere private Diskussion über die Vorfälle, zu der ihn einige seiner Studenten im Anschluß an die Vorlesung drängten, besonders aber die Begegnung mit seinem Bruder Philippe, der ihn von der Universität abholte und während einer gemeinsamen Kutschfahrt kreuz und quer durch den Tiergarten bis fast hinunter nach Charlottenburg um Unterstützung gegenüber dem Vater in einer etwas delikaten persönlichen Angelegenheit bat, hielten Albert über seinen Zeitplan hinaus auf. Philippe nämlich teilte ihm mit, daß er sehr bald heiraten werde, und zwar keineswegs jenes hugenottische Gänschen, das seine Eltern ihm zugedacht hätten, sondern ein Mädchen aus einer altangesehenen preußischen Familie, die Tochter des Ministerialrats Stägemann, eines, wie es hieß, im Innenministerium ziemlich einflußreichen Mannes. Philippe versprach sich von dieser Verbindung nicht unbedeutende geschäftliche Protektion, die der zukünftige Schwiegervater ihm verschaffen könne. Albert verspürte im Verlauf des Gesprächs immer deutlicher das Gefühl, von seinem Bruder zum Komplizen eines Planes gemacht zu werden, in dem es um Liebe zu allerletzt zu gehen schien. Philippe selbst machte schließlich auch gar keinen Hehl daraus; wichtig war ihm, daß seine Braut neben den Vorzügen der Herkunft gut aussah, zu repräsentieren verstand und die Verbindung ebenso illusionslos, aber zielstrebig eingegangen war wie er selbst. Dennoch versprach ihm Albert, sich für ihn bei nächster Gelegenheit vorsichtig beim Vater einzusetzen. Seinen Verdacht, bei jenem Ministerialrat Stägemann könne es sich um den unbekannten, geheimnisvollen Fürsprecher für seine Universitätskarriere handeln, äußerte er seinem Bruder gegenüber allerdings nicht, obwohl er sich nach Philippes Ausführungen in diesem Punkte immer sicherer geworden war.
Als die Mietskutsche seines Bruders endlich vor der Apotheke hielt, blieb Albert nicht mehr viel Zeit, sich für das Essen, zu dem seine Schwiegereltern ihn und Charlotte eingeladen hatten, zurechtzumachen; überhaupt hatten die Ereignisse des Tages seine Stimmung für diesen gemeinsamen Abend nicht gerade vorbereitet.

Albert mußte sich zwingen, die fast feierliche Atmosphäre, die sein Schwiegervater Leopold von Crantz der Zusammenkunft gab, nicht zu stören und alle Anspielungen auf die bevorstehende Beendigung seines bisherigen Unvermögens, seiner Frau einen angemessenen Unterhalt bieten zu können, ohne Widerspruch hinunterschlucken.
Seine Empfindsamkeit ließ es jedoch nicht zu, auf die Berufung anzustoßen oder über Pläne zur Veränderung seines Hausstandes zu sprechen. Beidem entzog er sich mit Rücksicht auf seine Frau durch vage Ausflüchte und schob bei aller Wissenschaftlichkeit, der er sich verschrieben habe, abergläubische Regungen vor. Er erklärte, daß er erst abwarten wolle, bis alles tatsächlich entschieden sei.
Daß das gemeinsame Essen dann doch noch ein unvorhergesehenes, bedrückendes Ende nahm, lag nicht an Albert: Als seine Frau, die zwischendurch nach den Kindern hatte sehen wollen, ungewöhnlich lange wegblieb, folgte Albert ihr und fand sie, ohnmächtig zusammengebrochen, neben dem Bett der aufgewachten Kinder in ihrer Schlafkammer.
Der herbeigerufene Arzt stellte völlige Erschöpfung fest und ordnete strikte Ruhe für sie an, vor allem sollte ihr jede Aufregung erspart werden, da sonst die sehr ernste Gefahr bestände, daß sie das Kind verlieren würde. Albert nahm sich vor, nicht untätig auf den endgültigen Bescheid zu warten, sondern in einem Gespräch mit dem Dekan eine Beschleunigung des Verfahrens zu erbitten.

Seiner Nachfrage um ein Gespräch wurde überraschend schnell entsprochen. Als Albert diesmal das Arbeitszimmer des Dekans erwartungsvoll und entschlossen betrat, fand er seinen Vorgesetzten in sehr aufgeschlossener, augenscheinlich über Alberts Anwesenheit zufriedener Stimmung. Der Dekan ließ ihn nicht wie seinerzeit erst einmal unbeachtet warten, blieb vielmehr an seinem Schreibtisch sitzen und lud Albert freundlich ein, vor ihm Platz zu nehmen.
»Ach ja, der Doktor Laurent – und wie ich sehe, tragen Sie immer noch diese gräßliche Kleidung, und Ihre Haare . . .« Er schüttelte den Kopf in einer Weise, die Albert, der schon zu einer Erwiderung ansetzen wollte, verstummen ließ, weil sie beinahe milde und nachsichtig auf ihn wirkte. Der Dekan winkte ab. »Schon gut, das spielt ja auch keine Rolle mehr – jetzt.« Seine Stimme nahm einen Klang an, der Alberts Mißtrauen sofort wieder wachrief; vorbereitet war er auf die nach einer kurzen Pause folgende Nachricht dann aber dennoch nicht.
»Doktor Laurent, ich habe die traurige Pflicht, Ihnen mitzuteilen, daß

Ihnen die Lehrerlaubnis entzogen worden ist. Sie sind mit sofortiger Wirkung vom Dienst suspendiert und haben umgehend das Universitätsgelände zu verlassen!«

Wenn der Dekan es wirklich absichtlich darauf angelegt hatte, Albert nicht nur mit dem Inhalt, sondern auch durch die Form, in der er diese Mitteilung bis zu diesem Augenblick zurückgehalten hatte, vernichtend zu treffen, so war ihm das restlos gelungen. Wie betäubt erhob sich Albert, seine Lippen bewegten sich stumm, er mußte sich an der Schreibtischkante stützen.

»Ich habe Sie gewarnt, aber Sie wollten ja offensichtlich keine Schlüsse daraus ziehen. Im Gegenteil sind mir Äußerungen von Ihnen bekannt geworden, die in der Universität seiner Majestät des Königs nicht geduldet werden können! Sie haben die Zensurfreiheit der Forschung und insbesondere der Lehre aufs schwerste verletzt und mußten sich dabei der Konsequenzen durchaus bewußt gewesen sein, Laurent!«

Albert stand immer noch wie vom Donner gerührt; allmählich nur fand er seine Fassung wieder, aber der Dekan ließ ihn nicht zu Worte kommen, mit einer unwilligen Handbewegung verbat er sich jeden Versuch einer Rechtfertigung und zog unter der vor ihm auf dem Tisch liegenden Akte ein Stück Papier hervor, das er Albert entgegenhielt.

»Wer . . . heimliche Genugtuung über einen Meuchelmord empfindet, und dann auch noch dreist genug ist, diese verwerfliche Ansicht jungen Menschen gegenüber mit der Autorität des ihm anvertrauten, verantwortungsvollen Amtes zu äußern, der kann diese Freiheit nicht für sich in Anspruch nehmen!«

»Ich habe den Mord an Kotzebue ausdrücklich mißbilligt, meine Studenten werden das bezeugen – fragen Sie bitte die und nicht – nicht irgendeinen gekauften Spitzel!«

In seiner Erregung wollte Albert nach dem Papier mit den Notizen aus der Vorlesung greifen, aber der Dekan zog es rechtzeitig zurück und legte es wieder unter die Akte.

»Es ist zu spät, Laurent, hätten Sie sich beizeiten an meine Warnung erinnert: Keine Tagespolitik in Ihren Vorlesungen. Aber bitte, jetzt liegt die Rechnung offen vor Ihnen. Tut mir leid, aus Ihnen wäre vielleicht ein ganz hervorragender Wissenschaftler geworden . . .«

Der Dekan erhob sich und ging mit der Akte an Albert vorbei, legte sie in einen Schrank und schloß ihn demonstrativ laut und umständlich zu.

Albert wartete, bis der Dekan sich wieder aufrichtete und zur Zim-

mermitte zurückwandte; auch wenn er so tat, als gebe es Albert für ihn schon nicht mehr, sollte er wenigstens sehen, daß Albert dennoch in der Lage war, mit einem Rest von auch in seiner tiefen Verzweiflung bewahrter Würde den Raum zu verlassen.
In den folgenden Tagen ging Albert wie gewohnt morgens aus dem Haus; Charlotte, die sich nur sehr langsam von ihrem Schwächeanfall erholte und die Hausarbeit einem von ihrem Schwiegervater vorläufig bezahlten Dienstmädchen überlassen mußte, sollte von seiner Arbeitslosigkeit nichts erfahren. Auf der Suche nach einem Ausweg aus seiner desolaten Situation, von der er allein seinen Onkel Pierre Thomas unterrichtet hatte, trieb Albert sich tagsüber bis zum Ende der Vorlesungen in der Stadt herum. Die Abende verbrachte er, seine wachsende Niedergeschlagenheit, so gut es ging, verbergend, bei seiner Frau; unverfänglich begann er dann, ihr davon zu erzählen, daß es wahrscheinlich für seine berufliche Fortentwicklung irgendwann in der Zukunft einmal angebracht sein könnte, Berlin wenigstens vorübergehend zu verlassen, um an einer bedeutenderen, möglicherweise ausländischen Universität seine Arbeit fortzusetzen.
Je detaillierter er Charlotte diese Vorstellungen beschrieb, die sie für nichts anderes als einen kurzweiligen Zeitvertreib hielt, desto ernster wurden sie für Albert selbst. Schließlich sah er sie als die einzige ihm noch gebliebene Hoffnung an und wandte sich um Hilfe an seinen Bruder.

Philippe thronte hinter seinem Rechnungspult im Kontor der Laurentschen Tuchmanufaktur und beobachtete seinen Bruder, der nervös vor ihm hin und her ging und dabei seine Reisepläne entwickelte, wie irgendeinen in Zahlungsschwierigkeiten steckenden Kunden. Als er auch nach Alberts Ausführungen kein Zeichen von Anteilnahme erkennen ließ, blieb Albert, am Ende seiner Beherrschung, wütend vor ihm stehen.
»Verdammt, verstehst du mich denn nicht? Ich brauche Geld. Ich muß raus aus Preußen, das mir keine berufliche Zukunft mehr bieten wird! Alles, was ich von dir will, ist eine Anzahlung auf mein späteres Erbteil; zwei- oder dreitausend Taler, mehr brauche ich fürs erste ja nicht!«
»So so, mehr brauchst du nicht – und wo soll ich dreitausend Taler hernehmen? Heimlich vom Betriebskapital? Bei deinen Studien zur Staatsökonomie solltest du eigentlich wissen, daß wir das Kapital gerade in dieser Zeit dringend für Investitionen brauchen – und die laufenden Gewinne gehen für Löhne drauf. Du siehst ...«

Albert war mit einer solchen Aufrechnung nicht abzuspeisen; er hatte sie im Gegenteil erwartet und sich darauf vorbereitet. »Sehr gut, dann werde ich meinen Anteil einklagen!«
Philippe lachte spöttisch auf, er war ganz und gar nicht eingeschüchtert.
»Damit kommst du nie durch!«
»Ich weiß – aber es wird einen Skandal geben, den ich mir leisten kann . . . Aber kannst du ihn dir auch leisten? So kurz vor deiner Verlobung mit Fräulein Stägemann?«
Philippes Sicherheit verflog, er kam hinter dem Pult vor.
»Bis wann müßtest du über das Geld verfügen können?«
Albert zuckte erleichtert die Schultern.
»Sobald wie möglich natürlich, das heißt sobald ich sicher sein kann, daß Charlotte die Anstrengungen einer längeren Reise gesundheitlich verkraftet. Das kann zwar noch eine Weile dauern, besitzen aber möchte ich die Summe schon früher; schließlich sind Vorbereitungen zu treffen.«
Philippe ließ sich Zeit zum Überlegen, dann willigte er ein und schlug vor, die Besprechung der Einzelheiten in die Konditorei Stehely zu verlegen, um vor dem Vater oder vor Sabetzki sicher zu sein.
Dort einigten sich die beiden Brüder darauf, daß Philippe eine Anweisung über tausend Taler – mehr hielt er für völlig undenkbar – vorbereiten und sie Albert bei der Verlobungsfeier im Hause Stägemann stillschweigend überreichen werde.

Charlotte hatte sich, nachdem Albert mit dem Versprechen, nicht allzu lange an der Verlobungsfeier seines Bruders teilzunehmen, das Haus verlassen hatte, hingelegt und war gerade eingeschlafen, als lauter Lärm und Stimmen aus dem Wohnzimmer sie aufschreckten. Sie sprang aus dem Bett und zog den Vorhang beiseite – ihren noch verschlafenen Augen bot sich ein furchterregender Anblick: Zwei fremde Männer knieten in der Arbeitsecke ihres Mannes und stopften wahllos Bücher, Papiere und Broschüren, die sie aus den Fächern und Schubladen seines Schreibtisches und vom Regal rissen, in Säcke. Hilflos versuchte Charlottes Vater, die beiden Männer in ihrem sturen Eifer zu mäßigen.
Charlotte klammerte sich an den Vorhang und nahm ihren Mut zusammen, um sie zur Rede zu stellen. Ihre vor Empörung zitternde Stimme beeindruckte die Eindringlinge offensichtlich überhaupt nicht. Der eine der beiden richtete sich auf und ging auf sie zu, bevor der Apotheker von Crantz ihn zurückhalten konnte.

»Wir sind beauftragt, sämtliche Papiere Ihres Gatten zu beschlagnahmen.«
»Es ist ein Irrtum, meine Herren, eine Verwechslung. Charlotte, sag du es ihnen!«
»Mein Mann ist Dozent an der Universität . . .«
Der Mann stand vor ihr und musterte sie neugierig.
»Gewesen, Gnädigste, gewesen. Sie wissen doch wohl, daß er schon seit einiger Zeit seines Dienstes enthoben wurde. Wir haben den Auftrag, ihn in Haft zu nehmen. Sie werden uns sicherlich angeben können, wo er sich gegenwärtig aufhält?«
Leopold von Crantz griff den Arm seiner Tochter, deren Gesicht kalkweiß geworden war, um sie aus Angst vor einem neuerlichen Schwächeanfall zu stützen. Noch schneller jedoch hatte der Polizeiagent sie gepackt und schüttelte sie unsanft, während er wieder nach Alberts Aufenthaltsort fragte. Charlotte stöhnte und legte schützend ihre Hände vor ihren Leib.
»Mein Schwiegersohn befindet sich im Hause des Ministerialrats Stägemann in der Breitestraße – und jetzt gehen Sie, bitte!«

Philippe hatte sein Wort gehalten, kurz nach Alberts Ankunft bei den Stägemanns war er zu ihm gekommen und hatte ihm die versprochene Anweisung übergeben. Danach schlenderte Albert, um wenigstens eine kurze Anstandsfrist den Gastgebern gegenüber zu wahren, durch die den Gästen offenstehenden Räume des Stägemannschen Stadthauses, in denen ausgelassen getanzt wurde. Mit einiger Mühe gelang es ihm, sich vor der Aufforderung einer Gruppe jüngerer Leute zu drücken, am Stellen eines lebenden Bildes nach der antiken Mythologie teilzunehmen, und zu seinen Eltern zu entfliehen, die die einzigen zu sein schienen, die sich in dieser Umgebung nicht besonders wohl fühlten. Abseits vom Trubel sitzend, wurden sie ohnehin kaum beachtet. Albert wechselte nur wenige Worte mit ihnen und ging langsam zurück in den Salon, als er sah, wie einer der Diener vom Flur hereinkam und Herrn Stägemann einen Zettel reichte. Stägemann las mit sich verfinsternder Miene die Nachricht, blickte sich suchend im Raum um und kam geradewegs auf Albert zu.
»Herr Doktor Albert Laurent?« Albert nickte; Stägemann nahm ihn am Arm und führte ihn, irgend etwas von Diskretion murmelnd, was Albert nicht verstand, am Rande der Tanzfläche entlang mit eiligen Schritten hinaus in die Eingangsdiele, wo sich Albert überrascht zwei Männern gegenübersah. Sie traten sofort auf ihn zu.
»Doktor Laurent, Sie sind verhaftet!« Im selben Moment kamen hin-

ter dem Geländer des Treppenaufgangs zwei Gendarmen vor und packten Albert, bevor er überhaupt ahnte, was mit ihm geschah, und bevor er sich wehren konnte.
Begleitet von Stägemanns Beschwörungen, doch unbedingt einen Aufruhr unter seinen Gästen zu vermeiden und Diskretion zu wahren, wurde Albert von seinen Häschern zur Haustür gezerrt und auf die Straße gestoßen.
Als ihm allmählich bewußt geworden war, wie man ihm mitgespielt hatte, lag er schon auf einem dünnen Strohlager in einer Zelle der Stadtvogtei. Um seinen ungezügelten Wutanfall kümmerte sich niemand.

Wenn Ministerialrat Stägemann gehofft hatte, seine Tochter Friederike würde sich einsichtig zeigen und einer raschen, jedes Aufsehen vermeidenden Lösung der Verlobung mit Philippe zustimmen, so sah er sich getäuscht. Friederike wollte sein Argument, er könne sich in seiner Stellung einen solchen Schwiegersohn nicht leisten, unter keinen Umständen verstehen und weigerte sich, mit Unterstützung ihrer Mutter, temperamentvoll gegen alle Überredungsversuche. Bis zum Eintreffen des herbeizitierten Philippe gelang es ihm nicht, sie davon zu überzeugen, daß ein Bräutigam, dessen Bruder wegen demagogischer Umtriebe in Untersuchungshaft genommen worden sei, eine Kompromittierung auch der Familie Stägemann darstelle und zugleich eine Belastung ihres Verhältnisses zu Philippe. Unnachgiebig bestand Friederike darauf, ihr Verlöbnis aufrechtzuerhalten und rannte, die Tür laut hinter sich zuschlagend, aus dem Arbeitszimmer.
Als Philippe schließlich eintraf, schickte Stägemann auch seine Frau hinaus. Er empfing Philippe kühl, bot ihm keinen Platz an und kam ohne Umschweife sofort zum Kern der Angelegenheit.
»Herr Laurent, es wird Ihnen nicht ganz entgangen sein, daß ich von Anfang an gravierende Einwände gegen die Verbindung meiner Tochter mit Ihnen gehabt habe. Wenn ich darauf verzichtet habe, meinen Willen in dieser Hinsicht durchzusetzen, so geschah das allein, um das Glück meiner Tochter nicht zu zerstören – oder vielmehr das, was sie für ihr Glück hält.«
Mit leichtem, ironischem Lächeln verbeugte sich Philippe vor Stägemann; der offensichtliche Widerspruch zwischen der bemüht würdevollen Haltung des Ministerialrats und seinen gar nicht so kompromißlos abweisenden Worten schien ihn zu amüsieren. Natürlich hatte auch ihn die Nachricht von der Verhaftung seines Bruders getroffen und im ersten Moment am Erfolg seiner eigenen Pläne zweifeln las-

sen, zumal diese Verhaftung ausgerechnet während der Verlobung – wenn auch durch Stägemanns umsichtiges Handeln zum Glück nicht unmittelbar vor den Augen aller Gäste – erfolgt war. Inzwischen aber wußte Philippe, daß seine Braut weiter zu ihm halten würde, und sei es auch nur, weil sie ihren Dickkopf gegen den Vater durchsetzen wollte. Deshalb war er entschlossen, das Feld auf keinen Fall kampflos zu räumen. Und Stägemanns erste Worte hatten ihm angedeutet, daß durchaus noch nichts endgültig verloren war.

Der Ministerialrat trat ans Fenster und sah angestrengt hinaus auf die Straße.

»Ich hätte von ihnen erwartet, daß Sie sofort für klare Verhältnisse sorgen, übrigens auch in Ihrem eigenen Interesse – soweit ich informiert bin, haben Sie diesen Schritt allerdings bisher unterlassen . . .«

Stägemann wandte sich zurück in den Raum und blickte Philippe mit einem Gesichtsausdruck, der verächtlich wirken sollte, zum erstenmal an.

»Wenn Sie dieses Versäumnis nun endlich nachholen und sich von Ihrem Bruder distanzieren – und zwar öffentlich und in eindeutiger Weise, so wäre ich meinerseits bereit, meinen Einfluß geltend zu machen und gewisse Schritte einzuleiten, die die Affäre um ihren Bruder möglicherweise mildern und beschleunigen könnten.«

Mit einer Handbewegung lud er Philippe dazu ein, nun doch Platz zu nehmen.

»Die Lage erfordert von uns beiden Vernunft, Laurent, Vernunft und eine entschiedene Portion an Bereitschaft, eigene Wünsche und Verbindlichkeiten auf ein angemessenes Maß zurückzustecken – und zwar allein im Interesse meiner Tochter!«

Nach Tagen ohne jegliche Verbindung zur Außenwelt, nur von einem gutmütigen Wärter inoffiziell davon unterrichtet, daß sein Onkel Pierre Thomas sich vergeblich um eine Besuchserlaubnis bemüht habe, holten zwei Gendarmen Albert aus seiner Zelle ab und brachten ihn gefesselt zum Kammergericht in das Amtszimmer des Gerichtsrats Winter.

Winter ließ gegen den Willen der beiden Gendarmen, die darauf hinwiesen, daß Albert sowohl mehrfach in der Zelle als auch unterwegs randaliert habe, als erstes seine Fesseln lösen. Während er sich vom anwesenden Referendar die Akten und konfiszierten Beweisstücke im Fall Laurent heraussuchen ließ und darauf wartete, daß die Gendarmen sich aus dem Zimmer entfernten, machten sich in Albert die in

der tagelangen Zelleneinsamkeit angestaute Wut und seine Verzweiflung unkontrolliert Luft; heftig verlangte er eine umgehende Begründung der gegen ihn erhobenen Anklage.
Winter legte sich die Akten ruhig zurecht; sein betont überlegtes Verhalten schien dem Vorgeführten anzudeuten, daß er bis zu einem gewissen Grade Verständnis für Alberts Erregung aufzubringen bereit war.
Winter schüttelte den Kopf. »Sie stehen nicht unter Anklage, Doktor Laurent; Sie sind lediglich vorläufig festgenommen, wegen staatsgefährlicher Unternehmungen und Äußerungen. Die Polizeibehörde hat einen bestimmten Verdacht gegen Sie, den sie durch die Vorlage dieser Beweismittel zu belegen sucht.« Winter hob die vor ihm liegende Akte hoch und deutete auf das Bündel weiterer Papiere, das der Referendar ihm auf den Schreibtisch gelegt hatte.
»Meine Aufgabe ist es, diese Beweise unter juristischen Gesichtspunkten zu würdigen und zu prüfen, ob sie die Eröffnung einer Kriminaluntersuchung tatsächlich rechtfertigen. Erst wenn ich zu einem positiven Ergebnis kommen sollte, würde man gegen Sie Anklage erheben. Im anderen Fall müßte man Sie aus der Haft entlassen. Es liegt also ganz bei Ihnen, meine Arbeit durch vernünftiges Verhalten Ihrerseits zu erleichtern und damit zugleich die Prozedur zu beschleunigen.«
Der sachliche Ton des Gerichtsrats besänftigte Alberts erste Erregung, bei allem Mißtrauen entstand in ihm vorsichtiges Vertrauen zu Winter. »Stellen Sie Ihre Fragen, aber machen Sie schnell. Meine Frau ist krank, ich muß zu ihr. Jede Aufregung schadet ihr, und die Umstände meiner Verhaftung bei Nacht und Nebel im Hause angesehener Leute war für sie wohl alles andere als schonend.«
Winter zuckte die Achseln. »Das war Sache der Polizeibehörde . . .« Er schlug die Akte auf und blätterte darin, dann blickte er auf und sah Albert offen ins Gesicht. »Eines sollten Sie wissen: Das Beweismaterial gegen Sie ist sehr umfangreich, und es wird geraume Zeit dauern, bis wir es gemeinsam Punkt für Punkt durchgearbeitet haben.«
Alberts Zuversicht war zerstört; die in ihm fast zur Gewißheit angewachsene Hoffnung, noch am gleichen Tage, sofort nach der Vernehmung, als freier Mann nach Hause zu Charlotte gehen zu können, brach zusammen. Am Ende seiner Beherrschung, schlug Albert die Hände vors Gesicht und vermochte nur noch zu stammeln. »Aber verstehen Sie denn nicht – meine Frau – vielleicht ist etwas passiert, und ich weiß es noch nicht einmal. Ich muß sie sehen – ich muß zu ihr!«
»Beruhigen Sie sich. Sie können ein Gesuch einreichen, und ich werde

mich dafür verwenden, daß man Ihrer Frau eine Besuchserlaubnis erteilt. Lassen Sie uns jetzt endlich die Vernehmung eröffnen!« Winter hob die aufgeschlagene Akte vom Tisch, so daß das Licht vom Fenster auf sie fiel und begann, mit leierndem Tonfall in raschem Tempo aus ihr vorzulesen.

»Sie sind Albert Laurent, neunundzwanzig Jahre alt, französisch-reformierter Religion, aus Berlin gebürtig, Sohn des Tuchfabrikanten Théodore Laurent, einem Mitglied des Consistoriums der hiesigen französischen Colonie. Sie haben in Jena und Berlin das Studium der Philosophie absolviert und am letztgenannten Ort promoviert. Während der letzten Feldzüge zur Befreiung vom napoleonischen Joch waren Sie Freiwilliger bei den Lützowschen Jägern und sind im Besitz der Kriegsgedenkmünze. Sie waren bis kurz vor Ihrer Verhaftung an der Universität zu Berlin als Dozent tätig und sind Mitglied der sogenannten Burschenschaft. Sie haben auf dem großen Burschenfest am 18. und 19. Oktober auf der Wartburg eine Rede gehalten, die danach unter dem Titel ›Ein deutsches Wort‹ auch als Druckschrift erschienen ist.«

Albert hatte sich wieder so weit gefangen, daß er mit zunehmender Aufmerksamkeit zuhören konnte; er nickte zu allen Punkten der Vernehmung.

Winter legte die Akte zurück und nahm einige Zettel vom Bündel der losen Papiere in die Hand. »In dieser Rede wie auch in der Schrift haben Sie Ihre Unzufriedenheit mit dem Zustand Deutschlands ausgedrückt – könnte man das so bezeichnen?«

Wieder nickte Albert. »Ja, das ist richtig. Ich erinnere mich nicht mehr an einzelne Formulierungen und würde auch das Pathos meiner damaligen Ausführungen heute wohl nicht mehr verwenden, zu ihrem Inhalt aber stehe ich.«

»Auch zu der Aufforderung zu gewaltsamen Maßnahmen gegen Landesfürsten und die bestehende Verfassung?« Albert sprang von seinem Stuhl auf, er beugte sich weit über den Schreibtisch vor und tippte erregt auf das vor Winter liegende Schriftstück. »Nein! In keiner Weise habe ich dazu aufgefordert! Davon kann hier nichts, gar nichts stehen! Ich verwahre mich gegen derartige Unterstellungen!«

Winter zog das Papier unter Alberts Fingern weg, bevor er es an sich reißen und in seiner Empörung vernichten konnte.

»Bitte, Doktor Laurent, ich bin königlich-preußischer Kammergerichtsrat, und ich fälle meine Entscheidungen nach gründlicher Überprüfung aller mir zugänglichen Informationen – und meines eigenen Gewissens!«

Die Vernehmung dauerte bis weit in den Nachmittag hinein. Als Albert zurück in seine Zelle in der Stadtvogtei geführt wurde, hatte er den Eindruck, daß der Kammergerichtsrat Winter bei aller Schärfe und Genauigkeit in seiner Verhandlungsführung ihm nicht grundsätzlich mit Ablehnung begegnet war. Bei einigen Fragen hatte Albert sogar deutlich gespürt, wie Winter ihm Worte zu seiner Entlastung buchstäblich in den Mund gelegt und danach mit seiner Billigung dem Referendar in das Vernehmungsprotokoll diktiert hatte.

In den folgenden Wochen wurden die Verhöre durch Winter regelmäßig fortgesetzt. Da Albert inzwischen von Mithäftlingen gehört hatte, die bereits monatelang auf die Eröffnung ihrer Voruntersuchung warteten, nahm er auch die zügige Abwicklung seines Verfahrens als ein günstiges Zeichen. Um so bodenloser war seine Verzweiflung, als ihn sein Onkel Pierre Thomas mit einer Sondergenehmigung in der Zelle aufsuchte, um ihm mitzuteilen, daß Charlotte ihr Kind verloren habe. Albert fiel in einen Tobsuchtsanfall und war in den folgenden Tagen, in denen man ihn sich selbst überließ, nicht vernehmungsfähig.
Als man ihn dann endlich wieder zu Winter brachte, wurden ihm die Handfesseln nicht abgenommen; sein Gesicht zeigte noch die Spuren der Verletzungen, die er sich selbst zugefügt hatte, und der Mißhandlungen, die ihm von den Wärtern bei dem Versuch, ihn zu beruhigen, beigebracht worden waren.
Kaum hatten sich die Gendarmen aus dem Amtszimmer entfernt, stürzte Albert auf Winter zu, schlug mit den zusammengebundenen Fäusten auf den Schreibtisch ein und schrie den Gerichtsrat an, indem er sein ungeborenes Kind ein Opfer der gegen ihn geführten, haltlos infamen Untersuchung nannte und sich weigerte, auch nur ein Wort auszusagen, wenn man ihn nicht zu seiner Frau lasse. Winter blieb scheinbar ungerührt; unauffällig bedeutete er dem Referendar, der Albert zum Schutze seines Vorgesetzten mit Gewalt zurückdrängen wollte, ihn sich austoben zu lassen, bevor er beruhigend und zugleich eindringlich auf ihn einzureden begann.
»Ihr unglückliches Schicksal, Doktor Laurent, tut mir aufrichtig leid; in der von Ihnen verlangten Weise kann ich Ihnen allerdings nicht helfen – aber ich garantiere Ihnen, daß nur noch wenige Punkte zwischen uns offen sind. Je bereitwilliger Sie daher aussagen, desto schneller könnten wir das Verfahren beenden und Sie gegebenenfalls aus der Haft entlassen.«
Albert sah den Gerichtsrat haßerfüllt an; dann schleppte er sich, auf die Tischkante gestützt, auf seinen Verhandlungsstuhl zurück. Win-

ter zog aus den Akten Notizzettel vor, die während Alberts letzten Vorlesungen vor seiner Verhaftung verfaßt worden waren, und verlas diese Spitzelberichte. Albert saß zusammengesunken, mit gesenktem Kopf; es war nicht zu erkennen, ob er überhaupt zuhörte, als Winter von den Zetteln aufblickte.

»Diese Thesen aus Ihren Vorlesungen haben eine eindeutig aufrührerische Tendenz, Doktor Laurent! Ich nehme allerdings an, daß sie von Ihnen nicht in dieser Absicht geäußert worden sind . . .«

Albert schwieg.

»Ich nehme vielmehr an, daß Sie in Ihrer Vorlesung die Frage diskutieren wollten, welche Verfassung die beste sei, und wie dieselbe im Einklang mit Ihren philosophischen Maximen bewirkt werden könnte. Habe ich recht?« Wieder reagierte Albert nicht.

»Natürlich habe ich recht!« Winter wendete sich seinem Referendar zu. »Schreiben Sie: Ohne Rücksicht auf den Diskussionsgegenstand können philosophische Erörterungen in keinem Fall strafbar sein; woraus folgt, daß die eine Verfassung betreffenden Überlegungen des Doktor Laurent, wie sie in den Akten beschrieben werden, nicht als staatsgefährliche Unternehmungen anzusehen sind.«

Während Winter diktierte, beobachtete er verstohlen Albert; so entging ihm nicht, wie Alberts Kopf, ohne aufzublicken, sich unwillkürlich dem Referendar zuwandte, als wolle er sich davon überzeugen, ob diese Interpretation seiner Äußerungen auch tatsächlich vermerkt würde. Winter lächelte.

»Und was nun Ihre Haltung nach der Ermordung Kotzebues durch den Ihnen persönlich bekannten Studenten Sand betrifft . . .«

Albert sah auf. »Jetzt kommen Sie nicht wieder mit meiner heimlichen Genugtuung!«

»Nein, Doktor Laurent, ich möchte diese Worte nur auf eine Formel bringen. Mißbilligung der Tat bei Billigung der Motive, und zwar zu einem Zeitpunkt, da es darauf ankam, die äußerst eruptiven Emotionen Ihrer Studenten zu beschwichtigen. Könnte man so sagen?«

Alberts Kopf senkte sich wieder, aber diesmal war es kein Zeichen der Verweigerung mehr. Er nahm sich vielmehr die Zeit, seine Antwort in ihren Konsequenzen genau zu überdenken. Schließlich nickte er.

»Und wenn Sie mir einen Strick daraus drehen, genauso habe ich es empfunden!«

Pierre Thomas und Philippe holten Charlotte von zu Hause ab. Während der Fahrt in der Mietkutsche zur Stadtvogtei deutete ihr Philippe an, daß es in Alberts Fall, wie er aus sicherer Quelle wisse, nun bald zu einer Entscheidung kommen werde. Deshalb wäre es vernünftig, wenn sie sich allen Anweisungen für den Besuch fügen und auch Albert dazu veranlassen würde. Charlotte war zum Sprechen kaum in der Lage, blaß und schmal hockte sie in der Kutsche und starrte hinaus auf die Straßen.

Philippe begleitete sie ins Wachzimmer und sprach mit einem der Wärter für sie unverständlich leise und eindringlich, bevor er sich von ihr verabschiedete. Der Wärter führte Charlotte in einen kahlen Raum und ließ sie allein. Als sich nach wenigen Augenblicken die Tür wieder öffnete, stand Charlotte unversehens Albert gegenüber. Unfähig, sich zu bewegen, starrten die beiden einander an, dann fielen sie sich in die Arme. Charlotte weinte, Albert rollten Tränen langsam über das Gesicht. Stumm hielten sie sich umarmt, bis der Wärter ihr Wiedersehen störte. Er zeigte auf den in der Mitte des Raumes stehenden Tisch und wies die beiden an, sich an die gegenüberliegenden Schmalseiten zu setzen.

Albert und Charlotte lösten sich voneinander und nahmen, wie es ihnen der Wärter befohlen hatte, am Tisch Platz. Albert griff über die Platte, faßte Charlottes Hand und zog sie zu sich.

»Charlotte, erinnerst du dich an meine Pläne, irgendwann einmal ins Ausland zu gehen? Jetzt ist es soweit. Wenn ich hier rauskomme, muß ich Preußen sofort verlassen.«

Der Wärter erhob sich von seinem Stuhl neben der Tür und forderte sie auf, nicht zu flüstern, sondern laut und deutlich zu reden, damit er jedes ihrer Worte verstehen und wenn nötig auch bezeugen könne.

»Was machen die Kinder?« Charlotte erzählte, daß die Großeltern sich während der Zeit ihrer Bettlägerigkeit um sie gekümmert und auf ihre vielen Fragen nach dem Vater erklärt hätten, Albert habe eine längere Reise antreten müssen.

Zufrieden nickend ging der Wärter zu seinem Stuhl zurück und nahm wieder Platz; Albert nutzte den kurzen Moment seiner Unaufmerksamkeit, um seine Frau zu fragen, ob sie sich stark genug für die Flucht fühle. Bevor Charlotte antworten konnte, wurden sie beide vom Wärter angebrüllt, seinen Anordnungen endlich Folge zu leisten und keine Heimlichkeiten auszutauschen.

Hastig entschuldigte sich Albert bei ihm, dann griff er wieder nach Charlottes Hand und drückte sie.

»Haben wir Nachricht von unseren Verwandten aus Frankreich? Weißt du, ich glaube, wir sollten sie bei nächster Gelegenheit besuchen. Ob wir die Kinder mitnehmen können?«

Charlotte erwiderte den Händedruck. »Ganz bestimmt, Albert!«

»Sonst aber nehmen wir nur das Allernötigste mit, alles andere wäre nur unnötige Belastung . . .«
Charlotte nickte, wortlos sahen beide einander fest in die Augen.
Als ihr Schweigen anhielt, schüttelte der Wärter verwundert den Kopf. »Reisepläne – verrückt, gibt es denn für solche wie euch jetzt keine anderen Sorgen . . .«
Alberts Gesicht verzog sich zu einem Lächeln, das Charlotte gefaßt erwiderte.

Am Morgen des folgenden Tages wurde Albert unverhofft wieder ins Besuchszimmer geführt, wo zu seiner Verwunderung der Kammergerichtsrat Winter bereits auf ihn wartete. Er reichte Albert die Hand.
»Doktor Laurent, es war mir ein Bedürfnis, Ihnen selbst zu sagen, daß die Immediat-Untersuchungskommission zu der Entscheidung gelangt ist, gegen Sie keine Kriminaluntersuchung zu eröffnen. Man hat beschlossen, Sie umgehend aus der Haft zu entlassen.«
Albert sah den Gerichtsrat ungläubig an.
»Sie sind frei!« Winter zog ein Schriftstück aus seiner Rocktasche, faltete es auseinander und las ihm die entscheidende Passage des Dokumentes laut vor.
»Deshalb habe ich nach genauer Prüfung aller Beweismittel, die im Wege des Polizei-Verfahrens bisher über den gegen Sie entstandenen Verdacht staatsgefährdender Unternehmungen verhandelt wurden, keinen Grund finden können, die Kriminaluntersuchung einzuleiten . . .«
Albert riß Winter das Papier aus der Hand und vertiefte sich, noch immer überrascht, in den Text; leise murmelnd formten seine Lippen die Worte mit.
Plötzlich ließ er das Schriftstück sinken und sah Winter enttäuscht an.
»Wenn ich es richtig verstehe, heißt es hier doch nicht anders, als daß ich zwar momentan freigelassen werde, der Verdacht aber weiterhin auf mir ruht?«
Winter zuckte die Schultern. Mit heftigen Bewegungen kniffte Albert das Papier zusammen. »Nirgends in Deutschland würde ich an einer Universität hiermit eine Anstellung finden. Ich verlange ein förmliches Attest, daß der gegen mich entstandene Verdacht widerlegt oder zumindest als vollkommen unbegründet befunden wurde!«
»Ein solches Attest kann ich Ihnen nicht ausstellen – im übrigen wäre ich an Ihrer Stelle froh mit dem Erreichten. Vorläufig ist Ihre Entlassung mit keinerlei Bedingungen verbunden; nutzen Sie diese Gelegenheit, Doktor Laurent.«

Albert nahm das nachlässig zusammengefaltete Dokument, das er in seiner ersten Enttäuschung dem Gerichtsrat zurückgeben wollte, wieder an sich und steckte es ein. Prüfend musterte er dabei Winter.
»Mit anderen Worten: Sie, Kammergerichtsrat Winter, raten mir, Deutschland schleunigst zu verlassen?«
Winter knöpfte seinen Rock langsam zu und vermied es dabei, Albert ins Gesicht zu blicken. »Ich rate Ihnen nichts, gar nichts – ich habe Ihnen allein die Modalitäten Ihrer Haftentlassung bekanntgegeben.« Mit einem sehr reservierten Kopfnicken verließ Winter den Besuchsraum der Stadtvogtei.

Die beiden kleinen Kinder lagen in tiefem Schlaf auf der einen Bank der Lohnkutsche, ihnen gegenüber saßen auf der anderen Albert und Charlotte. Charlotte hatte sich an ihn geschmiegt und die Augen geschlossen. Albert zog einen Zipfel der zugezogenen Vorhänge beiseite und blickte hinaus in die Morgendämmerung. Nach seiner Berechnung konnte die Grenzstation nicht mehr sehr weit entfernt sein. Er lachte bitter auf, sofort erwachte neben ihm Charlotte und sah ihn fragend an. Albert legte seinen Arm beruhigend um ihre Schulter. »Ach, weißt du, mir kam in den Kopf, wie auch meine Vorfahren ihr Vaterland verlassen mußten, wegen ihres Glaubens – nur sind die in umgekehrter Richtung damals geflohen, genau umgekehrt – für sie war Preußen das gelobte Land . . .«
Von draußen drangen Rufe, kurze Befehle zu ihnen. Die Kutsche holperte langsamer und blieb schließlich stehen. Als Albert seinen Kopf aus dem Fenster steckte, sah er einen ihm unbekannten Reiter auf einem schweißnassen Pferd, der neben den Kutschpferden hielt und auf den Kutscher einredete. Albert öffnete den Wagenschlag und stieg aus; der Reiter entdeckte ihn, schwang sich von seinem Pferd und kam auf Albert zu.
»Laurent? – Doktor Albert Laurent?« Albert nickte.
»Ich habe einen Befehl für Sie, aus Berlin!« Der Reiter reichte ihm ein Schriftstück. »Lassen Sie die Kutsche wenden, und fahren Sie zurück!« Albert sah den Fremden erschrocken an, sein Pferd stand schwer atmend bei der Kutsche. »Können Sie nicht lesen?«
Obwohl Albert inzwischen ahnte, was in dem Schriftstück stand, sah er unwillkürlich hinein.
»Hier steht nur, daß ich Berlin bis auf weiteres nicht mehr verlassen darf . . .«
»Eben – also geben Sie Ihrem Kutscher die Anweisung!«
»Warum? Wie sollte ich Berlin verlassen, wenn ich schon gar nicht

mehr in Berlin bin?« Albert zerknüllte das Papier und warf es dem Mann vor die Füße, um scheinbar ungerührt wieder in die Kutsche zu steigen. Ein ganzes Stück voraus erkannte er im von den Wiesen neben der Landstraße aufsteigenden Frühnebel die Umrisse der Grenzstation. Der Mann bückte sich, um das Papierknäuel aufzuheben; im selben Moment sprang Albert auf den Kutschbock, riß dem verdutzten Kutscher die Peitsche aus der Hand und schlug auf die Pferde ein, die sofort aufgeschreckt losrannten. Im Vorbeifahren versetzte er dem Pferd des Reiters einen heftigen Hieb quer über die Schnauze. Das Pferd bäumte sich wiehernd auf und ging durch.
Die Kutsche wurde schneller, und der Reiter gab seine Versuche auf, neben ihr herzulaufen und den Pferden in die Zügel zu greifen.
Albert drehte sich nicht mehr nach ihm um, von seinen wilden Peitschenhieben vorangetrieben näherte sich die Kutsche der Grenze.

# Erich Kästner

*Fünfzehn erfolgreiche Longseller des großen Schriftstellers in neuer Ausstattung bei Droemer*

**Drei Männer im Schnee**
Eine Erzählung
224 Seiten. Geb.

**Doktor Erich Kästners Lyrische Hausapotheke**
216 Seiten. Geb.

**Kurz und bündig**
Epigramme. 112 Seiten. Geb.

**Der tägliche Kram**
224 Seiten. Geb.

**Die 13 Monate**
32 Seiten. Geb.

**Bei Durchsicht meiner Bücher**
172 Seiten. Geb.

**Die verschwundene Miniatur**
224 Seiten. Geb.

**Fabian**
Die Geschichte eines Moralisten.
256 Seiten. Geb.

**Der kleine Grenzverkehr**
136 Seiten mit 8 Farbtafeln. Geb.

**Die kleine Freiheit**
Chansons und Prosa 1949–1952
192 Seiten. Geb.

**Die Schule der Diktatoren**
104 Seiten. Geb.

**Gesang zwischen den Stühlen**
Gedichtband.
112 Seiten mit 12 Zeichnungen. Geb.

**Lärm im Spiegel**
Gedichtband.
112 Seiten mit 11 Zeichnungen. Geb.

**Ein Mann gibt Auskunft**
Gedichtband.
112 Seiten mit 10 Zeichnungen. Geb.

**Notabene 45**
248 Seiten. Geb.

**Kästner-Kassette**
Schriftstellerisches Schaffen aus vier Jahrzehnten. Acht Bände in einer Kassette.
2608 Seiten, im Taschenbuchformat.

# Die großen Simmel-Romane als Knaur-Taschenbücher

**Es muß nicht immer Kaviar sein**
[Band 29]
**Bis zur bitteren Neige**
[Band 118]
**Liebe ist nur ein Wort**
[Band 145]
**Ich gestehe alles**
[Band 193]
**Lieb Vaterland magst ruhig sein**
[Band 209]
**Gott schützt die Liebenden**
[Band 234]
**Alle Menschen werden Brüder**
[Band 262]
**Und Jimmy ging zum Regenbogen**
[Band 397]
**Der Stoff, aus dem die Träume sind**
[Band 437]
**Die Antwort kennt nur der Wind**
[Band 481]
**Niemand ist eine Insel**
[Band 553]
**Hurra, wir leben noch**
[Band 728]
**Simmel-Kinderbücher:**
**Ein Autobus, groß wie die Welt**
[Band 643]
**Meine Mutter darf es nie erfahren**
[Band 649]
**Weinen streng verboten**
[Band 652]

**Simmel-Kassette**
mit 12 Bänden.

*Die großen Romane von*
**Morris L. West**
*garantieren fesselnde Spannung und gediegene Unterhaltung*

**Des Teufels Advokat**
Band 44

**Die Stunde des Fremden**
Band 75

**Tochter des Schweigens**
Band 117

**Der Botschafter**
Band 217

**Der Turm von Babel**
Band 246

**Der Salamander**
Band 443

**Die Konkubine**
Band 487

**Harlekin**
Band 527

**Nacktes Land**
Band 554

**Der Schatz der »Doña Lucia«**
Band 594

**In den Schuhen des Fischers**
Band 569

**Der rote Wolf**
Band 627

**Insel der Seefahrer**
Band 660

**Der zweite Sieg**
Band 671

**Proteus**
Band 716

**KNAUR-TASCHENBÜCHER**

# Knaur Krimis

*Fesselnd · knisternd · brillant*

Band 4901
E. V. Cunningham
**Penelope**

Band 4902
Jon A. Jackson
**Hartnäckig**

Band 4903
Bill Pronzini
**Vier unheimliche Gäste**

Band 4904
E. V. Cunningham
**Samantha**

Band 4905
Brian Garfield
**Nicht aktenkundig**

Band 4906
Winston Graham
**Marnie**

Band 4907
David Linzee
**Diskretion erwünscht**

Band 4908
E. V. Cunningham
**Bianca**

Band 4909
Fred M. Stewart
**Mephisto-Walzer**

Band 4910
Tony Kenrick
**Kidnapping auf Wunsch**

Band 4911
Elmore Leonard
**Nr. 89 – unbekannt**

Band 4912
E. V. Cunningham
**Cynthia**

Band 4913
Jon A. Jackson
**Blindlings in die Falle**

Band 4914
E. V. Cunningham
**Lydia**

Band 4915
Jane MacLean
**Ein tödlicher Fall**

# Knaur Hobby

**Die schönsten Kinderspiele im Freien** (7646) März '82

**Gotthilf Fischer**
**Die beliebtesten deutschen Volkslieder** (7595)

**Marianne Mehling**
**Die schönsten Weihnachtsbräuche** (7627)

**Marianne Mehling**
**Vierundzwanzig Tage vor Weihnachten** (7605)

**Marianne Mehling**
**Wir basteln für Weihnachten** (7572)

**Eugen Oker (Hrsg.)**
**Die schönsten Spiele mit Bleistift und Papier** (7612)

**Eugen Oker (Hrsg.)**
**Die schönsten Spiele mit Streichhölzern und Streichholzschachteln** (7619)

**Eugen Oker (Hrsg.)**
**Die schönsten Spiele mit Würfeln** (7620)

**Eugen Oker (Hrsg.)**
**Die schönsten Kartenspiele** (7628)

**Barbara Pohle**
**Färben** (7613)

**Barbara Pohle**
**Hinterglasmalerei** (7608)

**Barbara Pohle**
**Makramee** (7606)

**Barbara Pohle**
**Töpfern** (7601)

**Kurt Schönberger**
**Bauernmalerei** (7578)

**Selbstgebastelte Geschenke**
aus Wolle, Garn, Leder, Granulat und Gießharz (7640)

**Selbstgebastelte Geschenke**
aus Filz, Pappe, Glas, Perlen und Steinen (7626)

**Knaur**

TASCHENBUCH

# Knaur Reisen und Entdeckungen

**Peter Bamm**
**Frühe Stätten der Christenheit**
(3042)

**Peter Bamm**
**An den Küsten des Lichts**
(3195)

**Ibn Battuta**
**Reisen ans Ende der Welt**
(3678) Febr. '82

**Alfred Edmund Brehm**
**Reisen im Sudan 1847 bis 1852**
(3654)

**Sir Francis Drake**
**Pirat im Dienst der Queen**
(3662)

**James A. Michener**
**Iberia** (3590)

**George Mikes**
**Das Vergnügen dekadent zu sein**
(3652)

**George Mikes**
**Schweiz für Anfänger**
(3612)

**H. V. Morton**
**Spanien** (3656)

**H. V. Morton**
**Rom** (3655)

**Vasco da Gama**
**Die Entdeckung des Seewegs nach Indien** (3672) Nov.

Knaur

TASCHENBUCH

# Knaur Bücher der Welt

**Hilaire Belloc**
**Millionär wider Willen**
(2001) Okt.

**Otto Julius Bierbaum**
**Prinz Kuckuck**
Prinz Kuckucks Vorgeschichte
In fremden Nestern (762)
Hohe Schulen (778)
Zu Pferde und zu Hause. Nachbericht. (2002) Nov.

**Paul Fechter**
**Die Kletterstange**
(2003) Dez.

**Paul Fechter**
**Die Rückkehr zur Natur**
(745)

**Rudyard Kipling**
**Das Licht erlosch** (751)

**Heinrich Mann**
**Die Göttinnen**
Das Buch Diana
(2004) Febr. '82

**Heinrich Mann**
**Im Schlaraffenland** (740)

**Guy de Pourtalès**
**Richard Wagner** (771)

**Emile Zola**
**Doktor Pascal**
(2005) März '82

**Emile Zola**
**Die Meute** (741)

**Knaur**

TASCHENBUCH